JUDE DEVERAUX

Die Prinzessin

Aus dem Amerikanischen
von Sabine Steinberg

BASTEI
LÜBBE

BASTEI-LÜBBE-TASCHENBUCH
Band 11 545

Deutsche Erstveröffentlichung
Titel der Originalausgabe: The Princess

Printed in West Germany März 1990
Einbandgestaltung: Adolf Bachmann
Titelfoto: S. Spiak/C. Vega
Mit freundlicher Genehmigung der
Agentur LUSERKE, Friolzheim
Satz: hanseatenSatz-bremen, Bremen
Druck und Bindung: Ebner Ulm
ISBN 3-404-11545-7

Der Preis dieses Bandes versteht sich
einschließlich der gesetzlichen Mehrwertsteuer

1

Key West Florida 1942

Das kleine Motorboot tuckerte langsam durch die leichte Dünung. J. T. Montgomery streckte behaglich seine langen Beine aus, wobei er seine verletzten Unterschenkel sorgsam auf die Kisten bettete, die auf dem Boden des Bootes standen.

Montgomery war ein ungemein attraktiver Mann. Sein dunkles Haar war zu dem radikalen Bürstenschnitt zurechtgestutzt, den die Friseure der Navy für passend hielten. Er hatte strahlende meerblaue Augen und eine lange Adlernase, die einen kleineren Mann sicher entstellt hätte. J. T.'s Gesicht bekam dadurch etwas Markantes – Seine Mutter pflegte dieses charakteristische Merkmal als ›Montgomery-Nase‹ zu bezeichnen und behauptete stets, daß diese Nase ein Gottesgeschenk wäre, die die vollkommenen Züge der Montgomerys vor den Fäusten der Männer schützen würde, denen die Dickköpfigkeit dieser Familienmitglieder nicht gefallen würde. Ein energisch geschwungener Mund, dessen Lippen sich hart zusammenpressen, aber auch ein warmherziges Lächeln zeigen konnten, und eine Narbe auf der Wange vollendeten das markante Gesicht eines Mannes, dem die Frauen in Scharen hinterherliefen.

»Ich versteh's immer noch nicht«, meinte Bill Frazier, während er das Boot steuerte. Er war klein, pummelig und rein äußerlich das genaue Gegenteil zu seinem schlanken, stattlichen Freund. Der dreiunddreißigjährige Bill fuhr sich über sein schon schütter werdendes Haar. O ja, ein Mann wie er konnte schon dankbar dafür sein, daß er einen Mann wie J. T. Montgomery zum Freund hatte. Immer schwirrten Mädchen um J. T. herum, und er, Bill, hatte erst vor sechs Monaten eine Frau geheiratet, die ursprünglich für J. T. geschwärmt hatte.

J. T. gab seinem Freund keine Antwort, er schloß statt dessen die Augen und atmete in tiefen Zügen die salzige Meeresluft ein. Es war herrlich, endlich dem Ölgestank, dem Maschinenlärm und der Verantwortung für andere Männer entfliehen zu können. Niemand stellte hier Fragen, und keiner verlangte Antworten.

»Wenn ich Junggeselle wäre wie du«, fuhr Bill fort, »dann würde ich in die Duval Street gehen und mir 'ne schöne Zeit machen! Ich kann wirklich nicht verstehen, daß du deinen Urlaub auf dieser gottverlassenen Insel verbringst.«

J. T. warf einen schläfrigen Blick auf Bill, drehte sich dann um und sah zu den Mangroveninseln, die sie umgaben. Er konnte einem Stadtmenschen wie Bill nicht erklären, was er fühlte. J. T. Montgomery stammte aus Maine, und er war fernab von Großstadtlärm und Hektik am Meer aufgewachsen. Während andere Jungen sich mit sechzehn Jahren ihr erstes Auto wünschten, hatte er ein Segelboot bekommen. Als er achtzehn Jahre alt war, hatte er oft drei Tage allein auf See verbracht und davon geträumt, einmal um die Welt zu segeln. Doch dann hatten die Japaner Pearl Harbor bombardiert, und der Krieg hatte begonnen. Er war . . .

»Hey!« rief Bill laut und unterbrach die Gedanken seines Freundes. »Fang nicht schon jetzt an zu träumen. Bist du eigentlich sicher, daß du mit den Vorräten auskommst? Mir scheint, du hast nicht besonders viel zu essen dabei, Dolly liegt mir sowieso schon die ganze Zeit mit ihren Klagen, daß du zu dünn bist, in den Ohren.«

J. T. lächelte bei dem Gedanken an Bills hübsche Frau. Dann sagte er nur kurz: »Ich habe alles, was ich brauche.« Städter wie Bill konnten nicht begreifen, daß das Meer alles bot, was man zum Leben brauchte. Er hatte ein Netz, eine Angel, ein paar Töpfe und etwas Geschirr dabei. Ein wenig Gemüse war sein einziger wirklicher Proviant. J. T. würde in den nächsten Tagen leben wie ein König – frei von allen Verpflichtungen und weit weg von allem Lärm. Als er daran dachte, rutschte er unruhig auf seinem harten Sitz hin und her.

Bill lachte, und sein breites Gesicht legte sich in fröhliche Falten. »In Ordnung, du hast gewonnen. Ist ja auch deine Sache. Aber ich halt' dich immer noch für verrückt! Der Commander erwartet dich am Montagmorgen pünktlich zum Dienst, und ich werde dich am Sonntag hier abholen. Dolly läßt dir ausrichten, daß du die Brandsalbe regelmäßig benutzen sollst, sonst wird sie wütend. Am liebsten würde sie selbst nach dir schauen.«

Bill grinste entzückt, als sich J. T's Augen entsetzt weiteten. »Also, ich könnt' es auf 'ner einsamen Insel nur aushalten, wenn ich zwei – nein drei – wunderschöne Frauen bei mir hätte, die mir saftige Mangoschnitzel in den Mund stopften.«

»Bloß keine Frauen«, stöhnte J. T. gequält auf.

Bill lachte wieder. »Ich finde, was da mit der netten kleinen Funkerin passiert ist, war ganz allein deine Schuld! Konnte schließlich jeder sehen, daß sie heiraten wollte. Warum hast du eigentlich nicht zugegriffen? Ich kann die Ehe nur wärmstens empfehlen!«

»Da drüben liegt meine Insel«, entgegnete J. T., ohne die Bemerkung über die Ehe auch nur eines Wortes zu würdigen.

»Verrat mir mal, wie du eine Insel von der andren unterscheiden kannst! Ein Gutes hat das ganze verrückte Unternehmen ja – du wirst froh sein, wenn du in ein paar Tagen wieder unter Menschen kommst und etwas tun kannst!«

J. T. zog eine Grimasse. ›Frieden‹, dachte er, ›das ist alles, was ich jetzt will. Nichts als das Säuseln des Windes und der See. Und dann das himmlische Essen! Kein Kantinenfraß von der Navy, nein – Hummer, Fisch, Krabben, Muscheln . . .‹ »Droßle den Motor!« rief er Bill mit halblauter Stimme zu. »Sonst laufen wir auf Grund.«

Bill gehorchte, und das Boot glitt sanft auf den schmalen, weißen Sandstrand.

Vorsichtig, um die frischen Brandwunden an seinem Bein nicht allzusehr zu strapazieren, schraubte J. T. seinen langen Körper aus dem Boot und ließ sich ins flache Wasser gleiten. Die schweren Stiefel, die er trug, waren sehr unbequem und behinderten ihn. Sobald Bill wieder außer Sicht war, würde er die steife Uniform ausziehen.

»Jetzt hast du die letzte Gelegenheit, deine Meinung zu ändern«, rief ihm Bill fröhlich zu, während er J. T. die erste Kiste zureichte. »Wenn ich Urlaub hätte, würde ich mich ja lieber besaufen und erst am letzten Tag wieder nüchtern werden.«

J. T. grinste und zeigte dabei eine Reihe makelloser weißer Zähne. »Danke für den Vorschlag! Richte Dolly bitte aus, daß ich die Salbe regelmäßig auftragen und genügend essen werde.«

»Dolly macht sich eben immer noch schreckliche Sorgen um dich, und ich wette mit dir – wenn du zurückkommst, hat sie schon wieder 'nen Haufen hübscher Mädchen ausfindig gemacht, die in kürzester Zeit verrückt nach dir sind.«

»Nach meinem Urlaub bin ich dem Ansturm bestimmt gewachsen. Aber jetzt solltest du besser aufbrechen, es sieht nach Regen aus«, sagte J. T. und konnte nur mühsam den drängenden Unterton in seiner Stimme unterdrücken.

»Ich merk' schon – du willst mich loswerden. Ich hole dich dann am Sonntag ab.«

»Am Sonntagabend!« berichtigte J. T.

»In Ordnung, Sonntagabend also.« Bill fügte noch kläglich hinzu: »Dolly wird sich fürchterlich um dich ängstigen, ich weiß jetzt schon, daß sie mir mit ihrer Fragerei auf die Nerven gehen wird.«

J. T. trat einen Schritt auf das Boot zu und lachte. »Also gut, du hast mich überzeugt. Ich fahre zu Dolly zurück, und du bleibst hier.«

»Du machst wohl Witze, was?« rief Bill entrüstet, und sein Lächeln gefror zu Eis. Seine mollige, appetitliche Dolly war die große Liebe seines Lebens, und manchmal fragte er sich, was sie bloß an einem Kerl wie ihm fand. Obwohl J. T. sein Freund war und ihn mit Dolly bekannt gemacht hatte, erregte die Äußerung des gutaussehenden Mannes seine Eifersucht.

J. T. lachte laut auf, als er den empörten Blick seines Freundes bemerkte. »Na los, hau schon ab! Aber paß auf, daß du dich auf dem Rückweg nicht verirrst!«

Bill ließ den Motor an und tuckerte langsam aus der kleinen Bucht.

J. T. stand noch eine Weile am Ufer und blickte dem Freund nach, bis das kleine Boot hinter einer anderen Insel verschwand. Dann streckte er die Arme aus und atmete tief durch. Der Geruch von Seetang, die salzige Luft und das Rauschen der Mangrovenbäume erinnerten ihn an sein Zuhause in Maine.

Nachdem er eine Minute lang dieses köstliche Gefühl der Freiheit genossen hatte, ergriff er sein Gepäck und lief den Strand hinunter. Vor etwa einem Jahr, als die Navy ihn zum ersten Mal nach Key West geschickt hatte, um die Eindockung der Schiffe zu überwachen, hatte er diese Insel durch das Fernglas entdeckt und gleich gewußt, daß er hier ein paar Tage verbringen wollte.

Während des letzten Jahres hatte er einige Bücher über Key West und seine Umgebung gelesen, so daß er wußte, was man benötigte, wenn man auf einer Mangroveninsel kampieren wollte.

Es wurde allgemein behauptet, daß eine Mangroveninsel undurchdringlich sei. J. T. merkte bald, daß das noch eine Untertreibung war. Die Äste der Bäume hingen bis auf den Boden und bildeten ein unzugängliches Dickicht.

J. T. zog sein Hemd aus, nahm eine Machete und machte sich daran, einen Pfad durch den Urwald zu schlagen. Er wußte, daß sich auf jeder Mangroveninsel eine Grube mit frischem Sickerwasser befand, und dorthin wollte er gelangen.

Es kostete ihn vier Stunden harter Arbeit, ehe er das Wasser erreichte, und er war müde und erschöpft. Dolly hatte recht, wenn sie behauptete, daß er zu dünn wäre. Während der drei Wochen, die er im Krankenhaus verbracht hatte, hatte er ein paar Kilo abgenommen, und die Brandwunden an seiner linken Seite hatten sich gerade erst mit neuer rosiger Haut überzogen. Jetzt tobten Stiche durch seinen Körper, weil der salzige Schweiß die Wunden reizte.

Er hielt für einen Augenblick inne und sah sich um. An drei Seiten umschlossen ihn die mit glänzenden Blättern behangenen Mangrovenbäume, aber direkt vor sich sah er das Wasserloch und eine kleine Lichtung. Hier war Platz genug, um sein Zelt aufzuschlagen, eine Feuerstelle zu errichten und die wenigen Vorräte unterzubringen.

Er wischte sich den Schweiß aus dem Gesicht und machte sich wieder auf den Weg zum Strand. Der kaum erkennbare Pfad, den er frei geschlagen hatte, verlief nicht geradlinig, sondern in Kurven. Er wollte nicht, daß man den Weg zu seinem Zeltplatz schon von weitem sah, denn schon einige Male waren deutsche U-Boote vor Florida gekreuzt, und J. T. hatte keine Lust, eines Morgens mit einem Bajonett an der Kehle aufzuwachen.

Die Sonne verschwand schon fast hinter dem Horizont, als J. T. sein Gepäck zu dem Wasserloch schleppte und sich für die nächsten Tage einrichtete. Inzwischen hatte er sich auch umgezogen und steuerte nun, nur mit Shorts und Stiefeln bekleidet, erneut den Sandstrand an. Er zog seine Stiefel aus, nahm den Hummerstecher in die Hand und watete in das angenehm warme Meerwasser.

»Es gibt hier einige Dinge, die diesen Ort äußerst empfehlenswert machen«, murmelte er laut vor sich hin und dachte an das eiskalte Wasser an der Küste von Maine.

Als ihm das Wasser bis zur Brust reichte, tauchte er und schwamm schnell zu einem Wrack, das teilweise aus dem Wasser ragte. Leider war das klare Wasser rund um Key West seit Kriegsbeginn mit Treibgut und Wrackteilen übersät. J. T's geübtes Auge entdeckte sofort die Schatten. Er steckte seinen Hummerfänger in ein Loch, drehte ihn ein paarmal hin und her und zog ihn dann wieder heraus. Die Ausbeute war gut: vier Hummer hatten sich mit ihren riesigen Fühlern im Stecher verfangen. Einem gelang es, sich zu befreien, aber die anderen drei ergriff J. T. an ihren Scheren und brachte sie zu seinem Lagerplatz.

Wenige Augenblicke später flackerte ein munteres Feuer auf, über dem ein Kessel mit kochendem Wasser hing. Geschickt, mit einer geübten Handbewegung, brach J. T. den Hummern das Rückgrat, ehe er sie ins kochende Wasser warf. Diese Tiere sahen etwas anders aus als die Hummer, die es in Maine gab. Sie waren kleiner, und ihre Schalen waren schuppig, doch sie färbten sich genauso rot, wenn sie gekocht wurden.

Eine Stunde später warf J. T. die leeren Schalen ins Meer. Er lächelte, als er in seine Hängematte kletterte, die er zwischen zwei Bäumen gespannt hatte. Die Luft war angenehm warm, und die Wellen rauschten leise – J. T. war zufrieden... Seit er sein Zuhause verlassen hatte, hatte er sich nicht mehr so wohl gefühlt.

Er schlief tief und besser als seit einem Jahr. Er träumte von den vielen Krabben, die er zum Frühstück verzehren würde. Zum ersten Mal seit Wochen wurde er nicht von dem Alptraum heimgesucht, der ihn seit der Nacht, in der er fast verbrannt war, ständig quälte.

Als die Sonne aufging, war J. T. noch immer in tiefen Schlaf versunken. Hier gab es keine gefühllosen Schwestern, die einem um fünf Uhr morgens das Fieberthermometer unter die Nase hielten und sagten: »Und wie geht es uns heute morgen?«

Als die Schüsse ertönten, schlief er zu fest, um sie richtig wahrzunehmen, aber er registrierte sie im Unterbewußtsein. Er wußte, daß er sich in Sicherheit befand und die Schüsse keineswegs ihm galten.

Doch plötzlich fuhr er auf und lauschte. Irgend etwas stimmte nicht, aber er wußte nicht, was es war. Er schwang sich eilig aus der Hängematte, und achtete nicht einmal auf den stechenden Schmerz in seiner linken Seite. Er fuhr in seine Shorts und Stiefel, schnürte sie eilig zu, griff nach seinem Gewehr und verließ die Lichtung.

Als er am Strand ankam, konnte er nichts Ungewöhnliches entdecken, und er lachte laut über seine Schreckhaftigkeit. »Ich hab' wohl nur schlecht geträumt«, murmelte er und wollte den Weg zurückgehen.

Da donnerte eine neue Gewehrsalve los. Gebückt lief er am Strand entlang. Bald sah er sie: zwei Männer in einem Motorboot. Der eine steuerte, und der andere zielte auf die Wasseroberfläche.

J. T. versuchte angestrengt, das Ziel der Männer zu erkennen. Dann entdeckte er, wie ein dunkler Schatten, der Kopf eines Menschen, aus den Fluten auftauchte.

J. T. überlegte nicht lange. Obwohl Krieg herrschte und der Verfolgte ein Deutscher sein könnte, dachte er nur daran, daß dieser ungleiche Kampf unfair war. Er versteckte sein Gewehr hinter einem Baum, schleuderte die Stiefel von den Füßen und lief ins Wasser.

Er versuchte, sich möglichst lautlos fortzubewegen. Er behielt die beiden Männer und den Kopf ständig im Auge. Als der Kopf verschwand und nicht wieder an die Oberfläche kam, tauchte er und holte erst wieder am Bug des Bootes Luft.

»Da!« hörte er eine Stimme über sich, und kurz darauf zischten Kugeln übers Wasser, eine streifte seine Schulter.

Er tauchte wieder und blickte sich suchend um.

Gerade als ihm die Luft knapp wurde, sah er einen Körper, der durch das Wasser trieb. Energisch schwamm er weiter. Als er nahe genug war, faßte er die Gestalt um die Taille und stieg nach oben. In seiner Nähe entdeckte er ein paar Mangrovenwurzeln, die er unter Wasser erreichen wollte. Seine Lungen brannten, und sein Puls raste.

Keuchend durchstieß er die Wasseroberfläche. Mit zitternden Händen zog er den bewegungslosen Körper aus dem Wasser. Als er versuchte, sich zu orientieren, erblickte er die beiden Männer. Sie hatten den Motor abgestellt und standen mit dem Rücken zu ihm im Boot.

Langsam bewegte sich J. T. mit seiner Last auf die Wurzeln zu. Er stöhnte leise, als eine rasiermesserscharfe Muschelschale, die an den Mangroven klebte, die wunde Haut an seiner Seite verletzte. Er biß die Zähne zusammen und gab keinen Laut mehr von sich, als er weiter in das Dickicht vordrang, obwohl er von den Wurzeln arg zerschunden wurde.

Die Männer wendeten das Boot.

»Du hast sie erwischt«, ließ der eine verlauten. »Komm, laß uns abhauen.«

»Ich will absolut sicher sein«, widersprach der mit dem Gewehr.

Sie? J. T. musterte das Gesicht. Es waren die Züge einer sehr schönen jungen Frau, und sie war wahrscheinlich tot.

J. T. fühlte, wie der Zorn in ihm hochstieg. Er wollte die beiden Männer angreifen, die es gewagt hatten, auf eine hilflose Frau zu schießen, aber außer dem kleinen Messer hatte er keine Waffe bei sich. Sein Körper war mit kaum verheilten Brandwunden übersät, und er wußte nicht, wie ernst die Schußwunde in seiner Schulter war.

Mit einer jähen Bewegung zog er den Körper der Frau näher zu sich heran. Er spürte die Berührung einer weiblichen Brust, und seine Beschützerinstinkte erwachten, als er den leblosen Körper wie eine Geliebte in seinen Armen hielt.

Er beobachtete die Männer, die das Wasser absuchten.

»Ich hab' was gehört! Es klang wie ein Motor!« rief der am Steuer. »Komm, sie ist tot. Laß uns abhauen.«

Der andere schulterte sein Gewehr, setzte sich und nickte seinem Begleiter zu. Der Motor heulte auf, und das Boot preschte davon.

J. T. wartete, bis das Boot außer Sichtweite war, dann schwamm er langsam und vorsichtig zum Strand, wobei er die Frau mit seinem verletzten Arm fest umschlungen hielt.

»Du darfst nicht tot sein«, wiederholte er ständig. »Bitte, halte durch!«

So sanft, wie er nur konnte, legte er sie auf den Sand und begann, das Wasser aus ihren Lungen zu pressen. Sie trug ein langärmliges, hochgeschlossenes Abendkleid, das an ihrem Körper klebte, so daß er ihre atemberaubende Figur erkennen konnte. Sie war groß, schmalhüftig, hatte eine Taille, die er leicht mit den Händen umspannen konnte, und große, schwellende Brüste. Ihr Gesicht war zur Seite geneigt, die Augen waren geschlossen, lange, dunkle Wimpern lagen auf den porzellanweißen Wangen. Sie sah aus wie eine seltene, kostbare Blume. ›Warum wollten sie so eine Schönheit wohl ermorden?‹ dachte er zornig.

»Süße Lady«, murmelte er, während er ihre Rippen zusammendrückte. Dann hob er ihre Arme. »Los, atme, Baby. Atme für Daddy Montgomery! Los!«

Aus seiner Schulterwunde und den zahllosen Schnitten sickerte Blut, doch er kümmerte sich nicht darum. Ihn interessierte momentan nur das Leben dieser wunderschönen, jungen Frau.

»Los, Süßes, versuch's!«, bettelte er. »Du darfst jetzt nicht aufgeben! Du bist in Sicherheit. Ich werde dich beschützen. Bitte, Baby. Tu's für mich!«

Nach ein paar Minuten – ihm schien es, als wären Stunden vergangen – fühlte er, daß ein Schauer durch ihren Körper lief. Sie lebte!

Er küßte sie zart auf die Wange, dann preßte er mit neuerwachter Energie wieder ihren Brustkorb zusammen. »Gut, Liebes. Noch einen tiefen Atemzug – tu's für mich. Atme, verdammt noch mal!«

Erneut bebte ihr Körper, und sie keuchte. J. T. durchlebte mit ihr die ungeheure Anstrengung. Ein Wasserstrom ergoß sich aus ihrem Mund, und sie begann röchelnd zu husten, während sie krampfhaft versuchte, sich aufzusetzen.

J. T. lächelte, die plötzliche Freude über ihre Rettung raubte ihm fast den Atem. Zärtlich nahm er sie in seine Arme. »Los, Baby, spuck alles aus«, forderte er sie leise auf, während er über ihr schwarzes Haar strich. Er wiegte sie wie ein Kind und murmelte immer wieder: »Du bist jetzt in Sicherheit. Es ist alles in Ordnung.« J. T. barg ihr Gesicht an seinem Hals.

»Sie –«, hustete das Mädchen.

»Nicht sprechen. Ruh dich aus. Wenn du das ganze Wasser ausgespuckt hast, werde ich dich heimbringen«, beruhigte er sie sanft.

»Sie –«, begann sie, wurde aber erneut von Hustenanfällen unterbrochen. »Sie ... dürfen ...«

»Ja, mein Kleines? Komm, du kannst mir später alles erzählen. Du mußt erst mal trockene Sachen anziehen und etwas essen. Wie wäre es mit einer schönen heißen Fischsuppe?«

Das Mädchen versuchte verzweifelt, ihm etwas mitzuteilen, und schließlich ließ er sie los, damit sie ihn anschauen konnte. Dann nahm er sie wieder in seine Arme, so vorsichtig, als ob sie das kostbarste Geschöpf auf Erden wäre. »Alles ist gut. Die beiden Männer sind fort. Keiner wird dir mehr weh tun.«

Sie kämpfte sich mühsam frei, und wieder war er von ihrer Schönheit tief beeindruckt. Ihre Erscheinung erinnerte in nichts an die robuste, energische Hübschheit, die gerade modern war. Nein – ihr atemberaubender Anblick erinnerte J. T. an die Feen und Märchenprinzessinnen in dem alten Buch, aus dem ihm seine Mutter vor dem Schlafengehen immer vorgelesen hatte. Ein unbekanntes Gefühl der Wärme durchströmte seinen Körper.

Seine Hände stützten sie leicht, während er behutsam fragte: »Also, was willst du mir erzählen?«

Er wartete geduldig und beobachtete sie zärtlich, während sie verzweifelt nach Luft rang. Schließlich brachte sie röchelnd und hustend heraus: »Sie ... dürfen ... mich ... nicht ... anfassen.... Ich ... stamme ... aus ... einer ... königlichen ... Familie.« Als sie geendet hatte, schien sie total erschöpft zu sein.

J. T. stand einen Moment lang wie gelähmt da und starrte sie verständnislos an.

Sie setzte sich hoheitsvoll auf und sagte würdig: »Ich bin eine königliche Prinzessin, und Sie –«, verachtungsvoll musterte sie seine nackte Brust, »– dürfen mich nicht berühren.«

»Ich will verdammt sein ...«, stammelte J. T. fassungslos. Noch nie in seinem Leben hatte er sich so betrogen gefühlt, und vor allem – so erniedrigt! »Du undankbare, kleine –«, begann er, doch dann hielt er plötzlich inne. Seine Kiefer preßten sich hart zusammen, und in seinen Augen glühte ein Feuer. Wortlos drehte er sich um und ließ sie sitzen. »Such dir dein Frühstück selbst, Prinzessin«, schnaubte er und ging davon.

2

Aria blieb am Strand sitzen. Ihr ganzer Körper brannte und schmerzte. Sie hatte das große Bedürfnis, sich im Sand auszustrecken und hemmungslos zu weinen. Aber eine Prinzessin durfte ihren Tränen keinen freien Lauf lassen, sie konnte keinerlei Gefühle zeigen. Sie mußte immer lächeln, selbst wenn sie an höllischen Schmerzen litt. Aria waren diese Maximen zur zweiten Natur geworden.

Aber sie fühlte sich so seltsam! Sie war hier in einem fremden Land, hatte die ganze Nacht um ihr Leben gekämpft, und der Mann, der sie gerettet hatte, verhielt sich sehr merkwürdig. Sie starrte verzweifelt auf die ineinander verschlungenen Bäume und fragte sich, wann der Fremde endlich mit der Fischsuppe zurückkehren würde, die er ihr versprochen hatte. Natürlich würde sie ihn bitten in ihrer Gegenwart nicht unbekleidet herumzulaufen. Ihre Mama hatte ihr eingeschärft, niemals einem Mann zu erlauben, mit entblößtem Oberkörper in ihre Nähe zu kommen. Dabei war es gleich, ob es sich um ihren Ehemann oder um irgendeinen Eingeborenen auf einer Südseeinsel handelte.

Eine einzelne Palme stand am Strand. Langsam erhob sich Aria und schleppte sich mühsam dorthin.

Dabei richtete sie sich erstaunlich gerade auf, denn eine gebeugte Haltung war einer Prinzessin unwürdig. Die Anstrengung brachte sie schier um, aber eine Prinzessin konnte es sich wirklich nicht leisten, sich gehenzulassen. Immer hatte Mama gesagt: »Gleich, wo du dich aufhältst, ob dich jemand sieht oder nicht – denke immer daran, daß du eine Prinzessin von königlichem Geblüt bist. Wenn du dies vergißt, werden die anderen Menschen es sofort ausnützen.«

›Ausnützen‹, dachte sie beim Gehen, ›genau das hat der Mann heute morgen getan. Mit welchem Koseworten er mich bedacht hat! Wie er mich berührt hat!‹ Die Erinnerung daran trieb ihr die Schamröte ins Gesicht – so etwas hatte noch niemand gewagt –, und sie preßte in einer jähen Bewegung die Hände an die Wangen. Verstand er denn nicht, daß es gewöhnlichen Menschen nicht erlaubt war, einer königlichen Prinzessin nahe zu kommen?

Sie setzte sich in den Schatten der Palme. Eigentlich wollte sie sich gegen den Stamm lehnen, um ein wenig auszuruhen, aber das wagte sie nicht. Vielleicht schlief sie ja ein, bevor er mit dem Essen zurückkam – er durfte sie nicht noch einmal so hilflos sehen.

Sie setzte sich aufrecht hin, blickte aufs Meer hinaus und ließ die Ereignisse der letzten vierundzwanzig Stunden an sich vorüberziehen.

Die vergangene Nacht gehörte zu den schlimmsten in ihrem Leben. Vor drei Tagen hatte sie Lankonien verlassen, um einen Staatsbesuch in den Vereinigten Staaten zu absolvieren. Während die Politiker sich trafen, um über den Verkauf des Rohstoffes Vanadium zu verhandeln, hatten die Amerikaner für sie eine Reihe von offiziellen Terminen vorgesehen. Ihr Großvater, der König, hatte ihr erklärt, daß sie zwar nicht direkt etwas mit dem Verkauf dieses Metalls zu tun hätte, aber er hoffte, daß sie ihr Land würdig repräsentieren und internationale Erfahrungen sammeln würde, und so ihre Kenntnisse im Umgang mit Menschen vertiefen könnte.

Es war eine lange, ermüdende Reise gewesen, zuerst per Eisenbahn, dann war sie in ein altes Militärflugzeug umgestiegen, das hastig mit antiken Stühlen und Brokatbehängen ausgestattet worden war. Die Wandverkleidungen waren nicht fest genug angebracht worden, und Aria hatte unter den kostbaren Stoffen einige Pin-up-Fotos entdeckt, aber nichts darüber verlauten lassen. Das war ein guter Witz, und sie wollte daheim mit ihrer Schwester darüber lachen.

Die Amerikaner hatten sich zuerst recht manierlich benommen, aber zuweilen fand sie ihr Gehabe befremdend – in der einen Minute verneigten sie sich tief vor ihr, und in der nächsten ergriff irgendein Mann ihren Ellbogen und sagte: »Vorsicht Stufe, meine Liebe.«

Sie landeten in einem Ort namens Miami. Sofort wurde sie zu einem kleineren Flugzeug geführt, das sie zum südlichsten Punkt der USA brachte – nach Key West. Hier wurde Aria durch die große Marinebasis geführt. Sie besichtigte die Docks, in denen Kriegsschiffe repariert wurden. Leider waren für ihre zweiwöchige Visite nur Besuche geplant. Entweder auf Marinestützpunkten oder in Lazaretten oder bei irgendwelchen Frauenverbänden. Viel lieber hätte sie einen Nachmittag frei gehabt, um zu reiten – doch für solche Vergnügungen blieb keine Zeit. Die Amerikaner wollten sie unbedingt überzeugen, daß das lankonische Vanadium in den USA dringend benötigt wurde – zumindest hatte das ihr Großvater gesagt

–, und aus diesem Grund waren ihre Besichtigungen der militärischen Anlagen sehr wichtig.

Als sie das Flugzeug verließ, erwartete sie ein roter Teppich und ein paar übergewichtige Damen, die alle in pastellfarbenem Chiffon gekleidet waren. Sie überreichten ihr Blumensträuße, die Aria lächelnd entgegennahm, obwohl ihr gar nicht danach zumute war. Ihre Füße schmerzten, und die hochsommerlichen Temperaturen in Key West bereiteten ihr Kopfschmerzen. Dreimal hatte sie ein Gähnen unterdrükken müssen, als sie die Sträuße ihrer Hofdame hinüberreichte. Das Zimmer, das sie während ihres Aufenthalts auf dem Stützpunkt bewohnen sollte, war grauenvoll. Man hatte anscheinend alle vergoldeten Möbel wahllos zusammengestellt, die man in der Umgebung nur auftreiben konnte, und das so entstandene Sammelsurium verletzte nicht nur alle Regeln des guten Geschmacks, sondern auch die des Anstands. Sie befürchtete, daß sie in diesem Raum Alpträume bekommen würde. Doch sie hatte sich seufzend gefügt und sich von zwei Zofen für das Bankett ankleiden lassen.

Beim Dinner saß sie mit Generälen und Stadträten, deren Anzüge penetrant nach Mottenpulver stanken, an einem Tisch. Jeder von ihnen fühlte sich bemüßigt, eine Ansprache zu halten, und Aria versuchte ihre Langeweile zu verbergen. Das Mahl konnte sie auch nicht richtig genießen, weil Fotografen bei dem Bankett zugelassen waren und es einem Mitglied des Königshauses strikt verboten war, sich bei einer so profanen Beschäftigung, wie es essen nun einmal war, fotografieren zu lassen. So schob sie ihren Teller von sich und lächelte höflich, obwohl sie großen Hunger hatte.

Als sie endlich in ihr Zimmer gehen konnte, war es

schon fast Mitternacht, und bereits in sechs Stunden war der nächste Termin anberaumt – ein Frühstück mit einem ranghohen Politiker, um sieben dann sollte sie ein Labor besichtigen.

Sie blieb in der Mitte des Zimmers stehen, damit ihre Zofe ihr aus dem Kleid helfen konnte, während die Kammerfrau das Bad einließ. Doch ihre dienstbaren Geister waren noch nicht bei ihr. Plötzlich warf ihr jemand ein stinkendes Stück Stoff über den Kopf und trug sie aus dem Zimmer. Sie rang nach Luft, als die beiden Männer endlich den Sack entfernten.

»Ihnen wird jedes Lösegeld gezahlt werden, wenn ich unverletzt bleibe«, hatte sie beteuert, aber ein Knebel, den ihr einer der beiden in den Mund stopfte, brachte sie zum Schweigen! Sie wurde an Händen und Füßen gefesselt und auf den Rücksitz eines Autos geschoben, das augenblicklich mit quietschenden Reifen davonbrauste.

Ihre Mutter und ihr Großvater hatten ihr oft die Gefahren geschildert, die einem Mitglied des Königshauses drohten, und schon einmal, mit zwölf Jahren, hatte Aria ein Attentat überlebt. Jetzt lag sie ruhig auf dem Rücksitz und befreite sich langsam und lautlos von ihren Fesseln.

Die Männer auf dem Vordersitz sprachen kein Wort, aber endlich hielt der Wagen an. Die beiden stiegen aus, und Aria roch die herbe Seeluft. Es war ihr gelungen, die Fesseln zu lösen. Die Schnüre hingen nur noch lose um ihre Gelenke. Die Männer kehrten wieder zu ihr zurück, und ehe sie irgend etwas sehen konnte, wurde ihr wieder der Sack über den Kopf gestülpt. Die Männer trugen sie zu einem Boot, und der Sack wurde dort wieder entfernt. Sie sah den Himmel über sich. Sie wußte, daß diese Männer sie umbringen würden.

Nach etwa einer Stunde Fahrt sagte einer der beiden Männer: »Wir sind jetzt weit genug draußen. Komm, bringen wir's hinter uns.« Er drosselte den Motor, und der andere Mann lud ein Gewehr.

Aria reagierte, so schnell sie konnte, streifte die losen Fesseln ab und sprang über Bord. Die beiden Männer waren einige Sekunden vollkommen verblüfft, und das verschaffte Aria den entscheidenden Vorsprung. Sie tauchte, aber als sie wieder an die Wasseroberfläche kam, um Luft zu holen, feuerte der eine Mann eine Kugel auf sie ab. Sie tauchte wieder und wieder. Nach dem vierten Mal wurde sie bewußtlos und erwachte in den Armen dieses halbnackten Fremden, der ihr schamlose Dinge ins Ohr flüsterte.

Jetzt saß sie unter einer Palme in einem fremden Land, auf das die Sonne erbarmungslos hernieder brannte, hatte die ganze Nacht nicht geschlafen, hatte nichts gegessen, und der einzige Mensch auf dieser verlassenen Insel war ein mangelhaft bekleideter, grobschlächtiger Mann. Es war zum Verzweifeln . . .

Sie stand auf, strich ihr Kleid glatt und richtete notdürftig ihr Haar. Sie hatte beschlossen, nach ihm zu suchen.Warum hatte er sich noch nicht für sein unmögliches Benehmen entschuldigt? Warum hatte er ihr noch nichts zu essen gebracht? Sie wollte ihm die Erlaubnis erteilen, sie zur amerikanischen Regierung zurückzubringen, aber dazu mußte sie ihn erst finden.

Doch das war gar nicht so einfach. Eine Stunde brauchte sie, um die Insel zu umrunden, doch er war nirgendwo zu entdecken. ›Was für eine Unverschämtheit, das Mitglied eines Königshauses so zu brüskieren!‹ dachte sie empört. Natürlich wußte sie, daß Amerika nie von einem König regiert worden war, aber diese Tatsache rechtfertigte in keiner Weise die Frechheit dieses Mannes. In ihrem Land las ihr die Bevölkerung jeden Wunsch von den Augen ab. Jedesmal wenn sie den Palast verließ, säumten die Menschen die Straßen, jubelten ihr begeistert zu und überreichten ihr Geschenke. Auch die Mitglieder des Hochadels waren ihr zu Diensten, wann immer sie einen Wunsch äußerte. Doch hier in Amerika gab es keinen Adel, kein Königshaus – hier lebten nur Bürgerliche.

Sie setzte sich wieder in den Sand. Warum brachte er ihr nichts zu essen? Selbst ein Mann aus dem Volk sollte wissen, wie man einer Prinzessin eine Mahlzeit servieren mußte.

Um die Mittagszeit flüchtete sie in den Schatten der Palme. Übermüdet und hungrig schlief sie ein. Sie erwachte erst, als die Sonne am nächsten Morgen aufging. Ein furchtbarer Gedanke schoß ihr durch den Kopf – vielleicht hatte der nackte Mann die Insel verlassen, und sie war jetzt ganz allein? Vielleicht mußte sie nun doch noch sterben?

Ein Schatten verdeckte die Sonne, und sie sah ängstlich auf. Der Mann stand vor ihr. Er trug ein offenes Hemd, das seinen muskulösen, behaarten Brustkorb nicht bedeckte. Sie senkte den Blick.

»Hungrig?« fragte er.

»Ja«, erwiderte sie.

Er hielt ihr ein paar rohe Fische vor die Nase, aber sie wandte sich angewidert ab. Er warf die Meerestiere auf den Sand und begann Holz zu sammeln.

»Der Anfang unserer Bekanntschaft war nicht gerade berauschend«, sagte er. »Vielleicht war ich ein bißchen zu freundlich zu dir, aber schließlich bin ich schon vor dem Frühstück deinetwegen angeschossen worden, und dann ist es, und dann ist es doch eigentlich kein Wunder, daß ich nicht gerade begeistert war. Ich mache dir einen Vorschlag: Wie wär's, wenn wir noch mal von vorne anfangen würden? Ich heiße J. T. Montgomery.«

Sie sah ihn verstohlen an, während er am Feuer kniete, die Fische auf Stöcke spießte und sie über das Feuer hielt. Mit seinem offenen Hemd, den schwarzen Haaren auf der Brust und den Bartstoppeln im Gesicht wirkte er unglaublich gewöhnlich. Er sah aus wie Attila, der Hunnenkönig – also bestimmt nicht wie ein anständiger Mensch. Ihre Mutter hatte sie vor primitiven Männern gewarnt, aber Aria bezweifelte, daß ihre Mutter von der Existenz solch grauenvoller Männer, wie dieser Montgomery einer war, überhaupt gewußt hatte.

»Wie heißt du?« fragte er und lächelte ihr zu.

Sie verabscheute dieses vertrauliche Lächeln und antwortete deshalb sehr distanziert: »Sie sollten mich mit ›Königliche Hoheit‹ ansprechen, das wäre korrekt.«

Der Mann wandte seinen Blick ab, und sein Lächeln verschwand. »Okay, Prinzessin, ganz wie du willst.« Er reichte ihr einen gebratenen Fisch am Spieß.

Sie betrachtete argwöhnisch den appetitlich duftenden Happen. Eine Prinzessin mußte zwar stets das essen, was ihr angeboten wurde, aber wie aß man dieses aufgespießte Ding?

J. T. sah sie kopfschüttelnd an, dann zog er den Fisch von dem Stock und legte ihn auf ein Palmblatt. »Vielleicht geht es so besser.«

Aria betrachtete den Fisch immer noch mißtrauisch, doch gänzlich aus der Fassung geriet sie, als sie sah, daß der Fremde ihr gegenüber Platz nahm und begann, seinen Fisch zu verzehren.

»Sie können doch nicht einfach...«, stotterte sie, sprachlos über soviel Dreistigkeit.

»Was kann ich nicht?« fragte er unbekümmert, blinzelte ihr zu und steckte sich ein Stück Fisch in den Mund.

»Sie dürfen sich in meiner Gegenwart nicht hinsetzen! Sie sind schließlich nur ein Bürgerlicher, und ich bin...«

»Jetzt reicht's!« schrie er, sprang auf und baute sich vor ihr auf. »Jetzt hab' ich aber wirklich genug von diesem albernen Spiel! Zuerst riskiere ich mein Leben, um dich zu retten, und der einzige Dank, den ich dafür ernte, ist ein ›Sie dürfen mich nicht anfassen, ich bin Mitglied des Königshauses.‹ Dann bringe ich dir etwas zu essen, und du forderst mich auf, dich ›Durchlauchtigste Hoheit‹ zu nennen, und jetzt...«

»Königliche«, unterbrach sie ihn würdevoll.

»Was?« brüllte er.

»Ich bin eine königliche Hoheit, keine fürstliche. Ich bin Kronprinzessin und werde eines Tages Königin sein. Sie müssen mich mit ›Königliche Hoheit‹ anreden und mich sofort zum Marinestützpunkt bringen. Außerdem brauche ich Messer und Gabel, um diesen Fisch verzehren zu können.«

Der Mann stieß ein paar Worte aus, die ihr Englischlehrer sie nicht gelernt hatte.

›Ist es möglich‹, dachte Aria erstaunt, ›daß dieser Mann wütend ist?‹ Sie konnte sich nicht vorstellen, was ihn so entrüstete. Schließlich ließ sie ihm eine hohe Ehre zuteil werden: er durfte sie zum Stützpunkt geleiten. Davon konnte er noch seinen Enkeln erzählen!

Aria beschloß, die Ausbrüche dieses gewöhnlichen Menschen zu ignorieren. Bürgerliche waren so schrecklich emotional – wahrscheinlich war ihre mangelhafte Erziehung schuld daran. Deshalb sagte sie höflich, aber bestimmt: »Ich sollte diesen Ort möglichst bald verlassen. Am besten schon nach dem Essen. Wenn Sie das Messer, das Sie tragen, abspülen, könnte ich zur Not damit mein Mahl verzehren.«

Der Mann zog das Messer aus dem Gürtel und warf es ihr so zu, daß es neben ihrer Hand im Boden steckenblieb. Sie zuckte nicht einmal mit der Wimper, doch sie war entrüstet. Du meine Güte, diese amerikanischen Bürger waren wirklich unberechenbar, das machte sie so gefährlich! Sie mußte jetzt unbedingt die Oberhand behalten.

Aria zog gelassen das Messer aus dem Boden und winkte ihm mit einer herrischen Handbewegung zu: »Gehen Sie jetzt, und machen Sie das Boot startklar. Ich werde mich beeilen.«

Sie vernahm ein leises Lachen. ›Gut‹, dachte sie zufrieden. ›Er scheint Sinn für Humor zu haben. Vielleicht hat er ja auch eingesehen, wie kindisch und ungezogen er sich verhalten hat.‹

»Gut, Prinzessin. Bleib hier sitzen und warte auf die Dinge, die da kommen werden.« Danach drehte er sich um und ging.

Aria wartete, bis er außer Sichtweite war, ehe sie sich wieder dem Fisch zuwandte. »Prinzessin«, murmelte sie leicht verstimmt in sich hinein. »Das hört sich an, wie der Name eines Hundes!«

Sie brauchte eine ganze Weile, bis sie herausfand, wie man den Fisch essen konnte, denn es widerstand ihr, etwas Eßbares mit den Händen zu berühren. Sie suchte einen Stock, hielt ihn kurz ins Feuer und benutzte ihn dann wie eine Gabel. So ging es ganz gut, und zu ihrem eigenen Erstaunen aß sie die restlichen Fische auf.

Es wurde Mittag, und kein Boot kam in Sicht. ›Dieser Mensch braucht ziemlich lange, um etwas zustande zu bringen‹, dachte sie ärgerlich. ›Einen Tag hat er gebraucht, um ein paar Fische zu fangen – vielleicht dauert es jetzt zwei Tage, bis er die Segel gesetzt oder den Motor angeworfen hat?!‹ Die Zeit verstrich quälend langsam, und der Fremde war immer noch nicht wieder aufgetaucht. Arias Wut wuchs ins Unermeßliche. Wenn alle Amerikaner so waren, dann konnte diese Nation nicht überleben. Ihr Großvater würde ein solches Verhalten nie billigen – was diese Amerikaner brauchten, das war nicht das lankonische Vanadium! – Sie müßten ihre Bevölkerung erneuern.

Am Nachmittag begann es zu regnen. Zuerst war es nur ein leichtes, warmes Tröpfeln, doch der Wind frischte auf, und die Luft wurde zunehmend kälter. Aria kauerte sich unter die Palme und wickelte den Rock fest um ihre Beine.

›Ich werde ihn nicht für einen Orden vorschlagen‹, nahm sie sich mit klappernden Zähnen vor. ›Er hat seine Pflichten mir gegenüber sträflich vernachlässigt!‹

Es blitzte, und ein wolkenbruchartiger Regen durchnäßte sie bis auf die Haut.

»Weißt du nicht, wie man sich vor dem Regen schützt?«

Sie blickte auf – dieser schreckliche Kerl war wieder da. Noch immer hatte er es nicht für nötig gehalten, sich anzukleiden, und rasiert war er auch nicht. »Wo ist das Boot?« fragte sie laut, um den prasselnden Regen zu übertönen.

»Es gibt kein Boot. Wir werden noch drei ganze Tage hier aushalten müssen.«

»Aber ich kann nicht hierbleiben. Man wird mich vermissen.«

»Darüber können wir ein andermal reden. Obwohl mir diese Idee ganz und gar nicht gefällt, werde ich dich jetzt zu meinem Lager bringen. Also steh auf und komm mit.«

Sie erhob sich mühsam und lehnte sich erschöpft an den Stamm der Palme. Trotzdem fand sie noch die Kraft für eine Anweisung: »Sie müssen ein paar Schritte hinter mir gehen.«

Er schüttelte den Kopf. »Lady, ich weiß nicht, wie du es geschafft hast, bis jetzt ohne Morddrohung zu überleben. Los, geh voran und zeig' mir den Weg.«

Plötzlich wurde ihr bewußt, daß sie den Weg nicht kannte. »Sie sollten doch besser vorangehen«, erlaubte sie ihm mit einer graziösen Handbewegung.

»Wie nett von dir.« Aria entging der ironische Unterton in seiner Stimme.

Sie ließ ihn ein paar Meter vorgehen, ehe sie ihm folgte. Er schien kein besonders vertrauenswürdiger Mann zu sein, und seine ganze Art weckte tiefen Abscheu in ihr. Doch plötzlich verlor sie ihn aus ihrem Blickfeld. Der stetig herabfallende Regen machte es ihr unmöglich, ihn zu finden. So blieb sie stehen und wartete. Nach endlosen Minuten kehrte er zurück. »Bleib in meiner Nähe!« rief er ihr zu und ergriff ihre Hand.

Aria war entsetzt. Schon wieder berührte er sie, obwohl sie ihm doch untersagt hatte, es zu tun! Sie versuchte sich loszureißen, doch er umfaßte ihr Handgelenk mit solcher Kraft, daß es ihr nicht gelang.

»Du magst ja keinen Verstand haben, aber ich schon«, zischte er sie zornig an und zog sie mit sich.

›Dieser Mensch ist wirklich grauenvoll‹, dachte Aria. Er zerrte Aria hinter sich her, manchmal schrie er ihr Befehle ins Ohr und mutete ihr tatsächlich zu, durch das Unterholz zu kriechen! Sie versuchte ihm zu erklären, daß es zu seinen Aufgaben gehörte, ihr den Weg freizuschlagen, aber der Mann hörte ihr nicht einmal zu.

Als sie schließlich die Lichtung erreichten, brauchte sie einen Moment, um ihre Fassung wiederzugewinnen. Eine solche Behandlung hatte sie noch nie erfahren. Sie stand im Regen und massierte ihre schmerzenden Handgelenke. Erschrocken blickte sie um sich. Hier also lebte dieser primitive Mensch? Es gab kein Haus – nur ein paar Kisten und ein Stück schwarzes Tuch, das entfernt an ein Zelt erinnerte. Sie zog die Augenbrauen hoch. In Lankonien lebten selbst die Ärmsten der Armen besser.

»Geh dort hinein«, rief er und deutete auf das Zelt. Es war zwar nicht das, was sie an sich für angemessen hielt, aber es war wenigstens trocken. Sie kniete nieder und kroch unter die Plane. Während sie noch das Wasser von ihrem Gesicht wischte, bemerkte sie voller Entsetzen, daß dieser Unmensch ihr folgte. Das war absolut lächerlich, ungehörig und nicht akzeptabel – selbst ein anarchistischer Amerikaner konnte sich eine solche Verletzung der Etikette nicht erlauben!

»Hinaus!« rief sie schrill. »Es ist Ihnen nicht gestattet ...«

Er kam so nahe, daß ihre Nasen sich fast berührten. »Jetzt hör mir mal zu, Lady«, unterbrach er sie gefährlich leise. »Ich hab' mehr als genug von dir und deinen Allüren! Mir ist kalt, ich bin vollkommen durchnäßt, habe Hunger. Deinetwegen habe ich eine Schußwunde im Arm und frische Schnittwunden auf meinem kaum verheilten Verbrennungen. Außerdem hast du mir meinen ersten Urlaub seit Kriegsbeginn gründlich verdorben! Du hast die Wahl: entweder wir übernachten zusammen in diesem Zelt, oder du kannst dir draußen deinen königlichen Hintern naßregnen lassen. Und wenn du mir noch einmal vorschreibst, was ich zu tun oder zu lassen habe, dann schwöre ich dir, daß ich dich mit dem größten Vergnügen rausschmeiße.«

Aria blinzelte verwirrt. Amerika war doch nicht so, wie sie es sich vorgestellt hatte. War sie an einen gewalttätigen Verbrecher geraten? Vielleicht würde er auch auf sie schießen? Sie richtete sich auf. »Könnte ich vielleicht ein paar trockene Sachen bekommen?« fragte sie und lächelte ihn huldvoll an.

Der Unmensch schnaubte nur verächtlich und griff nach einem kleinen Metallkoffer. »Ich hab' nur meine Uniform, das ist alles.« Er warf die Sachen in ihren Schoß, bevor er sich umdrehte und auf den Boden legte. Er zog eine Decke über sich und schloß die Augen.

Aria war zutiefst schockiert. Gab es denn in Amerika nur Männer, die einen entführten, schossen und Messer warfen? Sie fühlte Tränen in ihren Augen. Energisch rief sie sich zur Ordnung. Sie würde nicht weinen, unter keinen Umständen würde sie weinen!

Sie wußte, daß sie ihr Kleid nicht allein aufknöpfen konnte. Noch nie in ihrem Leben hatte sie sich selbst auskleiden müssen. So preßte sie die trockenen Sachen nur eng an ihren Körper und legte sich möglichst weit entfernt von dem Mann nieder, aber sie zitterte erbärmlich.

»Was ist denn los?« murrte er und setzte sich auf. »Wenn du Angst vor mir hast, dann kann ich dich beruhigen – noch nie hat mich eine Frau weniger interessiert.«

Aria schwieg, ihre Zähne klapperten hörbar.

»Also gut«, seufzte er. »Wenn ich nach draußen

gehe, so daß ich dich nicht mehr sehen kann – ziehst du dann dieses seltsame Kleid aus und die trockenen Sachen an?«

»Ich weiß nicht, wie das geht«, gestand sie kläglich.

»Wie was geht?«

»Würden Sie bitte aufhören, mich so anzuschreien«, wies sie ihn zurecht und setzte sich auf. »Ich habe mich noch nie allein ausgekleidet. Diese vielen Knöpfe ... ich weiß nicht, wie ...« Sie verstummte, als sie bemerkte, daß der Mann sie erstaunt anstarrte. Sie betrachtete ihn voller Abscheu. Was hatte er denn erwartet? Dachte er vielleicht, daß eine königliche Prinzessin Strümpfe stopfte oder Silber polierte? Sie nahm eine würdevolle Haltung an. »Ich hatte es nie nötig, mich allein zu entkleiden. Aber ich bin sicher, ich kann es lernen. Wenn Sie mir die Grundregeln erklären, dann ...«

»Los, dreh dich um«, knurrte er und zerrte an ihr, bis sie mit dem Rücken zu ihm saß. Dann fing er an, ihr Kleid aufzuknöpfen.

»Ich glaube, ich kann Ihnen nicht länger erlauben, mich zu berühren – wie war doch Ihr Name?«

»J. T. Montgomery.«

»Ja, Montgomery, ich glaube ...«

Er drehte sie um, und sie blickte in sein zorniges Gesicht. »Ich bin Lieutenant Montgomery, Mitglied der Marine der Vereinigten Staaten! Nenn mich nie wieder nur ›Montgomery‹, ich bin nicht dein Butler!«

Schrie dieser unmögliche Mensch immer so? »Ich verstehe vollkommen. Natürlich werde ich Ihren Titel benutzen. Ist er erblich?«

»Viel mehr, Prinzessin. Ich hab' ihn mir selbst verdient. Ich bekam ihn ... weil ich mein Hemd allein zuknöpfen kann«, erwiderte er barsch. »So, fertig. Kommst du nun allein aus dem Kleid, oder soll ich dir's ausziehen?«

»Ich werde es schon schaffen«, meinte Aria.

»Gut.« Er legte sich wieder hin.

Aria beobachtete ihn sorgsam, während sie das Kleid abstreifte. Sie wagte nicht, auch noch die vielen Unterröcke und die Wäsche abzulegen, und so fühlte sie sich immer noch reichlich unbehaglich, als sie seine Uniform anzog.

Der Boden war feucht, ihre Unterwäsche klebte an ihrer Haut, und ihr Haar war naß. Sie begann wieder zu zittern.

»Verdammt«, fluchte Montgomery, rollte sich zu ihr herüber, breitete die Decke über sie und zog sie an sich, so daß sie mit dem Rücken an seiner Brust lag.

»Ich kann unmöglich gestatten –«, begann sie.

»Halt den Mund und schlaf«, unterbrach er sie.

Sein kräftiger Körper strahlte eine wohlige Wärme aus, so daß sie sich schließlich widerwillig fügte. Sanft glitt sie in einen tiefen Schlaf.

3

Als Aria am nächsten Morgen erwachte, war sie allein. Sie blieb ein paar Minuten still liegen und überlegte. Zuerst einmal mußte sie dringend zum Stützpunkt zurückkehren und der Öffentlichkeit mitteilen, daß sie lebte und gesund war Ihr Großvater würde bestimmt sehr erleichtert sein. Entschlossen kroch sie aus dem Zelt. Ein kleines Feuer brannte, aber dieser Montgomery war nicht zu sehen. Seine Uniform war ihr viel zu groß, und ihr war bewußt, daß sie im Moment keine besonders elegante Erscheinung war. Sie hob ihr feuchtes Kleid hoch und begann umständlich, die Uniform auszuziehen.

»Hier ist es zu heiß für so viel Unterröcke«, ließ dieser schreckliche Mensch plötzlich hinter ihr verlauten.

Aria schnappte nach Luft und preßte das Kleid an sich. J. T. hob sorgsam seine Uniform auf, die sie achtlos auf den Boden geworfen hatte, und funkelte sie böse an. »Das Eigentum anderer Leute interessiert dich wohl gar nicht, Lady?«

»Ich bin keine Lady, ich bin . . .«

Er winkte ab. »Ja, ich weiß. Du bist die königliche Strafe für all meine Vergehen. Warum konnten diese Männer, die dich hergebracht haben, nicht bis Sonntag warten? Willst du diesen Fetzen anziehen oder hier stehenbleiben und ihn in der Hand halten?«

»Sie müssen sich entfernen. Ich kann mich nicht in Gegenwart eines Mannes anziehen.«

Er seufzte. Prinzessin, du überschätzt deine Wirkung. Du könntest splitternackt vor mir herumspazieren – das würde mich vollkommen kaltlassen. Beeil dich mit dem Anziehen. Du kannst dann die Krabben schälen.«

Aria brauchte eine gute Minute, um sich von diesem empörenden Ansinnen zu erholen. »Wie können Sie es wagen, in dieser Art und Weise zu mir zu sprechen!«

Er trat vor sie, griff nach dem feuchten schwarzen Kleid, und sie sah entgeistert, wie er sein Messer herauszog, die langen Ärmel abtrennte und den Rock um eine Handbreit kürzte. Dann gab er es ihr zurück. »So, ist das besser. Außerdem solltest du gut die Hälfte deiner pompösen Unterwäsche wegschmeißen. Die Hitze bringt dich sonst um – erwarte nicht, daß ich dich dann noch einmal zum Leben erwecke! Mir hat das eine Mal vollkommen gereicht!«

Er nahm ein Fischernetz und ließ sie allein.

Aria konnte die Handlungsweise dieses Menschen nicht verstehen. Ihre Tante hatte ihr zwar gesagt, daß alle Amerikaner Barbaren seien, daß sie keine Manieren hätten und man den Männern sowieso nicht trauen könnte – aber dieser Montgomery übertraf ihre schlimmsten Vorstellungen! Sicherlich war nicht das ganze Land von solch ordinären Geschöpfen bewohnt – sicher gab es auch hier Menschen, die königliche Autorität respektierten.

Als er zehn Minuten später mit einem Netz voller Krabben zurückkehrte, stand Aria noch immer da.

»Wartest du auf deine Zofe? Ich helfe dir.« Grob streifte er ihr das Kleid über und knöpfte es unsanft zu. Aria stand da wie eine Salzsäule. Dieser Mann mußte verrückt sein. Wahrscheinlich funktionierte sein Verstand nicht so, wie er sollte, ein armer Schwachsinniger! Sie setzte sich auf eine der Seemannskisten. Ihr Kleid war jetzt ungewohnt kurz, ihre Arme bloß. Sie fühlte sich ein wenig unsicher, sagte aber in ihrem wohlwollendsten Tonfall: »Sie dürfen mir jetzt das Frühstück servieren.«

Er achtete nicht auf sie, sondern warf ihr nur mit einer einzigen, schnellen Bewegung das Netz mit den Krabben in den Schoß.

Aria schrie nicht auf, sie zuckte noch nicht einmal zusammen. »Könnten Sie mir wohl Ihr Messer borgen?« fragte sie leise.

In seinen Augen blitzte es neugierig auf, als er ihr das Messer reichte.

Aria schluckte. Eine Prinzessin ißt immer das, was ihr vorgesetzt wird – immer wieder hielt sie sich diesen Grundsatz vor, währen sie mit zitternden Händen vorsichtig das Netz öffnete. Als die Krebse sie mit ihren Glupschaugen anstarrten, drehte sich ihr Magen um. Sie bezwang die aufkeimende Übelkeit, spießte eine Krabbe mit dem Messer auf, schloß die Augen und wollte sie in den Mund befördern. Gerade als ein Bein ihre Lippen berührte, packte eine Hand ihren Unterarm. Sie öffnete die Augen und sah ihn verwirrt an. Er fragte sanft: »Bist du so hungrig?«

»Ihr Essen wird mir köstlich schmecken. Bestimmt«, versicherte sie ihm hastig und fuhr dann erklärend fort: »Ich habe allerdings noch nie so etwas gegessen. Aber da Sie es mögen, werde ich mich auch daran gewöhnen.«

Er musterte sie prüfend, dann nahm er ihr das Netz und die aufgespießte Krabbe weg und erklärte: »Man muß die Krabben putzen und kochen.«

Sie beobachtete fasziniert, wie er die Krabben ins kochende Wasser schüttete. J. T. sah irritiert auf und sagte barsch: »Hast du noch nie eine Krabbe gesehen?«

»Natürlich kenne ich diese Tiere! Aber sie wurden mir auf goldenen Tellern serviert und hatten nicht die geringste Ähnlichkeit mit diesen rosa Würmern – ich habe sie einfach nicht als Krabben erkannt.«

»Du hättest sie fast roh gegessen! Woher kommst du eigentlich?«

»Aus Lankonien.«

»Ach! Ich glaube, ich habe schon mal etwas von diesem Land gehört. Da gibt es Berge, Ziegen und Weintrauben, richtig? Was tust du denn in Amerika?«

»Ihre Regierung hat mich eingeladen. Sie werden bestimmt schon nach mir suchen! Sie müssen . . .

J. T. hob abwehrend die Hände. »Fang nicht schon wieder damit an! Wenn es irgendeine Möglichkeit gäbe, dich von dieser Insel fortzubringen – glaub mir, Schwester, ich würde sie wahrnehmen!«

»Ich bin nicht Ihre ›Schwester‹! Ich bin ...«

»Meine königliche Nervensäge«, vollendete er den Satz. Dann griff er in den Topf und sagte: »Hier, schneid die Köpfe ab und entferne die Schalen, während ich die Sauce zubereite.«

Sie schüttelte nachdrücklich den Kopf. »Ich bin weder Ihre Küchenmagd, noch Ihre Scheuerfrau!«

Er stand jetzt direkt vor ihr und warf einen drohenden Schatten auf sie. Wie gebannt starrte Aria auf seine Beine, die direkt vor ihr standen – sie waren entschieden zu lang, zu behaart und zu braungebrannt.

»Du bist hier in Amerika, Prinzessin. Hier sind alle gleich. Wenn du essen willst, mußt du auch arbeiten. Von mir kriegst du nichts auf Goldtellern serviert!« Er warf das Messer und ein kleines Stück Treibholz vor ihre Füße. »Los, fang an!«

Ich glaube, Ihre Regierung wird nicht sehr erfreut sein, wenn ich ihr berichte, auf welch unwürdige Art und Weise Sie mich behandelt haben, Lieutenant Montgomery! Mein Land besitzt nämlich das Vanadium, das Ihre Regierung gern hätte. Ich glaube nicht, daß ich es an ein Land verkaufe, in dem ich so mißhandelt wurde«, erwiderte Aria.

»Mißhandelt?« Er schäumte vor Wut. »Ich habe dir das Leben gerettet, und schau dir an, was es mir eingebracht hat!« Er zog das Hemd von seiner linken Schulter, und sie erblickte einen geschwollenen, häßlichen Striemen, umgeben von halbverheilten Narben, die sich über seine ganze linke Seite zogen.

Sie wandte den Kopf ab. »Sie sollten mir so etwas

nicht zeigen. Bitte, behalten Sie in meiner Gegenwart Ihre Kleidung an.«

J. T. sah sie erstaunt an. »Du erwartest einfach, daß man für dich sein Leben riskiert, nicht wahr?«

»Mein Gefolge –«

»Ach, du lieber Himmel! Gefolge!« rief er wütend. »Fang jetzt mit den Krabben an. Du bekommst sonst nichts zu essen.«

»Ich kann mir nicht vorstellen, daß Sie mich wirklich verhungern lassen.«

»Ich würde es an deiner Stelle nicht darauf ankommen lassen, mein Kind«, knurrte er.

»Lieutenant Montgomery, ich verbiete mir ...«

»Fang endlich an!« befahl J. T. barsch.

Sie spießte eine gekochte Krabbe auf das Messer, legte sie auf das Treibholz und versuchte umständlich, den Kopf abzutrennen. Die Krabbe rutschte immer wieder unter dem Messer weg.

J. T. schüttelte den Kopf. »Kannst du eigentlich irgend etwas richtig machen?« fragte er, nahm das Messer in die rechte und eine Krabbe in die linke hat. Ein kräftiger Schnitt, und der Kopf des Tieres fiel zu Boden. Danach entfernte er den Schwanz und die Schalen. »Hast du gesehen? Es ist ganz einfach.«

Aria sah ihn mit weitaufgerissenen Augen an. »Sie haben das Tier mit den Fingern berührt!«

»Die Krabbe? Natürlich!«

»Man kann nicht etwas anfassen, was man später essen will!«

J. T. starrte sie ungläubig an. »Wie ißt du denn Maiskolben? Oder Hot Dogs? Hamburger?«

»So etwas ist mir noch nie in meinem Leben serviert worden. Und wenn man sie mit der Hand berühren muß, werde ich sie auch niemals essen!«

»Wie ißt du Äpfel?«

»Natürlich nur mit Messer und Gabel.«

Einen Moment sah er sie an, als ob sie ein Wesen von einem anderen Stern wäre. Dann nahm er ihre Hand, drückte eine fette Krabbe hinein. Sie wollte sich dagegen wehren, doch sein Griff war eisern. Er ließ sie jede Bewegung, die zum Vorbereiten der Krabben nötig war, durchführen und hielt dabei ihre Hand wie in einem Schraubstock.

Aria zwang sich dazu, nicht laut aufzustöhnen. Sie schloß die Augen, aber dieser entsetzliche Mann hörte nicht auf mit seinen Belehrungen und Forderungen. »Hast du begriffen, Prinzessin? Wenn ich zurückkomme, möchte ich einen Riesenhaufen sauberer Krabben sehen.«

Sie atmete auf, als er endlich verschwunden war. Sie fühlte sich wie die Prinzessin in dem Märchen ›Rumpelstilzchen‹, die aus Stroh Gold spinnen mußte. Mit spitzen Fingern griff sie nach einem der Schalentiere. Sie brauchte fünf Minuten, um es einigermaßen zu säubern. Danach blieb allerdings nicht mehr viel Fleisch übrig.

»Der amerikanischen Regierung wird das nicht gefallen«, murmelte sie vor sich hin. »Wenn sie davon hört, wird sie ihn zweifellos vor Gericht stellen und zu einer langen Gefängnisstrafe verurteilen. Dann wird er in einem von Ratten nur so wimmelnden Verlies angekettet. Es wäre allerdings noch besser, wenn sie ihn einfach nach Lankonien schicken würden«, überlegte sie weiter. »Großpapa wird schon wissen, wie er ihn bestrafen kann.«

Ein vernehmliches Räuspern ließ sie zusammenzucken. Zornig schimpfte sie: »Sie müssen sich anmelden. Sie können mein Zimmer ohne meine Erlaubnis nicht betreten!«

»Dies ist mein Zimmer, nicht deines«, korrigierte

J. T. sie säuerlich. »Du hast ja bist jetzt nicht einmal zehn Stück geschafft! Wenn du dieses Tempo beibehältst, werden wir verhungern!«

Sie erwartete eigentlich, daß er ihr das Messer aus der Hand nehmen würde, um das Frühstück selbst vorzubereiten. Doch er tat nichts dergleichen. Er hatte ein paar Fische gefangen, denen er jetzt mit einem großen Messer die Köpfe abschnitt. Dann hängte er sie an einer langen Schnur ins Wasser.

»Zum Mittagessen gibt es Fisch – das heißt, falls wir jemals frühstücken.«

Seine Gegenwart machte sie so nervös, daß sie sich in den Daumen schnitt. Sie erschrak und starrte auf das Blut, das aus der Wunde quoll.

J. T. ergriff ihre Hand und begutachtete die Wunde. »Hat man so etwas schon gesehen? Rotes Blut – du hast ganz normales rotes Blut wie alle Sterblichen. Geh und steck die Hand ins Wasser. Lady, du bist die nutzloseste Frau, die ich je kennengelernt habe. Ich glaube, du könntest noch nicht einmal in einem Elfenbeinturm überleben. Was tun Leute wie du eigentlich, außer daß ihr untereinander heiratet und noch mehr nutzlose Brut hervorbringt?«

In Arias Hand pochte der Schmerz. »Ich bin mit Julian Graf von Borgan-Hessia verlobt.«

»Oh?« J. T.. zog ihre Hand aus dem Wasser und inspizierte die Wunde. »Hast du ihn denn schon mal gesehen?«

»Natürlich. Ich habe ihn bereits dreimal getroffen und viermal mit ihm getanzt.«

»Viermal! Es ist das reinste Wunder, daß du davon noch nicht schwanger geworden bist! Großer Gott, du brauchst nicht so schockiert zu sein, geh lieber wieder an deine Arbeit.«

Was für ein grausamer, vulgärer Mann er doch war!

Ein rattenverseuchtes Verlies wäre wirklich noch viel zu gut für ihn! Dieser Unmensch mußte viel schlimmer bestraft werden – es sollte entwürdigend für ihn sein ... »Meine Hand ist verletzt. Ich kann doch nicht ... Wo ... wo kann ich mich frisch machen?«

Gleichmütig wies er auf die Mangroven. »Siehst du diese Bäume? Das ist unsere Toilette.«

Langsam ging sie auf den verwachsenen Pfad zu. Dieser Mann war ein Barbar. Noch nie hatte es jemand gewagt, in einem solchen Ton mit ihr zu sprechen. Sie würde von ihm weggehen. Jawohl, das wollte sie tun. Es war gar nicht so einfach, allein zum Strand zu gelangen, aber sie schaffte es. Vielleicht fand sie dort ein Boot. Es könnte ja ein Fischer vorbeikommen – wer wußte das schon? Aria stapfte durch den knöcheltiefen Seetang und schaute angestrengt auf das Meer. Sie stieß mit den Füßen gegen ein paar Muscheln und blickte auf den Boden. Neben den Muscheln lagen lange, bläuliche Ballons. Sie wollte sich gerade bücken und einen aufheben, um ihn näher zu betrachten, als ein lauter Schrei ertönte. »Faß das nicht an!«

Sie zuckte zurück und starrte Montgomery fragend an. »Verfolgen Sie mich etwa?«

Er hatte ein Gewehr in der Hand, aber der Lauf deutete auf den Boden. »Du hast gesagt, daß in deinem Land Vanadium vorkommt?«

»Eine ganze Menge«, erwiderte Aria und bückte sich erneut, um nach dem Ballon zu greifen.

J. T. erklärte schnell: »Vorsicht! Das da ist eine Riesenqualle. Die Nesselfäden auf der Unterseite können lebensgefährliche Verbrennungen hervorrufen. An den Schmerzen ist schon manch einer gestorben.«

»Oh«, sagte sie nur und machte sich wieder auf den Weg. »Sie dürfen sich jetzt zurückziehen.«

J. T. folgte ihr, ohne auf ihre letzte Bemerkung einzugehen. »Hast du vor, dich umzubringen? Du hast die seltene Gabe, dich immer wieder in Schwierigkeiten zu bringen. Ich hielte es für besser, wenn du dich nicht am Strand sehen lassen würdest. Diese beiden Galgenvögel, die Dich umbringen wollten, könnten zurückkommen.«

»Vielleicht tauchen Marineschiffe auf, die nach mir suchen.«

Sie waren an der Palme angelangt. J. T. setzte sich und lehnte sein Gewehr an den Stamm. »Darüber habe ich auch schon nachgedacht, und ich fürchte, es ist meine Pflicht, dich zu beschützen – oder besser das Vanadium. Es wäre wirklich sicherer für dich, wenn du wieder mit zum Lagerplatz kämst.«

Ein Teil des Strandes war von der Flut überspült. »Nein danke, Lieutenant Montgomery. Ich möchte lieber hier bleiben und nach Schiffen Ausschau halten.« Sie setzte sich aufrecht in den Sand und legte die Hände in den Schoß. J. T. lehnte sich gegen die Palme. »Ist mir auch recht, vorausgesetzt, du verschwindest nicht aus meinem Blickfeld. Wir haben noch drei gemeinsame Tage vor uns, und ich möchte dich wohlbehalten bei der amerikanischen Regierung abliefern. Wenn du es leid bist, von deinem Stolz zu leben, laß es mich wissen. Ich hab' im Lager noch ein paar Fische, die dich besser satt machen würden.«

Aria beachtete ihn gar nicht, als er sich ausstreckte und so tat, als döste er. Die Sonne brannte heiß auf sie nieder, und ihr Magen knurrte vor Hunger. Sie träumte von Lammbraten mit Thymian und grünen Bohnen. Die Sonnenstrahlen glitzerten auf dem Wasser, aber kein Schiff war in Sicht.

Plötzlich entdeckte sie vor sich im Meer einen großen Fisch. Sie erinnerte sich daran, daß Montgomery einen Fisch mit dem Speer erlegt und ihn dann über dem offenen Feuer geröstet hatte. Das war ihre letzte richtige Mahlzeit gewesen. Wie lange war das jetzt her? Stunden? Tage? Sie dachte, daß es nicht schwer sein konnte, ein Feuer zu entfachen. Aber wie fing man einen Fisch?

Sie warf einen Blick auf ihren Begleiter und merkte, daß er schlief. Etwa einen halben Meter von ihm entfernt befand sich das Gewehr. Von Gewehren verstand sie etwas – schließlich war sie schon als Kind auf die Jagd gegangen! Ganz leise, um ihn nicht zu wecken, pirschte sie sich an das Gewehr heran und griff danach, als seine Hand sich wie eine Stahlkammer um ihr Handgelenk schloß. Er zischte: »Was hast du vor? Willst du dich etwa von meiner Gegenwart befreien?«

»Ich wollte einen Fisch fangen.«

Er blinzelte ungläubig, bevor er sie anlachte: »Was? Du willst ein Gewehr als Angel benutzen? Die Kugeln sind dann wohl der Köder?«

»Ich habe noch nie einen dümmeren Mann als Sie getroffen. Ich will den Fisch natürlich schießen!«

Sein Grinsen wurde noch breiter. »Ein Fisch erschießen? Du willst also mit einem M-1 einen Fisch erlegen? Lady, du könntest das Ding nicht einmal richtig abfeuern! Der Rückstoß würde dich zu Boden werfen.«

»Ach ja?« entgegnete sie spitz, nahm das Gewehr an sich, prüfte, ob es geladen und entsichert war, und bevor er noch ein Wort sagen konnte, legte sie an, zielte und schoß. »Eine neue Kugel«, forderte sie kurz und streckte ihm die Hand entgegen.

Sprachlos drückte ihr J. T. eine der großen Patronen in die Hand.

Sie lud die Waffe neu, zielte auf eine Schar Wildenten über ihrem Kopf, drückte ab, und eine der Enten fiel ins Meer. Sie setzte das Gewehr ab und sah ihn triumphierend an.

J. T. ging an ihr vorbei und watete ins Wasser. Er fand eine große Rotzunge, deren Kopf glatt abgeschossen war, ein paar Meter weiter schwamm eine Wildente – ebenfalls ohne Kopf.

»Auch Prinzessinnen sind nicht ganz unnütz!« bemerkte Aria spitz, machte kehrt und ging in Richtung Lager. »Sie dürfen mir meine Beute zum Lunch servieren.«

Er schulterte sein Gewehr und lief hinter ihr her. Als er sie erreicht hatte, drückte er ihr die Ente und den Fisch in die Arme. »Was du erlegt hast, mußt du auch selbst zubereiten. Du wirst endlich lernen, daß ich nicht dein Diener bin, und wenn ich es in dich hineinprügeln muß.«

Aria lächelte. »Männer werden immer zornig, wenn sie merken, daß ich besser schieße als sie. Sagen Sie, Lieutenant Montgomery, können Sie reiten?«

»Immerhin kann ich mich allein anziehen, und ich verhungere auch nicht. Jetzt solltest du ins Lager gehen und den Vogel rupfen! Und dieses Mal wirst du die Arbeit beenden!«

»Ich hasse ihn«, murmelte Aria, während sie an den Entenfedern zupfte. »Ich werde ihn immer hassen.«

»Bist du immer noch nicht fertig?«

Aria sprang auf. »Wie oft muß ich ihnen noch sagen, daß Sie sich bemerkbar machen müssen, wenn Sie in meine Nähe kommen!«

»Das habe ich ja getan.« Er betrachtete ihre nackten Arme. »Hast du eigentlich bemerkt, daß du schon wieder in der Sonne sitzt?«

»Ich sitze da, wo es mir beliebt!«

J. T. zuckte mit den Achseln, beugte sich über die Krabben und begann sie auszupulen.

»Ich werde ihn Zeit meines Lebens hassen!« flüsterte sie leise, so daß er es nicht hören konnte. »So, ich glaube, die Ente ist fertiggerupft«, sagte sie ein paar Minuten später. Sie stand auf, und plötzlich wurde ihr schwindlig, alles drehte sich um sie. Aria wurde ohnmächtig.

Als sie wieder zu sich kam, lag sie in der Hängematte, und Montgomery beugte sich mit besorgt gerunzelter Stirn über sie.

»Verdammtes Frauenzimmer«, knurrte er und funkelte sie an. »Du kommst noch um in diesem verdammten Kleid! Du hast einen Sonnenbrand und stirbst vor Hunger.« Er drehte sich weg und murmelte zu sich selbst: »Wenn ich dies überstanden habe, habe ich mir wirklich einen Orden verdient.«

Aria fühlte sich schrecklich matt, und als sie ihre Arme betrachtete, bemerkte sie, daß ihre Haut feuerrot war. Nach ein paar Augenblicken kam Montgomery mit einem Teller, auf dem gebratener Fisch und die gekochten Krabben lagen, zurück. Sie hatte Schwierigkeiten, sich in der Hängematte aufzusetzen, und nach ein paar vergeblichen Versuchen stellte Montgomery den Teller ab, um ihr behilflich zu sein. Er beugte sich über sie und hob sie in seine Arme.

»Was erlauben Sie sich?« rief sie empört und machte sich ganz steif.

Er setzte sie auf eine Holzkiste und stellte den Teller auf ihren Schoß. »Wenn ich drei Kinder mitgebracht hätte – ich glaube, die würden mich weniger in Trab halten als du.« Als sie nicht anfing zu essen, seufzte er und reichte ihr sein Messer. »Gibt es das Wort ›danke‹ eigentlich nicht in deinem Wortschatz?

Aria ignorierte seine Bemerkung und fing an zu essen. Nur ihre gute Erziehung hinderte sie daran, das Mahl wild hinunterzuschlingen. Manierlich schob sie Bissen für Bissen in ihren Mund, während Montgomery am Feuer herumhantierte. Noch ehe sie die Krabben und den Fisch ganz aufgegessen hatte, ließ er ein gebratenes Entenviertel auf ihren Teller gleiten. Mit Hilfe des Messers und ihrer Fingerspitzen gelang es ihr, das Fleisch zu essen.

Montgomery schien sehr überrascht zu sein, daß der Teller leer war, aber er enthielt sich jeden Kommentars, als er ihren Gesichtsausdruck bemerkte.

»Ich werde dir jetzt aus diesen Kleidern helfen«, sagte er nur.

»Wie bitte?«

»Du bist schon einmal ohnmächtig geworden. Florida ist für eine solche Kleidung viel zu heiß. Ich werde die Knöpfe öffnen, dann verschwindest du hinter den Bäumen und ziehst deine Unterwäsche aus. Du brauchst keine Angst zu haben, ich werde dir nichts tun.« Er öffnete die Knöpfe und deutete stumm auf das Gebüsch.

Aria verschwand mit hocherhobenem Kopf hinter den Bäumen. Sie wußte, daß er recht hatte, was die Hitze und ihren Zustand anging – aber sie ärgerte sich, daß er sie in einer solchen Weise herumkommandierte. Trotzdem zog sie einen Teil ihrer Unterwäsche aus: zuerst den Unterrock, dann das seidene Hemd. Bei dem rosafarbenen Korsett zögerte sie kurz, aber sie entschloß sich dann doch und entfernte energisch das beengende Kleidungsstück. Dann streifte sie das schwarze Kleid wieder über. Sie kam sich ein bißchen verrucht vor, als sie die kühle Seide auf ihrer nackten Haut spürte – es war ein wundervolles Gefühl! –, und dachte mit schlechtem Gewissen an die Worte ihrer Mutter, die ihr immer wieder eingeschärft hatte, daß eine Prinzessin ihre weiblichen Formen niemals schamlos zur Schau stellen durfte. Sie genierte sich ein wenig, als sie den Schutz der Bäume verließ, dann aber straffte sie sich und dachte: ›Wenn es mir gelingt, die Tatsache, daß ich kein Korsett trage zu ignorieren, wird es dieser schreckliche Kerl auch tun.‹ Aber sie täuschte sich. J. T. starrte sie an, wandte dann den Blick ab, um sie kurz darauf noch einmal eingehend zu betrachten. Aria gab sich alle Mühe, ihn zu übersehen, drehte sich um und machte sich auf den Weg zum Strand.

»Wohin willst du?«

»Zum Strand, um nach Schiffen Ausschau zu halten«, erwiderte sie.

»Nein, das tust du nicht! Du bleibst hier!«

»Lieutenant Montgomery, ich gehorche nur den Befehlen eines Königs«, sagte sie scharf.

»Nun, mein Kind – hier bin ich König! Ich werde auf dich aufpassen, das ist meine Pflicht. Du bleibst hier in Sichtweite!«

Aria funkelte ihn wütend an und machte sich dennoch auf den Weg, doch er griff nach ihrem Arm und fauchte: »Vielleicht bist du ja schwerhörig. Da draußen wurden schon deutsche U-Boote gesichtet!«

Aria riß sich mit einer heftigen Bewegung von ihm los. »Ich habe Verwandte in Deutschland – vielleicht brächte mich ein deutsches U-Boot wieder zu meinem Großvater.«

J. T. trat zurück und starrte sie an, als wäre sie ein Ungeheuer. »Wir befinden uns im Krieg mit Deutschland«, stieß er hervor.

»Ihr Land«, erwiderte Aria spitz. »Nicht meines!«

Sie wandte sich zum Gehen, doch er hielt sie fest. »Jetzt hör mir mal zu, du bleibst hier, ob es dir nun paßt oder nicht. Wenn mein Freund kommt, um mich abzuholen, nehme ich dich mit und übergebe dich der Regierung der Vereinigten Staaten von Nordamerika!« Grob zog er sie zurück auf die Lichtung und beschloß, sie nicht mehr zu beachten. Er wollte sich nicht in eine Diskussion über seinen Befehl einlassen.

Aria saß an einen Baum gelehnt und wartete. Sie versuchte gar nicht erst, diesem sturen Kerl zu erklären, welche Sorgen sie beschäftigten. Mittlerweile war ihr Großvater sicher über ihr Verschwinden unterrichtet worden, und jede Minute, die sie hier unnötig festsaß, kostete ihn wahrscheinlich Monate seines Lebens. Einst hatte er all seine Hoffnungen auf seinen Sohn, Arias Vater, gesetzt. Doch der Thronfolger starb, als seine Tochter gerade fünf Jahre alt war. Von da an war Aria zur Königin erzogen worden. Geschichte, Politik und Wirtschaftswissenschaften waren Gebiete, die ihr durchaus nicht nur oberflächlich vertraut waren.

Dieser eingebildete Mann, der jetzt dort drüben in seiner Hängematte lag und las, dachte wahrscheinlich, daß er ein Patriot wäre, aber er faulenzte und freute sich des Lebens, während sein Land einen blutigen Krieg ausfocht. Niemals würde sich ein König oder eine Königin ausruhen, während sich das Land im Kriegszustand befand, schließlich mußte die königliche Familie immer mit gutem Beispiel vorangehen.

Ihrem Großvater war es gelungen, sein Land aus dem schrecklichen Krieg herauszuhalten, der fast die ganze übrige Welt verwüstete, aber er fürchtete den Einmarsch der Deutschen, wenn er das Vanadium an die Amerikaner verkaufte. Doch Lankonien benötigte dringend Geld. Denn da Lankonien sich neutral verhielt, hatten die meisten Länder die Handelsbeziehungen zu dem kleinen Land abgebrochen.

Dieser Montgomery hatte gesagt, daß Lankonien aus Bergen, Ziegen und Trauben bestände – aber die Trauben verfaulten, weil niemand sie kaufte. Obwohl er wußte, wie gefährdet sie war, hatte ihr Großvater sie nach Amerika geschickt. Der Verkauf des Vanadiums war für das Land äußerst wichtig.

Aber jetzt saß sie hier praktisch als Gefangene dieses dummen Mannes fest, der viel zu kleinbürgerlich dachte, um die Zusammenhänge zu verstehen, und sie konnte diese Insel nicht verlassen! Im stillen hoffte sie, daß die Amerikaner die Meldung über ihr Verschwinden zurückhalten würden. Aber das war nicht sehr wahrscheinlich – die amerikanischen Zeitungen hatten offentsichtlich den Ehrgeiz, über alles zu berichten.

Sie schaute verstohlen zu dem Mann hinüber und sah, daß er eingeschlafen war. So leise sie konnte, machte sie sich auf den Weg und bog in den Pfad ein.

Sie gelangte bald zum Strand, aber die Sonne ging gerade unter, so daß sie nicht mehr viel erkennen konnte.

Plötzlich hörte sie ein Geräusch, das eindeutig wie das Tuckern eines Außenbordmotors klang. Sie fing an zu laufen, und erblickte ein kleines Motorboot, das drei Männer gerade auf den Strand zogen. Sie hob die Hand und wollte ihnen etwas zurufen, doch schon im nächsten Moment lag sie flach auf dem Sand. Lieutenant Montgomery lag mit seinem ganzen Gewicht auf ihr.

»Kein Wort«, flüsterte er in ihr Ohr. »Hast du gehört? Ich weiß nicht, wer das ist – aber eins weiß ich mit Sicherheit: harmlose Ausflügler sehen anders aus!«

Aria schnappte nach Luft und versuchte eine Hand zu heben, aber J. T. hinderte sie daran.

»Es ist nicht gestattet –«, wollte sie ihn zurechtweisen, aber er preßte seine Hand auf ihren Mund und zischte: «Sei still! Sie schauen gerade in unsere Richtung!«

Sie stieß seine lästigen Finger fort und beobachtete die Männer. Einer stand am Boot und zündete sich eine Zigarette an, während die beiden anderen mit einer schweren Kiste im Dickicht verschwanden.

J. T. hielt Aria eng an sich gepreßt, während die Männer in das Boot kletterten, den Motor anließen und wegfuhren.

»Sie können mich jetzt loslassen«, sagte sie, als die Männer verschwunden waren.

Aber J. T. rührte sich nicht. Seine Hände strichen über ihre Hüften. »Was für eine Unterwäsche hast du bisher getragen?« fragte er staunend. »Das ist ja ein Unterschied wie Tag und Nacht!«

Die Erziehung ihrer Mutter hatte eine solche Situation nicht in Betracht gezogen, deshalb reagierte Aria aus einem weiblichen Instinkt heraus: Sie stieß ihm den Ellenbogen in die Rippen, rollte sich weg und stand auf.

Der Mann lag da und rieb sich stöhnend den Brustkorb. »Die Sonne muß mir das Gehirn ausgedörrt haben, wenn ich eine Frau wie dich anziehend finden kann! Geh zurück ins Lager!«

»Was wohl in der Kiste ist?«

J. T. stand auf. »Ach, die hochwohlgeborene Prinzessin ist neugierig! Wahrscheinlich hättest du den Kerlen gern gesagt, daß es ihnen nicht gestattet ist, deine Insel zu verunreinigen.«

»Dies ist eine amerikanische Insel«, stellte sie verwirrt richtig.

»Ach komm«, lachte er, »habt ihr Lankonier keinen Sinn für Humor?« Er ging den Strand hinunter, und sie folgte ihm.

»Sicher haben wir Humor«, konterte sie hitzig. »Aber nur, wenn wir nicht wie Sträflinge behandelt werden. Außerdem möchte ich Sie bitten, mich nicht mehr anzufassen.«

»Wie alt bist du eigentlich?«

»Ich glaube nicht –«, begann sie, doch dann seufzte sie ergeben: »Vierundzwanzig.«

»Wie ist der Prinz, den du heiraten wirst?«

»Er ist ein Graf und steht in verwandtschaftlichen Beziehungen zum englischen und norwegischen Königshaus.«

»Ich verstehe, deine Kinder werden also einen makellosen Stammbaum haben. Ist er mit dir verwandt?«

Sie verabscheute seinen Tonfall. »Nur entfernt.«

»Also keine Inzucht. Wer hat ihn ausgesucht?«

»Lieutenant Montgomery, ich muß Sie ernsthaft bitten, diese abscheuliche Befragung abzubrechen!«

»Ach, ich versuche doch nur etwas über dein Land, eure Sitten und Gebräuche zu erfahren. Ist doch nichts Schlimmes, oder? Möchtest du denn nichts über die Amerikaner erfahren?«

»Ich habe ihre Sitten und Gebräuche studiert. Die ersten Einwanderer gingen im siebzehnten Jahrhundert an Land; alle Texaner wurden bei der Schlacht am Alamo getötet; ihr habt eine Verfassung – eure –«

»Nein, nein. Ich meine, was weißt du über die Menschen, die Amerikaner?«

Sie schwieg einen Augenblick, dann meinte sie nachdenklich: »Amerikaner sind sehr seltsame Menschen, finde ich. Bis jetzt gehört diese Reise nicht zu meinen erfreulichsten Erinnerungen.«

Er lachte kurz auf. Sie kamen zum Lagerplatz des Motorbootes. »Bleib hier, aber wirklich!« befahl er ihr. Sie nickte folgsam, und J. T. verschwand im Dikkicht, kam aber schon nach einer Minute zurück. »Marinegüter. Gestohlen natürlich. Die Halunken haben ein großes Lager angelegt. Sie wollen das Zeug wahrscheinlich auf dem Schwarzmarkt verkaufen.«

»Auf dem Schwarzmarkt? Was ist das?«

Er gab ihr keine Antwort auf die Frage, sondern ergriff ihren Arm. »Los, machen wir, daß wir hier wegkommen. Vielleicht kommen die Ganoven heute nacht noch ein paarmal wieder. Wenn ich wieder daheim bin, werde ich der Navy von diesem Lager berichten.«

Aria entwand sich seinem Griff und schritt davon. »Nur Königen ist es gestattet, neben dir zu gehen, richtig? Erzähl mal, geht Graf Julius eigentlich neben dir?«

Sie hielt an, drehte sich um und funkelte ihn an. »Er heißt Graf Julian, nicht Julius, und in der Öffentlichkeit ist es ihm nicht gestattet, neben mir zu gehen.«

»Darf er es, wenn er dein Ehemann und der König ist?«

»Er wird nicht König, es sei denn, daß ich ihn dazu ernenne. Aber das werde ich nicht tun. Ich bin die Königin, und er wird mein Prinzgemahl.«

»Wenn er nicht König wird – warum heiratet er dich dann?«

Aria ballte die Hände zu Fäusten. Dieser Mann brachte sie noch so weit, daß sie ihre Beherrschung verlor! »Wegen Lankonien«, erwiderte sie einfach. »Außerdem liebt er mich.«

»Obwohl er dich erst viermal gesehen hat?«

»Wir haben uns erst dreimal getroffen«, stellte sie

richtig. Dann meinte sie abschließend: »Ich glaube, ich habe genug Fragen beantwortet. Selbst in Ihren Bibliotheken muß es Bücher über Lankonien geben. Ach, noch eines – was gedenken Sie mir zum Abendessen zu servieren?«

»Wir werden Fisch mit Zwiebeln kochen, Prinzessin. Du wirst die Zwiebeln schneiden. Diese Tätigkeit wird dir bestimmt viel Spaß machen!«

4

Aria roch an ihren Händen – sie stanken entsetzlich. Sie würde sich die Haut herunterschrubben müssen, um diesen fürchterlichen Zwiebelgeruch loszuwerden! Sie drehte sich um und erblickte J. T., der gemütlich in der Hängematte lag. Für sie schien kein Bett vorhanden zu sein.

»Wo werde ich schlafen?«

Er öffnete noch nicht einmal die Augen. »Wo du willst, Prinzessin. Schließlich befinden wir uns in einem freien Land.«

Es wurde langsam kühl, und sie rieb sich die Arme. »Ich würde gern in der Hängematte schlafen.«

J. T. streckte einladend die Arme aus. »Nur zu, Baby. Ich habe nichts dagegen.«

Aria seufzte. »Ich vermute, daß es zuviel verlangt wäre, Sie zu bitten, mir die Hängematte ganz zu überlassen.«

»Viel zuviel. Schließlich bin ich nicht auf Besuch eingerichtet. Ich habe nur eine Decke und eine Hängematte. Ich teile gern alles mit dir, und ich versichere dir noch einmal – ich werde dich nicht anrühren!«

Aria saß auf dem Boden und fühlte, wie es langsam kalt wurde. Sie sah ihn an – wie warm und behaglich er in seiner Hängematte lag! Sie lehnte sich zurück und schloß die Augen, aber ihre klappernden Zähne ließen sie nicht einschlafen. Schließlich stand sie auf und ging herum. J. T. streckte wieder die Arme nach ihr aus. Ohne lange zu überlegen, ob es ungehörig war oder nicht, kletterte sie zu ihm. Zuerst versuchte sie, ihm den Rücken zuzudrehen, aber das war in der Hängematte unmöglich. So sagte sie beiläufig: »Entschuldigen Sie bitte«, und legte den Kopf auf seine Schulter. Sie war überrascht, daß das Gefühl, seine nackte Haut zu spüren, gar nicht so unangenehm war.

J. T. legte die Arme um sie, und Aria vernahm sein zufriedenes Stöhnen. Sie schloß die Augen. Besser sie dachte nicht zu lange über diesen unmöglichen Zustand nach – eine außergewöhnliche Situation verlangte schließlich nach ungewöhnlichen Mitteln. Außerdem fühlte sie sich sehr geborgen. Aria legte ihr Bein über sein Knie und schlief zufrieden ein.

»Wach auf, es ist Morgen«, flüsterte ihr eine rauhe Stimme ins Ohr.

Sie wollte noch nicht aufwachen, also kuschelte sie sich enger an ihn.

Er umfaßte ihre Schultern und schüttelte sie sanft. »Du sollst aufstehen und dich frisieren.«

Schlaftrunken blinzelte sie ihn an und lächelte entspannt. Das Haar fiel ihr auf die Schultern. »Guten Morgen.«

In der nächsten Minute schubste er sie aus der Hängematte, so daß sie hart auf den Boden fiel. Sie rieb verblüfft ihr wundes Hinterteil.

»Du bist das ungeschickteste Mädchen, das ich

kenne!« fauchte er böse. »Haben sie dir auf der Schule noch nicht einmal die einfachsten Dinge des Lebens beigebracht?«

»Wenn Sie auf den Besuch einer öffentlichen Schule anspielen, so habe ich niemals eine besucht. Ich hatte Privatlehrer und Gouvernanten.« Aria streckte sich genußvoll. »Ich habe herrlich geschlafen. Sie auch?«

»Nein«, knurrte er. »Ich hab' kein Auge zugetan! Ich bin heilfroh, daß das unser letzter gemeinsamer Tag ist! Nach solchen ›Ferien‹ wird der Dienst in der Navy für mich die reine Erholung sein! Ich habe dir doch gesagt, daß du dir die Haare richten sollst! Und zieh deine Unterwäsche wieder an!« Nach diesen Worten stapfte er auf den Pfad zum Strand.

Aria starrte ihm zuerst fassungslos hinterher, doch plötzlich lächelte sie. Sie wußte nicht ganz genau, was ihn so aufbrachte, aber sie fühlte himmlisch. Sie ging zum Wasser und betrachtete nachdenklich ihr Spiegelbild.

Sie hatte schon viele Heiratsanträge bekommen, aber meist von Männern, die sie gar nicht gekannt hatte und die nur eine Königin zur Frau haben wollten. Graf Julian war sechzehn Jahre älter als sie, und er hatte um ihre Hand angehalten, als sie gerade acht Jahre alt gewesen war.

Aria strich über ihr Haar. Es war klebrig und ziemlich schmutzig. Vielleicht konnte sie es waschen ... Sie spähte den Pfad hinunter – der Mann war nicht zu sehen. Eilig durchwühlte sie die Kiste. Sie fand zwar kein Shampoo, aber ein Stück Seife und ein kleines Handtuch.

Eilig zog sie sich aus und ließ sich in das klare Wasser sinken. Sie seifte gerade ihr Haar ein, als J. T. zurückkehrte. Er blieb abrupt stehen und starrte sie mit großen Augen an.

Sie griff nach dem Handtuch und versuchte damit ihre Blößen zu bedecken. »Gehen Sie weg! Entfernen Sie sich!«

Er gehorchte ihr augenblicklich.

Aria lächelte, dann lachte sie und summte eine Melodie. Seine Bewunderung hatte ihr unglaublich gut getan . . .

Sie nahm sich viel Zeit, um sich anzuziehen – wobei sie ihre Unterwäsche überhaupt nicht beachtete! – und ihr Haar zu kämmen. Sie kämmte sich noch, als er wiederkam.

»Ich habe Hummer zum Frühstück, und in der Kiste sind ein paar Cracker«, sagte er heiser.

Aria war sich bewußt, daß er sie beobachtete, und lächelte leicht. Sie spielte mit ihrem langen, dunklen Haar, das leise in der Morgenbrise wehte.

Plötzlich umfaßte er ihre Schultern und zwang sie dazu, ihn anzublicken. »Lady, du spielst mit dem Feuer. Vielleicht hältst du mich ja für einen deiner Dienstboten, die du ja quälen kannst. Aber du täuscht dich.«

Seine Finger gruben sich in ihre Schultern, sein Mund senkte sich auf ihren, und er küßte sie leidenschaftlich. Danach stieß er sie von sich. »Du bist ein vierundzwanzigjähriges Kind! Ein unschuldiges kleines Mädchen, und ich möchte, daß du deine Unschuld für deinen Julian aufhebst. Reize mich also nicht zu sehr. Ich bin nicht dein Dienstbote und keineswegs ungefährlich. Jetzt lang mal dort hinüber, öffne das Netz und gib mir die Hummer.«

Aria brauchte eine Weile, bis sie reagieren konnte. Sie hob die Hand an die Lippen. Julian hatte sie zwar schon einmal geküßt, aber dieser Kuß war sanft gewesen, und außerdem hatte der Graf sie vorher um Erlaubnis gefragt.

»Ich hasse Sie!«

»Gut! Ich kann auch nicht behaupten, daß ich dich besonders liebe.«

Das Frühstück verlief schweigend, und nach dem Essen zündete sich J. T. eine Zigarette an. Aria öffnete schon den Mund, um ihm zu sagen, daß es dazu ihrer Erlaubnis bedürfe, doch dann besann sie sich anders. Sie hatte wirklich keine Lust, sich mit ihm auf ein Wortgefecht einzulassen. Aria sehnte den Augenblick herbei, an dem sie diese Insel endlich verlassen konnte.

Nachdem er die Zigarette ausgedrückt hatte, stand er auf, befahl ihr mürrisch, sich nicht aus dem Lager wegzurühren, und verschwand.

Aria saß eine lange Zeit reglos da, umfaßte ihre Knie und dachte an ihren Großvater. Wenn sie doch nur bald all die vertrauten Gesichter und Orte wiedersehen könnte!

Als J. T. nach ein paar Stunden immer noch nicht zurückgekehrt war, ging sie an den Strand. Montgomery lag unter der Palme, seine Augen waren verschlossen, sein Hemd war wie üblich nicht zugeknöpft, das Gewehr lehnte am Stamm.

»Willst du wieder fischen?« fragte er träge.

Sie gab keine Antwort. Der Klang eines Motorboots schreckte sie beide auf. J. T. sprang augenblicklich hoch. »Leg dich hin«, forderte er sie auf. »Und bleib hier, bis ich dir sage, daß die Luft rein ist.« Er griff nach seinem Gewehr und lief den Strand entlang.

Aria ging hinter der Palme in Deckung und beobachtete ihn. J. T. blieb plötzlich stehen und winkte dem Boot zu. Aria stand auf, glättete ihren Rock und strich sich über die Haare. Mit einem halbzerfetzten Kleid und einer Frisur, die seit über einer Woche kein Friseur mehr gerichtet hatte, kam sie sich etwas albern vor, aber sie versuchte, das Beste aus der Situation zu machen.

Mit all der Grazie, die sie sich in jahrelanger Übung angeeignet hatte, schritt sie auf Lieutenant Montgomery zu.

»Ich war noch nie so froh, dich zu sehen«, sagte J. T. zu dem Mann, der prompt antwortete: »Dolly hat mich gedrängt, etwas früher loszufahren. Sie hat sich alle möglichen Dinge ausgemalt, die dir hier in der Wildnis zustoßen könnten. Außerdem möchte ich noch ein bißchen fischen gehen, ehe wir zurückfahren.«

J. T. schüttelte den Kopf. »Das lassen wir lieber. Ich möchte endlich wieder unter zivilisierten Menschen leben.«

»Aha, du hast dich ein bißchen einsam gefühlt, was? Ich hab' dir ja gesagt – « Er unterbrach sich, als er Aria erblickte. »Du Heimlichtuer!« rief er kichernd und warf Aria einen bewundernden Blick zu. Sie war offensichtlich eine richtige Klassefrau! Die Art, wie sie sich bewegte und wie sie sich hielt, sprach für sich. Bill wußte, daß J. T's Familie eine Menge Geld hatte, und er hatte sich immer gedacht, daß sein Freund sich nur mit einer richtigen Dame ernsthaft abgeben würde. Bill hätte gern gesehen, wenn J. T. bald heiratete. Vielleicht wäre er dann nicht mehr so eifersüchtig, wenn Dolly J. T. zu sehr bemutterte. »Da hast du mich aber ganz schön hinters Licht geführt!«

»Es ist nicht so, wie du denkst«, fauchte J. T. und drehte sich zu Aria um: »Ich hab' dir doch gesagt, daß du in Deckung bleiben sollst.«

Bill lächelte wissend. Leute, die sich liebten, zankten sich! Er sah sich Aria etwas genauer an. »Habe ich Sie nicht schon irgendwo gesehen?« fragte er.

»J. T., willst du uns nicht miteinander bekannt machen?«

J. T. seufzte. »Bill Frazier, darf ich dir Ihre Königliche Hoheit –«, er wandte sich unfreundlich an Aria: »Wie heißt du eigentlich?«

»Prinzessin!« Bill holte tief Luft. »Sie sehen der Prinzessin ahnlich, die gestern unsere Docks besucht hat!«

»Aber ich war doch hier«, erwiderte Aria erstaunt. »Ich halte mich seit einigen Tagen hier auf!«

J. T. runzelte die Stirn, griff nach Arias Arm und zog sie in Richtung Palme.

»He!« protestierte Bill nervös. »Findest du es richtig, 'ne Prinzessin so zu behandeln? Du beleidigst vielleicht ihr Land oder so was!«

»Ja oder so was«, bellte J. T. und hielt unter der Palme an. »Jetzt erzähl mir mal, warum die beiden Männer auf dich geschossen haben!«

»Geschossen?« echote Bill, der versucht hatte, mit ihnen Schritt zu halten. »Als ich sie gesehen habe, war sie von fünfzig Soldaten umlagert. Von einer Schießerei habe ich nichts gehört!«

»Bill«, sagte J. T., »als deine Prinzessin die Docks besuchte, war diese Prinzessin hier bei mir.«

Bill schüttelte verwirrt den Kopf. »Sie haben also eine Schwester?«

»Die sieht mir überhaupt nicht ähnlich«, widersprach Aria und versuchte, ihrer eigenen Verwirrung Herr zu werden.

»Fang endlich an, zu erzählen«, forderte J. T..

Kurz und bündig berichtete Aria von ihrer Entführung und ihrer Flucht.

»Ach, du kannst Fesseln lösen – aber du bist nicht in der Lage, dein Kleid allein aufzuknöpfen«, sagte J. T. mit erhobenen Augenbrauen.

»Man tut, was man kann!«

Bill räusperte sich, um auf sich aufmerksam zu machen. »Denken Sie vielleicht, daß die Leute, die Sie entführt haben, eine Doppelgängerin an Ihre Stelle gesetzt haben?«

»Eine Doppelgängerin?« fragte Aria.

»Jemand, der an deine Stelle tritt und dir ähnlich sieht«, erklärte J. T., und Aria versank in erschrockenes Schweigen.

Bill warf J. T. einen bedeutsamen Blick zu. »Woher wissen wir denn, welche die Fälschung ist?«

J. T. musterte Aria prüfend. »Die hier ist eine echte Prinzessin. Darauf verwette ich mein Leben und das meiner Familie dazu. Niemand könnte so gut schauspielern.«

Bill starrte Aria an wie das achte Weltwunder. Bewundernd sagte er: »Meine Frau würde Sie bestimmt gern kennenlernen! Als ich gestern nach Hause kam, hat sie mich mit Fragen über Sie bombardiert. Sie wollte wissen, wie Sie angezogen waren, ob Sie eine Krone getragen haben und so.« Er hielt inne. »Aber – das waren dann ja gar nicht Sie!«

Aria schenkte ihm den Schatten eines Lächelns. »Vielleicht werde ich Ihrer Frau eines Tages eine Audienz gewähren.«

Bill sah J. T. mit weitaufgerissenen Augen an. »Meint sie das ernst?«

»Nun ja – mehr oder weniger schon. Wir müssen aber erst mal herausfinden, was wir jetzt unternehmen können.«

Aria dachte über das Problem nach. »Sie müssen mich sofort zu Vertretern Ihrer Regierung bringen. Ich werde dort berichten, was geschehen ist, und diese Schwindlerin muß entfernt werden.«

»Aber woher sollen sie wissen, welche die richtige

Prinzessin ist?« fragte J. T. so nachsichtig, als ob er mit einem kleinen Kind spräche.

»Sie werden es ihnen sagen! Schließlich sind Sie Amerikaner.«

»Aber ich bin doch nur ein Bürgerlicher – das hast du selbst gesagt!« erwiderte J. T. ärgerlich.

»Ich habe gelernt, daß alle Amerikaner gleiche Rechte haben«, schoß Aria zurück. »In Ihrem Land ist jeder Bürger ein König.«

»Du –«, begann J. T.

»Wart eine Minute«, unterbrach ihn Bill schnell. »Könnten wir das Problem auch ohne Streit lösen?«

J. T. sah Aria an. »Kennst du vielleicht ein paar hohe Tiere in Washington? Generäle? Senatoren?«

»Ja, General Brooks hielt sich vor einiger Zeit eine Weile in Lankonien auf, um meinen Großvater von der Notwendigkeit meiner Reise zu überzeugen. Es wird meinem Großvater nicht gefallen, daß –«

»Ihr Großvater ist König«, wandte sich J. T. erklärend an Bill. »Dann ist alles klar. Wir müssen unbedingt nach Washington zu General Brooks.«

Aria straffte sich. »Wir können uns sofort auf den Weg machen. Sobald ich meine Kleider habe, kann die Reise losgehen. Oh ...« Sie brach ab, weil ihr bewußt wurde, welch ungeheuerliche Situation da auf sie zukam – weder ihre Kleider noch ihre Zofen waren für sie erreichbar. Sogar der Rückweg nach Lankonien war ihr versperrt. »Sah die andere Frau wirklich so aus wie ich?« flüsterte sie.

»Also, wenn ich's mir recht überlege, dann war sie nicht halb so schön wie Sie«, sagte Bill und verzog den Mund zu einem anerkennenden Grinsen.

J. T. schenkte Bill einen verächtlichen Blick und sagte kühl: »Hör auf zu turteln! Das Wichtigste ist, daß wir das Vanadium für Amerika retten. Ich könnte mir vorstellen, daß dieser ganze Schwindel nur inszeniert wurde, damit unsere Gegner an das Zeug rankommen.«

»Vanadium?« fragte Bill verständnislos.

»Das ist ein Metall, mit dessen Hilfe man Stahl härter machen kann«, erklärte J. T. ungeduldig. Dann musterte er Aria mit kritischen Blick. »Solange du so aussiehst, können wir dich keinem General vorführen ...« Er überlegte kurz. »Bill, meinst du, daß wir es mit diesem Boot bis nach Miami schaffen?«

»Miami? Wir werden Stunden brauchen!«

»Mehr Zeit haben wir auch nicht. Wir werden ihr dort Kleider kaufen, sie dann in den Zug nach Washington setzen, und das ist alles. Damit wäre unsere Aufgabe erledigt.«

»Aber sie ist doch fremd in diesem Land. Sollte sie nicht jemand begleiten?«

»Es ist Krieg! Wir müssen beide morgen früh um neun zum Dienst erscheinen – pünktlich! Wenn du in Kriegszeiten nicht pünktlich erscheinst, wirst du nicht bloß ein paar Tage eingebuchtet – dann wirst du wegen unerlaubten Entfernens von der Truppe an die Wand gestellt! Glaub mir, sie wird sich schon zurechtfinden. Und sobald sie bei General Brooks ist, ist sowieso alles in Ordnung. Außerdem – ich würde sie auf keinen Fall begleiten!« J. T. wandte sich ab und ging auf den Pfad zu. »Wir packen, und dann gehen wir einkaufen!«

Bill lächelte Aria unsicher zu und lief dann hinter seinem Freund her. »J. T., du bist komplett verrückt! Wir erreichen Miami frühestens um Mitternacht! Außerdem – es ist Sonntag! Da haben die Geschäfte nicht geöffnet. Wovon willst du die Kleider denn bezahlen, he? Sie kann doch nicht gut bei Woolworth einkaufen! Ach, und dann gibt es doch noch so etwas wie Bezugsscheine für Kleider! Bring sie doch lieber selbst zur Regierung! Die wird schon wissen, was zu tun ist!«

»Nein«, erwiderte J. T. bestimmt.

»Ich wette, daß du mir keinen vernünftigen Grund für dein Verhalten nennen kannst. Schließlich hänge ich jetzt auch mit drin!«

J. T. drehte sich zu ihm herum und erklärte: »Irgendwer in Key West hat versucht, sie zu töten. Wenn sie sich jetzt vor die Hochstaplerin hinstellt und ihr Recht fordert, dann ist sie in längstens zwei Tagen tot. Ich habe schon viel Gutes über General Brooks gehört. Der hat wirklich Verstand und weiß ganz sicher, was er zu tun hat!«

»Du hast mehr Vertrauen in die Obrigkeit als ich«, meinte Bill säuerlich, während sie durch das Unterholz krochen.

Dreißig Minuten später hatten sie J. T's Gepäck im Boot verstaut und waren abfahrbereit. Bill streckte die Hand aus, um Aria beim Einsteigen zu helfen.

»Die würde lieber auf die Nase fallen, als sich von einem Bürgerlichen anfassen zu lassen«, verkündete J. T. verächtlich.

Aria war so darauf konzentriert, in das schaukelnde Boot zu klettern, daß sie die Bemerkung überhörte.

»Großer Gott«, stöhnte J. T.. »Wir haben nicht die ganze Nacht Zeit«, und zog Aria in das Boot. »Setz dich.«

Aria versteifte sich und wandte sich ab, doch sie konnte nicht verhindern, daß ihr die Zornesröte ins Gesicht stieg. Ein Verlies wäre wirklich eine zu milde Strafe für diesen Mann!

Sie verließen die Bucht schneller, als ihr lieb war. Nur mühsam hielt sie sich auf dem Sitz. Es würde diesem ekelhaften Menschen sicher einige Genugtuung bereiten, wenn sie über Bord ginge.

Nach ein paar Minuten übernahm J. T. das Steuer des Bootes und erhöhte die Geschwindigkeit noch mehr. Die salzige Luft nahm Aria den Atem, aber nach dem ersten Schock begann ihr die Fahrt zu gefallen. Von Zeit zu Zeit fragte Bill höflich, wie es ihr ginge, doch J. T. schaute starr nach vorn auf das Meer.

Am späten Nachmittag liefen sie in Key Largo ein und tankten auf. Obwohl ihre Muskeln von dem steifen Sitzen im Boot total verkrampft waren, rührte sich Aria nicht von der Stelle. Sie war schließlich daran gewöhnt, stundenlang stillzusitzen.

»Wo kann ich ein paar Sandwiches kaufen?« fragte J. T. den Hafenmeister.

»Am Ende vom Pier ist ein kleiner Imbiß.«

Bill blieb bei Aria im Boot, während J. T. einkaufte.

»Was ist das?« fragte Bill, als er die Tüten inspizierte, die J. T. mitbrachte. »Eine Gabel, ein Messer und ein Porzellanteller?! Für Sandwiches??«

J. T. riß Bill die Tüten aus der Hand. »Können wir weiter fahren?« knurrte er.

»Wir haben nur auf dich gewartet«, erwiderte Bill gutmütig.

Sie liefen in Richtung Norden aus. Als sie auf See waren, knallte J. T. ein Sandwich mit Eiersalat auf den billigen Teller, den er für teures Geld erstanden hatte, und reichte ihn Aria, zusammen mit Messer und Gabel.

Zum ersten Mal seit Tagen konnte Aria wieder anständig essen! Sie bemerkte überhaupt nicht, daß Bill sie fassungslos anstarrte.

»Eine echte Prinzessin!« stammelte er. »Dolly wird Augen machen, wenn sie davon hört!«

»Du wirst Dolly kein Wort erzählen!« sagte J. T. streng. »Niemand wird von dieser Geschichte erfahren!«

Bill wollte etwas erwidern, aber er besann sich anders, nachdem er einen Blick auf J. T's wütendes Gesicht geworfen hatte.

Um Mitternacht erreichten sie Miami.

»Morgen früh machen die Läden wieder auf. Wir werden wohl solange warten müssen«, meinte Bill und gähnte. »Die Navy hat es gar nicht gern, wenn man zu spät kommt. Glaubst du, wir kriegen einen Rüffel?«

J. T. sprang aus dem Boot. »Sichere du das Boot. Ich muß telefonieren«, ordnete er an.

Aria stand steifbeinig auf und kletterte aus dem Boot. Wie immer ließ sie sich ihre Müdigkeit nicht anmerken.

»Es ist alles arrangiert«, ertönte J. T's Stimme. »In ein paar Minuten kommt ein Taxi, und mein Freund wird uns an einer Boutique treffen. Um vier Uhr früh geht ein Zug nach Washington. Komm, Prinzessin! Oder bist du zu müde, um dir ein paar Kleider auszusuchen?«

Aria straffte ihre Schultern. »Ich verspüre überhaupt keine Müdigkeit!«

Das Taxi hielt mit kreischenden Bremsen, und J. T. verlor keine Zeit – er schubste Aria auf den Rücksitz.

»Sie scheint doch richtig nett zu sein«, hörte sie Bill leise sagen. »Warum behandelst du sie so schlecht?«

J. T. antwortete nicht, sondern setzte sich vorne neben den Fahrer und gab ihm eine Adresse an. Sie fuhren durch stille, dunkle Straßen.

»Bist du sicher, daß der Laden offen hat, Kumpel?« fragte der Taxifahrer J. T.

»Er wird offen sein, wenn wir ankommen.«

Sie hielten vor einem kleinen Geschäft, dem man ansah, daß es dort nur exklusive Moden zu kaufen gab.

»Sieht nicht so aus, als ob es offen wäre«, meinte Bill verdrießlich. »Vielleicht sollten wir es mal in der Stadt versuchen.«

J. T. stieg aus. »Da ist er schon«, verkündete er und ging auf einen schwarzen Cadillac zu, der gerade am Bürgersteig hielt.

Bill sprang aus dem Taxi.

»Tut mir leid, daß ich dir Ungelegenheiten bereite, Ed«, sagte J. T. und streckte die Hand aus. »Wenn es sich nicht um eine wirklich wichtige Sache von nationaler Bedeutung gehandelt hätte, dann hätte ich dich gar nicht erst belästigt.«

»Ach was, war doch selbstverständlich«, erwiderte ein älterer, grauhaariger Mann, der wie ein wohlhabener Geschäftsmann aussah. »Ist die Direktrice noch nicht hier?« fragte er mit gerunzelter Stirn.

»Nein«, antwortete J. T. »Was macht deine Familie?«

»Ein Junge ist in Yale, der andere bei der Air Force. Wie geht es deiner Mutter?«

»Wie immer. Sie macht sich natürlich Sorgen um ihre Söhne.«

Der ältere Mann lächelte und zog seine Brieftasche aus dem Mantel. »Ich hoffe, es ist genug.« Bill schluckte – soviel Geld hatte er noch nie gesehen.

Doch J. T. grinste nur. »Ich glaube schon – aber du weißt ja, wie Frauen sind.«

»Dürfte ich sie kennenlernen?«

J. T. ging zur Autotür und öffnete sie. Aria stieg graziös aus.

»Ich bin hochgeehrt, Ihre Königliche Hoheit«, sagte der ältere Mann.

Aria runzelte die Stirn. Sie würde sich nie an die amerikanischen Manieren gewöhnen! Da sprach sie dieser unhöfliche Mann einfach an, ohne daß er ihr ordnungsgemäß vorgestellt worden war! Aber nach dem Benehmen, das Lieutenant Montgomery auf der Insel an den Tag gelegt hatte, schien dieser Mann ihr ausgesprochen wohlerzogen zu sein. Sie neigte den Kopf hoheitsvoll in seine Richtung.

J. T. wollte sie gerade zurechtweisen, als ein schwarzer Chevrolet neben ihnen hielt, aus dem eine dünne, langnasige Frau stieg. Sie schien sich über irgend etwas zu ärgern. – Nun weiß jede Frau, daß niemand hochnäsiger ist als die arroganten Verkäuferinnen in einem exklusiven Modegeschäft. Und diese Angestellte war dazu noch mitten in der Nacht aus dem Bett geholt worden.

Sie maß die Männer mit zornigen Blicken. »Das ist eine Unverschämtheit!« begann sie mit schriller Stimme. »Mir ist es ziemlich egal, daß wir uns in einem Krieg befinden!« Sie sah Aria lange an und rümpfe ihre Hakennase! »Diese Person soll ich einkleiden?«

Aria trat resolut vor. »Sie werden Ihr kleines Geschäft öffnen und mir eine Auswahl Ihrer Modelle vorlegen. Wenn mir etwas gefällt, werde ich ein oder zwei Kleider kaufen.« Aria sagte das mit solcher Würde, daß die andere Frau förmlich zusammenknickte.

»Jawohl, gnädiges Fräulein. Sofort«, erwiderte sie kleinlaut und schloß eilig die Tür auf.

Aria betrat direkt hinter ihr den Laden. Zum ersten Mal befand sie sich in einem solchen Geschäft. Es erschien ihr seltsam, ein fertiges Kleid zu kaufen, das nicht allein für sie geschneidert worden war.

Aria stand am Ständer mit den Blusen und überlegte. Der elfenbeinfarbene Seidenkrepp fiel wirklich sehr schön. Daneben hing eine gelbe Bluse mit kleinen schwarzen Tupfen. Ob gelb ihr stand?

Die Verkäuferin sprach mit J. T. und übergab ihm einen Zettel. »Hier! Rufen Sie diese Nummer an, und sagen Sie Mavis, daß sie rasch rüberkommen soll.«

J. T. fühlte sich, wie alle Männer, in dieser typisch weiblichen Atmosphäre sehr unbehaglich und kam der Aufforderung nur allzu gerne nach.

»Wer ist das?« fragte Bill leise, während J. T. wählte, und deutete auf den älteren Mann, der es fertiggebracht hatte, den Laden mitten in der Nacht öffnen zu lassen.

»Ein Freund meiner Mutter. Er besitzt ein oder zwei Banken«, antwortete J. T. kurz, dann sprach er in den Hörer: »Hallo? Ist dort Mavis?«

»Ich warte«, rief Aria ungeduldig aus der Umkleidekabine.

Der Bankier verabschiedete sich, Mavis kam, Bill und J. T. saßen wartend auf kleinen Goldstühlchen. Bill döste, und J. T. rutschte nervös hin und her.

»Das hier ist absolut unmöglich. Es sitzt nicht«, sagte Aria und betrachtete kritisch ihr Spiegelbild.

»Aber das ist ein Modell von Mainbocher«, protestierte die Direktrice. »Wenn man hier etwas einnäht und da und da ... Außerdem natürlich die passenden Handschuhe ...«

»Nun ja ... Jetzt aber zu diesem Kleid.«

»Eine entzückende Kreation von Schiaparelli.«

»Ich nehme es. Packen Sie es bitte vorsichtig ein.«

Ja, gerne«; erwiderte die Verkäuferin zögernd. »Wo ist das Gepäck des gnädigen Fräuleins?«

»Ich habe kein Gepäck. Das müssen Sie beschaffen.«

»Aber ... aber, gnädiges Fräulein, in diesem Geschäft werden keine Koffer und dergleichen verkauft!«

Aria fand die Einwände höchst ermüdend. »Dann besorgen Sie es eben! Und ich möchte, daß Sie die Kleider vorsichtig in Seidenpapier einwickeln!« befahl Aria. Diese Amerikaner schienen wirklich überhaupt keine Ahnung von irgend etwas zu haben!

Die Frau schoß eilig aus der Kabine und flüsterte Mavis etwas ins Ohr, die daraufhin losrannte. Sie wandte sich an J. T.: »Es wird noch eine Weile dauern, da wir noch einige Änderungen vornehmen müssen.«

J. T. stand auf und sagte bestimmt: »Wir haben keine Zeit. Ich muß in einigen Stunden wieder in Key West sein. Welche Kleidergröße trägt sie?«

»Sechs. Sie hat eine wirklich perfekte Figur, doch die Kleider sitzen nicht richtig«, antwortete die Verkäuferin diplomatisch.

»Dann packen Sie alle Kleider in Größe sechs zusammen.«

Die Augen der Frau wurden groß. »Aber das wird einiges kosten, außerdem muß ich Bezugsscheine für die Kleider vorweisen.«

J. T. nahm das Banknotenbündel aus der Tasche und zählte einen Hundertdollarschein nach dem anderen auf den Tisch. »Vielleicht könnten Sie den staatlichen Stellen melden, daß alle Kleider in Größe sechs Schäden hatten und ersetzt werden mußten ... Glauben Sie mir, kein Hahn wird danach krähen!«

Die Frau blickte fassungslos auf das Geld. »Sie braucht noch Schuhe«, sagte sie heiser.

J. T. legte noch ein paar Hunderter auf den Tisch.

»Und Handschuhe, Strümpfe und natürlich Unterwäsche. Außerdem führen wir noch Modeschmuck ...«

J. T. hörte auf, Scheine hinzublättern. »Prinzessin!« schrie er so laut, daß Bill fast vom Stuhl fiel. »Willst du Schmuck?«

»Ich brauche Smaragde und ein paar Rubine – die aber nur, wenn sie tiefrot sind. Außerdem natürlich Diamanten und Perlen!«

J. T. blinzelte der Direktrice zu: »Ich glaube nicht, daß sie von Modeschmuck spricht, Sie?«

»Wir haben sehr schöne Diamantohrringe.«

J. T. legte noch ein paar Hunderter dazu. »Die nimmt sie auch.«

In diesem Moment erschien Mavis in der Tür. Hinter ihr ging ein schwerbepackter, schläfriger Mann, der weiße Lederkoffer auf den Boden stellte. Die Verkäuferin eilte wieder an Arias Seite. »Sie sehen wundervoll aus, gnädiges Fräulein.«

Aria betrachtete sich wohlgefällig im Spiegel. Sie gefiel sich auch. Nur ihr Haar – es sah so entsetzlich provinziell aus!

»Ihr gutaussehender junger Mann wird bereits ungeduldig.«

»Er ist nicht ›mein junger Mann‹, und gutaussehend finde ich ihn schon gar nicht«, erwiderte Aria, während sie die Nähte ihrer Strümpfe inspizierte. »Tragen alle Frauen in Amerika so kurze Kleider?« Die Angestellte antwortete nicht, sondern starrte Aria nur fassungslos an.

»Sie halten ihn nicht für einen gutaussehenden Mann?« fragte sie schließlich.

Zum ersten Mal kam Aria zu Bewußtsein, daß sie Lieutenant Montgomery noch nie richtig angeschaut hatte. Behutsam schob sie den Vorhang der Kabine ein wenig zur Seite und spähte nach draußen.

Er saß auf einem winzigen Goldstühlchen. Seine langen, überraschend muskulösen Beine waren ausgestreckt, seine Hände steckten in den Hosentaschen. Er war breitschultrig, schmalhüftig und hatte keinen Bauch. Sein dunkles Haar war kurzgeschnitten, und große blaue Augen funkelten unter langen Wimpern. Die Nase war schmal, die Lippen perfekt geschnitten.

Aria drehte sich wieder zum Spiegel. »Ich glaube, dieser Hut paßt zu dem Kleid.«

»Jawohl, gnädiges Fräulein. Nun, ist er gutaussehend?«

»Das grüne Seidenkleid können Sie auch einpakken, und die Strümpfe natürlich!«

»Sehr wohl, gnädiges Fräulein.« Die Frau eilte aus der Kabine, ohne eine Antwort auf ihre Frage erhalten zu haben.

Als sie allein war, lächelte sich Aria zufrieden im Spiegel an. Sie war tagelang mit einem wirklich wunderbar aussehenden Mann allein auf einer Insel gewesen – und sie hatte ihn sich noch nicht einmal genau angeschaut!

»Prinzessin, wir müssen gehen. Der Zug fährt in einer Stunde ab, und wir müssen dich noch zum Bahnhof bringen«, rief J. T. ärgerlich.

Aria schloß für einen Moment die Augen, um sich zu beruhigen, und verließ die Umkleidekabine. ›Gutaussehend, pah!‹, dachte sie. Der Teufel war auch gutaussehend, sagten die Leute, und jetzt wußte sie, daß sie recht hatten.

Bill pfiff leise, als sie den Verkaufsraum betrat. Aria schauderte über diese gewöhnliche Art, ein Kompliment zu machen.

Natürlich sagte J. T. nichts. Er ergriff ihren Arm und zog sie zur Tür.

Sie entwand sich seinem Griff auf eine Art, die einige Übung in dieser Tätigkeit verriet, und setzte sich. »Ich werde nicht reisen, solange mein Haar aussieht wie ein Besen«, verkündete sie entschlossen.

»Du tust jetzt, was man dir sagt, du undankbares ...«

Die Direktrice schaltete sich ein: »Wenn ich mir erlauben dürfte ...«, sagte sie, zog einen Kamm aus der Tasche und begann Aria geschickt zu frisieren.

Aria betrachtete das Ereignis in einem Handspiegel. Sie sah jetzt wenigstens ordentlich aus – aber furchtbar altmodisch.

J. T. nahm ihr den Spiegel aus der Hand. »Du kannst dich im Zug bewundern, solange du Lust hast. Komm jetzt. Zwei Taxis stehen draußen. Eins für uns, das andere für dein ganzes Gepäck!«

Während er sie zum Taxi zog, kam die Direktrice aus dem Laden gelaufen und überreichte Aria eine Flasche Parfüm. »Für Sie«, sagte sie. »Viel Glück!«

Aria reichte ihr die Hand zum Kuß. Die Frau ergriff die Fingerspitzen und knickste verlegen.

J. T. wollte sie wieder drängen, doch Bill schob sich zwischen die beiden und sagte höflich: »Ihr Wagen wartet, Königliche Hoheit.«

Aria schenkte ihm ein bezauberndes Lächeln und stieg ins Taxi. Bill folgte ihr.

»Ich wünschte, ich könnte meiner Frau das alles erzählen«, seufzte er ergriffen, als sie davonfuhren. »Was würde sie staunen, wenn ich ihr berichten könnte, daß ich eine echte Prinzessin getroffen habe.«

»Vielleicht besuchen Sie mich einmal in Lankonien«, bot Aria ihm an. »Mein Haus steht Ihnen immer offen.«

»Haus? Ja wohnen Sie denn nicht in einem Palast?« Seine Stimme schwankte vor Enttäuschung.

»Mein Haus ist dreihundert Jahre alt und hat zweihundertsechs Zimmer.«

»Das ist ein Palast«, meinte Bill selig und lächelte zufrieden.

Aria schmunzelte über sein kindliches Entzücken und nahm sich vor, zu Ehren von Bill und Dolly in Lankonien die »Krone von Araton« zu tragen. Dieses geschmeide bildete die Fassung für einen Rubin von der Größe eines Hühnereis.

»Wenn ihr beiden endlich damit fertig seid, euch irgendwas über Paläste und Häuser zu erzählen, dann könnten wir endlich das Geschäftliche hinter uns bringen«, fuhr J. T. böse dazwischen. »Hier, Prinzessin. Ist für Dich.« Er hielt ihr ein Bündel grüner Scheine hin.

»Was ist das?« fragte sie verwundert.

»Geld«, bellte er.

Aria wandte sich verächtlich ab. »Ich pflege mich nicht mit Geld zu befassen.«

»Eine wirkliche Prinzessin!« seufzte Bill beeindruckt.

J. T. beugte sich über seinen Freund, griff nach der hochmodischen, kleinen Handtasche auf Arias Schoß, die nur ein elegant gesäumtes Ziertaschentuch enthielt, und sagte barsch: »Also ich verstaue das Geld jetzt hier drin! Wenn du nach Washington kommst, nimmst du dir einen Träger, der dein Gepäck befördert. Dem gibst du diese Note – hier die, auf der »eins« geschrieben steht. Nicht eine von den Noten, auf denen noch Nullen stehen! Hast du verstanden? Er soll dich zu einem Taxi bringen, das dich zum ›Waverley Hotel‹ fährt. Dem Taxifahrer gibst du einen Fünfer. Im Hotel fragst du nach Leon Catton. Wenn dieser Herr nicht da ist, sollen sie ihn rufen. Erzähl ihm, daß du eine Freundin von Eleanor Montgomery bist!«

»Ich kenne niemanden, der diesen Namen trägt.«

»Nein, aber du kennst mich, und Eleanor Montgomery ist meine Mutter. Wenn du nicht ihren Namen nennst, wirst du kein Zimmer kriegen. Leon hält immer eine Suite für unvorhergesehene Notfälle frei, aber nenne den Namen meiner Mutter, sonst bekommst du sie nicht! Außerdem wird dein Verhalten und dein Gepäck genug Aufmerksamkeit erregen, denke ich. Ach ja, das hätte ich bald vergessen.« Er nahm eine kleine Schachtel aus der Tasche und gab sie ihr.

Sie öffnete neugierig das Päckchen und fand zwei Diamantohrringe darin, von denen jeder mit fünf kleinen Steinen besetzt war. ›Keine sehr gute Qualität, aber, na ja, besser als nichts‹, dachte sie und befestigte den Schmuck an ihren Ohrläppchen.

»Sagst du niemals ›danke‹« fragte J. T.

»Ich werde das Vanadium an Amerika verkaufen«, erwiderte sie und blickte stur geradeaus.

»Ich muß schon sagen, das ist wirklich eine ganz besondere Art, zu danken«, meinte Bill.

»Wenn sie je in ihr Land zurückkehrt! Wenn sie unsere Regierung überzeugen kann, daß da eine Doppelgängerin an ihrer Stelle eingesetzt wurde! Wenn sie . . .«

Bill klopfte begütigend Arias Hand. Sie erstarrte. »Keine Angst. Jeder Dummkopf sieht, daß Sie die echte Prinzessin sind!«

»Faß sie nicht an. Sie stammt aus königlichem Haus«, warnte ihn J. T. sarkastisch.

»Halte du dich da gefälligst raus, ja?« fauchte Bill erbost.

Den Rest der Fahrt hüllten sich alle in Schweigen.

5

Aria saß nachdenklich in ihrer Suite im Waverley Hotel. Noch immer klang das Gelächter des Hotelpersonals in ihren Ohren. Noch nie war sie ausgelacht worden, und sie hatte auch nicht vor, diese Erfahrung zu wiederholen.

Der Zug war schmutzig, verqualmt und überfüllt gewesen. Hunderte von Soldaten reisten damit zu ihren Einsatzorten, und sie hatte den Eindruck, daß jeder von ihnen versucht hatte, sie zu berühren. Als sie gesagt hatte, daß es keinem Bürgerlichen gestattet wäre, sie anzufassen, hatte man ihr laut ins Gesicht gelacht.

Bei der Ankunft in Washington war sie so nervös gewesen, daß sie die Geldscheine total durcheinandergebracht hatte. Der Träger hatte ihr fast die Füße geküßt, nachdem sie ihm das Geld in die Hand gedrückt hatte. Der Taxifahrer jedoch war richtig unverschämt geworden und hatte sie wegen ihrer vielen Koffer beschimpft.

Vor der Rezeption im Hotel hatte sie eine Schlange von wartenden Menschen vorgefunden, und als sie die Leute gebeten hatte, ihr den Weg frei zu machen, wurden sie richtig unfreundlich, und außerdem tuschelten sie über ihr Gepäck. Aria hatte keine Ahnung, wie man sich in einer Warteschlange verhielt, aber sie lernte schnell. Als sie endlich zum Portier vorgedrungen war, war sie sehr müde und ungeduldig gewesen. Leider schien es dem Hotelangestellten ähnlich zu gehen. Er lachte ihr ins Gesicht, als sie sagte, daß sie eine Suite mieten wollte, und zu ihrer maßlosen Überraschung erzählte er den anderen Wartenden, was sie forderte. Alle hatten sie ausgelacht!

Sie erinnerte sich an J. T's Rat, daß sie dem Portier eine Banknote zustecken müsse – also schob sie dem Mann ihre Geldbörse zu. Aus irgendeinem Grund brachte ihn das aber nur noch mehr zum Lachen.

Nach einer Nacht ohne Schlaf fühlte sich Aria schrecklich. Sie haßte Amerika und die Amerikaner, und sie erinnerte sich noch nicht einmal mehr an die Hälfte dessen, was Lieutenant Montgomery ihr geraten hatte. Außerdem versagten ihre Englischkenntnisse, und ihre Worte wurden undeutlicher.

»Eleanor Montgomery«, brachte sie schließlich heraus.

»Ich kann Sie nicht verstehen«, sagte der Portier. »Sind Sie eine Deutsche?«

Die Warteschlange wurde bei diesen Worten plötzlich ganz still, alle starrten sie feindselig an.

Aria wiederholte den Namen, als ein anderer Mann auf den Portier zutrat. Er war der Manager des Hotels, und der Name von J. T's Mutter wirkte wie ein Zauberspruch. Auf einmal war alles ganz einfach. Pagen wurden herbeigerufen, und innerhalb von Minuten führte der Manager persönlich Aria in den Aufzug, wobei er sich die ganze Zeit wortreich und gewandt für das schlechte Benehmen des Portiers entschuldigte, aber durch den Krieg sei es schier unmöglich geworden, anständiges Personal zu bekommen.

Jetzt, allein in ihrem Zimmer, fühlte sich Aria ziemlich verloren. Der Manager, Mr. Catton, hatte ihr zwar geraten, zu klingeln, wenn sie etwas wünschte – doch wo war hier der Klingelzug?

Ein Klopfen ertönte an ihrer Zimmertür, und als sie nicht antwortete, trat ein Mann ein, der ihr Gepäck vor sich herschob. Nachdem die Koffer im

Schrank verstaut waren, blieb der Mann stehen und sah sie auffordernd an. »Sie können gehen«, sagte sie ungeduldig. Der Mann schnaufte verächtlich und ging auf die Tür zu.

»Warten Sie«, rief Aria und griff nach ihrer Börse. Sie hatte bis jetzt die Erfahrung gemacht, daß Amerika alles für diese Scheine taten, und je mehr Nullen darauf standen, desto besser... Sie zog eine Banknote heraus und sagte: »Ich brauche eine Zofe. Kennen Sie jemanden, der mir beim Ankleiden helfen könnte, mir ein Bad einläßt und meine Koffer auspackt?«

Die Augen des Mannes wurden groß, als er den Hundertdollarschein erblickte. Eifrig erwiderte er: »Für wie lange brauchen Sie ein Mädchen? Meine Schwester könnte das erledigen, aber sie möchte natürlich nicht für immer Zofe bleiben.«

Aria war wieder einmal verblüfft. In Lankonien war es keineswegs entwürdigend, Zofe oder Diener zu sein, und ihre Kammerfrauen dort waren alle von Adel. »Nur für ein paar Tage«, murmelte sie.

»Ich werd' sie anrufen«, nickte der Mann und ging zu dem schwarzen Telefon, das am Fenster stand.

Aria hatte zwar schon manchmal ein Telefon benutzt, aber immer hatte jemand anders für sie gewählt. Deshalb beobachtete sie interessiert, wie der Mann die Wählscheibe drehte. Er sprach mit seiner Schwester, und Aria ging ins Schlafzimmer.

Die Frau erschien zwei Stunden später. Sie war mürrisch und verdrossen und machte Aria klar, daß sie eigentlich keine Dienerin wäre. Nur die Kriegszeit wäre schuld daran, daß sie sich überhaupt zu einer solchen Arbeit bereit fände.Sie tat zwar alles, was Aria ihr auftrug, aber sie verbarg keineswegs ihren Widerwillen.

Nachdem sie gebadet, ihr Haar gewaschen und ein mittelmäßiges Essen verspeist hatte, konnte sich Aria um vier Uhr nachmittags endlich hinlegen.

Sie hatte gerade die Augen geschlossen, als das schrille Klingeln des Telefons sie aufschreckte. Schlaftrunken meldete sie sich: »Ja bitte? Hier spricht Ihre Königliche Hoheit.«

»Du vergißt das noch nicht einmal, wenn du schläfst, oder?« sagte eine vertraute Stimme.

»Was wollen Sie von mir, Lieutenant Montgomery?« fragte sie und saß plötzlich kerzengrade im Bett.

»Bill hat gemeint, ich sollte dich einmal anrufen, um sicherzugehen, daß alles in Ordnung ist.«

»Es geht mir gut.«

»Hattest du keine Probleme ein Zimmer zu bekommen?«

»Aber nein. Alle waren reizend zu mir.«

»Warst du schon bei General Brooks?«

»Ich werde morgen zu ihm gehen.«

»Morgen? Was hast du denn bis jetzt gemacht?«

Sie wollte ihn anschreien, wollte ihm sagen, daß sie in einer Warteschlange gestanden hatte, ausgelacht worden war, eine Zofe hatte, die ihre Herrin verabscheute, und verdächtigt worden war, ein Feind der Amerikaner zu sein. Doch statt dessen erwiderte sie nur: »Ich habe meine Haare gewaschen und in der Badewanne gesessen.«

»Natürlich! Das hätte ich wissen müssen. Eine wahre Prinzessin stellt eben Luxus über alles andere! Ich werde morgen abend anrufen und fragen, was General Brooks gesagt hat.«

»Bitte bemühen Sie sich nicht. Ich bin sicher, Ihre Regierung wird sehr schnell mit der Betrügerin fertig.«

Er schwieg für einen Moment. »Vermutlich hast du noch keine Zeitung gelesen. Die falsche Prinzessin ist sehr beliebt! Vielleicht gefällt den Amerikanern die falsche ja besser als die echte.«

Sie starrte wütend auf den Hörer, ehe sie ihn mit voller Wucht auf die Gabel schmetterte. »Abscheulicher Kerl«, rief sie und ging in den Salon. Man hatte ihr zusammen mit der Mahlzeit eine Zeitung gebracht, aber sie hatte sie gar nicht beachtet.

Auf der zweiten Seite war das Foto einer Frau, die ihr ziemlich ähnlich sah, abgedruckt. Die Bildunterschrift besagte, daß die charmante Prinzessin Aria von Lankonien als Friedensbotin durch das Land reiste. Sofort erkannte Aria die Frau auf dem Bild – es war ihre Cousine Maude. »Hast du mich nicht immer schon beneidet, Cissy?« fragte sich Aria verwundert, wobei sie den familiären Kosenamen der Cousine gebrauchte. Als sie sich die Fotografie genauer betrachtete, bemerkte sie im Hintergrund die lächelnde Lady Emere, Cissys Tante. Es war offensichtlich, daß sie Cissy abschirmte und Arias Hofdamen von ihr fernhielt, aber irgend jemand mußte doch mißtrauisch werden. »Merkt denn niemand, daß das nicht die echte Aria ist?« sagte sie und schluckte die aufkommenden Tränen hinunter.

Erschöpft ging sie wieder zu Bett, aber sie schlief nicht gut.

Der Morgen brachte neue Probleme. Die Frau, die sie als Zofe angestellt hatte, ging einfach aus dem Zimmer, als Aria sie bat, ihr beim Ankleiden zu helfen. Deshalb brauchte sie drei Stunden, bis sie fertig war. Sie war sehr froh, daß das schwarze Schleierhütchen ihre schlecht frisierten Haare verbarg.

Als sie durch die Hotelhalle schritt, war sie ziemlich unsicher, aber sie trug den Kopf hoch und straffte die Schultern. Der Türsteher verstand sie sogleich. Als sie ihm sagte, daß sie zu General Brooks wollte, zog er eine Trillerpfeife aus der Tasche, und in Sekundenschnelle hielt ein Taxi vor dem Portal. Aber Aria deutete auf einen langen, schwarzen Cadillac mit Chauffeur, der auf der anderen Straßenseite wartete, und sagte, daß sie mit diesem Wagen fahren wollte. Der Türsteher ging zum Chauffeur und sprach mit ihm. Als er zurückkam, verkündete er: »Er wird Sie zum Pentagon bringen.«

Aria hatte bemerkt, daß alle Amerikaner erwarteten, für ganz selbstverständliche Dienste bezahlt zu werden. Deshalb gab sie dem Türsteher eine der Banknoten, auf die zwei Nullen gemalt waren. Der Mann nickte dankbar und hielt ihr den Wagenschlag auf.

Aria lehnte sich bequem in den weichen Ledersitz und schloß die Augen. Zum ersten Mal seit ihrer Entführung fühlte sie sich wieder wohl.

Als der Cadillac vor dem Pentagon hielt, half ihr der Chauffeur aus dem Wagen und öffnete ihr die Tür zum Foyer. Er sagte, als sie ihm einen Geldschein in die Hand drücken wollte: »Ich bin schon bezahlt worden.«

Sie lächelte ihm zu und freute sich über diese nette Geste, die in Amerika so selten zu sein schien.

Als sie das Kriegsministerium betrat, bemerkte sie, daß die erholsame Autofahrt nur die Ruhe vor dem Sturm gewesen war. Leute rannten durcheinander, die meisten hatten Akten unter dem Arm. Schreibmaschinen klapperten, und aus Lautsprechern schallten die neuesten Nachrichten.

Sie trat auf einen Tisch zu und fragte nach General Brooks. »Dort drüben«, sagte die Frau und kaute weiter auf ihrem Bleistift. »Fragen Sie dort drüben nach.«

Aria ging den Korridor entlang und fragte erneut. »Ich bin doch nicht sein Sekretär«, fuhr ein junger Mann sie an. »Wissen Sie denn nicht, daß wir Krieg haben?«

Aria machte noch fünf weitere Anläufe, und immer wieder wurde sie abgewiesen. Zweimal versuchte sie durch eine Glastür zu gehen, doch jedesmal stellten sich ihr bewaffnete Wachtposten in den Weg. Schließlich empfahl ihr jemand, in der nächsten Woche wiederzukommen, ein anderer bat sie zu warten, bis der Krieg vorüber war, und zu guter Letzt wurde sie sogar aus der Halle herauskomplimentiert. Aria straffte sich, glättete ihre Jacke und ging wieder hinein. Wenn die Amerikaner die Wahrheit nicht erfahren wollten – dann würde sie ihnen eben eine erfundene Geschichte liefern! Sie stellte sich in die Mitte der Halle und sagte deutlich: »Ich bin eine deutsche Agentin, und ich werde meine Informationen nur an General Brooks weitergeben!«

Plötzlich war kein Laut mehr zu hören. Alle hielten in ihrer Arbeit inne und starrten sie an. Doch dann brach die Hölle los. Soldaten mit Gewehren stürmten vor und umzingelten sie.

»Rühren Sie mich nicht an!« schrie Aria, als die Männer sie an den Armen packten. Sie wurde durch einen langen Korridor gezerrt, und die Leute spähten aus ihren Büros, um einen Blick auf sie zu werfen. Aria war froh, daß der Schleier ihres Hutes ihr Gesicht halb verdeckte. Sie schwor sich, Lankonien nie wieder zu verlassen.

Nach schier endlosen Minuten schubsten die Soldaten sie auf einen Stuhl.

»Ich will sie mir mal genau ansehen«, sagte eine ärgerliche Stimme.

Aria hob den Kopf und lüftete den Schleier, damit

General Brooks ihr Gesicht sah. »Wie schön, Sie wiederzusehen«, sagte sie freundlich, als befänden sie sich auf einem Galaempfang, und streckte ihm die Hand entgegen.

Die Augen des Generals wurden groß. »Raus!« fuhr er die Soldaten, die den Raum bevölkerten, an.

»Aber vielleicht ist sie gefährlich«, gab ein Soldat zu bedenken und richtete einen schwarzen Pistolenlauf auf Aria.

»Ich werde schon mit ihr fertig«, erwiderte der General beißend. Als sie allein waren, wandte er sich Aria zu. »Was führt Sie zu mir, Königliche Hoheit? Ich glaubte, Sie seien in Virginia.«

»Nicht ich, sondern eine Frau, die mir sehr ähnlich sieht«, stellte sie richtig.

Der General sah sie lange prüfend an. »Ich lasse uns erst mal Tee kommen, dann können wir uns unterhalten.«

Aria stürzte sich voller Appetit auf das Gebäck und genoß den Tee. Danach stellte der General Fragen. Er ließ sie erzählen, was sich während seines Aufenthalts in Lankonien ereignet hatte, weil er sicher sein wollte, daß sie die echte Prinzessin war.

Um zwei Uhr mittags führte er sie in einen kleinen Salon, in dem sie sich ausruhen konnte. Um halb vier wurde sie in einen Raum geführt, in dem vier Generäle und zwei Männer in Zivil saßen. Dort wurde sie aufgefordert, von der Entführung und der falschen Prinzessin zu erzählen.

Aria zeigte keinerlei Anzeichen von Ungeduld, Ärger oder Müdigkeit. Sie wußte, daß es um alles oder nichts ging. Wenn sie diese Männer nicht überzeugen konnte, daß sie Prinzessin Aria war – dann war alles verloren. Sie würde niemals mehr in ihre Heimat zurückkehren können und ihre Identität verlieren. Lankonien würde eine Betrügerin zur Königin machen – eine Frau, die bestimmt nichts Gutes im Schilde führte.

Sie saß aufrecht und beantwortete alle Fragen – wieder und wieder.

Um zehn Uhr abends wurde sie in ihr Hotel zurückgebracht, blieb aber weiterhin unter Bewachung. Eine Angehörige des weiblichen Hilfskorps ließ ihr ein Bad ein und durchsuchte Arias Garderobe. Um Mitternacht schließlich sank sie todmüde in ihr Bett.

Die Luft in dem großen Konferenzraum des Pentagons war blau von Zigarrenqualm. Der Mahagonitisch quoll über vor leeren Gläsern, vollen Aschenbechern und halbvertrockneten Sandwiches.

»Die Angelegenheit stinkt zum Himmel«, tat General Lyons kund und schob den feuchten Zigarrenstummel von einem Mundwinkel in den anderen.

»Ich glaube, daß wir alle Veranlassung haben, ihre Geschichte zu glauben«, urteilte der Kongreßabgeordnete Smith. Er war der einzige der sechs Männer, der noch halbwegs frisch aussah. »Haben Sie die Narbe auf ihrer linken Hand gesehen? Nach all unseren Informationen zog sie sich die Wunde bei einem Jagdausflug zu, als sie zwölf Jahre alt war.«

»Aber wer weiß schon, welche Prinzessin für Amerika von Vorteil wäre«, gab General O'Connor zu bedenken. »Lankonien selbst hat für uns eine geringe Bedeutung – aber wir brauchen das Vanadium dringend. Wenn die falsche Prinzessin es uns überläßt, dann sollten wir uns besser nicht in diese Angelegenheit einmischen.«

»Lankonien liegt nahe bei Deutschland und Rußland. Die Russen sind zwar derzeit unsere Verbündeten, aber es ist immerhin ein kommunistisches Land.«

»Wer weiß schon, was mit Lankonien nach dem Krieg passiert? Sagen wir mal, daß wir der echten Prinzessin helfen, auf den Thron zu kommen – was dann? Schließlich ist sie mit dem halben deutschen Adel verwandt. Was passiert, wenn sie einen Deutschen heiratet?«

Die sechs Männer redeten jetzt alle auf einmal.

General Brooks schlug mit der Faust auf den Tisch. »Meine Herren, ich sage Ihnen, daß wir sie dringend brauchen, und zwar in ihrer rechtmäßigen Stellung! Sie haben doch alle ihr Versprechen gehört, daß sie uns, vorausgesetzt, wir helfen ihr, das Vanadium geben will. Natürlich würden unsere Interessen am besten gewahrt, wenn sie einen Amerikaner heiraten würde.«

»Einen Amerikaner?« ächzte Smith fassungslos. »Diese europäischen Blaublütigen heiraten doch nur untereinander! Woher, in Gottes Namen, sollen wir denn einen amerikanischen Prinzen nehmen?«

»Dieses kleine Mädchen würde alles tun, um ihrem Land zu helfen«, behauptete General Brooks. »Wenn wir ihr sagen, daß wir ihr nur helfen, wenn sie einen Amerikaner heiratet und ihn später zum König macht – dann wird sie es tun, glauben Sie mir!«

»Aber man sagt doch, daß sie schon verlobt ist.«

»O ja. Ich habe ihn kennengelernt«, erwiderte General Brooks verächtlich. »Ein pompöser, lächerlicher Zwerg, der alt genug ist, ihr Vater zu sein. Er ist nur auf das Geld unserer Prinzessin aus.«

»Unsere Prinzessin?« fragte General Lyons spitz.

»Jawohl, unsere Prinzessin! Das wird sie nämlich sein, wenn wir helfen und einen Amerikaner an ihre

Seite setzen. Ich denke übrigens auch an die Einrichtung von militärischen Stützpunkten in Lankonien – direkt neben Deutschland und Rußland.«

Die Männer nickten.

»Also, wer kommt als zukünftiger König in Frage?« wollte Smith wissen.

»Einer, dem wir absolut vertrauen können. Jemand, der an Amerika und amerikanische Werte glaubt.«

»Natürlich muß er aus einer erstklassigen Familie stammen«, ergänzte General Brooks. »Wir können der Prinzessin keinen Gangster oder Halbidioten zum Heiraten anbieten. Nur der Beste ist gut genug für den Thron von Lankonien.«

General Attenburgh gähnte und meinte: »Ich schlage vor, wir vertagen die Sitzung bis morgen. Bis dahin können wir uns überlegen, wen wir in Betracht ziehen können.«

Bereitwillig stimmten die anderen dem Vorschlag zu.

Am nächsten Morgen trafen sich sechs unausgeschlafene Männer, um wieder zu beraten. Vier von ihnen hatten – natürlich ohne die genauen Fakten preiszugeben – ihre Ehefrauen gefragt, welcher Amerikaner sich nach ihrer Meinung am besten zum König eignen würde. Die Damen schlugen Clark Gable und Cary Grant vor ... Nach über vier Stunden harter Diskussion blieben schließlich sechs Namen übrig: Zwei junge Kongreßabgeordnete; ein nicht mehr ganz so junger Geschäftsmann; drei Abkömmlinge aus den ältesten Familien Amerikas. Alle konnten sich darauf berufen, daß ihre Ahnen auf der *Mayflower* nach Amerika gekommen waren.

Die Namen wurden an ein Gremium, das gründliche Nachforschungen über die Vergangenheit der

Männer anstellen sollte, weitergegeben. Natürlich mußte der zukünftige König von Lankonien eine ganz weiße Weste haben.

»Und überprüfen Sie auch noch diesen Montgomery«, wies Smith die Ermittlungsbeamten an. »Ich möchte wissen, ob er den Mund halten kann.«

Drei Tage lang wurde Aria in ihrer Hotelsuite wie eine Gefangene festgehalten. Vor ihrer Tür standen zwei schwerbewaffnete Soldaten Tag und Nacht Wache, und auch auf der Straße waren Soldaten postiert. Am Morgen des zweiten Tages wurde ein großer Packen Zeitschriften mit besten Grüßen von General Brooks für sie abgegeben.

Aria setzte sich hin und bekam zum ersten Mal einen echten Einblick in das Leben der Amerikaner. Sie schienen ihr ziemlich frivol zu sein und sich hauptsächlich für Filmstars und Nachtklubsängerinnen zu interessieren. In einem der Magazine fand Aria aber auch einen Artikel über Lankonien und die königliche Familie.

Am vierten Tag erschienen um sechs Uhr früh zwei Mitglieder des weiblichen Hilfskorps und halfen Aria beim Ankleiden. Sie waren sehr geschickt, sehr kühl und taten ohne Umschweife alles, was Aria ihnen befahl.

Um acht Uhr saß sie im Pentagon mit den sechs Männern, die ihr schon von der Befragung vertraut waren. Sie eröffneten ihr, daß sie einen Amerikaner heiraten und ihn zum König ernennen sollte.

Aria zeigte nicht, wie schockiert sie über diesen Vorschlag war. Diese Amerikaner schienen wirklich zu glauben, daß sie alles von ihr verlangen könnten! Geduldig versuchte sie, ihnen zu erklären, warum ein amerikanischer Ehemann für sie völlig unpassend wäre. »Mein Gatte wird lediglich Prinzgemahl, und kein Amerikaner hat ein Königreich, das mit meinem vereint werden könnte.«

»Das ›Reich von Amerika‹ wäre aber ihr Verbündeter«, entgegnete ein Mann bissig.

»Ich kann mich zu einem solchen Schritt nicht bereit erklären.« Sie war am Ende ihrer Geduld. »Ich bin schließlich schon verlobt und werde bald heiraten. Mein Volk würde es ebensowenig gutheißen, wenn ich die Verlobung löse, wie mein Großvater.« Sie war sicher, daß damit die Angelegenheit erledigt war, aber sie täuschte sich. Ein Kongreßabgeordneter namens Smith erklärte ihr den vollkommenen absurden Vorschlag: »Wenn wir sie einfach gegen die Doppelgängerin austauschen, ohne zu wissen, wer die Verschwörung inszeniert hat, befänden Sie sich in höchster Gefahr ... Sie brauchen nur einen kleinen Fehler zu begehen, und Sie sind erledigt.«

»Erledigt?« fragte Aria indigniert.

»Eine tote Prinzessin eben. Denn eines steht fest: Derjenige, der sie ermorden wollte, will nicht, daß Amerika das Vanadium bekommt. Wir vermuten, daß jemand, der Ihnen nahesteht, der Drahtzieher ist.«

Aria antwortete nicht, aber sie wußte, daß der Mann recht hatte. Sie fühlte, daß sie blaß wurde. Es war nicht nötig, den Männern zu erzählen, daß es ihre Cousine Cissy war, die ihre Position eingenommen hatte, denn Cissy hatte diese Intrige bestimmt nicht angezettelt. Sie war ein nervöses, überängstliches Geschöpf, und sie konnte nur Arias Pflichten übernehmen, wenn ihr jemand genau vorschrieb, was und wie sie es zu tun hatte.

»Wir haben ein paar Trümpfe in der Hand«, sagte ein großer, grauhaariger Offizier. »Niemand weiß, daß Sie noch am Leben sind. Also wird man auch nicht nach Ihnen suchen.«

»Jetzt erkläre ich ihnen den Plan, den wir gemeinsam ausgearbeitet haben«, ließ ein anderer Mann verlauten. »Wir lassen die Betrügerin in Ruhe ihre Reise beenden und schnappen sie uns auf der Rückfahrt nach Lankonien. Zur gleichen Zeit etwa werden Sie in Lankonien einreisen. Wir glauben, daß jemand an Sie herantreten und Sie bitten wird, den Platz der vermißten Prinzessin einzunehmen.«

»So können wir herausfinden, wer das Attentat und die Entführung geplant hat«, ergänzte Smith.

General Brooks räusperte sich: »Der einzige Haken ist nur, daß Sie als Amerikanerin mit einem amerikanischen Ehemann auftreten müssen.«

Aria war nicht sicher, ob sie das alles verstanden hatte – die Sache war zu verworren. »Aber ich bin keine Amerikanerin.Wieso sollte man mich dann für eine halten?«

»Wir werden Ihnen beibringen, sich wie eine Amerikanerin zu benehmen.«

»Aber warum?« fragte sie kläglich. Auf einmal hatte sie grenzenloses Heimweh. Sie war es leid, sich ständig fremden Sitten und Gebräuchen anpassen zu müssen, und in einer fremden Sprache zu sprechen, wobei sie sich jedes Wort dreimal überlegen mußte. Sie hatte es satt, mit Menschen umzugehen, deren Handlungsweise ihr vollkommen fremd war, Sie wollte nach Hause.

General Brooks drückte ihre Hand, und sie entzog sie ihm nicht. »Wenn wir die Doppelgängerin verschwinden lassen und Sie auf der Szene erscheinen und sich verhalten, wie Sie es immer tun, schöpfen die Attentäter natürlich Verdacht. Sie werden erneut versuchen, Sie umzubringen, und sie könnten dieses Mal Erfolg haben. Deshalb wollen wir eine Situation schaffen, in der eine Frau gebraucht wird, die so aussieht wie Sie! Also übergeben wir den Verschwörern eine Amerikanerin, die sie erst zur Prinzessin ausbilden müssen.«

»Mich zur Prinzessin ausbilden?« Die Absurdität dieser Vorstellung riß sie aus ihrer trüben Stimmung.

General Brooks lächelte ihr zu, aber die anderen Herren musterten sie mit ernsten Gesichtern.

Aria entschloß sich, den Plan in Erwägung zu ziehen, und versuchte, sich Klarheit zu verschaffen. »Also zuerst soll ich lernen, mich wie eine Amerikanerin zu benehmen, und dann werde ich zur Prinzessin umerzogen?«

»Glauben Sie, daß Sie das schaffen?« fragte der Kongreßabgeordnete Smith.

Sie sah ihn von oben herab an. »Ich glaube, die Rolle der Prinzessin werde ich ausgezeichnet spielen können.«

Alles lachte – ausgenommen Smith.

»Aber für diese Aktion brauche ich doch keinen amerikanischen Ehemann«, sagte Aria. Wenn sie dem Plan im großen und ganzen folgte, würden, so hoffte sie, vielleicht die lächerlichen Bestandteile unter den Tisch fallen.

General Lyons beugte sich vor. »Tatsache ist, daß wir Sie nur dann unterstützen, wenn Sie willens sind, einen Amerikaner neben sich auf den Thron zu setzen. Wenn Sie dem nicht zustimmen, können Sie durch diese Tür da hinausgehen, und wir werden abstreiten, Sie je gesehen zu haben!«

Sie brauchte eine Weile, um das zu verdauen. Das war doch sicher nicht ernst gemeint! »Aber ich habe Ihnen doch bereits das Vanadium zugesichert!« meinte sie hilflos.

Smith sah sie kalt an. »Wir wollen mehr. Das Vanadium ist jetzt, während des Krieges, gut und schön. Aber nach dem Krieg möchten wir Militärstützpunkte in Ihrem Land einrichten. Wir sind sehr daran interessiert, die Russen und die Deutschen aus der Nähe beobachten zu können.«

»Wenn Sie diesen Krieg gewinnen«, gab Aria ärgerlich zu bedenken. »Wenn Deutschland Sieger ist, kann sich Lankonien keinen amerikanischen Prinzgemahl leisten!«

»Wir werden den Krieg nicht verlieren, und wir reden nicht über einen Prinzgemahl, sondern von einem König«, erwiderte Smith kühl.

»Ich kann nicht –«, begann Aria, aber dann hielt sie inne. Sie verlangten so viel! Nicht nur diplomatische und militärische Zugeständnisse, sondern auch persönliche Opfer! Sie starrte auf ihre Hände. Wenn sie nicht zustimmte – was blieb ihr dann noch? Amerika war das seltsamste Land, das sie kannte, und wenn sie hier für immer leben müßte ...

Sie sah auf und bemerkte, daß alle Blicke auf sie gerichtet waren. Die Tür öffnete sich, eine Frau in Uniform trat ein und flüsterte General Brooks etwas ins Ohr. Er nickte den anderen zu.

»Prinzessin«, sagte er und erhob sich, »wir müssen Sie leider für eine Zeit allein lassen. Eine Wache wird Sie zu einem Ruheraum geleiten.«

Die Männer verließen das Zimmer. Amerikanische Manieren jagten ihr zwar immer noch einen Schauer über den Rücken, aber wenigstens hatte sie jetzt Zeit, die Angelegenheit in Ruhe zu überdenken. Sie folgte willig einer Wache in einen Warteraum.

Die sechs Männer betraten ein Zimmer, in dem vierzehn total übermüdete Unteroffiziere saßen. Keiner von ihnen hatte in den letzten drei Tagen ein Auge zugemacht, weil sie die Informationen über den zukünftigen Ehemann von Prinzessin Aria gesammelt hatten.

Als die sechs Männer eintraten, erhob sich die Gruppe müde und salutierte. Ein Lieutenant, der Papiere in der Hand trug, trat vor.

»Nun, was haben sie herausgefunden?« fragte Smith ungeduldig.

»Ich fürchte, es sieht nicht sehr gut aus, Sir. Zum ersten: Charles Thomas Walden«, las der Oberleutnant vor und führte den makellosen Stammbaum dieses jungen Mannes auf.

»Hört sich gut an, finde ich«, urteilte General Brooks. »Was stimmt denn mit ihm nicht?«

»Er ist, nun, Sir, er ist homosexuell.«

So ging es weiter. Der Geschäftsmann hatte mit sechzehn eine Frau geheiratet, die dem käuflichen Gewerbe angehörte, und zahlte Unsummen, damit sie ihn in Ruhe ließ. Eine Scheidung hatte nie stattgefunden. Ein anderer war notorischer Spieler; der vierte hatte eine Familie, die ihr Vermögen gerade durch Schwarzmarktgeschäfte aufstockte; der fünfte – ein Kongreßabgeordneter – hatte sich vor einer Abstimmung bestechen lassen.

»Und der letzte?« fragte General Brooks verzweifelt.

»Er hat deutsche Großeltern. Wir können seiner Loyalität einfach nicht sicher sein.«

»Und was sollen wir jetzt tun?« fragte General Lyons.

»Die Zeit läuft uns davon. Die Doppelgängerin wird in ein paar Tagen nach Lankonien zurückkehren, dort wird dann der Vertrag über das Vanadium ausgefertigt. Wenn sie das Zeug an Deutschland verkauft, dann gnade uns Gott ...«

»Ich habe einen netten Bruder«, sagte eine der weiblichen Unteroffiziere, aber niemand lachte.

Nach einigen Sekunden der Stille, stand ein Lieutenant auf und sagte: »Meine Herren, ich habe hier einen Bericht, der Sie interessieren könnte. Es ist der von Lieutenant Montgomery, der das Leben der Prinzessin gerettet hat.«

»Wir haben keine Zeit –«, begann Smith.

»Lesen Sie vor«, unterbrach General Brooks.

»Jarl Tynan Montgomery ist in einer kleinen Stadt in Maine, die praktisch seiner Familie gehört, aufgewachsen. Sie besitzt die Warbrooke-Reederei.« Der Lieutenant machte eine bedeutungsvolle Pause. Die Warbrooke-Reederei war die größte der Vereinigten Staaten, und sie hatte als erste angefangen, Kriegsschiffe zu produzieren. Die Marine verdankte dieser Reederei sehr viel.

»Seine Vorfahren sind während der Regierungszeit Elisabeths der Ersten nach Amerika ausgewandert. Das Motto der Familie lautet: Verkaufe nie dein Land. Bis jetzt hat sie den gehalten. Sie hat noch immer Grundbesitz in England, der einst ihrem Ahnherrn Ranulf de Warbrooks – er lebte im dreizehnten Jahrhundert – gehörte. Bereits im achtzehnten Jahrhundert hatte sie es in Amerika zu einem großen Vermögen gebracht, und als einer der Männer eine Taggert heiratete, kam auch noch beträchtlicher Grundbesitz hinzu. Im frühen neunzehnten Jahrhundert verließen ein paar der Taggert die Ostküste, um im Westen ihr Glück zu versuchen, und verloren alles. Aber um 1880 herum machte ein gewisser Kane Taggert ein enormes Vermögen an der Börse, so daß die Familie wieder reich wurde. Eine Tante von Lieutenant Montgomery lebt in einer Riesenvilla in Colorado – ihrer Familie gehört übrigens das Stahlimperium Fenton-Taggert.« Dies war ein anderer unverzichtbarer Lieferant für Kriegsgüter…

Der Lieutenant holte tief Luft. »Lieutenant Montgomery hat neben dem enormen Vermögen noch etwas zu bieten – auf seiner Ahnentafel finden sich eine russische Großfürstin, eine französische Fürstin und englische Grafen. Seine Vorfahren haben in allen amerikanischen Kriegen tapfer gekämpft. Die Männer – und teilweise sogar die Frauen! – wurden hochdekoriert. Lieutenant Montgomery selbst ist über jeden Zweifel erhaben. Zusammen mit seinen drei Brüdern half er seit seiner Kindheit in der Werft seines Vaters mit. Er ist ein Einzelgänger, verbrachte viel Zeit allein auf seinen Booten. Seine Schulnoten waren gut, und er war drei Jahre Kapitän einer Rudermannschaft. Er meldete sich am Morgen nach der Bombardierung von Pearl Harbor – ebenso wie seine Brüder – freiwillig. Nach der Grundausbildung wurde er nach Italien geschickt. Vor anderthalb Jahren kam er in die Staaten zurück und wurde mit der Mission betraut, Zivilschiffe in Kriegsschiffe umzurüsten. Vor zwei Monaten flog eine Frachtmaschine zu tief ein und kollidierte mit einem Munitionslager. Die Maschine fing Feuer, elf Menschen kamen ums Leben, aber Montgomery verhinderte das Schlimmste, weil er das Feuer löschte, ehe die Munition explodierte. Er erlitt schwere Verbrennungen, verbrachte ein paar Wochen im Lazarett und war eigentlich zur Erholung auf die Insel gefahren. Dort rettete er dann der Prinzessin das Leben.«

Der Lieutenant legte die Akten auf den Tisch. »Zusammenfassend möchte ich bemerken, daß Lieutenant Montgomery der würdigste Anwärter auf einen Thron ist, den Amerika zu bieten hat.«

»Das ist absolut unmöglich!« protestierte Aria aufgebracht. »Unter keinem Umständen werde ich diesen ungehobelten Kerl heiraten! Lieber gehe ich betteln, ehe ich ihn zum Mann nehme!« Zum ersten Mal in ihrem Leben unterdrückte sie ihre Gefühle nicht. Sie zeigte ihren ganzen Abscheu, ihr Entsetzen und ihren Widerwillen. Diese Amerikaner waren vollkommen verrückt!

»Sie sind leider nicht die einzige, die unter der Situation zu leiden hat. Mich schaudert bei dem Gedanken, was diese Doppelgängerin und ihre Hintermänner Ihrem Land antun könnten. Hoffentlich bringen sie nicht auch noch Ihren Großvater um«, warf Smith sanft wie eine Katze ein und schloß seinen Aktenkoffer. »Es war nett, Sie kennengelernt zu haben. Ich wünsche Ihnen viel Glück, Sie werden es brauchen.«

Wirre Bilder schossen durch Arias Kopf: Cissy saß auf dem Thron, und ein Mörder war ihr Ratgeber. Lankonien hatte früher viel blutige Fehden ausgefochten – würde der Mörder ihr Land in den Krieg hineinziehen, der derzeit die Welt in Angst und Schrecken versetzte? Es gab schon jetzt Stimmen in Lankonien, die behaupteten, der Kriegseintritt des kleinen Königreiches würde der Wirtschaft des Landes wieder auf die Beine helfen.

Aria stellte sich vor, daß sie in einem kleinen amerikanischen Hotel Berichte über das zerbombte Lankonien lesen würde. Ihr Herz schlug auf einmal schneller – all die Menschen wären durch ihre Schuld gestorben! Um Hunderte oder vielleicht sogar Tausende vor dem Verderben zu retten, brauchte sie nichts anderes zu tun, als einen Mann zu heiraten, den sie verabscheute.

»Warten Sie!« rief sie Smith zu.

Er blieb an der Tür stehen, drehte sich jedoch nicht um.

»Ich werde tun, was Sie verlangen«, flüsterte sie.

Sie hielt sich sehr gerade, spannte alle Muskeln an. Wenn sie sich jetzt gehenließe, würde sie in lautes Weinen ausbrechen, das wußte sie.

»Lieutenant Montgomery wurde bereits hierher beordert«, eröffnete ihr Smith mit dem Hauch eines zufriedenen Lächelns, ehe er den Raum verließ.

»So ein Bastard!« stieß eine Angehörige des weiblichen Hilfskorps hervor. Sie nahm Aria bei der Hand und sagte freundlich: »Du mußt dich jetzt erst mal richtig ausweinen, Schätzchen. Ich bringe dich in das Büro von General Gilchrist. Er ist im Moment nicht da. Dort hast du deine Ruhe. Ist dieser Montgomery wirklich so ein übler Kerl?«

Aria ließ sich willig von der jungen Frau mitziehen und nickte nur auf die neugierige Frage.

»Du meine Güte!« antwortete die Frau. »Was bin ich froh, Amerikanerin zu sein! Mir sagt niemand, wen ich zu heiraten habe!« Sie schloß die Tür auf. »So, bleib erst mal hier. Laß das Licht aus, dann merkt keiner, daß sich jemand hier aufhält. Ich hole dich um fünf wieder ab.« Sie winkte Aria zu und schloß die Tür hinter sich.

Aria setzte sich auf das Ledersofa und preßte ihre Hände krampfhaft zusammen. Wenn sie jetzt anfing zu weinen, konnte sie bestimmt nicht mehr aufhören. Immer wieder zwang sie sich dazu, daran zu denken, daß sie diese Entscheidung zum Wohle ihres Landes getroffen hatte. Sie dachte auch an diesen Montgomery, an die Art, wie er sie behandelt und herumgeschubst hatte.

Wie konnte man diesen ungehobelten Burschen zu einem würdigen Prinzgemahl erziehen?

Je länger sie darüber nachdachte, desto schlechter fühlte sie sich. Hoffentlich verstand ihr Großvater die Gründe, die sie zu diesem Schritt gezwungen hatten.

6

Vierundzwanzig Stunden später waren von den sechs Männern, die an dem sogenannten ›Projekt Lankonien‹ gearbeitet hatten, nur noch vier übriggeblieben. Zwei von ihnen hatten unter dem Vorwand, daß sie noch andere wichtige Angelegenheiten zu erledigen hätten, den Konferenzraum verlassen. Aber in Wahrheit waren sie es leid, mit einer schwierigen Prinzessin und dem noch starrköpfigeren Lieutenant Montgomery zu verhandeln. Sie waren ihm einfach nicht gewachsen.

General Brooks hatte rote Augen, sein Hals war rauh vom vielen Reden. »Lacht dieser Halunke etwa immer noch?«

Smith war zu ärgerlich, um zu antworten. Er nickte nur.

»Wie ist der Stand der Dinge?« fragte General Brooks das hübsche junge Mitglied des weiblichen Hilfskorps. Zuerst hatten Männer versucht, Montgomery die Angelegenheit schmackhaft zu machen, und als sie keinen Erfolg hatten, schickten sie Frauen zu ihm, aber auch das war bis jetzt sinnlos gewesen.

»J. T...., ich meine Lieutenant Montgomery teilte mir mit, daß er sich eher vor ein Kriegsgericht stellen ließe, als die Prinzessin zu heiraten. Als ich ihm sagte, daß er wegen seines makellosen familiären Hintergrundes ausgewählt wurde, schlug er vor, doch einen seiner Brüder mit der Prinzessin zu vermählen. Er sagte, daß sie vielleicht zustimmen würden, weil sie diese –«, sie sah um Verzeihung bittend auf, »Strafe Gottes nicht kennen würden.«

»Seine Brüder!« rief General Brooks hoffnungsvoll.

»Das habe ich schon überprüft, Sir«, warf ein junger Captain ein. »Der älteste Bruder ist beim Geheimdienst, und sein derzeitiger Auftrag ist so geheim, daß nur der Präsident und zwei weitere Personen wissen, wo genau er sich aufhält. Der zweite Bruder liegt momentan im Lazarett. In der letzten Woche wurde ihm ein Bein amputiert. Der dritte hat im letzten Monat eine Engländerin geheiratet. Die Familie selbst weiß noch nichts davon.«

General Brooks erblaßte. »Hat er vielleicht Vettern?«

»Wir haben keine Zeit mehr!« rief Smith und schlug mit der Faust auf den Tisch. »Dieser Montgomery wäre für unsere Zwecke ideal. Er ist ein Amerikaner wie aus dem Bilderbuch. Außerdem sieht er wirklich aus wie ein Märchenprinz.« Er hob verächtlich eine Braue, als die junge Helferin eifrig nickte. »Sein Intelligenzquotient ist überdurchschnittlich hoch, und er hat Vermögen Unseren Berichten zufolge ist Lankonien wirtschaftlich am Ende. Das Geld der Montgomerys würde dem Land nur gut tun.«

»Außerdem wäre es ein sichtbares Zeichen amerikanischer Hilfsbereitschaft«, fügte General Brooks hinzu.

Smith überflog die Akte, die vor ihm lag, und meinte: »Wir können ihm nicht drohen, weil wir damit riskieren, daß wir die Unterstützung der Warbrooke-Reederei verlieren.«

»Oder die von Fenton-Taggert«, nickte der Captain.

»Deshalb werden wir ihn anlügen müssen.«

Auf einmal wurde es ganz still im Raum.

Smith fuhr fort: »Er kann die Prinzessin nicht ausstehen, richtig? Es ist ihm ganz egal, daß er König werden soll – also erzählen wir ihm, daß die ganze Heirat nur zum Schein stattfindet. Er soll ruhig denken, daß das eine wichtige Geheimmission ist. Er soll mit ihr zusammenleben, ihr beibringen, wie eine Amerikanerin aufzutreten, und wenn sie wieder auf dem Thron sitzt, dann kann er verschwinden – genau das müssen wir ihm weismachen.«

»Aber wenn er in Lankonien ist, merkt er doch, daß die Eheschließung gültig ist und er König werden soll!« sagte General Brooks.

»So in etwa wird es sein, ja. Zuerst einmal müssen wir alles tun, um ihn mit ihr zu verheiraten. Sorgen können wir uns später machen.«

»Wird die Prinzessin dem denn zustimmen?« wagte der Captain zu fragen.«

»Sie würde ihre Seele verkaufen, wenn es um das Wohl ihres Landes geht«, schnaubte Smith. »Sie wird ihn schon hinters Licht führen, keine Sorge. Außerdem habe ich so ein Gefühl, daß sie gar nicht vorhat, Montgomery zum König zu krönen. Lassen sie uns aber jetzt herausfinden, wie er zu diesem Plan steht. Kommen Sie, gehen wir. Ich möchte ihm nicht allzuviel Zeit zum Nachdenken geben. Wie lange hat er nicht geschlafen?«

Der Captain sah kurz auf die Uhr. »Achtunddreißig Stunden, Sir.«

»Wie steht es mit Essen?«

»Er hat in den letzten zweiundzwanzig Stunden nur ein Sandwich und eine Cola zu sich genommen.«

Der Kongreßabgeordnete nickte beifällig. »Gehen wir!«

Aria hatte erhebliche Schwierigkeiten, ihr Erstaunen zu verbergen: »Sie sagen, Lieutenant Montgomery lehnt es ab, eine königliche Prinzessin zu heiraten? Er möchte nicht der Ehemann einer Königin werden?«

Die junge Armeeangehörige wagte es nicht, Aria die schrecklichen Dinge mitzuteilen, die J. T. über sie gesagt hatte – sie wäre unmenschlich, hart wie Granit und noch Schlimmeres ... Dies alles verschwieg die junge Frau, sie erklärte Aria nur, wie man J. T. die Zustimmung zu einer Heirat mit Aria abgerungen hatte.

»Er glaubte also, es würde zu einer – wie lautet der richtige Ausdruck noch einmal – kommen?«

»Scheidung oder Annullierung, Königliche Hoheit.«

»Aber einem Mitglied des königlichen Hauses ist es verboten, sich scheiden zu lassen – egal aus welchen Gründen auch immer. Eine Prinzessin heiratet nur einmal in ihrem Leben.« Aria betrachtete das Bild von Präsident Roosevelt, das an der Wand hing. Nur zu gut erinnerte sie sich an die Tage auf der Mangroveninsel und an Montgomerys unmögliches Benehmen. Um ihr Land vor Unheil zu bewahren, hatte sie zugestimmt, ihn zu heiraten, zugestimmt, den Rest ihres Lebens mit ihm zu verbringen – aber er weigerte sich, ihr Angebot anzunehmen!

»Ich werde ihm nicht sagen, daß die Eheschließung gültig ist«, flüsterte sie und senkte den Kopf.

»Es tut mir leid, aber es kommt noch mehr auf Sie zu.« Die junge Frau verfluchte im stillen Smith, der ihr diese unangenehme Aufgabe übertragen hatte. Sie mochte die Prinzessin, weil sie so große Opfer für ihr Land bringen wollte.

»Die Army hat für sie beide ein Haus in Virginia gemietet. Es würde Ihnen dort an nichts fehlen – Pferde, ein Butler, Diener. Aber der Lieutenant weigerte sich, dort zu wohnen. Er sagte, daß er seine Pflichten in Key West erfüllen möchte, wo sie beide in einem Einfamilienhaus leben würden – ohne Personal und Privilegien. Sie müßten dann also mit seinem Sold auskommen.«

Die junge Armeeangehörige wußte sehr wohl, daß niemand Aria gesagt hatte, daß J. T. aus sehr vermögendem Hause stammte. Sie fragte sich im stillen, was J. T. mit Aria vorhatte, denn sie konnte sich einfach nicht vorstellen, daß diese hochelegante, gepflegte Frau in der Lage wäre, Teller abzuwaschen. »Er meinte, wenn Sie lernen wollten, wie eine Amerikanerin zu leben, dann sollten Sie dies auch gründlich tun«, fügte sie schließlich hinzu.

»Lieutenant Montgomery stellte ziemlich viel Bedingungen, meinen Sie nicht auch?« bemerkte Aria spitz.

›Du kennst noch nicht einmal die Hälfte seiner Forderungen‹, dachte ihr Gegenüber bedrückt, laut aber sagte sie: »Dann stimmen Sie also zu?«

»Habe ich denn eine Wahl?«

»Nein, ich glaube nicht. Sind Sie bereit? Der Pfarrer wartet.«

Aria stand schweigend auf und streckte ihr Kinn vor. Was sie jetzt zu tun beabsichtigte, war soviel wichtiger als alle romantischen Träume von einer weißen Hochzeit. Es war überhaupt nicht von Belang, welches Kleid sie trug.

Sie wartete vor der Tür, bis die junge Frau sie ihr öffnete. Auf dem Flur standen sechs weitere Angehörige des weiblichen Hilfskorps, und alle lächelten ihr strahlend zu.

»Sie wissen nicht, wer Sie sind«, flüsterte ihr ihre Begleiterin leise ins Ohr. »Sie denken, daß die Army Ihren Verlobten hergebracht hat, damit sie ihn heiraten können.«

»Etwas Altes«, sagte eine der Frauen und hielt ein goldenes Medaillon hoch. »Außerdem ist es auch noch etwas Geborgtes, denn es gehört meiner Großmutter.«

»Etwas Neues«, rief eine andere aus und reichte Aria ein hübsch besticktes, kleines Taschentuch.

»Und etwas Blaues.« Die dritte Frau gab ihr ein Ansteckstäußchen, das aus blaugefärbten Nelken bestand. Sie befestigte es sorglich an Arias Schulter, während eine andere Frau schnell einen Penny in Arias Schulter, während eine andere Frau schnell einen Penny in Arias Schuhe steckte.

Aria war gerührt über die Herzlichkeit der Frauen. Die amerikanischen Frauen waren wirklich reizend, aber wie hielten sie es nur mit diesen ungehobelten Männern hierzulande aus?

Die Zeremonie sollte im Konferenzraum stattfinden. Niemand hatte daran gedacht, den Tisch wegzuräumen, so daß es keinen Gang gab, durch den sie schreiten konnte, aber es gab ohnehin keinen Brautführer. So ging sie an der Wand entlang, bis sie am Ende des Raumes auf die Gruppe von Männern stieß, die sie erwarteten. Einige hatten Anzüge an, aber ein gutes Dutzend trug Uniform, und die Orden auf ihrer Brust glitzerten. Es schien so, als ob einige höhere Offiziere die Hochzeit für bedeutend genug hielten, um ihr beizuwohnen.

Lieutenant Montgomery döste in einem Stuhl vor sich hin, den Kopf in die Armbeuge gelegt. Seine Wangen zierten schwarze Bartstoppeln, die Uniform war schmutzig und zerknittert.

Aria spürte, wie der Zorn in ihr aufwallte. Vielleicht hatten diese Männer nicht den Mut gehabt, ihm zu sagen, wie ungehörig sein Aufzug war – aber sie zögerte nicht! Sie baute sich vor ihm auf und zischte ihn an: »Wie können Sie es wagen, in solch einem Aufzug vor mir zu erscheinen?«

Er öffnete noch nicht einmal die Augen und murmelte: »Das ist die bezaubernde Stimme Ihrer Königlichen Hoheit.«

General Brooks nahm Arias Arm und führte sie vor den Pfarrer. Flüsternd erklärte er ihr: »Er hat ein paar harte Tage hinter sich. Wir sollten ihn nicht reizen, bis die Zeremonie vorbei ist. Er könnte nämlich seine Meinung ändern.«

Aria stemmte die Hände in die Hüften. Galt sie denn so wenig, daß sie einen Mann anflehen mußte, sie zu heiraten?

Lässig stand J. T. auf und fragte Aria: »Wenn du die Sache abblasen willst, Prinzessin – ich bin einverstanden.«

Sie gönnte ihm keinen Blick, statt dessen beschwor sie das Bild von Lankonien herauf und konzentrierte sich auf den Gedanken an ihre Heimat.

Der Pfarrer zögerte ein wenig, als er Arias viele Vornamen vorlas.

»Wen soll ich heiraten?« fragte J. T. nach und kratzte seine Bartstoppeln.

»Victoria Jura Aria Cilean Xenita«, wiederholte der Pfarrer geduldig.

»Ja, ich nehme sie«, sagte er.

Aria funkelte ihn an. Sie versprach, Jarl Tynan Montgomery zu lieben und zu ehren – doch das Wort »gehorchen« ließ sie aus.

»Königliche Hoheit«, meinte der Pfarrer sanft, »die Worte lauten: lieben, ehren und gehorchen.«

Aria musterte J. T. verächtlich und schwieg.

»Für heute haben wir ohnehin schon genug gelogen«, knurrte J. T. »Machen Sie jetzt endlich Schluß!«

Der Pfarrer seufzte, dann sagte er eilig: »Ich erkläre euch hiermit zu Mann und Frau. Sie dürfen jetzt die Braut küssen.«

J. T. umklammerte Arias Handgelenk und stieß glücklich hervor: »Na, Gott sei Dank, dann kann ich endlich zu Bett gehen.«

Aria hatte kaum noch Zeit, das Goldmedaillon zurückzugeben, denn J. T. zog sie stürmisch aus dem Zimmer.

General Brooks gluckste. »Sieht so aus, als ob die Ehe ganz glücklich wird.«

Der Kongreßabgeordnete Smith schnaubte nur.

Aria drückte sich in den Rücksitz der Limousine, die ihnen von der Army zur Verfügung gestellt worden war, und bemühte sich, ein Lächeln zu unterdrücken. Neben ihr – so weit wie möglich entfernt – saß ihr Ehemann. Er hatte den Kopf ans Fenster gelehnt, so daß sie sein Gesicht nicht sehen konnte, aber er hatte ohnehin schon deutlich genug zum Ausdruck gebracht, was er von ihr hielt. Als sie auf der Insel waren, hatte er behauptet, daß sie keine Frau für ihn sei. Er hatte keine Notiz davon genommen, daß sie aus einem Königshaus stammte, aber irgendwie hatte sie das nicht so sehr verletzt – es wäre schlimmer, wenn er ihr gesagt hätte, daß er sie nicht hübsch oder reizvoll fand. Jede Frau möchte begehrenswert sein, auch eine Prinzessin.

Aria schloß für einen Moment die Augen. Die letzten zwei Wochen waren wirklich ereignisreich gewesen, aber nun war alles vorbei, und sie war eine verheiratete Frau. Sie warf einen verstohlenen Blick auf Lieutenant Montgomery. Im Abendanzug sah er bestimmt sehr gut aus, und außerdem schien er kräftig genug gebaut zu sein, um die schwere Staatsrobe mit Würde tragen zu können. Aber zunächst mußte sie natürlich noch lernen, sich wie eine Amerikanerin zu verhalten. Aber so schwierig konnte das nun auch wieder nicht sein.

Aber zuerst kam ihre Hochzeitsnacht. Ihre Mutter hatte ihr erklärt, was in dieser Nacht geschah, und gesagt, daß Männer Dinge taten, die eigentlich einer Frau nicht gefielen. Auch die Leidenschaft, die Männer gewöhnlich empfanden, schien Frauen unverständlich zu sein. Aber dennoch hatte sie ihr geraten, darauf zu achten, immer gut auszusehen, und das Verlangen zu schüren – denn nur dadurch war gewährleistet, daß die Dynastie nicht ausstarb.

Daß ihr Ehemann ihr nahezu fremd war, störte Aria nicht im geringsten – dazu war sie erzogen worden. Aber sie hatte die Hoffnung, daß J. T. Montgomery nach der Hochzeitsnacht nicht mehr so unhöflich zu ihr war. Vielleicht würde er ja morgen vor ihrem Bett knien und sie für alles, was er ihr angetan hatte, um Verzeihung bitten.

Sie bemerkte gar nicht, daß der Wagen angehalten hatte, bis der Fahrer ihr die Tür öffnete. Sie standen vor dem Hotel. Aria stieg aus und wartete, bis der Chauffeur ihrem Ehemann auf die Beine half.

J. T. betrachtete das Gebäude, als hätte er noch nie ein Hotel erblickt. »Gut«, murmelte er und ging hinein, ohne Aria zu beachten. Doch ein paar Sekunden später war er schon wieder da, packte sie am Arm und zog sie hinter sich her. »Welches Zimmer hast du?«

»Es ist rosafarben.«

J. T. blieb stehen und sah ihr direkt ins Gesicht. Seine Augen waren rot, und seine Bartstoppeln schienen von Minute zu Minute länger zu werden. »Wenn du weg gewesen bist und wieder in dein Zimmer wolltest, wie hast du es wieder gefunden?«

»Ich mußte dort hinüber gehen.« Sie deutete auf die Rezeption. »Manchmal mußte ich warten, aber mich hat dann immer jemand begleitet.«

»Hat man dir keinen Schlüssel gegeben?«

»Die Stadtschlüssel? Nein, die hat niemand erwähnt.«

Er schloß die Augen. »Bleib hier stehen, beweg dich ja nicht von der Stelle. Verstanden?«

Sie nickte und blickte zur Seite, damit er ihr Lächeln nicht bemerkte. Er wollte sie offensichtlich in seiner Nähe behalten.

Nachdem er an der Rezeption mit Mr. Catton, dem Manager, gesprochen hatte, kehrte J. T. zu ihr zurück und führte sie zum Aufzug. »Noch nie in meinem Leben war ich so froh, ins Bett zu kommen«, erklärte er ihr, als sich die Türen schlossen.

Aria lächelte.

Er schloß die Zimmertür auf, ging hinein und ließ sie auf dem Flur stehen. Einen Moment später erschien sein Arm und zog sie hinein. Er stand dicht neben ihr, als er die Tür von innen versperrte. Aria senkte sittsam die Lider. Nun waren sie allein.

J. T. gähnte und reckte sich. »Ein Bett. Ich rieche es förmlich.« Nach diesem rätselhaften Worten stapfte er durch den Salon ins Schlafzimmer. Er schleuderte einen Schuh vom Fuß, dann ließ er sich aufs Bett fallen und schlief sofort ein.

Aria stand immer noch an der Zimmertür. Sie wartete ein paar Minuten, doch aus dem Schlafzimmer war kein Laut zu hören. Furchtsam durchquerte sie den Raum. Er lag schon im Bett. Er schien zu schlafen, doch sie wußte, daß er auf sie wartete.

»Ich werde . . . ich bin gleich fertig«, flüsterte sie und ging ins Ankleidezimmer, um ein Nachthemd zu holen.

Sie sah sofort, daß keines ihrer Nachtgewänder für ihre Hochzeitsnacht geeignet war. Sie wollte in dieser besonderen Nacht so hübsch wie möglich aussehen.

Sie warf einen Blick auf J. T. Er schien wirklich zu schlafen! Jetzt schnarchte er sogar! Es war erst vier Uhr nachmittags. Vielleicht sollte sie in eins dieser Geschäfte gehen und sich ein Nachthemd kaufen – eines, das ihn vom Schlafen abbringen würde.

Leise schlich sie hinaus, nachdem sie überprüft hatte, ob sich ein frisches Taschentuch in ihrer Handtasche befand. Von den grünen Geldscheinen, die sich einmal darin befunden hatten, war kein einziger mehr übrig.

In der Halle fragte sie nach Mr. Catton. Er bestellte und bezahlte ein Taxi, das sie zu einem Laden brachte, den ihr eine junge Hotelangestellte empfohlen hatte.

Aria war noch nie in ihrem Leben in einem Kaufhaus gewesen. Doch sie betrat es mit dem gewohnten Selbstbewußtsein. Vielleicht war es ihre wundervolle Haltung oder auch der Anblick des Pariser Modellkleides, das sie trug – auf jeden Fall stürzten sofort drei Verkäuferinnen auf sie zu, von denen sie die älteste auswählte.

»Ich möchte die Nachtwäsche für Damen sehen.«

»Bitte hier entlang, Ma'am«, sagte die Verkäuferin eifrig.

Zwei Stunden später hatte der Eifer merklich nachgelassen. Aria hatte jedes Nachthemd anprobiert und die meisten dann einfach auf den Boden geworfen. Die Verkäuferin hatte erhebliche Schwierigkeiten, alles aufzusammeln, Nachschub zu beschaffen und Aria beim An- und Ausziehen zu helfen.

Schließlich entschied sich Aria für ein schulterfreies Modell aus rosa Seide und Satin.

Die Verkäuferin seufzte erleichtert auf: »Wenn Sie mir bitte folgen wollen. Ich packe es Ihnen ein.«

Ein paar Minuten später klatschte sie das Nachthemd wütend in den Karton. »Erwartet dieses Weib doch von mir, daß ich sie bediene wie 'ne Magd!«

»Pst«, zischte ihre Kollegin. »Die Abteilungsleiterin könnte dich hören.«

»Soll sie sich doch mit der Person befassen!«

Aria kam aus der Umkleidekabine, als die Verkäuferin den Deckel auf den Karton preßte. Als die Frau sich umwandte, um die Rechnung zu schreiben, nahm Aria den Karton und ging zur Tür.

»Mein Gott!« krächzte die Verkäuferin. »Sie stiehlt das Ding!«

Das Telefon klingelte elfmal, ehe J. T. wach genug war, um den Hörer abzunehmen. »Ja«, sagte er benommen.

»Sind Sie Lieutenant Montgomery?«

»Gestern war ich's noch. Wieso?«

»Nun hier spricht Sergeant Day von der Polizei. Wir haben gerade eine Frau wegen Ladendiebstahls verhaftet. Sie behauptet, mit Ihnen verheiratet zu sein.«

J. T.'s Augen öffneten sich weit. »Haben Sie sie schon vernommen?«

»Noch nicht. Sie sagt, daß ihre Person für den Ausgang des Krieges entscheidend sein könnte. Außerdem spricht sie davon, daß sie 'ne Königin wäre und daß wir sie mit ›Ihre Majestät‹ ansprechen müßten.«

J. T. fuhr sich mit der Hand übers Gesicht. »Werden Sie nicht nervös, Sergeant. Sie ist nur Prinzessin, und Sie müssen sie mit ›Ihre Königliche Hoheit‹ ansprechen.«

»Meinen Sie das ernst?«

»Sergeant, es ist schwer, zu glauben, das gebe ich ja zu, aber sie ist wirklich eine wichtige Person. Wenn Sie sie einsperren, dann bekommen Sie eine Menge Schwierigkeiten mit der Regierung. Wären Sie wohl so freundlich sie in ein Zimmer zu setzen? Bieten Sie ihr 'ne Tasse Tee an. Aber geben Sie ihr eine Untertasse dazu!«

Der Sergeant schwieg einen Augenblick, dann meinte er mitleidig: »Sind Sie wirklich mit ihr verheiratet?«

»Gott helfe mir, aber ich bin's tatsächlich. Ich komme so schnell wie möglich zu Ihnen.«

»Wir erwarten Sie, und es wäre schön, wenn Sie uns bald von ihr befreiten.«

J. T. hängte den Hörer auf und murmelte: »Und wer befreit mich von ihr?«

7

Aria saß auf einem Stuhl in dem von Glaswänden umgebenen Büro und versuchte ihr Bestes, die neugierigen Leute nicht zu beachten. Man hatte eine klobige weiße Steinguttasse neben sie auf den Tisch gestellt. Angeblich war die braune Flüssigkeit Tee – aber komischerweise hatte man die Tasse in einen Aschenbecher gesetzt. Aria hatte es bis jetzt nicht über sich gebracht, dieses absonderliche Gefäß auch nur zu berühren.

Die letzten Stunden waren wie ein Alptraum für sie gewesen. Dauernd hatte sie irgend jemand angefaßt, angebrüllt, und wieder und wieder hatte man sie mit den gleichen Fragen gequält, obwohl ihr ohnehin niemand geglaubt hatte.

Deshalb war sie sehr froh, als das unrasierte Gesicht von Lieutenant Montgomery erschien. Er warf ihr einen schnellen, wütenden Blick zu, dann war er auch schon von den Leuten umgeben, die sie stundenlang befragt hatten. Wie benahm sich wohl ein Amerikaner seinen seltsamen Mitbürgern gegenüber? Die Lösung fand sie ziemlich enttäuschend: er verteilte ein paar von diesen grünen Geldscheinen, unterzeichnete einige Papiere, und die ganze Zeit über redeten die Polizisten auf ihn ein, aber sie konnte nicht verstehen, was sie sagten.

Sie war sicher, daß sie diese Sache sehr gut selbst hätte erledigen können – wenn sie nur verstanden hätte, was diese Menschen von ihr wollten! Es schien tatsächlich sehr leicht zu sein, sich wie ein richtiger Amerikaner zu benehmen.

Die Polizisten gingen wieder an die Arbeit, und Montgomery näherte sich dem Raum, in dem sie saß.

»Komm, wir gehen«, brummte er, nachdem er die Tür aufgestoßen hatte. »Und wage nicht, auch nur einen Ton von dir zu geben – sonst lasse ich dich einsperren.«

Aria preßte die Schachtel mit dem Nachthemd fest an sich und verließ mit hocherhobenem Kopf die Polizeistation.

Er schwieg auf dem Weg zum Hotel und lief ihr dauernd voran. Als sie im Zimmer angekommen waren, griff er sofort zum Telefon.

»Zimmerservice?« sagte er. »Ich möchte Abendessen bestellen. In die Präsidentensuite. Schicken Sie ein Abendessen für vier Personen hoch und eine Flasche Wein, den besten, den Sie im Keller haben. Beeilen Sie sich bitte.«

Aria blinzelte ihn an, während er den Hörer auflegte.

»Könntest du versuchen, eine Zeitlang keine Schwierigkeiten zu machen? Alles, was ich mir wünsche, ist ein anständiges Essen, ein bißchen Schlaf und eine Dusche, dann bin ich wieder in Ordnung und stehe dir und der amerikanischen Regierung zu Diensten.«

Aria verstand noch nicht einmal die Hälfte von dem, was er sagte, aber sie hatte begriffen, daß er ein Dinner bestellt hatte. Sie wurde rot. Nach dem Essen würde er sie zur Frau machen ...

Sie erklärte mit sanfter Stimme: »Die Frau, die ich als Zofe engagiert hatte, ist nicht wiedergekommen. Wenn Sie mir das Bad einlassen, könnte ich mich ein wenig frisch machen.«

»Du hast noch nicht einmal gelernt, dir selbst das Badewasser einzulassen?« rief er verwundert aus. »Komm, ich werde dir zeigen, wie es geht.«

Sie lächelte zögernd. »Richten die Zofen der Amerikanerinnen ihren Herrinnen nie das Bad? Vielleicht sollten wir Mr. Catton anrufen und ein Mädchen engagieren.«

»Schätzchen, amerikanische Frauen haben keine Zofen, und von heute an wirst du so etwas auch nicht mehr benötigen. Du wirst dich allein anziehen, allein baden und auch die übrigen Dinge allein erledigen. Ich werde dir beibringen, wie eine gute Frau ihren Mann versorgen muß!«

Aria wandte sich ab, damit er nicht sehen konnte, wie ihr das Blut in die Wangen schoß. Doch sie sah aufmerksam zu, als er ihr ein wenig ungehalten erklärte, wie man die Wassertemperatur einstellte und die Hähne aufdrehte. J. T. verließ das Badezimmer, als der Zimmerservice klopfte.

Sie nahm sich viel Zeit für ihr Bad und beeilte sich auch nicht, als er ihr zurief, daß ihr Essen kalt würde. Es war nicht leicht für sie, sich ohne Hilfe anzuziehen, aber das traumhafte Nachthemd glitt locker über den Kopf, so daß sie es schließlich schaffte. Seit ein paar Minuten hatte sie keinen Laut aus dem Salon vernommen, und sie hoffte, daß er ebenfalls bereit war.

Vorsichtig öffnete sie die Tür.

Auf dem großen Tisch im Salon lagen nur noch die Reste eines wahrhaft opulenten Mahles. Dieser ordinäre Kerl hatte doch tatsächlich das Hochzeitsessen ohne sie eingenommen. Mit gerümpfter Nase blickte sie auf die schmutzigen Teller. Dieser Mann mochte ihr ja beibringen, wie man eine Badewanne füllte – sie würde ihm erst mal Manieren beibringen!

Sie betrat das Schlafzimmer. Er lag auf dem Rükken im Bett, eine Zeitung über dem Gesicht. Als sie versuchte, die Decke zu lüften, um auch ins Bett zu kriechen, rührte er sich nicht – auch nicht, als sie ihn höchst undamenhaft schubste.

Schließlich gab sie den Kampf auf und legte sich auf die Decke, wobei sie ihre Hände fest an die Seiten preßte. »Ich bin fertig«, flüsterte sie heißer.

Er reagierte nicht, also wiederholte sie die Worte, aber vergeblich.

Selbst für einen Ehemann war das Benehmen dieses Mannes jenseits der Grenzen des guten Geschmacks. Sie hatte genug und zog die Zeitung einfach von seinem Gesicht. Er schlief!

»Ich bin fertig!« brüllte sie ihm ganz und gar nicht wie eine wohlerzogene Prinzessin ins Ohr, dann legte sie sich wieder hin.

»Fertig?« murmelte er schläfrig, dann saß er auf einmal kerzengerade im Bett. »Feuer!« schrie er, ehe er recht begriff, wo er sich befand. Er drehte sich zu

Aria, und seine Augen wanderten staunend über ihren raffiniert verhüllten Körper.

Aria blieb steif liegen und starrte zur Decke. Jetzt kam der Augenblick, in dem Männer sich in Tiere verwandelten.

»Fertig? Für was?« fragte J. T. benommen.

»Für die Hochzeitsnacht«, erklärte sie, schloß die Augen und versuchte sich auf den kommenden Schmerz vorzubereiten. Ob er ihr wohl sehr weh tun würde?

Sie öffnete die Lider, als sie ihn lachen hörte.

»Die Hochzeitsnacht?« stieß er hervor. »Du glaubst also, ich würde . . .? Daß du und ich? Das ist wirklich gut! Also deswegen hast du die halbe Nacht im Badezimmer verbracht?«

Er lachte sie aus!

»Hör mal zu, Lady, ich habe dich nur geheiratet, um meinem Land zu helfen, den Krieg zu gewinnen. Ich werde mich nicht an dir vergreifen – da kannst du noch so verführerische Fähnchen tragen. Ich möchte nämlich, daß der Auflösung unserer Ehe nichts im Wege steht, wenn du wieder in Lankonien bist. Außerdem wird sich dein Graf Julius bedanken, wenn er auch noch meine Brut großziehen muß. Also, gehst du jetzt bitte in den Salon und läßt mich schlafen? Aber verlaß bloß nicht das Hotel! Wer weiß, was dir als nächstes einfällt!«

Aria war jetzt sehr dankbar für ihre strenge Erziehung, denn so konnte sie ihre Gefühle unterdrükken. Als Prinzessin zurückgewiesen werden war eine Sache – aber als Frau verschmäht zu werden, verletzte sie tief.

»Los, raus!« rief er. »Verschwinde aus meinem Bett. Ich rufe gern das Zimmermädchen, die wird dir die Couch im Salon herrichten.«

Mit der ganzen Würde, die ihr zur Verfügung stand, erhob sich Aria aus dem Bett. »Nein danke, Lieutenant Montgomery. Das werde ich schon selbst machen.« Keine andere Frau sollte erfahren, daß ihr Ehemann sie nicht begehrte. Die ganze Nacht saß sie auf der Couch und dachte nach. Sie haßte ihn für das, was er ihr angetan hatte. Gut, sie würde keine Kinder von ihm bekommen. Vielleicht gelang es ihrer Schwester, einen Erben für den Thron von Lankonien auf die Welt zu bringen. Sie, Aria, würde das von ihm lernen, was es zu lernen gab, und dann in ihre Heimat zurückkehren. Mühsam hielt Aria die Tränen zurück.

J. T. erwachte mit einem schlechten Geschmack im Mund. Er setzte sich auf und sah an sich herunter. Noch immer trug er Uniform.

Er wußte, daß die Prinzessin nicht neben ihm lag, sondern sich in einem anderen Zimmer der Suite aufhielt. ›Wahrscheinlich ist sie beleidigt‹, dachte er und schnitt eine Grimasse. Vielleicht haßte sie ihn auch, weil er nicht ihre Erwartungen erfüllt hatte.

Er schloß die Augen und überdachte die Ereignisse der letzten Tage. Seit er ihr das Leben gerettet hatte, hatte sie sich einfach unmöglich benommen! Sie war immer nur fordernd, überheblich und selbstherrlich gewesen. Gleich, was er ihr gab – sie war nie zufrieden. Er hatte ihr eine große Summe anvertraut – seine Ersparnisse, die er eigentlich für ein neues Boot verwenden wollte –, und sie hatte sich noch nicht einmal bedankt.

Als er sie endlich in den Zug nach Washington gesetzt hatte, war er heilfroh gewesen und hatte gehofft, ihr nie wieder begegnen zu müssen.

Aber er hatte kein Glück gehabt. Ein paar Tage

später wurde J. T. auf Befehl des Präsidenten »ersucht«, nach Washington zu kommen.

Keiner hielt es für nötig, ihm darzulegen, worum es ging. Doch er wußte, daß es irgend etwas mit dieser königlichen Nervensäge zu tun hatte.

Gleich nachdem das Flugzeug gelandet war, begannen sie ihn zu bearbeiten. Sie verlangten, daß er dieses Biest heiratete. Zuerst hatte er noch darüber gelacht, doch die Heiterkeit verging ihm bald. Er durfte nicht essen, trinken oder schlafen. Immer wieder bedrängten sie ihn, sagten, daß er ein Landesverräter wäre, wenn er sich weigerte, und drohten ihm mit einer unehrenhaften Entlassung aus der Navy. Sogar eine Frau schickten sie zu ihm, die ihm zuraunte, daß die Hochzeit nur eine Farce wäre.

Er hatte schließlich zugestimmt. Es war schon richtig — Amerika benötigte jemanden, der der Prinzessin half, eine Amerikanerin zu werden, und die Bodenschätze von Lankonien könnten tatsächlich kriegsentscheidend sein.

Er war vollkommen erschöpft gewesen, als man ihn in den Konferenzraum geführt hatte, wo die höchsten Offiziere von Army und Navy ihn erwarteten. Man hatte ihm einen Stuhl gegeben, und sofort war er eingenickt. Geweckt hatte ihn die schrille Stimme der Prinzessin, die ihm Befehle gab, als wäre er ihr Lakai.

J. T. hätte ihr den Hals umdrehen können. Da wollte er ihr helfen, wieder zurück auf den Thron zu kommen, und sie besaß die Dreistigkeit, ihn zu gängeln!

Während der ganzen Trauung hatte sie dagestanden wie ein Opferlamm. J. T. bemerkte, daß die anderen ihn böse anstarrten.

Ehe er der Prinzessin begegnet war, hatte er nie

Schwierigkeiten mit Frauen gehabt – im Gegenteil, sie liefen ihm alle hinterher! Und außerdem – er hatte ihr doch nichts getan! Er hatte sie vor dem Ertrinken gerettet, ihr die Ersparnisse von zwei Jahren geopfert – er hatte sogar zugestimmt, sie zu heiraten! Aber alle schienen zu denken, daß er irgend etwas verdammt falsch gemacht hatte.

Nach der Trauung wollte er nur noch schlafen. Es war ziemlich mühsam gewesen, die Prinzessin ins Hotel zu schleifen, doch auch dies war ihm gelungen. Er hatte es gerade noch bis zum Bett geschafft.

Als das Telefon klingelte und ein Mann ihm sagte, daß sie wegen Ladendiebstahl festgenommen worden war, schien das der krönende Abschluß für eine grauenhafte Woche zu sein. Er hatte sich mühsam auf das Revier geschleppt – und da saß sie mit einem hochmütigen Gesichtsausdruck.

Natürlich verlor sie kein Wort des Dankes, nachdem er ihr wieder einmal geholfen hatte. Sie saß nur da, als ob sie erwartete, daß man ihr einen roten Teppich ausrollte.

Im Hotel hatte er sich für sein rüdes Benehmen bei ihr entschuldigen wollen, hatte versucht, ihr zu erklären, wie müde und hungrig er war – doch sie schien das überhaupt nicht zu beeindrucken. Ihr schönes Gesicht schien aus Marmor gemeißelt zu sein.

Er bestellte etwas zu essen, dann hatte er ihr noch zeigen müssen, wie eine Badewanne funktionierte. Er war froh, als der Zimmerkellner endlich klopfte. Sie blieb in der Badewanne, während er aß. Er war ein wenig beschämt darüber, daß er alles aufgegessen hatte, und er wollte ihr noch sagen, daß sie sich etwas bestellen sollte, aber er war einfach grenzenlos erschöpft gewesen. So schlief er ein, bevor sie das Badezimmer verließ.

Er erwachte von einem gellenden Schrei und dachte zuerst, es würde wieder ein Munitionslager brennen. Doch dann bemerkte er die Prinzessin, die stocksteif neben ihm lag und ein rosafarbenes Negligé trug. Noch nie hatte ihn eine Frau weniger gereizt – sie war eine eiskalte, gefühllose Person.

Er wußte nicht, ob er lachen oder schreien sollte. Es machte ihn wütend, daß sie dachte, er wäre so primitiv, daß er seine Triebe beim Anblick einer schönen Frau, die in seinem Bett lag, nicht beherrschen könnte. Er brüllte sie einfach an.

Ihr Gesichtsausdruck veränderte sich nicht im geringsten – Marmor zeigt eben keine Regung. Sie verließ wortlos das Zimmer.

Im gleichen Augenblick hatte er ein schlechtes Gewissen, so als hätte er etwas Falsches getan... Er drosch wütend auf das Kopfkissen ein, doch das brachte ihm auch keine Erleichterung. Wenn sie ihm nur einmal zulächeln, eine menschliche Reaktion zeigen würde! Müde hatte er sich eine ganze Zeit im Bett herumgewälzt, ehe er wieder Schlaf fand.

Jetzt sah er auf die Uhr. Es war Zeit zum Aufstehen. Vielleicht hatte er die ganze üble Angelegenheit nur geträumt? Vielleicht war er gar nicht mit dieser hochnäsigen Prinzessin verheiratet?

Um neun Uhr sah Aria auf, als J. T. Montgomery hereingestürmt kam. Er trug noch immer seine zerknitterte Uniform, sein Bart war noch länger geworden. Er sah aus wie ein Seeräuber.

»Es ist also wahr«, sagte er leise und sah sie aus müden Augen an. »Ich hatte gehofft, es wäre alles nur ein böser Traum gewesen.«

Sie erhob sich elegant, ohne sich anmerken zu lassen, daß ihre Glieder steif waren.

»Wegen letzter Nacht –«, begann er.

Sie beachtete ihn nicht, sondern wollte an ihm vorbei zum Badezimmer.

Er ergriff ihren Arm und zwang sie, ihm ins Gesicht zu sehen. »Vielleicht war ich etwas grob zu dir. Weißt du, man hatte mich tagelang wach gehalten, und als ich schließlich schlafen konnte, kam ein Telefonanruf von der Polizei …

Sie blickte ihn kalt an.

»Hast du das hier gestohlen?« fragte er mit tiefer, weicher Stimme und berührte ihre Schulter. »Es ist hübsch.«

»Es ist nur ein – wie war noch der Ausdruck, den Sie benutzten? Ach ja – ›verführerisches Fähnchen‹.« Sie wollte sich wegdrehen, doch er hielt sie am Negligé fest.

»Hör mal, ich versuche dir zu erklären, daß es mir leid tut! Selbst wenn Rita Hayworth persönlich neben mir gelegen hätte, hätte ich sie nicht angerührt. Ich wollte deine Gefühle nicht verletzen.«

»Das haben Sie keineswegs getan«, log Aria und streckte ihr Kinn vor. »Ich habe einfach die Lage falsch beurteilt – das ist alles. Wenn sie mich jetzt loslassen und mir gestatten, mich anzukleiden, wären wir vielleicht in der Lage, mit meinem Unterricht zu beginnen!«

»Natürlich«, sagte er zornig. »Je eher wir es hinter uns bringen, desto früher kannst du in dein Königreich zurückkehren, und ich werde in der Lage sein, mein eigenes Leben zu führen.«

Aria hätte die Badezimmertür am liebsten zugeknallt. Doch sie tat es nicht. Sie betrachtete sich im Spiegel. War sie so abstoßend? Vielleicht war ihr Nachthemd zu offenherzig gewesen, vielleicht sah sie ja auch nicht so frisch und sorglos aus, wie die hübschen Mädchen, die sie auf den Straßen gesehen hatte – aber war sie wirklich so wenig begehrenswert?

Sie wählte ein raffiniert einfaches Modell von Mainbocher aus. Dazu passend drückte sie ein Schleierhütchen keß über die linke Augenbraue. Die Nähte an ihren Strümpfen brachten sie zwar fast zum Wahnsinn – sie wollten und wollten nicht gerade sitzen! –, doch auch dies schaffte sie schließlich.

Lieutenant Montgomery lümmelte sich in einem Sessel, als sie erschien. »Endlich«, murrte er und sah sie kaum an, sondern verschwand gleich im Bad.

Gleich nachdem sie die Hotelsuite verlassen hatten, begann er mit dem Unterricht. Er zeigte ihr, wie man einen Zimmerschlüssel benutzt und hielt ihr einen Vortrag über Restaurants und amerikanische Kellner. Während des Frühstücks kritisierte er sie pausenlos: Sie hielt die Gabel in der falschen Hand, sie sollte nicht alles mit Messer und Gabel zerteilen, sie mußte Rührei essen, obwohl sie weiche Eier bestellt hatte. Zwischen seinen demütigenden Ermahnungen brachte er ihr bei, was Münzgeld war. Er war schon fertig, als sie ihr Frühstück erst halb gegessen hatte.

»Los, los. Wir haben nicht den ganzen Tag Zeit«, drängte er ungeduldig und scheuchte sie aus dem Stuhl. »Jeder Amerikaner sollte seine Hauptstadt kennen!«

Er telefonierte, dann brachte er sie zu einer großen Limousine.

Den ganzen Tag lang besichtigten sie ein Gebäude nach dem anderen. Es lief gewöhnlich so ab, daß J. T. sie hineinzerrte, ihr einen Vortrag über die geschichtliche Bedeutung hielt und dann mit langem Gesicht wartete, daß sie wieder in das Auto stieg. Im Wagen erzählte er ihr von amerikanischen Frauen, die für ihr Land gestorben waren und sich für ihre Männer geopfert hatten.

»Was ist das?« fragte Aria, als er sie wieder einmal in das Auto schob. Sie hatten gerade das Denkmal eines Mannes namens Lincoln – der Name sagte Aria nichts – besichtigt.

»Das ist ein Drugstore. Los, komm jetzt. Wir müssen noch ins Smithsonian Museum und die Kongreßbibliothek.«

»Was trinken die Leute in diesem Drugstore?« bohrte Aria weiter.

»Cola. Wir haben jetzt keine Zeit, Maulaffen feilzuhalten – wir müssen gehen!«

Aria blickte sehnsuchtsvoll in den Drugstore, bis sie wieder losfuhren. Die Leute darin hatten so fröhlich ausgesehen, so lustig. Sie sehnte sich danach, etwas Angenehmes zu tun!.

Im Smithsonian Museum trafen sie Heather, eine pummelige, kleine Blondine. Sie rief: »J. T. !« und fiel ihm um den Hals.

Aria sah der ganzen Szene ziemlich teilnahmslos zu. Sie wunderte sich nur darüber, daß die Amerikaner offensichtlich schamloses Verhalten in der Öffentlichkeit zu billigen schienen.

»J. T., Schätzchen, ich hab' dich so vermißt! Wie lange bist du in der Stadt? Wir können heute abend ausgehen und danach in meine Wohnung. Was meinst du?«

»Baby, nichts, was ich lieber täte! Du weißt nicht, wie gut es mir tut, daß mich eine Frau mal wieder anlächelt! Die letzten Tage waren die reinste Hölle für mich.«

Nach diesen Worten marschierte Aria einfach los und hielt auch nicht an, als J. T. hinter ihr herrief: »Warte doch!«

Schließlich holte er sie ein und ergriff ihren Arm, mit der anderen Hand hielt er die kleine Blondine fest.

»J. T., wer ist das?« wollte Heather wissen.

»Das ist Prin . . ., ich meine . . .«, stammelte er und fragte dann Aria: »Wie heißt du noch mal?«

»Victoria Jura Aria Cilean Xenita.«

Nach einem Moment des Überlegens sagte J. T.: »Ja, richtig. Vicky. Und das ist Heather Addison.«

»Aria«, verbesserte sie ihn. »Meine Familie nennt mich Aria.«

Heather schaute J. T. mißtrauisch an. »Und wie nennst du sie?«

Aria lächelte honigsüß und sagte: »Meine Frau.«

Heather gab J. T. eine schallende Ohrfeige, drehte sich auf dem Absatz um und stolzierte davon.

»Bleib hier stehen«, befahl er Aria und rannte hinter Heather her.

Aria lachte. Zum ersten Mal seit Tagen war sie wirklich zufrieden. Dieser ekelhafte Mann hatte die Ohrfeige mehr als verdient! Sie entdeckte auf der anderen Straßenseite einen von diesen Drugstores. Sie wartete, bis die Ampel umsprang, dann ging sie über die Straße – genau so, wie J. T. es ihr beigebracht hatte. In dem Laden saßen junge Leute, Soldaten und ein paar Mädchen, die dicke Wollsocken und braunweiße Schuhe trugen. Alle saßen auf Barhockern.

Aria ließ sich auf einen solchen Stuhl gleiten.

»Was wünschen Sie?« fragte sie ein älterer Mann mit weißer Schürze.

Sie versuchte sich an den Namen des Getränks zu erinnern.

»Kohler?« lächelte sie hilflos.

»Was?«

Ein junger, gutaussehender Mann in einer blauen

Uniform setzte sich neben sie. »Ich glaube, sie meint eine Cola.«

»Ja«, lächelte ihm Aria dankbar zu. »Eine Cola, bitte.«

»Wohnen Sie in dieser Gegend?« fragte der Mann freundlich.

»Ich lebe – ich wohne im Waverley Hotel.«

»Wie vornehm! Ich mache Ihnen einen Vorschlag – heute abend wollen ich und meine Freunde die Stadt unsicher machen. Wir gehen groß aus, na, und so weiter.«

»Ausgehen«, murmelte sie, das war doch das Wort, das Heather Addison benutzt hatte. Der Barmann servierte ihr das Glas Cola, und obwohl sie noch nie ein Getränk durch einen Strohhalm genossen hatte, schmeckte es ihr wundervoll.

»Was haben Sie gesagt?« fragte sie der Soldat.

Ein anderer Uniformierter trat neben sie und meinte: »Ein solches Klassemädchen geht doch nicht mit einem Lackaffen wie dir aus! Hör zu, Schätzchen, ich kenne ein paar Clubs, in denen wir bis zum Morgengrauen tanzen können und danach ...

Ein dritter Soldat schaltete sich ein. »Hör nicht auf diese Dummköpfe! Keiner von denen hat auch nur die blasseste Ahnung davon, wie man eine echte Dame behandelt. Ich kenne ein intimes Lokal, in dem ...«

Er brach ab, als J. T. ihn zur Seite schob.

»Hau bloß ab, Mann. Wir haben sie zuerst entdeckt«, schimpfte einer der Soldaten.

»Du willst wohl, daß ich dir alle Zähne einschlage, was?« erwiderte J. T. unwirsch. »Ich habe diese Frau gestern geheiratet.«

»Sieht aber nicht so aus, als würdest du gut auf sie aufpassen!«

Aria hielt den Kopf über ihr Glas gebeugt und unterdrückte ein Lachen. Sie sah zu den Teenagern hinüber, die ihr vertraulich zuzwinkerten. Aria stellte fest, daß sie diese amerikanische Sitte mochte.

»Los!« drängte J. T. »Bloß raus hier!«

»Du solltest noch einen Augenblick warten! Ich muß noch meine Cola bezahlen.« Das »du« kam Aria auf einmal ganz selbstverständlich über die Lippen. Hier duzten sich alle, und sie sollte doch lernen, eine Amerikanerin zu sein.

»Das geht schon in Ordnung. Wir erledigen das«, riefen die drei Soldaten wie aus einem Mund.

»Nein, ich muß lernen, mit Geld umzugehen.« Entschlossen befreite sie sich aus J. T.'s Griff und fragte den Barmann, wieviel sie ihm schuldete. Dann öffnete sie ihre Handtasche und zog ihre Geldbörse heraus. »Das ist ein Fünfcentstück, nicht wahr?« sagte sie und hielt einen Vierteldollar hoch.

Die Männer halfen ihr eifrig, die richtige Münze zu finden.

»Sie sind Französin, nicht wahr? Ich habe es gleich gewußt!«

»*Oui* – Ja, ich spreche Französisch.«

J. T. zog sie wortlos aus der Bar. Erst als sie im Wagen saßen, fing er an zu schimpfen. »Du kannst einfach nicht gehorchen! Ich tue mein Bestes, um dir amerikanische Sitten beizubringen, aber du rennst weg und führst dich auf wie ein Flittchen!«

»Nicht wie Heather«, sagte sie sehr leise, denn es war nicht für seine Ohren bestimmt.

Doch er hatte es sehr wohl verstanden. »Laß meine Freundinnen aus dem Spiel! Und mich bitte auch. Ich bin Amerikaner. Du bist eine amerikanische Ehefrau. Du bist kein leichtes Mädchen, das in Drugstores sitzt und sich von fremden Männern ansprechen läßt! Demnächst benimmst du dich bitte wie eine anständige Frau. Als Prinzessin solltest du eigentlich wissen, wie sich eine Dame zu verhalten hat. Eine amerikanische Frau bleibt stets Dame. Sie respektiert ihren Mann und gehorcht ihm, aber das wolltest du ja nicht einmal während unserer verrückten Trauung zugestehen.«

»Ach, daran erinnerst du dich! Aber mein Name ist dir entfallen.«

Er beachtete ihren Einwurf nicht. »Die amerikanische Ehefrau unterstützt ihren Mann, so gut sie kann. Sie hört ihm zu, sie lernt von ihm, sie ...«

In diesem Ton ging es weiter, und Aria begann, sich allmählich zu fühlen, als ob das kurze Abenteuer im Drugstore sie zu einer Kurtisane gemacht hatte.

In ihrem Hotelzimmer wartete ein Riesenstapel Geschichtsbücher auf sie.

»Ich habe sie kommen lassen«, erklärte J. T. »Es sind alles Lehrbücher, und am Ende jedes Kapitels stehen Fragen. Immer wenn du einen Teil gelesen hast, werde ich dich prüfen. Fang schon damit an, während ich dusche.«

»Fang schon damit an, während ich dusche«, äffte ihn Aria nach und wollte die Bücher schon gegen die Badezimmertür werfen, als ihr Blick auf die Schlagzeile der Zeitung fiel: »Lankoniens Kronprinzessin besucht am Montag New York.«

»Lankonien«, sagte sie sich selbst. »Lankonien ist das einzige, was zählt. Ich muß lernen, Amerikanerin zu sein, damit mir die Regierung hilft, wieder auf den Thron zu gelangen.« Sie öffnete das erste Lehrbuch und fing an zu lesen.

J. T. kam gerade in Unterhosen aus dem Badezimmer, als das Telefon klingelte. Er antwortete seinem Gesprächspartner in einem Ton, den Aria noch nie von ihm gehört hatte. »Nein, Baby, ich bin dir nicht böse.«

Aria sah von ihrem Buch auf. Er stand mit dem Rücken zu ihr, und sie fand den Anblick durchaus nicht unangenehm. Er war wirklich gutgebaut.

»Ja, natürlich komme ich hier weg«, fuhr er fort. »Nach einem so anstrengenden Tag habe ich ein bißchen Erholung verdient.« J. T. drehte sich zu Aria um, die sich sofort wieder in ihr Buch vertiefte. »Nein, nein, es ist überhaupt kein Problem. Ich treffe dich dann in einer halben Stunde in der Hotelhalle.«

Aria sagte kein Wort, als er in das Schlafzimmer ging, sich eine blaue Uniform anzog, frisch rasierte und mit After Shave besprühte.

»Ich gehe ein bißchen aus. Du hast ja genug zu tun. Ruf den Zimmerservice an und bestell dir was zu essen. Warte nicht auf mich, es könnte spät werden.« Damit verließ er die Suite.

Ihre Mutter hatte ihr gesagt, daß man als Ehefrau Seitensprünge ertragen müßte. Aber sie hatte Aria nicht erzählt, wie man sich dabei fühlte! Aria ging zum Fenster und sah, wie J. T. das Hotel am Arm der pummeligen Heather verließ. Er küßte sie sogar!

Aria wandte sich ab und ballte die Hände zu Fäusten. Das sollte er ihr büßen!

Sie rief den Zimmerservice an und bestellte Kaviar, getrüffelte Gänseleberpastete, Champagner und Austern. »Und schicken Sie mir bitte ein paar amerikanische Zeitschriften.«

»Was für welche wollen Sie denn?« fragte die gelangweilte Stimme am anderen Ende. »Filmzeitschriften, Heftromane?«

»Von allem etwas, bitte. Außerdem möchte ich noch eine Cola, nein, besser zwei und . . . Whiskey.«

Einen Augenblick lang herrschte Stille. »Was hielten Sie denn von Cola mit Rum?« fragte die Frau vorsichtig.

»Ja, das klingt gut.« Aria legte auf.

Das Essen kam zusammen mit einem Stapel der seltsamsten Illustrierten, die Aria je gesehen hatte. Sie las, während sie aß, während sie badete, und nachdem sie in einem züchtigen Nachthemd in ihr Bett geklettert war. J. T. konnte ja auf der Couch schlafen! Der Gedanke an ihn machte sie wütend und traurig zugleich. Gierig verschlang sie eine Reportage mit der Überschrift: »Mein Mann betrügt mich mit einer anderen Frau.«

8

Am nächsten Morgen wurde Aria von einem furchtbaren Geräusch geweckt, sie öffnete die Augen und sah Montgomery, der neben ihr lag und schnarchte! Sie hatte überhaupt nicht bemerkt, daß er zurückgekommen war.

Das Telefon klingelte, und da es an seiner Seite stand, wollte sie sich nicht über ihn beugen, um den Hörer abzunehmen. Nach dem sechsten Klingeln hob er ab.

»Ja, Montgomery.« Er lauschte einen Augenblick, dann drehte er sich um und sah Aria an. »Ja, sie ist hier bei mir. Ja, wir liegen im gleichen Bett, obwohl ich nicht weiß, was Sie das angeht.« Er hielt die Sprechmuschel mit der Hand zu und fragte: »Wie lange brauchst du, um dich für den Flug nach Key West fertigzumachen?«

»Sobald jemand meine Sachen gepackt hat –«, begann sie, doch J. T. winkte ab und sagte: »In einer Stunde. Ja, holen Sie uns in einer Stunde ab.«

Er legte auf, setzte sich hin. »Eine amerikanische Ehefrau packt ihre Koffer selbst, und die ihres Mannes auch. Fang schon mal an, während ich dusche.«

Aria dachte nicht daran, ihm zu gehorchen. Geruhsam ging sie zum Telefon, bestellte Frühstück und vertiefte sich in eine Illustrierte.

Ein paar Minuten später riß ihr J. T. die Zeitung aus der Hand. »Wo hast du denn diesen Mist her? Und warum bist du noch nicht angezogen? Die Hälfte der Koffer könnte schon gepackt sein! Jetzt hör mir mal gut zu, Prinzessin – wenn du lernen willst, wie eine Amerikanerin zu leben, solltest du dich mehr bemühen. Wie viele Bücher hast du bis jetzt durchgelesen?«

Genauso viele wie du! Wenn du denkst, daß ich deine Koffer packe, dann . . .

Ein Klopfen an der Tür unterbrach sie. Der Zimmerkellner brachte das Frühstück für Aria. Als J. T. merkte, daß sie nichts für ihn bestellt hatte, wurde er fuchsteufelswild. Er warf ihr vor, gar nicht zu begreifen, was es hieß, einen Mann zu haben. Sie verteidigte sich damit, daß sie nichts für ihn bestellt hätte, weil sie nicht wüßte, was er haben wollte. J. T. wandte sich ab und meinte, daß er das Gefühl nicht loswürde, daß Aria überhaupt keine Lust hätte, etwas zu lernen oder ihrem Land zu helfen. Das brachte sie zum Schweigen, sie ging zum Telefon und bestellte ihm ein Frühstück.

Als es gebracht wurde, setzte er sich hin und aß, während sie versuchte die Koffer zu packen. Sie konnte es nicht verstehen: er aß – sie arbeitete.

»Warum tun die amerikanischen Frauen so etwas?« maulte sie. »Warum wehren sie sich nicht?«

»Bist du fertig?« fragte er ungeduldig. »Warum brauchen Frauen immer so lange, um sich anzuziehen?«

Sie starrte wütend auf seinen Rücken und hätte ihm am liebsten einen Koffer nachgeworfen. Ihre Mutter hatte sie zwar in gutem Benehmen unterrichtet – doch auf solche Situationen war sie nicht im geringsten vorbereitet worden!

»Trägt eine amerikanische Frau auch die Koffer?« fragte sie unschuldig.

»Wenn ihr Mann es wünscht, dann tut sie es«, erwiderte er, rief aber trotzdem Pagen, die Arias Koffer zum Wagen brachten. Sie flogen in einem Transportflugzeug nach Key West, und während der ganzen Reise ›prüfte‹ J. T. Arias Wissen über die ersten Einwanderer und Christoph Kolumbus. Sie beantwortete alle Fragen korrekt, aber das schien ihn nicht sonderlich zu beeindrucken.

Als er gerade mit dem dritten Kapitel des Lehrbuches begann, schlief er ein, so daß sich Aria vergnügt wieder einem ihrer Filmmagazine zuwandte, das sie in das Geschichtsbuch gelegt hatte. Er hätte bestimmt nichts bemerkt, wenn sie nicht auch eingeschlafen und das Buch nicht mit lautem Knall von ihrem Schoß gefallen wäre.

»Was ist das?« verlangte J. T. zu wissen und rüttelte sie wach.

»Es ist entzückend, nicht wahr?« antwortete sie müde.

Zu ihrer maßlosen Überraschung entdeckte sie, daß J. T. lächelte. »Du solltest eigentlich etwas über die Geschichte Amerikas lernen«, meinte er nachsichtig. Der Motorlärm zwang sie dazu, ihre Köpfe dicht beieinander zu halten – sie hätten sonst kein Wort verstanden.

Aria fand, daß J. T. aus der Nähe noch besser aussah. »Gibt es nicht noch etwas anderes außer Geschichte?«

»Natürlich. Das Showbusineß hat einen hohen Stellenwert.« Er deutete auf ihre Filmillustrierte. »Aber das kennst du ja schon. Und natürlich das amerikanische Familienleben. Vielleicht kann ich dir erklären, wie es in einer Durchschnittsfamilie hierzulande zugeht.«

Aria nickte ihm erfreut zu. »O, ja, das würde ich sehr gerne hören!«

Er überlegte einen Augenblick, dann sagte er: »In einer amerikanischen Familie sind alle Mitglieder gleichberechtigt. Die Verantwortungsbereiche sind klar abgesteckt – der Mann verdient das Geld, die Frau versorgt Haus und Kinder. Der Mann hat die Pflicht, dafür zu sorgen, daß es seiner Frau und den Kindern an nichts fehlt, deshalb geht er Tag für Tag zur Arbeit. Der Mann gibt viel und verlangt wenig als Gegenleistung ...« J. T. hielt inne und setzte sich bequemer hin. »Im Klartext gesprochen: Wir Männer schuften, während die Damen den ganzen Nachmittag Tee trinken.« Er lachte bitter. »Außerdem gehört auch noch der Kriegsdienst zu unseren Pflichten.«

»Ich verstehe.« Aria nickte, aber sie verstand überhaupt nichts. »Wenn du sagst, daß die Frau das Haus versorgt – heißt das, sie repariert das Dach, wenn es undicht ist?«

»Aber nein, natürlich nicht. Sie holt natürlich einen Dachdecker. Sie hält das Haus sauber, putzt Fenster, kocht und so was. Aber die Frau repariert niemals das Dach!«

»Die Frauen putzen die Fenster? Und was ist mit den Fußböden?«

»Die Frau putzt das ganze Haus. Das ist nun wirklich keine Affäre – es ist eben Hausarbeit. Jeder kann es machen – sogar eine Kronprinzessin.«

»Du hast gesagt, daß die Hausfrau kocht... Stellt sie auch Speisepläne auf? Spült sie das Geschirr?«

»Natürlich. Die amerikanische Hausfrau ist sehr vielseitig und unabhängig.«

»Und was geschieht, wenn Gäste kommen? Kocht sie etwa für die Gäste? Aber bedienen – das ist nicht die Aufgabe der Hausfrau, oder?«

»Ich habe dir doch bereits erklärt, daß sie das Haus besorgt. Das schließt die Hausgäste mit ein.«

»Näht und stopft sie auch die Kleidung der Familie?«

»Ja.«

»Sorgt sie für die Kinder?«

»Aber sicher!«

»Wer hilft ihr, wenn sie Briefe schreiben oder Rechnungen bezahlen muß?«

»Normalerweise gibt der Mann einen Teil seines Gehalts der Frau. Sie besorgt die Lebensmittel, und bezahlt die Rechnungen und alles, was die Kinder brauchen.«

»Ich verstehe. Fährt sie auch Auto?«

»Wie sonst würde sie zum Supermarkt kommen?«

»Das ist höchst beeindruckend.«

»Wieso beeindruckend?«

»Also, wenn ich dich richtig verstanden habe, ist die amerikanische Hausfrau nicht nur Sekretärin, Chauffeur, Buchhalter, Zimmermädchen und Lebensmittellieferant, sondern auch: Butler, Empfangsdame, Schatzmeister, Zofe und Kinderschwester! Pflegt sie auch den Garten?«

»Sie sorgt auch für den Garten, obwohl ihr der Mann – vorausgesetzt, er hat Zeit und Muße – oft dabei hilft.«

»Eine einzige Frau ist Haushofmeister, Verwalter und Stallmeister, und trotz all dieser Pflichten hat sie auch noch Zeit genug, um die Nachmittage mit Teetrinken zu vertrödeln. Das finde ich wirklich beeindruckend!«

»Könnten wir das Thema beenden? Es ist wirklich nicht so, wie du es jetzt darstellst.« J. T. war nun nicht mehr so freundlich.

Doch Aria ließ sich nicht mehr bremsen. »Natürlich haben die Männer den Krieg begonnen, nicht wahr? Ich kann mir auch nicht vorstellen, daß eine Frau es über sich brächte, Bomben auf die Kinder anderer Frauen zu werfen. Außerdem sind die Frauen ja auch viel zu beschäftigt, um solchen Unsinn zu machen – sie müssen Tee trinken, Hecken schneiden, spülen oder . . .«

»Können wir jetzt bitte aufhören!«

Aria nahm das Geschichtsbuch in die Hand, aber sie las nicht darin. Eine Amerikanerin zu sein schien viel schwieriger zu sein, als sie angenommen hatte.

Nachdem das Flugzeug in Key West gelandet war, brachte sie ein Wagen zu einem kleinen, zweigeschossigen Haus, das neben einem Friedhof lag.

J. T. öffnete das Holztor, von dem die Farbe abblätterte, und sagte erfreut: »Ich weiß nicht, wie die Navy es geschafft hat, uns dieses Haus zu besorgen! Es gibt nämlich eine lange Warteliste!«

Aria war überhaupt nicht erfreut. Das Haus erschien ihr winzig – im Erdgeschoß gab es nur ein Wohn-Eßzimmer und eine kleine Küche sowie das Badezimmer, in dem eine große weiße Maschine stand. Über eine steile Treppe gelangte man schließlich ins Schlafzimmer. Die Möbel schienen ihr ziemlich altersschwach zu sein, und die blaßblauen Tapeten fanden auch nicht ihre Billigung.

J. T. trug Arias Koffer hinauf, dann sagte er: »Ich fahre noch zum Stützpunkt. Pack deine Sachen aus und häng sie auf. Die Army hat mir versichert, daß alles Nötige vorhanden ist. Ich hoffe sehr, daß wir auch etwas zum Essen im Haus haben. Wenn du alles erledigt hast, kannst du dich wieder mit den Büchern beschäftigen.« Er hielt einen Moment inne. Es schien, als ob er noch etwas sagen wollte, er überlegte es sich aber anders und verließ das Haus.

Aria trat auf den Balkon und blickte über den Friedhof.

»Hallo! Ist jemand zu Hause?« erklang eine Männerstimme aus dem Erdgeschoß.

»J. T.?« rief eine Frau.

›Seltsame Sitten!‹ dachte Aria. ›Marschieren in Amerika alle Leute einfach in fremde Häuser?‹ Sie ging zur Treppe und sah hinunter. Dort standen drei Paare.

»Gütiger Himmel!« staunte einer der Männer. »Sind Sie J.T's Herzensdame?«

Alle starrten jetzt zu ihr herauf. Aria mochte vielleicht unfähig sein, sich selbst anzuziehen oder mit Geld umzugehen – aber sie war eine untadelige Gastgeberin. »Hallo«, grüßte sie lächelnd und schwebte die Treppe hinunter.

»Prinzessin!« ertönte eine bekannte Stimme. Bill Frazier trat ein, dicht gefolgt von einer hübschen, blonden Frau. »Ich meine . . .«, fuhr er verlegen fort.

»Ich bin –«, wollte Aria erklären, doch einer der Männer unterbrach sie lachend: »Prinzessin reicht. Es paßt zu Ihnen. Darf ich Ihnen J. T's Freunde vorstellen? Wir sind nämlich gekommen, um Sie willkommen zu heißen.« Er stellte ihr Carl und Patty, Floyd und Gail, Larry und Bonnie vor. Bill machte sie mit seiner Frau Dolly bekannt. Außerdem war ein Junggeselle namens Mitch anwesend.

Mitch ergriff galant ihren Arm. »J. T. ist ein Dummkopf. Eine Schönheit wie Sie läßt man nicht allein.«

Die Frauen scharten sich um sie. »Wo haben Sie dieses Kleid gekauft?« fragte Patty. Sie hatten Töpfe und Einkaufstaschen mit Lebensmitteln dabei.

»Ist das Seide?« wollte Bonnie wissen. »Echte Seide?«

»Ich dachte, daß Sie erst heute angekommen sind. Wenn ich so ein Kleid auf dem Flug angehabt hätte – na, die Falten möchte ich nicht sehen!«

»Ach, ich würde sterben für ein Kleid wie dieses!«

Aria wünschte sich verzweifelt, daß diese Frauen sie mochten. Sie trugen hübsche geblümte Baumwollkleider und Sandalen. Alle hatten kurze Haare, was sie jung und frisch aussehen ließ. Aria kam sich in ihrem Seidenkleid und mit den langen, nach hinten gekämmten Haaren fremd und altmodisch vor. Eifrig überlegte sie, was sie tun könnte, um diesen Frauen eine Freude zu machen. Plötzlich fiel es ihr ein! »Lieutenant Montgomery hat mir ein paar Kleider geschenkt, die aber noch im Koffer sind. Vielleicht würden Sie sie gern ansehen?«

Schon im nächsten Augenblick schoben die Frauen sie die Treppe hinauf.

»Und was wird aus dem Abendessen?« rief ihnen einer der Männer hinterher.

Zehn Minuten später herrschte im Schlafzimmer ein wahres Chaos. Die Frauen zerrten Kleider aus Arias Koffern und hielten sie sich an. Aria lächelte, und bald war sie selbst eifrig dabei und hatte viel Spaß. Sie fragte Bonnie, ob sie wohl gern ein Kleid anprobieren würde, und sofort begannen auch die anderen Frauen damit, sich anzukleiden.

»Ich muß das unbedingt Larry zeigen«, meinte Bonnie, die gerade ein wundervolles rotes Abendkleid trug.

»Mit diesen Schuhen?« fragte Aria. »Außerdem passen Socken überhaupt nicht dazu. Hier, die Seidenstrümpfe würden Ihnen gut stehen!«

Bonnie blickte sehnsüchtig auf die Strümpfe, doch Aria gab sie ihr nicht, sondern versteckte sie hinter ihrem Rücken. »Sie bekommen sie erst, wenn sie eine Bedingung erfüllen!«

Die junge Frau zögerte – Arias bestimmte Art schüchterte sie ein wenig ein.

»Würden Sie mir wohl den Namen Ihres Friseurs verraten? Ich möchte mir nämlich das Haar so schneiden lassen wie Sie. Außerdem möchte ich noch wissen, wo man Kosmetika kaufen kann.«

Der Abend wurde zu einer wahren Modenschau. Die Frauen führten den Männern Arias Kleider und Kostüme vor. Dolly war zwar ein wenig zu mollig für die meisten Kleider, aber in einem schulterfreien Korsagenkleid bot sie einen wahrhaft atemberaubenden Anblick! Die Frauen lachten, die Männer klatschten Beifall, als sie die Treppe herunterschritt.

»Bill war richtig eifersüchtig«, sagte Dolly triumphierend, als sie wieder ins Schlafzimmer kam.

Von unten kam der Geruch von gegrilltem Fleisch herauf.

»J. T. kriegt keinen Hamburger mehr mit, wenn er nicht bald kommt«, meinte Gail. »Wo steckt er denn überhaupt?«

»Er ist zum Stützpunkt gefahren, um nach dem rechten zu sehen«, erwiderte Aria. »Steht mir diese Lippenstiftfarbe?«

Die Frauen waren schrecklich neugierig und wollten mehr über Aria und J. T. erfahren. Sie wußten nur, daß J. T. nach seinem Krankenhausaufenthalt zu einer Insel gefahren war, um Urlaub zu machen. Nach seiner Rückkehr hatte er erschöpfter ausgesehen als vorher und war furchtbar schlechtgelaunt gewesen. Ein paar Tage später hatte eine schwarze Limousine ihn vom Dock abgeholt, und jetzt war er verheiratet.

»Sie sehen richtig süß aus«, sagte Dolly und überbrückte so die unangenehme Stille. »Laßt uns jetzt hier Ordnung schaffen, dann gehen wir nach unten. Sonst essen unsere Göttergatten alles auf.«

Aria war als vollendete Gastgeberin in ihrem Element. Unauffällig sorgte sie dafür, daß jeder genug zu essen und zu trinken hatte. Es war ein wenig schwierig, dies alles ohne Dienerschaft zu bewältigen, doch es gelang ihr bald. Sie ertappte Dolly ein paarmal dabei, wie sie sie wohlwollend anlächelte.

J. T. erschien zum Dessert.

»Da ist ja der Bräutigam«, verkündete Gail. »Rück ein wenig, Mitch, damit J. T. neben seiner Frau sitzen kann.«

»Das ist aber eine Überraschung«, sagte J. T. zu Bill und Dolly. »Habt ihr mir was übriggelassen?«

»Es ist zwar kein Fleisch mehr da, aber Kraut, Kartoffelsalat und Krabbencocktail. Brauchst dich nur zu bedienen.«

J. T. blickte Aria auffordernd an. »Meine Frau wird mir einen Teller zurechtmachen.«

Einen Augenblick lang schwiegen alle verblüfft, dann schob Aria ihren Teller beiseite und stand auf. »Larry, möchten Sie noch etwas Apfelkuchen?«

»Nein danke, Prinzessin. Ich hab' schon mehr als genug gehabt!«

»Prinzessin?« fragte J. T. mißtrauisch.

»Ist ein netter Spitzname, findest du nicht auch?« warf Bill betont harmlos ein.

Aria nahm einen Teller und häufte Salat darauf.

J. T. stellte sich neben sie. »Amerikanische Frauen bedienen nämlich ihre Männer, und sie sind gute Gastgeberinnen. Hast du verlangt, daß deine Gäste dich bedienen? Hast du den Hamburger mit Messer und Gabel gegessen?«

»Laß sie doch in Ruhe«, zischte Bill. »Sie war großartig. Eine wirklich gelungene Party, Prinzessin!«

»Ist es so recht, mein Herr?« fragte Aria und überreichte J. T. den Teller.

»Werd nicht frech! Ich bin – oh, hallo Dolly!« Er nahm den Teller und ließ sie stehen.

Dolly beobachtete Aria, dann nahm sie sie beiseite. »Wir beide treffen uns am Montag und reden mal von Frau zu Frau miteinander.«

In diesem Moment legte jemand eine Glenn-Miller-Platte auf, und die Paare gingen nacheinander zum Tanzen. Nur Mitch, Aria und J. T. blieben auf der kleinen Terrasse zurück.

»Dürfte ich um diesen Tanz bitten, Mrs. Montgomery?« fragte Mitch. J. T. sah nicht einmal von seinem Teller auf, als Aria an Mitchs Seite im Wohnzimmer verschwand.

Ihre erste Erfahrung mit der amerikanischen Art zu tanzen war äußerst schockierend für Aria. Noch nicht einmal der Graf, mit dem sie verlobt gewesen war, hatte es gewagt, sie so fest an sich zu ziehen!

»Sie müssen sich ein bißchen lockerer bewegen«, sagte Mitch, als Aria sich versteifte.

»Sind amerikanische Ehefrauen so? Ich meine – locker?«

»Wo kommen Sie denn her?«

»Aus Paris«, antwortete Aria schnell.

»Ah«, machte er und versuchte sie enger an sich zu ziehen, aber sie wehrte sich ein wenig. »Wenn Sie Französin sind, müßten Sie eigentlich etwas mehr von der Liebe verstehen.«

»Davon habe ich wirklich keine Ahnung«, erwiderte sie ernst.

Mitch lachte laut und drückte sie an sich. »Ich hab' mich schon immer über den alten J. T. gewundert.«

Dolly drängte Bill neben Mitch. »Du solltest dich lieber benehmen«, warnte Dolly und deutete auf J. T., der in der Terrassentür stand.

Die anderen Paare hielten den Atem an, als J. T. zielsicher auf Aria und Mitch zusteuerte. Aber er ging an ihnen vorbei, als wären sie gar nicht vorhanden. »Bill, hast du 'ne Minute Zeit für mich? Ich möchte mit dir über den Einbau des Radars sprechen.«

»Jetzt? Mann, es ist Samstagabend!«

»Ich weiß, aber im Krieg gibt's nun mal kein Wochenende. Könntest du morgen zum Stützpunkt fahren und noch einen Blick drauf werfen?«

»Am Sonntag?«

J. T. strich über sein Kinn. »Es ist das erste Radar, das wir haben, und ich bin mir nicht ganz sicher. Das verdammte Ding stammt aus Großbritannien, und ich weiß nicht, ob es in unseren Schiffen richtig funktioniert.«

Bill lächelte, aber Dollys Gesicht wurde starr, und sie entgegnete: »Ich denke, du solltest deinen freien Tag mit deiner Frau verbringen.«

»Ich habe Wichtigeres zu tun. Sag mal, Doll, hast du vielleicht einen deiner Schokoladenkuchen mitgebracht?«

»Ja. Du kannst dir selbst ein Stück abschneiden. Oder brauchst du dazu deine große, kräftige Frau?«

Dolly drehte sich auf dem Absatz um und ließ die beiden Männer stehen.

»Hast du sie wieder geärgert, daß sie so wütend ist?« fragte J. T.

»Ich habe gar nichts getan, mein Lieber«, erwiderte Bill. »Wie kommt ihr zwei eigentlich zurecht? Du und die Prinzessin?«

J. T. gähnte. »Genauso wie ich es erwartet habe. Sie ist richtig nutzlos. Ich mußte ihr sogar zeigen, wie man Badewasser einlaufen läßt.«

»Mitch scheint aber nicht zu glauben, daß sie so nutzlos ist.«

»Das ist der erste Erfolg meiner Erziehung. Vor einer Woche noch hätte sie von ihm verlangt, daß er ihr Austern auf einem goldenen Teller serviert!«

Bill schüttelte den Kopf. Er kannte schließlich die Hintergründe von J. T's Heirat. »Sie muß ihr Land wirklich sehr lieben! Vor einer Woche hat sie noch keiner anfassen dürfen, und jetzt wehrt sie sich nicht einmal dagegen, daß Mitch seine Hände überall hat.« Er sah J. T. an, doch es erfolgte keinerlei Reaktion, er fragte nur: »Ist alles klar mit der Umrüstung des Tankers?«

»Ja«, antwortete Bill ärgerlich. »Ich hole mir noch ein Bier.«

J. T. trat auf Aria zu, und wieder stockte den anderen der Atem. Mitch nahm eilig seine Hände von ihr. »Ich muß noch ein wenig arbeiten«, sagte J. T.. »Du kümmerst dich hier um alles, verstanden?« J. T. sah sich um, alle schwiegen. »Bleibt, solange ihr wollt. Viel Spaß noch und gute Nacht.«

Sie blickten ihm nach.

»Das ist ja wie eine kalte Dusche«, murrte Gail.

»Was ist nur aus dem J. T. geworden, den ich mal gekannt habe?« fragte Larry.

Dolly rettete die Situation. »Wie wär's, wenn wir uns morgen früh um elf im Eissalon treffen würden?«

»Ich glaube, J. T. möchte morgen arbeiten«, sagte Bill.

»Dann gehen wir eben ohne ihn! Wir holen Sie um Viertel vor elf ab, Prinzessin«, sagte er.

Aria stand an der Tür und verabschiedete ihre neuen Freunde. Sie hörte Dolly noch sagen: »Du erzählst mir jetzt genau, was hier los ist, Bill Frazier, und wenn du die ganze Nacht dazu brauchst!«

J. T. lag inmitten von Zeichnungen und Akten auf dem Doppelbett.

»Vermutlich hast du mir das kleine Bett zugedacht«, sagte Aria, als sie das Zimmer betrat.

»Mmm«, war alles, was J. T. antwortete.

Aria rümpfte die Nase, aber das bemerkte J. T. gar nicht. Sie nahm – einem plötzlichen Impuls folgend – ihr rosafarbenes Nachthemd aus der Kommode und verschwand im Bad, wo sie die ganze Zeit ein Lied, das sie am Abend gehört hatte, vor sich hinsummte. Sie erinnerte sich daran, wie sie in Mitchs Armen getanzt hatte. Es war natürlich ein schamloses, absolut unanständiges Verhalten, aber eigentlich auch ein angenehmes Gefühl gewesen.

Nach dem Bad bürstete sie ihr Haar, bis es in seidigen Wellen über ihre Schultern floß, nahm ihre Kleider und hängte sie, noch immer summend, im Schlafzimmer in den Schrank. Sie hatte sich schon daran gewöhnt ihre Garderobe selbst in Ordnung zu halten, und es erfüllte sie mit Stolz und Freude, daß alles so hübsch geordnet auf den Bügeln hing.

»Wer ist eigentlich dieser Mitch?« fragte sie J. T.

»Was? Oh, der hat den Optikerladen.«

»Optiker? Er macht Brillen?«

J. T. legte seine Papiere beiseite. »Nein! Seine Abteilung repariert Chronometer und nautische Meßgeräte.«

»Dann ist er wohl eine wichtige Person?«

»Jeder ist im Krieg wichtig!«

»Ja sicher. Aber welchen Rang hat er? Ist er dein Vorgesetzter?« Sie setzte sich auf seine Bettkante.

»Ach so, du willst wissen, ob er ein Herzog oder Prinz ist, ja? Ich muß dich leider enttäuschen, Prinzessin – er ist nicht mein Vorgesetzter. Ich habe nur einen Chef über mir und das ist der Manager. Ich bin Mitchs Boß – und der von Bill, Carl, Floyd und Larry.« Er schnüffelte. »Wonach riechst du?«

»Das ist das Parfum der Verkäuferin in Miami«, erwiderte sie. »Er scheint sehr nett zu sein.«

»Parfümierst du dich nachts immer ein?«

»Natürlich! Die anderen waren auch sehr nett. In Amerika verhält man sich so frei und ungezwungen.«

»Geh jetzt bitte in dein eigenes Bett und trage nie wieder dieses Nachthemd. Außerdem wäre es schön, wenn du dein Haar zu einem Pferdeschwanz binden würdest. Jetzt laß mich allein und vergiß nicht dein Geschichtsbuch. Ich werde dich morgen über die Kapitel sieben bis zwölf ausfragen!«

»Das wirst du nicht tun, weil ich den ganzen Tag Eis essen werde«, flüsterte Aria trotzig, ging zu ihrem Bett und vertiefte sich in eine der Zeitschriften. Sie überlegte, welche Frisur ihr am besten gefiel.

»Ich will verdammt sein«, sagte Dolly Frazier und lehnte sich an das Kopfende ihres Bettes.

»Dolly! Mir gefällt nicht, daß du solche Ausdrücke verwendest«, murrte Bill und rollte sich unter der Decke zusammen.

»Und mir gefällt es nicht, daß du Geheimnisse vor mir hast!«

Bill wandte ihr sein Gesicht zu. »Ich hab' nur gedacht, es wäre J. T's Sache! Der Himmel helfe einem verheirateten Mann, der denkt, daß er ein Geheimnis vor seiner Frau haben kann!«

»Eine Prinzessin. Eine echte Prinzessin lebt hier in Key West, und ich hab' sie getroffen! Hast du dir mal überlegt, daß sie eines Tages Königin wird? Und wenn J. T. mit ihr verheiratet bleibt, dann wird er vielleicht König. Dann kenne ich einen König und eine Königin!«

Bill drehte sich wieder weg. »J. T. will nicht König werden. Er hat mehr Geld als die meisten Könige dieser Welt! Er hat die Prinzessin nur geheiratet, um sie zu schützen und um ihr beizubringen, wie sich eine Amerikanerin benimmt. Sobald in Lankonien wieder alles klar ist, kommt er zurück, und die Ehe wird annulliert.«

»Sich benehmen wie eine Amerikanerin, ha! Hast du den Stapel Geschichtsbücher gesehen? Und die Art, wie er sie aufgefordert hat, ihn zu bedienen! Ich glaube viel eher, daß sich die beiden auf der Insel nicht besonders gut verstanden haben, und J. T. ist einfach wütend auf sie!«

»Er behauptet, sie wäre die reinste Plage, weil sie ihr ganzes Leben bedient worden ist und erwartet, daß man alle Dinge für sie erledigt. Sie hat sich nie allein angezogen, und er erzählt, daß sie von ihm verlangt, daß er zwei Schritte hinter ihr geht.«

»Davon habe ich nichts bemerkt!«

»Sie ist in Washington wegen Ladendiebstahls verhaftet worden. Sie wußte einfach nicht, daß man bezahlen muß, wenn man was einkauft! Außerdem hat sie einem Gepäckträger hundert Dollar Trinkgeld gegeben.«

»So. Und was hat J. T. getan? Hat ihr beigebracht, wie man Geld zählt, was?«

»Natürlich«, erwiderte Bill verwirrt. »Was hätte er denn sonst tun sollen?«

»Na, er hätte mit ihr einkaufen gehen können! Da lernt man am ehesten, mit Geld umzugehen.«

»Das hat er doch in Miami getan. Hat einen Haufen Geld für sie ausgegeben. Dolly, könnten wir jetzt ein bißchen schlafen?«

»Sicher, ich denk' nur noch ein bißchen nach. Was wäre, wenn sich J. T. in sie verliebt? Dann würde er sie nicht verlassen, sondern in Lankonien bleiben und König werden!«

»Ich bin mir nicht sicher, ob ein Amerikaner König werden kann.«

»Natürlich kann er das. Wenn er mit einer Königin verheiratet ist, wird er König. Ich frage mich, ob Ethel ihren Schönheitssalon auch sonntags öffnet? Ich glaube, ich rufe sie gleich an und frage sie.«

»Dolly!!! Es ist zwei Uhr nachts«, protestierte Bill, aber Dolly sprang schon aus dem Bett.

»Das wird sie nicht stören. Wir werden die Prinzessin so hübsch herrichten, daß J. T. sie unwiderstehlich finden wird. Wenn sie dann nach Lankonien reisen, ist er so verschossen in sie, daß er sich lieber 'ner ganzen Armee entgegenstellen würde, als sie zu verlassen!«

Bill stöhnte und zog sich das Kissen über den Kopf. »Was habe ich da nur schon wieder angerichtet?«

9

»Steh auf«, sagte J. T.. »Heute morgen wirst du lernen, wie ein Frühstück zubereitet wird.«

Widerstrebend schlug Aria die Augen auf. J. T. stand in seiner Khakiuniform am anderen Ende des Zimmers und schrie so laut, als ob sie kilometerweit entfernt wäre. Sie reckte sich. »Wie spät ist es?«

»Frühstückszeit. Jetzt steh endlich auf.«

»Bist du jeden Morgen so laut?« Sie lehnte sich in die Kissen. »Zu Hause bringt mir meine Zofe immer eine Kanne Tee ans Bett. Das ist ein viel schönerer Tagesbeginn.«

J. T. schwieg und schaute sie mit einem so angewiderten Gesichtsausdruck an, daß ihr die Röte in die Wangen schoß.

»Steh auf«, wiederholte er, dann drehte er sich auf dem Absatz um und ging nach unten.

Lächelnd wählte Aria ein Kleid aus Shantungseide, weil sie hoffte, daß dies für einen Besuch im Eissalon angemessen wäre.

J. T. saß im Wohnzimmer und las Zeitung. »Du hast aber lange gebraucht.« Er stand auf und ging in die Küche.

»Das ist eine Bratpfanne. Hier sind Eier und Butter. Tu etwas davon in die Pfanne, dann kommen die Eier hinein. Verdammt! Ich habe den Schinken vergessen. Hol ihn aus dem Eis!«

»Eis?«

Er schubste sie zur Seite und öffnete den Kühlschrank. »Das ist Schinken. Du mußt lernen, wie er gebraten wird, und in ein paar Tagen wirst du ihn selbst im Supermarkt einkaufen. Hol eine andere Pfanne aus dem Herd da unten und lege den Schinken hinein.«

Aria suchte lange, bevor sie die Pfanne fand. Der Herd war bedeckt mit dem Eierkarton, einem Brotlaib, einer Pfanne von gestern abend, Eierschalen und seltsamen Metallgeräten. Sie wollte sich Platz schaffen und schob die Eierpfanne mit der Hand zur Seite.

Das glühendheiße Metall verbrannte ihre Handfläche. Sie zog die Hand schnell zurück, gab aber keinen Laut von sich.

»Hast du den Schinken in die Pfanne gelegt?«

Sie versuchte es, aber es war sehr schwierig, da der Schmerz in der rechten Hand fast unerträglich war.

»Du kannst es wohl nicht ertragen, ihn mit der bloßen Hand anzufassen, was?« fragte J. T. ungehalten. »Du mußt beide Hände benutzen.«

Er ergriff ihre rechte Hand. Aria stöhnte leise. J. T. hielt inne und warf einen prüfenden Blick auf ihr blasses Gesicht. Er drehte ihre Handfläche nach oben und schaute sie sich an. Die Haut warf schon Blasen. Er klatschte ein Stück Butter auf die wunde Handfläche.

»Warum hast du keinen Ton gesagt? Das ist eine schwere Brandwunde!«

Aria schwieg, aber sie registrierte dankbar den kühlenden Effekt des Fettes.

»Zum Teufel!« stieß er hervor. »Bleib stehen und schau zu.« Während er das Frühstück zubereitete, schimpfte er leise vor sich hin. Als er seinen Teller auf den Tisch stellte, fluchte er, weil er bemerkte, daß Aria noch kein Frühstück hatte. Also briet er ihr ebenfalls Eier mit Schinken.

Schließlich saßen sie sich gegenüber und verzehrten die Mahlzeit in eisigem Schweigen.

›Wie trübe die Stimmung hier ist‹, dachte Aria, ›so

ganz anders als das Frühstück mit Großvater und meiner Schwester.‹ Sie lächelte, als sie sich vorstellte, wie sehr ihr Großvater sich amüsieren würde, wenn sie ihm vom gestrigen Abend erzählte. Er würde bestimmt sehr über die absurden Sitten der Amerikaner lachen . . .

»Darf ich mitlachen?«

»Wie bitte?«

»Du hast gelacht, und ich habe mich gefragt, warum. Ich könnte auch eine Aufmunterung brauchen.«

»Eigentlich habe ich nur daran gedacht, wie ich meinem Großvater den gestrigen Abend beschreiben würde.«

»Und?«

Sie blickte auf ihren Teller. »Ich glaube, du fändest es nicht sehr lustig. Schließlich handelt es sich um deine Freunde.«

J. T's Augen wurden schmal. »Ich möchte wissen, wie du meine Freunde deiner königlichen Familie geschildert hättest!«

Er sagte das so spöttisch, daß Aria sich nicht mehr darum kümmerte, was er denken könnte. Ihr Großvater hatte oft gesagt, daß Bürgerlichen jeder Sinn für Humor fehlte, weil sie sich selbst zu wichtig nähmen.

Arias Gesicht bekam sofort einen anderen Ausdruck, als sie den Mund ein wenig öffnete und den Kopf zur Seite neigte. »Bonnie, wo ist der Ketchup«, sagte sie mit einer Stimme, die einem hilflosen Jungen hätte gehören können. »Bonnie, ich möchte eine Tomate. Bonnie, wo steht die Mayonnaise? Bonnie, hast du mir keinen Apfelkuchen mitgebracht? Du weißt doch, wie sehr ich Apfelkuchen mag!«

J. T's Augen weiteten sich erstaunt. »Das ist Larry, wie er leibt und lebt! Dolly sagt immer, ohne Bonnie würde er Hungers sterben.«

Arias Gesichtsausdruck verwandelte sich wieder. Dieses Mal klapperte sie ständig mit den Augenlidern. »Also, ich habe mich geradezu in dieses rote Kleid verliebt. Hier hast du, Schätzchen. Natürlich ist Rot nicht eigentlich meine Farbe. Aber als Kind hab' ich oft Rot getragen. Du glaubst doch nicht etwa, daß mein Haar dafür zu dunkel ist? Hier rechts, Schätzchen. Vielleicht bin ich ja auch zu dick, für Rot. Ich habe seit meiner Hochzeit ein paar Pfund zugelegt. Möchtest du ein paar Zwiebeln, Schätzchen?«

J. T. lächelte. »Das ist Larrys Frau – Bonnie.«

Aria lächelte zurück und aß weiter.

»Kannst du auch Patty nachmachen?« fragte J. T. neugierig.

Arias Augen sprühten Funken, als sie die Gabel hinlegte und aufstand. Sie wandte J. T. den Rücken zu und imitierte perfekt den seltsamen Gang von Patty: Sie hielt die Knie zusammen und hatte die Arme wie Hühnerflügel angespreizt. Dazu redete sie in einem seltsam monotonen Singsang: »Carl, ich glaube, ich sollte mir auch eine solche Lampe kaufen. Dieses gedämpfte Licht ist wirklich ein Segen für jeden Teint!« flötete Aria.

Dann hielt sie inne und blickte zu J. T. – er lachte herzlich. Sie war froh, wieder ein Publikum zu haben, denn sie hatte schon immer gut Menschen nachmachen können. Zu Hause in Lankonien hatten ihr Großvater und ihre Schwester immer nach Empfängen und offiziellen Einladungen um ihre Vorführungen gebeten.

Sie hatte vor J. T. genauso wenig Hemmungen wie vor ihrer Familie. Sie parodierte all ihre Gäste und beendete die furiose Vorführung mit einer Szene, in der alle zugleich auftraten. Aria porträtierte die Männer als faul, ein wenig töricht und so hilflos wie Kinder. Die Frauen reichten ihnen das Essen, pickten die Krümel von ihren Kleidern und schlichteten die Streitigkeiten, als ob die Männer große Jungen wären. Während dessen redeten sie die ganze Zeit über Kleidung, Geld, Frisuren, Geld, Kochrezepte, Geld und nochmals Geld. Aber Aria war bei all dem nie bösartig oder verletzend, sondern betonte nur liebevoll die kleinen Schwächen der einzelnen.

J. T. lachte Tränen, als sie aufhörte.

›Wer hätte gedacht‹, staunte Aria verwundert, ›daß ein amerikanischer Mann Humor hat.‹

»Sind wir wirklich so schlimm?« fragte er lächelnd.

»Mmmmm«, antwortete Aria nur.

J. T. stand auf. »So, ich werde dir jetzt beibringen, wie man abwäscht. Es wird dir gefallen.«

Zum ersten Mal sprach er in freundlichem Ton mit ihr, während er ihr zeigte, wie man das Wasser ins Spülbecken laufen ließ und Spülmittel hinzufügte. »Jetzt tust du die Hände ins Wasser und fängst an abzuwaschen.«

Aria wollte gerade gehorchen, als er nach ihren Handgelenken griff und leise sagte: »Entschuldige, ich habe vergessen, daß du dir die Hand verbrannt hast.« Er hielt sie eine Weile fest und sah ihr direkt ins Gesicht. »Ich spüle, du trocknest ab. Erzähl mir doch einmal etwas über Lankonien.«

Aria machte die Arbeit Freude, weil sie dabei über Lankonien sprechen konnte. Sie erzählte von den Bergen und den kühlen Nächten.

»Es muß ganz anders als in Key West sein.«

»Nach allem, was ich gesehen habe, schon«, erwiderte sie ehrlich. »Aber die Blumen hier gefallen mir. Sie blühen so üppig.«

»Vielleicht möchtest du die Gegend besichtigen.«

Allein das Wort »besichtigen« ließ Aria Schauer

den Rücken hinunterlaufen. Das hatten sie in Washington getan, als sie dauernd aus dem Wagen ein- und ausgestiegen waren und er sie angeschrien hatte, weil sie eine Cola getrunken hatte.

J. T. bemerkte ihr Schaudern und blickte betreten ins Spülbecken. »Vielleicht wird es ja diesmal amüsanter. Hör mal, ich muß jetzt dringend zum Stützpunkt. Hast du genug zu lesen?«

»Natürlich. Die Geschichtsbücher.«

»Ja . . . nun . . .«, stammelte er.

»Dolly sagte, daß sie mich um Viertel vor elf abholt. Wir wollen in die Eisdiele gehen.«

»Gut. Dann bist du wenigstens nicht allein.« Er ließ das Wasser ab und trocknete sich die Hände. »Ich muß jetzt gehen.« Er ging nach oben und kehrte eine Minute später mit ein paar Papieren zurück. »Hast du meine Aktentasche gesehen?«

»Hier liegt sie, Schätzchen«, antwortete sie mit Bonnies Stimme.

J. T. lachte sie an, als er sie ihr aus der Hand nahm. »Bis heute abend dann, Baby«, rief er. Dann drehte er lächelnd den Kopf und sagte: »Verzeihung – Ihre Königliche Hoheit!«

Aria lehnte am Türrahmen und lächelte glücklich. »Ich glaube, ›Baby‹ gefällt mir besser«, rief sie ihm nach.

Dolly erschien pünktlich. »Tragen Sie immer so einen teuren Fummel, wenn Sie einen Eissalon besuchen? Sie sehen ja aus wie Merle Oberon in dem Film ›Sturmhöhen‹!«

»Ich habe nichts anderes. Ist es unpassend?«

»Wenn Sie einen Großherzog treffen würden, wäre es haargenau richtig – vermute ich.« Dolly beobachtete genau Arias Reaktion auf ihre Worte. »Los jetzt. Wir gehen zuerst mal bei Gail vorbei. Vielleicht hat sie ja was Passendes für Sie im Schrank. Sie leiht's Ihnen bestimmt gern! Ist J. T. schon weg?«

»Ja.«

»Gut! Ich habe nämlich eine Überraschung für sie. Wir treffen die anderen erst um drei.«

Aria wußte nicht, was Dolly vorhatte, doch sie folgte ihr.

J. T. sah verdrießlich auf den Stapel Akten auf seinem Schreibtisch und rieb sich die Augen. Er hatte in der letzten Nacht nicht gerade gut geschlafen, nachdem Ihre Königliche Hoheit auf seiner Bettkante gesessen und ihn mit ihrem hauchdünnen Seidenhemdchen und dem exotischen Duft eines aufregenden Parfums fast um den Verstand gebracht hatte. Und heute morgen hatte er sie lange betrachtet, bevor er sie geweckt hatte.

›Es ist nur ein Job, nichts weiter‹, dachte er immer wieder. Er sollte ihr nur beibringen, sich wie eine Amerikanerin zu benehmen, und wenn alles erledigt war, würde er sie nie wiedersehen. Allerdings nur dann, wenn er nicht an ihrer Person und schon gar nicht an ihrem Körper interessiert war. Er erinnerte sich noch gut daran, wie sie auf der Insel gebadet hatte. Für eine Prinzessin war sie ganz gut gebaut... Aber was dachte er da – sie könnte Miß Amerika werden, wenn sie wollte!

Bis jetzt war es leicht gewesen, Abstand zu wahren. Sie schien so stolz zu sein, so unmenschlich und kalt. Aber heute morgen war sie so natürlich gewesen. Er mußte wieder lachen, als er an ihre Imitation von Pattys Gang dachte.

›Was für eine seltsame Frau ist sie doch‹, dachte er. ›Sie ist so hilflos und gleichzeitig mutig wie ein Löwe.‹ Warum hatte sie eigentlich nichts gesagt, als sie sich die Hand verbrannt hatte? Und die schauderhaften, viel zu fetten Spiegeleier hatte sie gegessen, ohne mit der Wimper zu zucken.

»Sie sind immer noch da, J. T.?«

J. T. sprang sofort auf und salutierte zackig. Commander Davis grüßte lässig zurück. »Jawohl, Sir. Ich bin immer noch da.«

»Ich habe gehört, daß sie frisch verheiratet sind.«

»Ja, Sir, seit drei Tagen.«

»Wieso sind Sie dann noch hier? Warum sind Sie nicht daheim bei Ihrer Frau?«

»Ich wollte nur noch einmal die Pläne für das Radar überprüfen und die . . .«

Der Commander winkte ab. »Ich freue mich wirklich über Ihr Verantwortungsbewußtsein, aber es gibt noch andere Dinge im Leben als Arbeit – selbst in Kriegszeiten. Ich gebe Ihnen jetzt den dienstlichen Befehl, nach Hause zu fahren und den Rest des Tages Ihrer Frau zu widmen.«

J. T. lächelte. »Jawohl, Sir. Ich werde diesem Befehl sofort Folge leisten!«

Aria betrachtete fasziniert ihr Spiegelbild – die junge, hübsche Frau, die ihr entgegenblickte, war ihr absolut unbekannt. Sie strich über ihr Haar, das jetzt zu einem schulterlangen Pagenkopf geschnitten war. Anstelle ihres steifen Seidenkleides trug sie ein gelbweiß gemustertes Strandkleid aus Baumwolle, das Nacken, Schultern und Arme freiließ.

»Nun«, fragte Dolly, »gefällt es Ihnen?«

»Sehr, sehr gut«, stieß Aria hervor. Sie drehte sich. »Ich fühle mich so beschwingt, so, so . . .«

»Amerikanisch«, vollendete Dolly den Satz für sie.

»Genau. Sehe ich wirklich aus wie eine Amerikanerin? Wie die Mädchen in den Drugstores?«

»Mädchen in den Drugstores«, lachte Gail. »Sie sind so amerikanisch wie Coca-Cola!«

»Meinen Sie, daß Mitch der gleichen Meinung ist?« fragte Aria, die immer noch glücklich ihr Spiegelbild anlachte.

»Mitch? Aber J. T. ist doch –«, stotterte Bonnie.

Aria verbesserte sich rasch. »Natürlich meinte ich J. T. Es ist nur, weil Mitch so viel lacht. Ich meine, J. T. lacht bestimmt auch manchmal, heute morgen zum Beispiel! Im allgemeinen aber ...« Sie brach ab, weil sie merkte, daß die vier Frauen ihr wie gebannt zuhörten.

Dolly brach als erste das Schweigen. »J. T. ist eigentlich sehr humorvoll. Aber im Moment hat er eine Menge Sorgen, und er trägt viel Verantwortung. Er wird schon wieder der Alte werden. Hey! Mädels, es ist Viertel nach drei! Wir machen uns jetzt besser auf die Socken, die Männer warten!«

Bonnie, Gail und Patty gingen schon hinaus, und Dolly nahm Aria kurz beiseite. »J. T. ist ein sehr netter, lieber Kerl. Wirklich, das können Sie mir glauben. Alle ledigen und die Hälfte der verheirateten Frauen hier waren hinter ihm her!«

Aria sagte ungläubig: »Wirklich? Vielleicht gibt es ja hier zu wenig alleinstehende Männer?«

»In einem Marinestützpunkt gibt es während des Krieges haufenweise nette Junggesellen!« Dolly musterte Aria eingehend. »Er hat Sie nicht sehr gut behandelt, nicht wahr?«

»Er ist mein Mann.« Aria wurde sich plötzlich bewußt, daß diese Amerikanerinnen irgend etwas an sich hatten, was sie immer wieder aus der Reserve lockte. »Er ist immer gut zu mir gewesen.«

»Wenn Bill anfängt, ›gut zu mir zu sein‹, dann geht er bestimmt fremd! Aber jetzt sollten wir gehen.«

Die Männer warteten schon ungeduldig. Die Art, wie Mitch Aria ansah, veranlaßte sie, den Kopf zu senken. Wie selbstverständlich nahm er ihren Arm und rückte ihr den Stuhl zurecht. Dann setzte er sich neben sie und legte den Arm besitzergreifend um ihre Stuhllehne.

»Sie sehen umwerfend aus! Ich kann's noch gar nicht fassen!« sagte er zärtlich. »Schön waren Sie vorher auch schon, aber jetzt könnten Sie den Verkehr zum Erliegen bringen! Wie wäre es, wenn wir später im Mondschein spazierengehen würden?«

Aria starrte auf ihre Hände. Die Komplimente dieses Mannes ließen sie auf Wolken schweben, sie fühlte sich begehrenswert. »Aber mein Mann«, murmelte sie.

Mitch rückte näher zu ihr. »Es ist doch offensichtlich, daß J. T. Ihre Qualitäten nicht zu schätzen weiß, Prinzessin. Ich mag Ihre Augen, Ihren Gang – einfach alles. Ich habe noch nie ein Mädchen wie Sie getroffen. Sie und J. T., sie lieben sich doch nicht wirklich. Sie müssen aus einem anderen Grund geheiratet haben. Ist vielleicht ein Baby unterwegs?«

»Sicher nicht«, erwiderte Aria freundlich.

Mitchs Hand berührte ihre Schulter. Noch nie hatte ein Mann ihre Haut gestreichelt – es war sehr angenehm.

Sie sah ihm in die Augen, ihre Nasen berührten sich fast.

»Lassen Sie uns von hier weggehen«, flüsterte Mitch.

Sie wollte gerade zustimmen, als die Hölle über sie hereinbrach – in Form von Lieutenant J. T. Montgomery.

»Großer Gott!« donnerte er los. »Was hast du mit deinem gottverdammten Haar gemacht?«

Von einem Augenblick zum anderen verwandelte sich die amerikanische Hausfrau Aria wieder in die königliche Prinzessin. Sie sprang auf. »Wie kannst du es wagen, in meiner Gegenwart eine solche Sprache zu führen?« wies sie ihn scharf zurecht. »Du bist entlassen! Geh! Verlasse sofort diesen Raum!«

Die Menschen in der Eisdiele horchten auf. Dolly erholte sich als erste, ihr machte J. T. weniger angst als die stolze und strenge Aria. »J. T., setz dich erst mal hin und hör auf, uns so furchterregend anzustarren. Bedienung! Bringen Sie dem Herrn ein kühles Bier.« Sie wandte sich Aria zu und senkte automatisch ihre Stimme: »Ihre Königliche... ich meine Prinzessin, nehmen Sie doch bitte wieder Platz.«

Aria faßte sie wieder, es war ihr sehr peinlich, daß sie eine solche Aufmerksamkeit erregt hatte. Sie hatte sich dumm verhalten! Sie fühlte, daß Mitch ihre Hand ergriff und sie drückte. Sie setzte sich, während J. T. immer noch dastand und sie finster anfunkelte.

»Setz dich endlich, J. T.«, kommandierte Dolly entschieden. »Frisch Verheiratete«, sagte sie so laut, daß die anderen Gäste, die diese Szene interessiert beobachteten, sie hören konnten. Ein Soldat vom Nebentisch fragte: »Wer ist denn mit wem verheiratet?« und blickte von J. T. zu Aria und Mitch.

Nach langem Zögern ließ sich J. T. schließlich auf einem Stuhl nieder und starrte auf sein Bier.

Gail tätschelte Arias Hand. »Sie hatten recht, Prinzessin. Ein Mann sollte nie fluchen. Wenn sie nämlich einmal damit anfangen, hören sie nicht mehr auf!«

Aria sah auf ihren Erdbeershake und wünschte, die Erde würde sich unter ihr auftun, damit sie verschwinden könnte. Mitchs Hand lag noch immer auf ihrer

Stuhllehne, aber er war von ihr abgerückt. Sie war also wieder einmal ins Fettnäpfchen getreten – genau wie an dem Tag, als sie verhaftet wurde. Alle hatten über sie gelacht, und alles, was sie tat, schien die Leute nur noch mehr zu amüsieren. Und J. T. Montgomery, der einzige Mensch, den sie in Amerika kannte, behandelte sie besonders schlimm. Sie hatte sich solche Mühe gegeben, diesen Menschen zu gefallen.

»Laßt uns an den Strand gehen«, schlug Dolly fröhlich vor. »Wir holen unsere Badeanzüge, und gehen bei Sonnenuntergang schwimmen, J. T. fängt ein paar Hummer, und wir grillen sie dann.«

»Ich habe noch zu arbeiten«, erwiderte J. T.

Dolly beugte sich zu ihm hinüber. »Dann könntest du vielleicht so nett sein, deine Frau« – sie betonte das Wort »Frau« - »zu mir nach Hause zu fahren, damit ich ihr einen Badeanzug leihen kann!«

»Sicher«, sagte J. T. und suchte nach seinen Autoschlüsseln. »Möchtest du jetzt gleich fahren?«

Dolly stand auf. »Vielleicht ist es besser, wir fahren allein. Wir treffen uns in einer halben Stunde bei Larry und Bonnie. Du paßt gut auf unsere Prinzessin auf«, befahl sie Bill, hakte J. T. unter und drängte ihn zur Tür.

»Du Bastard«, zischte Dolly, sobald sie in dem Jeep saßen, den J. T. zur freien Verfügung hatte. »Bill hat mir alles erzählt, und ich finde, du benimmst dich wie ein Mistkerl.«

»Fang du nicht auch noch an! Ich hab' für heute genug Ärger mit Frauen gehabt!«

»Irgendjemand muß dir aber die Meinung sagen. Du benimmst dich diesem entzückenden Mädchen gegenüber wirklich schändlich.«

»Entzückend? Entzückende Mädchen lassen sich nicht von fremden Männern antatschen!«

»Gott sei Dank, wenigstens das hast du bemerkt«, sagte Dolly ironisch. »Mich mag sie eben. Das tun wir alle – außer dir natürlich.« Sie dämpfte plötzlich ihre Stimme. »J. T., ich habe schon gesehen, daß du verknöcherte alte Jungfern in der Verwaltung, vor denen selbst der Commander kriecht, mit deinem Charme dazu gebracht hast, dir aus der Hand zu fressen. Könntest du nicht etwas von diesem Charme bei deiner Frau versprühen?«

J. T. nahm eine scharfe Rechtskurve. »Vielleicht liegt der Hund darin begraben, daß sie mich haßt, oder weil sie so arrogant ist. Ich bin für sie eben nur ein Bürgerlicher. Außerdem tut sie nie etwas Nützliches. Ich habe die Aufgabe, ihr beizubringen, sich wie eine Amerikanerin zu benehmen, und das tue ich.«

Irgend etwas in seinem Tonfall veranlaßte Dolly, ihre Taktik zu ändern. »Sie ist sehr hübsch, nicht wahr?«

»Sie sieht ganz nett aus – vorausgesetzt, man hat was für überzüchtete Frauen übrig.«

»Aha. Ich verstehe.« Dolly nickte.

»Was verstehst du?« schnauzte er.

»Du hast Angst vor ihr.«

»Was?« schrie er und hielt vor einer roten Ampel an.

»Du hast Angst davor, daß du sie, wenn du ein wenig freundlicher zu ihr wärst, sie sehr tapfer und liebenswürdig finden könntest. Bill hat mir erzählt, daß sie sich noch nicht einmal selbst anziehen konnte, als sie nach Amerika kam, und jetzt macht sie dir dein Frühstück!«

» Als sie mir Frühstück machen sollte, hat sie sich die Hand verbrannt.«

»Sie hat es wenigstens versucht! Hast du dir eigentlich schon einmal überlegt, wie einsam sie sich fühlen muß? Sie ist in einem fremden Land, ist verheiratet mit einem Mann, der sie verachtet, aber sie macht das Beste daraus! Sie hat überlebt – trotz deines widerlichen Verhaltens!«

»Trotz meines Verhaltens? Ich habe ihr das Leben gerettet!«

Eine Weile war es sehr still, dann sagte J. T. leise: »Ich möchte mich nicht zu sehr mit ihr beschäftigen. Sobald die Army ihre Doppelgängerin aus dem Verkehr gezogen hat, nimmt sie ihre rechtmäßige Stellung wieder ein. Dann wird sie mir zweifellos die Hand zum Kuß reichen und sagen: Leb wohl, du Dummkopf. Vielleicht verleiht sie mir auch einen Orden, den ich mir dann um den Hals hängen kann!«

»Solche Gedanken hast du dir aber nicht gemacht, als du dich in Heather Addison, Debbie Longley, Karen Filleson oder diesen Rotschopf verliebt hast.«

J. T. lächelte. »Genau. Mit Aria ist das was ganz anderes, wie du sehr wohl weißt. Man kann mit einer Prinzessin nicht nur eine Affäre haben! Sie träumt nicht von einem kleinen Häuschen mit einem weißen Lattenzaun drumherum – sie träumt von Palästen, Regierungsgewalt und lebenslanger Ergebenheit! Könige haben weder Privatleben noch Freiheiten.«

»Also bist du lieber gemein zu ihr.«

»Gemein bin ich nicht. Ich halte Abstand zu ihr. Dieser gottverdammte Mitch sollte das besser auch tun! Oh, Verzeihung.«

Über Dollys Gesicht huschte ein kleines Lächeln. Ihre Königliche Hoheit hatte schon einen Erfolg zu verzeichnen – er fluchte nicht mehr so sorglos. »Ich glaube, sie könnte sich in Mitch verlieben.«

»Was?« J. T. malträtierte die Bremsen mehr als nötig, während er den Jeep in eine Parklücke vor dem Marina Hotel bugsierte.

»Ich könnte es keinem der beiden verdenken. Sie braucht jemanden, der nett zu ihr ist und ihr sagt, wie hübsch sie ist. Heute hat sie großartig ausgesehen, meinst du nicht auch.?«

J. T. schien tief in Gedanken zu sein, als er aus dem Wagen ausstieg und auf das Hotel zuging.

Sie lächelte zufrieden, als sie ihm nachging. Immerhin hatte sie ihn nachdenklich gemacht!

Das Hotel war einmal der Treffpunkt der Reichen gewesen, aber jetzt, während des Krieges, diente es als Quartier für verheiratete Offiziere. Doch die prachtvolle Eingangshalle war so imponierend wie je, und auch der kleine Laden an den Säulen existierte noch.

»Warte«, sagte J. T. als sie an den Auslagen vorbeigingen.

»Glaubst du, ihr würde der gefallen?« Er deutete auf einen schlichten Badeanzug mit einem atemberaubenden Rückenausschnitt.

»Ganz sicher«, meinte Dolly und folgte J. T. in den Laden. Sie half ihm, ein Strandkleid und einen Strohhut – »sie hat doch so empfindliche Haut«, erklärte J. T. – sowie eine große Badetasche auszusuchen.

»Was könnte sie sonst noch brauchen?« Liebe, hätte Dolly fast geantwortet, schwieg aber, weil sie ihn nicht zu stark unter Druck setzen wollte. »Etwas, das sie von Mitch ablenkt«, antwortete sie statt dessen.

J. T.'s Lächeln verblaßte schlagartig. »Führen Sie auch Schmuck?« fragte er die Verkäuferin. Vielleicht Diamanten? Oder Smaragde?

Die Frau schluckte. »Nein, Sir, aber wir haben eine große Auswahl französischer Parfums vorrätig.«

»Gut, ich nehme ein Fläschchen von jeder Sorte.

Nein – geben Sie mir je eine große Flasche«, ordnete er ungeduldig an.

»Können wir gehen?« fragte er Dolly, als alles eingepackt war.

»Sofort. Ich muß nur noch nach oben gehen und meinen Badeanzug holen.«

J. T. lächelte sie an. »Brauchst du vielleicht einen neuen?«

Schlage nie ein Geschenk von einem gutaussehenden Mann aus und mach dir später Gedanken um den Preis, pflegte Dollys Mutter zu sagen. »Ich hätte sehr gern einen neuen Badeanzug.«

10

Aria war sehr still während der Fahrt zu Larrys und Bonnies Appartement. Die anderen versuchten, durch kleine Scherze die Atmosphäre etwas aufzulokkern, doch sie dachte nur daran, daß sie sie genau beobachteten und spürten, daß sie anders als die anderen war.

Und es war J. T's Schuld. Dieser schreckliche, ekelhafte Mann war die Ursache von allen Übeln, die ihr in Amerika widerfahren waren – außer der Entführung natürlich. Damals hatte er ihr zwar das Leben gerettet, doch jetzt meinte sie bitter, daß er sie besser hätte ertrinken lassen.

Sie stand in Bonnies winzigem Wohnzimmer, als sich die Tür öffnete und Dolly mit J. T. eintrat. Sofort flüchtete Aria in die Küche, aber J. T. folgte ihr.

»Ich habe dir was mitgebracht«, sagte J. T. leise

»Etwa eine Biographie von George Washington mit Quizfragen am Ende jeden Kapitels?«

Er lachte leise und hielt ihr eine Papiertüte entgegen.

Zögernd nahm sie die Tüte ab und zog den dunkelblauen Badeanzug heraus. Dann sah sie ihn mißtrauisch an.

»Ich habe ihn selbst ausgesucht. Außerdem findest du noch einen Hut, eine Tasche und ein Kleid in der Tüte. Im Auto steht noch ein ganzer Sack voller Parfums.« Seine Augen sprühten Funken. »Und kein einziges Geschichtsbuch!«

Aria zeigte keine Regung.

»Was haben Sie bekommen?« quietschte Gail neugierig aus dem Flur. Aria gab ihr die Tüte, und Gail kramte darin herum.

»Keine üble Entschuldigung, J. T.«, urteilte Gail. »Vielleicht wird aus dir ja noch ein richtiger Ehemann. Nun?« sagte sie und sah Aria auffordernd an.

Aria merkte, daß Gail irgend etwas von ihr erwartete, aber sie hatte keine Ahnung, was.

»Wenn sich ein Ehemann auf so nette Art entschuldigt, dann küßt man ihn, und alles ist wieder gut. Nur zu. Ich gebe Ihnen zwei Minuten, dann kommen Sie nach oben und ziehen sich um. Danach gehen wir zusammen an den Strand. Ich hab' nämlich Hunger.« Nach diesen rätselhaften Worten ließ sie die beiden allein.

»Ich . . . ich wollte dir ein Friedensangebot machen«, begann J. T. »Vermutlich hätte ich das eben nicht sagen sollen. Aber ich war so schockiert, als ich dich gesehen habe! Du warst so anders.«

»Ja, das glaube ich«, erwiderte Aria. »Aber ich wollte doch nur aussehen wie eine Amerikanerin. Meine langen Haare waren so altmodisch.«

»Mir haben sie gefallen.«

»Wirklich«, fragte Aria überrascht. »Das habe ich nicht gewußt. Ich meine, du hast es mir nie gesagt.«

Er trat einen Schritt auf sie zu. »Nun, ich mochte es. Es hat dir gut gestanden.«

»Aber es fühlt sich besser an«, meinte sie und strich sich übers Haar.

»Wirklich?« Er wickelte behutsam eine glänzende Locke um einen Finger. »Es stimmt.«

»Die zwei Minuten sind rum«, rief Gail. »Wir müssen gehen!«

Aria verließ verwirrt die Küche. Im Schlafzimmer schlüpfte sie mit Dollys Hilfe in den enganliegenden Badeanzug.

Lächelnd schritt sie dann die Treppe hinunter. Dort standen der gutaussehende, lächelnde Mitch und ihr Mann. Aber diesen J. T. kannte sie nicht! Er lehnte lässig am Geländer und lachte aus vollem Hals über einen Witz, den Bonnie gerade erzählte. Aria wurde mißtrauisch. Was hatte er jetzt vor? Welche teuflischen Qualen spukten in seinem Gehirn herum?

»Prinzessin?« sagte Mitch und bot ihr seinen Arm. Ganz selbstverständlich ergriff sie ihn.

Doch J. T. drängte sich schnell zwischen die beiden. »Ich glaube, ich wollte meine Frau begleiten.«

»Wurde aber auch Zeit«, murrte Mitch, und nach einem traurigen Blick verließ er die Freunde.

Sie quetschten sich alle in J. T's Jeep. Die Frauen saßen auf dem Schoß ihrer Männer, und Aria hatte neben J. T. Platz genommen. Doch je freundlicher er wurde, desto mehr wuchs das Mißtrauen in ihr. Wenn sie nur wüßte, welchen scheußlichen Plan er nun wieder ausheckte.

Am Strand verschwanden die Männer eilig in den Dünen, um sich die Badehosen anzuziehen, während die Frauen Feuerholz sammelten. Dolly ließ einen anerkennenden Pfiff hören, als sie J. T. in seiner schwarzen Badehose sah. Schmunzelnd winkte er ihr zu, dann ging er ins Wasser. »Willst du auch schwimmen gehen, Prinzessin?«

»Nein danke. Nicht bei Nacht in diesem Wasser.«

J. T. tat, was man von ihm erwartete, und brachte schnell ein Dutzend Hummer zurück, die bald verzehrt waren. Nach dem Abendessen – das Feuer war schon niedergebrannt – sanken alle Paare in eine innige Umarmung und küßten sich.

»J. T.«, rief Dolly zwischen zwei Küssen, »warum bringst du deiner Prinzessin nicht die gute amerikanische Sitte des Knutschens bei?«

»Ich tu's schon«, antwortete er und ergriff Arias Hand. Ehe er sie küssen konnte, zog sie sich zurück. »Du kannst doch nicht ernstlich annehmen, daß ich dasselbe tue wie die anderen – in der Öffentlichkeit«, zischte sie.

»Sag mal – sind in deiner Heimat alle so kalt?«

»Was meinst du? Ich komme aus einem warmen Land, mit ausgesprochen mildem Klima«, erwiderte sie verwirrt.

»Möchtest du nun lernen, Amerikanerin zu sein, oder nicht?« schnauzte er sie an.

»Ich versuche, es zu lernen.«

Er bemühte sich, ruhig zu bleiben. »Und du machst deine Sache sehr gut. Jetzt sieh sie doch mal an.« Er deutete auf die anderen. »Sie würden es noch nicht einmal bemerken, wenn der Feind einen Angriff starten würde. Sie werden gar nicht auf uns achten. Was sie da tun, heißt: ›knutschen‹. Von Jungverheirateten erwartet man, daß sie es tun.«

»Gut«, meinte Aria und streckte ihm ihre Hand entgegen.

»Du darfst meine Hand küssen. Aber verdreh mir

ja nicht den Arm oder füge mir sonst irgendwelche Schmerzen zu.«

»Jetzt hör aber mal zu, Lady –«

»Es heißt Ihre Kö –«

Er legte die Hand hinter ihren Kopf und küßte sie, ehe sie ein weiteres Wort sagen konnte.

Aria war erst zweimal in ihrem Leben auf den Mund geküßt worden. Einmal, nachdem Graf Julian ihr einen Heiratsantrag gemacht hatte, und zum zweiten Mal von J. T. auf der Insel. Doch keiner der Küsse hatte sie auf dieses Erlebnis vorbereitet.

Seine Hände umfaßten ihren Kopf mit einer zarten, beschützenden Geste, während seine Lippen sanft über ihre strichen. Aria wollte ihn eigentlich wegstoßen, aber ihre Gefühle hielten sie davon ab. Sie legte die Hände auf seine Schultern und genoß es, seine nackte Haut zu spüren. Sanft neigte er ihren Kopf und küßte sie leidenschaftlicher. Aria schloß die Augen.

Als er sich von ihr löste, stand sie da wie eine Schlafwandlerin. Sie murmelte ein lankonisches Wort und öffnete die Augen. J. T. hielt ihren Kopf noch immer umfaßt.

»Dies ist einer unserer amerikanischen Bräuche. Gefällt er dir? Kennt ihr das nicht in Lankonien?«

Sie wußte, daß er sie nur neckte, aber es störte sie nicht.

»Und wie schneidet mein Kuß im Vergleich zu Mitchs ab?« fragte er.

Sie richtete sich auf, und ehe er wußte, wie ihm geschah, gab sie ihm eine schallende Ohrfeige. »Diese amerikanische Sitte habe ich von deiner Freundin in Washington gelernt! Ich möchte, daß mich jemand heimbringt.«

»Hör zu«, sagte J. T. und baute sich vor ihr auf.

»Wir sind keine Dienstboten, die du herumkommandieren kannst! In diesem Land sagt man bitte, wenn man etwas möchte!«

»Dann bitte ich darum, diesen Ort verlassen zu dürfen!«

»Ich werde dich nach Hause bringen. Schließlich bin ich dein Mann.« Er wandte sich an Dolly, in seinen Augen schien ein Feuer zu lodern. »Ich hab's versucht! Ich hab's, verdammt noch mal, versucht! Jetzt komm, königliche Hoheit, ich bring' dich heim.«

Sie setzten die anderen vor ihren Wohnungen ab, und während der ganzen Fahrt herrschte Schweigen. Aria klopfte das Herz bis zum Hals. Sie wußte, daß sie auf einen dummen Scherz vollkommen überzogen reagiert hatte. Tatsächlich hatte sie dieser Beweis seiner Eifersucht nur glücklich gemacht. Aber sie hatte plötzlich Angst bekommen.

Seit sie denken konnte, war ihr eingetrichtert worden, daß sie niemals die Beherrschung verlieren dürfte. Immer hatte sie den äußeren Schein gewahrt, ihre Gefühle perfekt kontrolliert. Doch der Kuß dieses Mannes hatte sie fast um den Verstand gebracht. Bei Graf Julian hatte sie nie so empfunden. Aber sie war auch niemals mit ihm allein gewesen. Selbst jetzt, während sie dicht neben J. T. saß, ließ jede Berührung ihr Herz schneller schlagen.

Als sie endlich allein im Wagen saßen, wollte sie sich bei ihm entschuldigen, aber er kam ihr zuvor und sagte: »Setz dich weit weg von mir! So weit, wie es möglich ist!«

Aria tat, wie ihr befohlen, und erwiderte kein Wort.

Die nächsten zwei Tage waren grauenvoll. Aria machte mit Bonnie und Dolly einen Einkaufsbummel und ging mit ihnen schwimmen, aber es machte ihr keinen Spaß. J. T. war wieder so kühl wie früher und machte keine Scherze mehr. Er war ungeduldig, wenn er ihr zeigte, wie man kochte oder die Wäsche wusch.

»Aber ich habe doch erst gestern das Geschirr abgewaschen«, protestierte Aria.

»O ja, aber es muß auch heute sein. Dreimal am Tag, sieben Tage in der Woche!«

»Du machst einen Scherz, nicht wahr? Wenn ich jeden Tag spülen, Staub wischen, Wäsche waschen, das Essen kochen und die Lebensmittel einkaufen muß – wann, bitte, finde ich dann noch Zeit, ein Buch zu lesen, einen Einkaufsbummel mit Dolly und Bonnie zu machen, oder dergleichen? Wann darf ich Aria sein und nicht Mrs. Montgomery, die darüber nachdenkt, welches Spülmittel das beste ist?«

»Ich muß zur Arbeit.«

An diesen Tag kam Mrs. Humphreys, die J. T. engagiert hatte. Sie putzte und bereitete das Abendessen vor.

Am Abend schmückte Aria den Tisch mit Kerzen und Blumen und bemühte sich, eine behagliche, anheimelnde Atmosphäre zu schaffen. Doch als J. T. heimkam, schaltete er die elektrische Deckenbeleuchtung ein und blies die Kerzen aus.

Sie wußte, daß er sehr wütend auf sie war, und sie wünschte sich, ihn wieder lachen zu sehen. Er dachte, daß ihre Ehe zeitlich begrenzt wäre, aber sie wußte es besser. Seltsamerweise haßte sie ihn nicht mehr, obwohl er ihr noch immer ein Rätsel war.

Sie servierte ihm gerade die Vorspeise, kalten Hummer, als ihr ein Gedanke durch den Kopf schoß. Sie streckte die Brust heraus, verstellte die Stimme und fragte lässig: »Was hättest du denn lieber – diesen kleinen alten Hummer oder mich bedauernswertes Wesen?«

Ihre gelungene Parodie auf Dollys Sprechweise zauberte ein kleines Lächeln in sein Gesicht.

Zufrieden setzte sie sich zu ihm. »Was machen amerikanische Ehepaare eigentlich, wenn sie allein sind?

»Meistens gehen sie zusammen ins Bett. Was anderes fällt mir auch nicht ein.«

Sie blinzelte. »Finden amerikanische Frauen ihr Leben nicht langweilig? Putzen sie wirklich gern?«

J. T. lächelte wieder. »Vielleicht ist ›gern‹ nicht das richtige Wort. Was macht denn eine Prinzessin den ganzen Tag?«

»Wir haben viel Sport getrieben. Meine Schwester und ich sind geritten, hatten Fecht- und Tanzunterricht.«

»Aha. Deswegen siehst du so –«, er brach ab.

»Wie sehe ich aus?«

Er grinste. »In einem Badeanzug siehst du sehr gut aus.«

»Danke.«

»Ich höre dieses Wort zum ersten Mal von dir.«

»Du hast es ja auch zum ersten Mal verdient«, konterte sie.

»Oh. Wenn ich dir das Leben rette, verdiene ich also keinen Dank?«

»Also, ich finde, daß du schlimmer warst als die Entführer! ›Atme, tu's für Daddy Montgomery‹«, äffte sie ihn nach.

Er wollte etwas erwidern, doch dann hielt er inne. »Würdest du gern die Pläne für den neuen Tanker sehen? Vielleicht vertreibt das etwas die Langeweile?«

»Ja, sehr gern!«

Sie setzten sich auf die Couch und beugten sich

über die Konstruktionspläne für das erste Schiff, auf dem Seewasser in Trinkwasser verwandelt werden konnte und das deshalb dringend an der Front gebraucht wurde. J. T. leitete den Umbau.

»Könnte man so etwas auch an Land machen?« fragte sie interessiert.

»Es wäre wahrscheinlich sogar einfacher als auf einem Schiff. Warum?«

»Eine der größten Einnahmequellen von Lankonien sind die Weintrauben, aber in den letzten fünf Jahren herrschte eine anhaltende Dürre. Wenn wir nun eine solche Anlage hätten, könnten wir die Weinberge bewässern.«

»Du solltest vielleicht ein paar Tage Ingenieure zu Rate ziehen, aber ich bin der Meinung, es ließe sich machen.«

»Würdest du das nachprüfen? Ich meine, wenn wir nach Lankonien fahren – würdest du dann meinem Land helfen?«

»Ich werd's versuchen!«

Sie lächelte ihm dankbar zu. »Es würde unendlich viel für mein Volk bedeuten, wenn du es tätest! Dolly hat mir erzählt, daß du mehr vom Schiffbau verstehst, als irgend jemand sonst auf der Welt.«

J. T. lachte herzlich. »Das ist ziemlich übertrieben, aber meine Familie hat tatsächlich eine Menge Ahnung davon.« Er sah auf seine Armbanduhr. »Zeit, ins Bett zu gehen, Kleines.« Er stutzte und wollte verbessern: »Ich meine Ih –« Sie unterbrach ihn: »Ich beginne diese Kosenamen zu mögen. Bei ›Prinzessin‹ bin ich mir nicht so sicher.«

»Es paßt zu dir«, meinte er und gähnte. »Kühl, steif, unnachgiebig, nicht aus Fleisch und Blut. Der Name beschreibt etwas Unberührbares, und genau das bist du.«

»Oh«, sagte sie leise und wandte sich ab. »Nicht aus Fleisch und Blut.« Während sie im Bad vor dem Spiegel stand und ihr Gesicht eincremte, dachte sie über seine Worte nach. War sie wirklich so? Zwei Abende zuvor hatte er sie geküßt, und die Leidenschaft, die sie dabei empfunden hatte, hatte sie tief erschreckt. Vielleicht waren Frauen wie Heather anders?

Aria zog ihr dünnes, pfirsichfarbenes Negligé an, das sie mit Dolly gekauft hatte, und legte sich in das schmale Bett. Sie lag noch lange wach. Es war entsetzlich heiß.

Um Mitternacht kam ein Unwetter auf, und der Wind fegte ums Haus. Blitze erhellten den Raum, gefolgt von ohrenbetäubendem Donner. Plötzlich sprang das Fenster auf. Sie zog das Laken bis zum Kinn, als sie Schritte hörte. J. T. schloß das Fenster und kam an ihr Bett. »Bist du wach?« flüsterte er.

Sie nickte

Er kam näher. »Hat dich das Gewitter geweckt?«

Sie schüttelte den Kopf.

Stirnrunzelnd setzte er sich auf die Bettkante und fragte besorgt: »Bist du krank?« Seine Hand lag auf ihrer Stirn.

Aria nahm die Hand und hielt sie fest.

»Was ist los, Kleines? Hattest du einen Alptraum?« Er zog sie in die Arme und wiegte sie wie ein Kind.

Aber Aria wollte nicht wie ein Kind behandelt werden. Sie preßte sich an ihn.

J. T. verstand sofort. »Jetzt bin ich verloren«, murmelte er leise, umfaßte ihr Gesicht mit seinen Händen und küßte sie hungrig. »O Kleines«, flüsterte er, »meine süße, wunderschöne Prinzessin. Du gehörst mir, weißt du das?« Er küßte ihren Nacken. »Ich habe dein Leben gerettet, und du bist mein.«

»Ja«, stöhnte sie. »Ich möchte fühlen, daß ich am Leben bin.«

Er hatte sie begehrt, seit er sie auf der Insel zufällig beim Baden nackt gesehen hatte. Seitdem verfolgten ihn ihr schmalhüftiger Körper, ihre großen Brüste in seinen Träumen. Er zerriß ihr Nachthemd, barg seinen Kopf zwischen diesen wundervollen Brüsten und streichelte sie.

Aria stöhnte und legte den Kopf zurück.

J. T. zwang sich, behutsam zu sein und sich Zeit zu lassen. Schließlich war sie noch Jungfrau und hatte vielleicht Angst – doch genausogut hätte er der Erde befehlen können stillzustehen.

Er küßte ihre Arme, die Brüste, die Schultern, den Nacken, berührte flüchtig ihre Lippen, um dann wieder nach unten zu wandern. Ihre Haut glühte unter seinen Lippen.

»Jarl«, flüsterte sie.

»Ja, Kleines, ich bin bei dir«, antwortete er und beugte sich über sie.

Er mußte sie anleiten, weil sie nichts wußte – doch sie lernte schnell. Er drang behutsam in sie ein. Großer Gott, sie lernte wirklich schnell!

Er küßte immer wieder ihre Lippen und ihre Brüste, während er sich langsam bewegte. Der Sport hatte ihren Körper stark und geschmeidig gemacht, und sie unterwarf sich willig seiner Führung. Sie kam ihm bereitwillig entgegen und fiel in seinen Rhythmus ein – und dann konnte er sich nicht mehr zurückhalten.

Er entlud sich in einer Explosion, die seinen Körper erschütterte. Er ließ sich schwer auf sie fallen und umschlang sie mit Armen und Beinen.

Er brauchte ein paar Minuten, bis er wieder zu sich kam.

»Bist du in Ordnung?«

Er spürte ihr Nicken an seiner Brust und lächelte. »Bekommst du überhaupt Luft?«

Sie schüttelte den Kopf. Er schmunzelte, als er sich etwas zur Seite drehte. Sie hielten sich eng umschlungen.

»Hab ich dir sehr weh getan?« fragte er besorgt.

»Ein bißchen, aber es war nicht schlimm. Ich ... es hat mir gefallen.«

Er hatte ein wenig Angst davor, in ihr Gesicht zu schauen – vielleicht würde er Haß in ihren Augen entdecken ... Aber nach ihren Worten rückte er ein wenig zur Seite und blickte ihr tief in die Augen. Sie schienen noch schöner geworden zu sein. Ihr Haar lag in weichen Wellen um den Kopf, an den Schläfen kräuselten sich feuchte Locken.

Er küßte zart ihre Lippen. »Was hältst du von einem Bad?« fragte er. »Wir beide zusammen in einer Badewanne.«

Aria sah ihn mit großen Augen an. »Ja ... darf man denn das? Tun Männer und Frauen das?«

»Dieser Mann und diese Frau werden es tun.« Er stand auf. Sie wandte den Kopf zur Seite, um sein Schamgefühl nicht zu verletzen. Schließlich war er nackt! Sie tastete nach ihrem Nachthemd, doch J. T. zog sie einfach aus dem Bett. »Nein. Zieh dir nichts über. Ich will dich ansehen.«

»Oh«, sagte sie errötend und schlug die Augen nieder.

Er trat etwas zurück, musterte sie und pfiff dann leise. »Dein Anblick, Lady, ist ausgesprochen sehenswert. Nein, nicht Lady, ich meine Ihre Königliche –«

Sie trat so dicht an ihn heran, daß ihre Brustspitzen seinen Körper streichelten, und legte einen Finger auf seinen Mund. »Du darfst mich heute nacht Kleines, Schätzchen, Lady oder sonstwie nennen.«

»Wenn du weiter so verführerisch bist, kommen wir nie zu unserem Bad. Komm, Süßes, ich will dich einseifen.«

11

»Es ist also passiert«, sagte Bill Frazier, als sie bei ihrem vierten Bier in einer Kneipe auf der Duval Street saßen. »Wie soll es jetzt weitergehen? Willst du sie ihrem Prinzen übergeben?«

»Er ist kein Prinz, nur ein Graf. Er hat kein Vermögen, und außerdem ist er kleiner als sie.«

»Ich hätte schwören können, daß du nicht genug Interesse an ihr hast, um Nachforschungen über ihren Verlobten anzustellen.«

J. T. leerte sein Glas und bestellte sich ein fünftes Bier.

»Die Militärpolizisten werden dir ganz schön was erzählen, wenn du betrunken bist.«

»Ich bin nicht betrunken«, fauchte J. T. »Aber ich wär's gern! Wie komme ich eigentlich dazu, mich mit einer herrischen Frau abzugeben, die mir dauernd Befehle erteilt?«

»Ach! Diese Ringe unter deinen Augen kommen wohl auch davon, daß du ihre herrische Art unterdrücken mußtest?«

J. T. lächelte. »Sie ist nicht ganz nutzlos.« Sein Lächeln verschwand. »Aber das ist nicht das Problem. Sieh mal, sie wurde dazu erzogen, eines Tages einen Mann zu heiraten, den sie nicht kennt – also wäre sie mit ihrem Grafen gut ausgekommen. Nebenbei:

Ich habe gehört, daß sich diese Adeligen immer Liebhaber nehmen.«

»Dann bleib in ihrer Nähe und werde ihr Liebhaber«, schlug Bill vor.

J. T. knallte das Glas so heftig auf den Tisch, daß die Hälfte des Bieres überschwappte. »Zum Teufel, ja, das werde ich tun! Sie mag diese Heirat ja für eine Farce halten, aber bei mir ist das etwas anderes!«

»Du hast dich aber ganz anders angehört, als du mich damals aus Washington angerufen hast. Du hast gesagt, daß du froh wärst, wenn du sie so bald wie möglich loswürdest! Du hast gesagt, daß kein Mann eine so verrückte Frau lieben könnte. Du hast außerdem gesagt, ...«

»Sag mal, bist du ein Papagei oder was? Ich weiß, was ich gesagt habe! Aber jetzt liegt das Problem woanders: Diese Ehe wird ein bißchen zu intim – wenn du verstehst, was ich meine. Ich glaube, das wäre mit jeder anderen Frau auch passiert! Du kannst nicht zwei junge gesunde Menschen verheiraten und erwarten, daß nichts passiert! Weißt du, ich muß mir über meine Aussichten klarwerden! Ich war soviel mit ihr zusammen – und ich fange an, sie wirklich zu mögen.«

»Ich finde, das ist nicht schwer.«

»O doch«, seufzte J. T. »Du kennst sie schließlich nicht so gut wie ich. Sie fängt bei jeder Gelegenheit eine Diskussion an. Hausarbeit ist für sie so schlimm wie ein Todesurteil. Und sie verschleudert das Geld, als gäbe es kein Morgen. Schätz mal wie hoch die Rechnung vom Schönheitssalon in der letzten Woche war!«

»Ich wette, sie war nicht höher als Dollys. Deine Frau scheint meiner sehr ähnlich zu sein!«

»Das ist es ja eben – sie ist nicht meine Frau! Das ist dasselbe, als ob man ein Auto mietet, aber nicht kauft. Du kannst den Leihwagen zwar benutzen, aber eines Tages mußt du ihn zurückgeben.«

»Also, ich finde, deine kleine Lady ist ein toller Leihwagen!«

J. T. trank aus. »O ja, ich habe mir einen Rolls-Royce gemietet! Aber es sieht verdammt danach aus, als sei ich dazu bestimmt, den Rest meines Lebens mit einem Buick zu verbringen, und nicht mit ihr!«

Bill lachte. »Also, was hast du jetzt vor? Ihr habt noch eine Woche, bevor sie zurück muß, richtig?«

»Ja. Noch eine Woche, dann bringe ich sie wieder nach Lankonien, setze sie wieder in ihr Schloß und übergebe sie diesem Grafen.«

Bill sah auf die Uhr. »Wir gehen jetzt besser. Dolly sagte mir, wir sollten sie um sieben am Schwimmbad treffen, und jetzt ist es schon Viertel nach.«

Sie brachen auf, um die Frauen zu treffen.

»Ihr beide stinkt wie 'ne ganze Brauerei«, sagte Dolly. »J. T., was hast du mit Aria gemacht? Sie sieht so strahlend aus!«

Bevor J. T. antworten konnte, sah er Aria, nur mit dem enganliegenden Badeanzug bekleidet, zusammen mit Mitch, der seine Uniform trug, die Liegewiese heruntergehen. Sie lachten. J. T. handelte instinktiv. Er stürmte hinter den beiden her, packte Mitch am Hosenboden und am Kragen und schmiß ihn in hohem Bogen ins Wasser.

»Laß die Finger von meiner Frau, verstanden?« brüllte er den japsenden Mitch an.

»Dies ist wohl das schlechteste Benehmen, das ich jemals erlebt habe«, meinte Aria, bückte sich und streckte Mitch die Hand entgegen.

J. T. umfaßte ihre Schulter und wirbelte sie herum, so daß der arme Mitch wieder ins Wasser fiel. »Wir gehen heim.«

Ihr Haus war nicht allzu weit entfernt. Er wartete, bis Aria sich umgezogen hatte, dann eilte er mit langen Schritten davon, so daß sie kaum mithalten konnte. Sie schwieg, weil sie ihm in der Öffentlichkeit keine Szene machen wollte – aber sie würde ihm einiges zu sagen haben, wenn sie erst zu Hause wären!

Warum nur verhielt er sich nach dieser Nacht so ekelhaft? Sie spürte noch immer seine seifigen Hände auf ihrem Körper und erinnerte sich nur zu gut an seine Küsse. Sie hatten sich heute nacht gegenseitig eingeseift. Sie war zu scheu gewesen, um seinen Körper ungehemmt zu erforschen, aber J. T. hatte nur gelacht und gesagt: »Wir haben genug Zeit.« Nach dem Bad hatte er sie abgetrocknet, sie zu seinem Bett getragen und zum zweiten Mal geliebt. Diesmal hatte sie keine Schmerzen, es war wunderbar gewesen, und schließlich waren sie eng umschlungen eingeschlafen.

Als sie erwachte, war er schon fort. Keine Nachricht, keine Notiz. Vergebens hatte sie gehofft, daß er wenigstens anrufen würde, doch nichts dergleichen geschah. Um zwei war sie zum Friseur gegangen, um ihr Haar richten zu lassen, danach hatte sie den Tisch wieder mit Blumen und Kerzen gedeckt. Dolly war um halb sechs vorbeigekommen, um ihr zu sagen, daß sie sich mit den Männern am Pool treffen würden. Sie war sehr überrascht, daß J. T. Aria kein Wort gesagt hatte.

Dann hatte J. T. Mitch in den Pool geschmissen.

Als sie beim Haus ankamen, schloß er ihr die Tür auf, ging jedoch selbst nicht hinein. »Ich muß noch weg«, murmelte er und wandte sich zum Gartentor.

Sie lief ihm nach und legte die Hand auf seinen Arm: »Jarl, stimmt etwas nicht? Hattest du vielleicht Ärger im Büro?«

Er schüttelte ihre Hand ab. »Niemand außer meiner Mutter nennt mich Jarl, und sie darf das, weil sie nicht geliehen ist! Ich heiße J. T., verstanden?«

Sie trat zurück. »Aber sicher, Lieutenant Montgomery, ich werde diesen Fehler nicht noch einmal machen. Soll ich dir das Abendessen warmhalten? Ich glaube, das ist eine amerikanische Sitte, nicht wahr?«

»Das brauchst du nicht, ich gehe außerhalb essen. Und schlaf heute nacht in deinem eigenen Bett.«

»Natürlich Euer Hochwohlgeboren. Wünscht Ihr sonst noch etwas von Eurer nichtswürdigen Konkubine?«

Er funkelte sie nur wütend an und ging.

»Ich werde nicht weinen«, flüsterte Aria. »Er wird mich nicht zum Weinen bringen.«

J. T. vergrub sich in seine Arbeit. Er schlief auf der Couch vor der Offiziersmesse. Aber es nutzte alles nichts. Immer wieder sah er sie vor sich und träumte von ihr. Und als ob er nicht schon genug Ärger hatte, bekam er auch noch ein Telegramm von seiner Mutter, in dem sie ihren Besuch ankündigte. J. T. wußte daß Eleanor viele Freunde hatte, und ohne Zweifel hatte sie durch diese Quellen von der Heirat ihres Sohnes erfahren. Sie würde ihm bestimmt Vorhaltungen machen, weil er seiner Familie nichts davon gesagt hatte.

»Frauen!« knurrte J. T. Er wünschte sich fort, weit weg auf eine einsame Insel. Doch er ächzte, als er an seinen letzten Aufenthalt auf einer Insel dachte.

Schließlich raffte er sich dazu auf, zu Aria zu fahren, um ihr vom Besuch seiner Mutter zu berichten. Sie trug ein hübsches Sommerkleid und sah so appetitlich aus wie ein Pfirsich. Er versuchte, ihr zu erklären, daß sie seiner Mutter nicht die Hand zum Kuß reichen durfte, aber Aria wurde bei diesen Worten so hochnäsig, wie nur sie es fertigbrachte. Das machte ihn so wütend, daß er die Unterredung abbrach und die Tür hinter sich zuknallte.

Aria hatte zwei volle Tage auf J. T. gewartet – und jetzt kam er nur für eine Stunde nach Hause, und das auch nur, um ihr einen Vortrag zu halten.

»Meine Mutter kommt am Samstag. Sie wird uns hier abholen, und dann besuchen wir den Ball des Commanders. Hast du für diese Gelegenheit etwas anzuziehen? Weißt du, wie man sich auf einer solchen Festivität benimmt? Weiß du, wie man Marineoffiziere begrüßt?«

Aria war zu verblüfft, um zu antworten. Schließlich war sie eine königliche Prinzessin, aber er behandelte sie wie ein unbedarftes Mädchen vom Lande! »Ich glaube, ich werde mich so zu verhalten wissen, daß ich dich nicht blamiere«, murmelte sie, aber er bemerkte den Sarkasmus in ihrer Stimme gar nicht.

Er fuhr fort, von seiner Mutter zu erzählen, einer Frau, die ein Mittelding zwischen Attila, dem Hunnenkönig, und Florence Nightingale zu sein schien. Sie war ein Abkömmling der ältesten und besten Familien Amerikas. »Und sie hat einen Montgomery geheiratet«, sagte J. T., als ob das alles erklären würde.

»Vielleicht sollten wir ihr meinen Stammbaum zusenden, um ihre Zustimmung zu erhalten. Ich bin – dank der Heiratspolitik der englischen Queen Viktoria – mit jedem europäischen Herrscherhaus verwandt. Oder verblassen die ausländischen Könige etwa neben dem Glanz der amerikanischen Heldinnen?«

J. T. funkelte sie böse an und verließ das Haus

Er kehrte erst am nächsten Morgen zurück, um sich umzuziehen. Mit knappen Worten erinnerte er sie an die Ankunft seiner Mutter und verlangte, daß das Haus geputzt wurde, dann fuhr er wieder ins Büro.

Dolly kam um eins, gerade nachdem Mrs. Humphreys gegangen war. »Was ist hier los?« fragte Dolly statt einer Begrüßung.

Aria war immer von Dienerschaft umgeben gewesen, und sie wußte, daß man sich nur Blutsverwandten anvertrauen durfte, daher sagte sie im Plauderton: »Ich wollte gerade Mittag essen. Sie sind herzlich eingeladen.«

»Ich interessiere mich jetzt nicht für Essen. Floyd hat Gail erzählt und die wiederum Bill, daß J. T. die ganze letzte Nacht außer Haus war. Habt ihr euch gestritten?«

»Es gibt wirklich guten Krabbensalat und Tomaten.«

»Schätzchen«, sagte Dolly und legte ihre Hände auf Arias Schultern. »Ich weiß alles. Ich weiß, daß Sie eine Prinzessin sind, die in ihr Land zurück will, und ich weiß, wie diese Heirat zustande gekommen ist. Aber ich merke auch, daß etwas Fürchterliches passiert sein muß, und ich möchte, daß Sie mit mir darüber sprechen.«

Vielleicht war Aria schon mehr zur Amerikanerin geworden, als sie angenommen hatte. In den letzten Tagen hatte sie stets stumm dabeigesessen, wenn die Frauen die vertraulichsten, intimsten Dinge austauschten. Doch jetzt brach sie in Tränen aus und ließ sich willig von Dolly zum Sofa führen. Nachdem sie sich etwas beruhigt hatte, forderte Dolly sie auf, alles zu berichten.

»Er... er hat mit mir geschlafen«, schniefte Aria und konnte gleichzeitig selbst nicht glauben, daß sie so intime Dinge preisgab. »Aber jetzt überschüttet er mich mit seinem Haß. Ich verstehe das nicht! Was habe ich denn falsch gemacht?«

»Überhaupt nichts. Bill hat sich sehr gesträubt, und wir haben uns sogar gestritten, aber schließlich hat er mir doch erzählt, was J. T. alles gesagt hat. Wer ist eigentlich dieser Graf Julius?«

»So nennt J. T. den Mann, mit dem ich verlobt war.« Aria putzte sich die Nase.

»Wußten Sie eigentlich, daß J. T. denkt, Sie würden diesen Grafen doch noch heiraten?«

Aria schwieg.

Dolly beugte sich vor. »Wieso kommt er überhaupt auf diese Idee?«

»Er hätte mich nicht geheiratet, wenn man ihm nicht weisgemacht hätte, daß die Ehe annulliert würde. Natürlich kann ich mich niemals scheiden lassen – das wäre undenkbar!«

Dolly lehnte sich zurück und sagte atemlos: »Dann wird J. T. also König!«

»Ach was, nein! Prinzgemahl!« Aria wedelte mit der Hand. »Aber ich verstehe immer noch nicht, warum er so wütend auf mich ist!«

»Das ist doch ganz einfach – er hat's zwar Bill gegenüber nie zugegeben, aber er hat Angst, daß er sich in Sie verliebt! Er glaubt noch immer, daß er Sie diesem Grafen überlassen muß, und er möchte nicht verletzt werden.«

»Vielleicht sollte ich ihm sagen, daß unsere Ehe nicht annulliert werden kann.«

Dolly war fassungslos. »Sie wollen einem stolzen Mann wirklich sagen, daß er hinters Licht geführt und übers Ohr gehauen worden ist?«

»Ist das nicht richtig?«

Dolly lachte. »Ich glaube, er wird sich noch sehr in Sie verlieben.«

»Soll ich ihn etwa mit Erdbeeren und Wein verwöhnen und nur noch tiefausgeschnittene Kleider tragen?« fragte Aria verzweifelt, denn sie wußte wirklich nicht, wie man einen Mann dazu bringen könnte, sich in sie zu verlieben.

»Zuerst mal müssen Sie seine Aufmerksamkeit erregen. Zum Beispiel sollten Sie auf dem Ball ein raffiniertes Kleid tragen.«

»Damit errege ich dann die Aufmerksamkeit seiner Mutter«, murrte Aria.

Dolly lachte wieder. »Ich hab' schon gehört, daß sie kommt. Sie ist ein ziemlich hohes Tier, nicht?«

»O ja – sie scheint so bedeutend zu sein, daß die Manieren einer königlichen Prinzessin zu schlecht sind, um sie angemessen zu empfangen.«

Dolly legte die Hand auf Arias Arm. »Jeder Mann macht ein Riesentheater um seine Mutter. Bill hat mir so viele Geschichten von seiner Mutter erzählt – wie toll sie ist, was sie für eine gute Köchin ist, und ich sollte mir ja die Rezepte ihrer Spezialitäten geben lassen! Mir haben die Knie gezittert, als ich sie das erste Mal treffen sollte. Block und Bleistift hatte ich dabei, um die tollen Rezepte aufzuschreiben – und was war? Seine Mutter ist eine lausige Köchin! Wissen Sie, wie diese Frau Spaghettisauce macht? Nein? Also, sie mischt zwei Büchsen Tomatensuppe mit einer Dose Tomatenmark – das ist alles! Und als Krönung unseres damaligen Besuchs hatte die Alte auch noch die Frechheit, mich zu fragen, ob ich überhaupt in der Lage wäre, den verwöhnten Geschmack ihres Goldjungen zu befriedigen!«

In Arias Augen tanzten fröhliche Funken. »Die Mutter von Graf Julian knickste ehrerbietig vor mir und sprach mich als ›Ihre Königliche Hoheit‹ an . . .«

Dolly lachte. »Ach, das ist mein Traum! Ich würde zu gerne einmal sehen, wie Bills fette alte Mutter vor mir knickst. Hat sie auch Ihren Ring geküßt?«

»Nein, sie hat mit ihrer Stirn meine Hand berührt.«

»Das hätte ich gern gesehen!«

»Wenn ich jemals wieder nach Hause komme, werde ich Sie einladen«, versprach Aria.

»Abgemacht! Sagen Sie, würden Sie gern ins Kino gehen?«

»Ja, das wäre schön.«

Die beiden Frauen beluden sich ihre Teller mit Krabbensalat und leerten fast eine ganze Flasche Wein dazu. Sie kicherten, als sie schließlich in Richtung Kino losmarschierten.

Aria lachte und alberte gerade herum, als Dolly aufstöhnte. Dolly stellte sich vor Aria und sagte drängend: »Wir gehen besser in dieser Richtung weiter. Ich hab' da in einem Schaufenster ein tolles Kleid gesehen, das sollten Sie sich unbedingt ansehen. Ich meine . . .«

Aria spähte an Dolly vorbei über die Straße. J. T. saß in einem kleinen Café und ihm gegenüber eine Rothaarige. Aria beobachtete, wie er die Hand der Frau an die Lippen zog.

»Ja, ich sollte mir wirklich das Kleid ansehen«, sagte Aria und ging steif davon.

Dolly rannte ihr nach. »Was haben Sie jetzt vor?«

»Eine kluge Frau darf die Untreue ihres Ehemannes nicht beachten.«

»Was?« Dolly baute sich vor Aria auf. »Das mag in Ihrem Land so Sitte sein, aber nicht in Amerika! Sie sollten jetzt rübergehen und sich dieses aufgeputzte Flittchen vorknöpfen.«

»Die Frau? Aber was hat sie denn getan? Sie ist nur seiner Einladung gefolgt. Vielleicht weiß sie noch nicht einmal, daß er verheiratet ist. J. T. Montgomery verdient die Strafe.«

»Von dem Standpunkt aus hab' ich's noch nicht gesehen, aber ich glaube, Sie haben recht. Na egal – was wollen Sie tun?«

»Eine königliche Prinzessin hat keine Rachegelüste!« entgegnete Aria hochnäsig.

»Das ist der Unterschied zwischen uns beiden. Ich würde etwas unternehmen!«

Sie schwiegen auf dem Rest des Weges. Im Kino lief der Film »Frühling in den Bergen«. Eine der Schauspielerinnen war eine höchst ungewöhnlich angezogene Frau namens Carmen Miranda. Für Aria stellte sie eine Karikatur dessen dar, was die Amerikaner über Ausländer dachten. Dolly lachte herzlich über das Augenrollen und die falsche Aussprache, aber Aria fand die Szenen nicht sehr amüsant. Pausenlos dachte sie an Dollys Worte: »Was wollen Sie tun?« Vielleicht war sie schon zu sehr Amerikanerin, um einfach über Jarls Untreue hinwegzusehen – aber was sollte sie tun? Sie hob den Kopf und blickte wieder auf die Leinwand. Carmen Miranda trug ein seltsames Gewand in schrillem Purpur ... Da kam Aria eine Idee! Sie malte sich aus, wie sie ihrer berühmten Schwiegermutter in einem tiefausgeschnittenen Kleid, das den Bauch nicht bedeckte und dessen Rock geschlitzt war, vorgestellt würde. Auf ihrem Kopf wäre ein Aufbau von einem halben Meter Höhe zu sehen.

»Es muß glitzern wie ein Kronleuchter«, flüsterte sie.

»Wie bitte«, fragte Dolly.

»Gibt es Platten von ihren Songs«, wollte Aria wissen.

»Von Carmen Miranda? Natürlich.«

Aria lächelte und fing an, die Bewegungen der

Frau auf der Leinwand zu studieren. Dieses übertriebene Gehabe würde sich leicht imitieren lassen . . .

Als der Film aus war, bemerkte Dolly, daß Aria schon wieder glücklicher aussah. »Hat Sie das ein wenig aufgemuntert?«

»O ja. Ab jetzt werde ich genauso sein, wie sich mein Mann eine Ausländerin vorstellt! Auf dem Ball des Commanders werde ich aussehen wie Carmen Miranda. Wenn ich seiner Mutter vorgestellt werde, werde ich sie in die Wange kneifen und sagen: ›Chica, Chica‹.«

»Ich . . . ich glaube, das sollten Sie nicht tun. Ich meine, der Ball ist das gesellschaftliche Ereignis des Jahres und sehr formell – nur hohe Offiziere sind eingeladen. Bill und ich können davon nur träumen. J. T. wurde wegen seiner Mutter dazugebeten. Außerdem Aria – Sie sollten Ihre Schwiegermutter gut behandeln. Das ist ein ungeschriebenes Gesetz. Sie darf Sie behandeln wie ein Stück Dreck, aber Sie müssen unter allen Umständen nett zu ihr sein. Glauben Sie mir – eine böse Schwiegermutter kann Ihnen das Leben zur Hölle machen!«

»Die Hölle kann nicht schlimmer sein als jetzt. Ich habe meine Heimat verloren. Mein Mann verbringt seine Zeit mit einer anderen Frau und behandelt mich wie Luft. Er hat gesagt, ich wäre kalt und unmenschlich. Ich werde ihm zeigen, daß ich es nicht bin.«

»Hat J. T. das gesagt? Sie sollten ihm wirklich einen Denkzettel verpassen – aber es muß noch eine bessere Methode geben! Ich würde lieber mit bloßen Händen einen Panzer angreifen, als mich mit meiner Schwiegermutter anzulegen.«

»Wo kann ich mir ein Kleid machen lassen? Ich glaube, am besten wäre es in Rot und Weiß – natürlich nehmen wir nur die billigsten Materialien. Wie heißt dieses Glitzerzeug?«

»Glitter. Aria, ich glaube wirklich nicht, daß der Ball des Kommandeurs der geeignete Ort ist, um zu ...«

Aria blieb stehen. »Wenn Sie mir jetzt helfen, können Sie mich einen Monat lang in Lankonien besuchen und jede Krone anprobieren, die ich besitze! Es gibt so um die zwanzig ...«

Dolly schluckte, ihre Augen wurden groß. »Wir könnten rote Christbaumkugeln in Ihr Haar stecken, und Bonnies Vermieterin hat die scheußlichsten, größten Perlmuttohrringe, die Sie sich vorstellen können! Sie sind rot mit kleinen weißen Punkten.«

»Perfekt«, erwiderte Aria lächelnd. »So, jetzt müssen wir aber ein paar Schallplatten von Carmen Miranda kaufen. Ich habe nämlich vor, zu singen und zu tanzen. Ich werde schon die Aufmerksamkeit von Jarl Tynan Montgomery erregen, keine Sorge!«

»Ich hoffe, Sie wissen, was Sie tun.« Dollys Augen leuchteten auf. »Aber Männer mögen Frauen mit Mut. Sie verachten Feiglinge. Sie glauben also, daß es funktioniert?«

»Er wird mich ansehen und nicht diesen Rotschopf«, erwiderte Aria fest.

»Dafür würde ich die Hand ins Feuer legen. Nur eins macht mir Sorge – wie er Sie ansehen wird.«

12

»Jetzt können wir nicht mehr zurück«, meinte Dolly und lehnte sich an die Tür der Toilette. »Hat Ihnen J. T. die Ausrede geglaubt, die Sie ihm erzählt haben, weil Sie ja angeblich nicht mit auf den Ball gehen?«

»Ich habe ihm etwas erzählt, worüber er eine Weile nachdenken wird. Ich habe ihm nämlich gesagt, daß es mir jeden Morgen übel ist.«

»Also wirklich«, kicherte Dolly. »Irgendwie tut mir J. T. ein wenig leid! Aber wir müssen uns jetzt ranhalten. Ich habe der Klofrau fünf Dollar gegeben, damit sie eine Viertelstunde keine Leute hier hereinläßt.«

Aria legte den langen Regenmantel ab und ließ den Rock aus billigem, weißem Satin herunterfallen. Er lag eng an den Hüften an und war von oben bis unten geschlitzt. Die Schlitze und der Saum wurden von drei riesigen Nylonvolants eingefaßt, die noch zusätzlich mit rotem und weißem Glitter bestreut waren. Das Oberteil war ebenfalls aus weißem Satin und ließ den Bauch frei. Grellrotes Satinband umfaßte die Taille und die Träger. Die Ärmel bestanden aus drei Lagen gebauschtem Nylon, das ebenfalls mit Glitter bestreut war. An ihren Unterarmen prunkten scheußliche rote Armbänder, und um ihren Nacken hatte sie vierzehn Glasperlenketten geschlungen, die bis zur Taille hingen.

Aber das Tüpfelchen auf dem i war der Kopfputz – ein hoher, weißer Satinturban, geschmückt mit riesigen roten Nylonblumen und einem Halbmond. An den Turban hatten sie die Ohrringe von Bonnies Vermieterin angenäht.

»Also hoffentlich hält das Ding auf deinem Kopf«, sagte Dolly und versuchte, es Aria aufzusetzen. Sie probierten eifrig, als auf einmal das Rauschen einer Wasserspülung zu hören war. »Ich habe nicht in den Kabinen nachgesehen«, stieß Dolly erschrocken hervor.

Aus der Kabine trat eine große, schlanke Frau mit dunkelblondem Haar. Sie trug ein enganliegendes, schwarzes Abendkleid von schlichter Vornehmheit. Ihre Haut war glatt und straff, so daß man ihr Alter nur schwer schätzen konnte.

Dolly und Aria standen wie gelähmt da.

»Findet hier heute abend eine Show statt?« fragte die Frau.

»Eine improvisierte Darbietung«, antwortete Aria.

»Aha. Kann ich Ihnen helfen?« fragte die Frau und deutete auf den Turban.

»Gern.«

Die Frau band Arias Haar geschickt im Nacken zusammen und rückte den Turban zurecht. »Ist er schwer?«

»Nicht sehr«, sagte Aria. »Ich glaube, ich bin soweit.«

»O nein, meine Liebe«, widersprach die Frau. »Ihr Make-up muß dringend aufgefrischt werden. Ihr Gesichtchen verschwindet ja unter dem ganzen Glitzerkram. Ich habe mein Schminktäschchen dabei. Darf ich Ihnen helfen?«

Gehorsam setzte sich Aria vor den Spiegel, und die Frau ging an die Arbeit.

»Ich möchte mich ja nicht einmischen, aber ich glaube, diese Sache wird für einen Mann inszeniert.«

Aria schwieg, aber Dolly plapperte dafür um so mehr. »Für ihren Mann. Er ist . . . nun der Schuft hat sich mit einer anderen Frau getroffen. Wir wollen es ihm heimzahlen! Ihm und seiner Mutter.«

»Seiner Mutter?« fragte die Frau.

»Sie ist so ein Yankee-Snob und kommt her, um

ihre Schwiegertochter in Augenschein zu nehmen. J. T. hat sich so aufgeführt, als ob Aria nicht wüßte, wie sie sich zu benehmen hätte.«

»Dolly«, mahnte Aria.

»Ich verstehe«, nickte die Frau und trat zurück, um Arias Gesicht zu betrachten. »So, jetzt sehen Sie viel besser aus. Ich werde die Band bitten, einen kleinen Calypso zu spielen, damit Sie gleich gut eingeführt werden. Was halten Sie davon?«

»Das wäre sehr nett von Ihnen«, erwiderte Aria.

»Auch ich hatte schließlich mal eine Schwiegermutter, und ich habe einen Mann. Dulden Sie nie Untreue bei einem Mann! Ich hoffe, daß ihn die Sache sehr schockiert, und ich habe so das Gefühl, er wird sich in Zukunft mehr vorsehen. Welche Lieder soll die Band spielen?«

»Ich kenne den Text von ›Chica Boom Chic‹, ›Tico-Tico‹ und ›I, Yi, Yi, Yi, I Like You Very Much‹.«

»Die gefallen mir alle sehr«, sagte die Frau, und sie lachten gemeinsam. »Warten Sie, bis Sie die Musik hören.«

Aria ließ ein paar Minuten verstreichen, bevor sie aus der Toilette stürmte. Sie hatte den Carmen-Miranda-Film inzwischen viermal gesehen und ihren Auftritt genau einstudiert, so daß sie, als sie den matt erleuchteten Ballsaal mit gedämpfter Musik und dezent gekleideten Damen und Herren in Galauniform betrat, wirklich Carmen Miranda war.

Sie hatte den seltsamen spanischen Akzent geübt und ging mit einem aufreizenden Hüftschwung durch die erstaunte Menschenmenge.

»Du bist aber niedlich«, sagte Aria zu einem Admiral und kniff ihn neckisch in die Wange. »Er hat so viele süße Sternchen auf der Schulter, nicht?« meinte sie zu seiner Frau.

Dann ließ sie sich auf den Schoß eines Korvettenkapitäns fallen und wackelte mit dem Hinterteil hin und her. »Willst du mit mir chica-chica-boom-boom machen?«

»Junge Dame!« rief der Offizier entrüstet. »Sind Sie überhaupt eingeladen?«

»O ja«, quietschte sie. »Ich bin die Frau von einem sehr mächtigen Mann!«

»Von wem?« bellte der Kapitän und versuchte verzweifelt, sie von sich wegzuschieben.

»Da ist er.«

J. T. hatte die Szene amüsiert beobachtet, er hatte keine Ahnung, wer diese Frau war.

»O mein Gott«, stieß er fassungslos hervor, als er Aria erkannte. Er stürmte durch den Raum und zerrte sie vom Schoß des Korvettenkapitäns.

»Es tut mir sehr leid, Sir«, sagte J. T. »Ich hatte keine Ahnung, daß sie ... Ich meine ... Sir!«

»Du scheinst Frauen in Rot zu mögen«, flüsterte Aria in sein Ohr. »Deshalb trage ich Rot. Vielleicht ist der Stoff mit derselben Farbe gefärbt wie ihr Haar.« Sie drehte sich um und sagte: »Er ist so männlich, nicht? So ...« Sie rollte mit den Augen, streckte J. T. ihr Hinterteil entgegen und rieb es an seinem Schenkel, wobei sie ihr Bein bis zur Hüfte entblößte. »Ooooh«, quietschte sie.

»Lieutenant Montgomery«, brüllte ein Admiral.

»Ja, Sir?« sagte J. T. schwach.

»Ooooh, ich möchte seine Mutter gern kennenlernen«, sagte Aria und machte einen Schmollmund. Sie befreite sich aus J. T's Griff und wogte zu einem Kapitän. »Männer können so grausam sein, meinst du nicht?«

»Ich bin Jarls Mutter«, sagte jemand hinter ihr.

Aria drehte sich um und erstarrte – es war die

Frau aus der Toilette. »Großer Gott«, flüsterte sie. »Ich ... ich ...«, stammelte sie und wünschte, sie wäre tot.

Mrs. Montgomery beugte sich vor und küßte Aria auf die Wange. »Gib jetzt nicht auf«, flüsterte sie ihr zu. Sie wandte sich an die anderen: »Meine Schwiegertochter und ich möchten Ihnen jetzt ein Lied vorsingen. Jarl, leih mir bitte dein Taschenmesser!«

»Mutter, ich werde euch jetzt nach Hause bringen.«

»Ich glaube, das wäre eine sehr gute Idee, Leutenant«, sagte der Admiral. »Ich erwarte Sie am Montagmorgen in meinem Büro!«

»Zu Befehl, Sir«, salutierte J. T. zackig und packte mit festem Griff Arias Arm.

»Feigling«, zischte Eleanor Montgomery Aria zu, als sie beide zurückgezogen wurden.

Aria riß sich los und sagte laut: »Er ist ein großer Tyrann, nicht? Ich muß sein Geschirr spülen, ich soll den Boden putzen, ja, ich wasche ihm sogar seinen Rücken – aber nie, nie läßt er mich singen!«

Ein paar Leute lachten.

»Laß sie singen«, forderte jemand aus dem Hintergrund.

»Ja, ich würde sie auch gerne hören«, stimmte die Frau des Admirals zu.

»Dein Taschenmesser, Jarl«, sagte Eleanor. J. T. gab ihr seufzend das Messer, und sie schlitzte den Rock ihres teuren, kostbaren Abendkleides bis zum Oberschenkel auf ... Dann nahm sie drei große Hibiskusblüten vom Tisch und steckte sie sich ins Haar.

»Sag der Band, sie soll ›Tico-Tico‹ spielen«, befahl sie J. T.

Aria und ihre Schwiegermutter boten eine perfekte Show. Sie tanzten und sangen, wobei sie sich gegenseitig anstachelten. Die Band unterstützte ihre Vorführung durch langgezogene Trommelwirbel und Instrumentalsoli. Als das letzte Lied schließlich zu Ende war, verbeugten sich die beiden Frauen Arm in Arm. Sie ernteten donnernden Applaus. Nach zahlreichen Verbeugungen machten sie sich auf den Weg zur Toilette.

»Können Sie mir das jemals verzeihen?« fragte Aria Mrs. Montgomery, als sie den Waschraum, in dem Dolly wartete, betraten. »Ich hatte doch keine Ahnung! Lieutenant Montgomery erzählte, daß Sie ... Ach, es tut mir so leid!«

»Ich habe seit Jahren nicht mehr soviel Spaß gehabt.«

»Werden Sie jetzt mit zu uns nach Hause kommen?«

Eleanor Montgomery lachte: »Meine schöne neue Tochter sollte wohl besser ihrem Ehemann allein gegenübertreten! Ich will Ihnen nur noch eines sagen: Die Montgomerys bellen zwar oft und viel, aber sie beißen nicht! Bleiben Sie standhaft! Liefern Sie ihm einen guten Kampf! Und dann sollten Sie sich ausgiebig mit ihm versöhnen!«

Aria wurde rot.

»Ich muß jetzt gehen. Mein Mann wartet auf mich. Ich hoffe, ihr beide kommt uns bald besuchen! Ach, da fällt mir noch ein – leiden Sie wirklich unter morgendlicher Übelkeit?«

»Aber nein«, entgegnete Aria lächelnd. »Dafür müssen Sie mir noch ein wenig Zeit lassen.«

»Ich glaube, das erste Kind wird geboren, noch ehe das Jahr um ist! Ich kenne meinen Sohn!« Sie küßte Aria auf die Wange. »Jetzt muß ich aber wirklich weg. Kommt uns bald besuchen, ja?« Sie verließ winkend die Toilette.

»Die ist ganz und gar nicht wie meine Schwiegermutter«, flüsterte Dolly. »Diese Frau würde niemals Tomatensuppe über die Spaghetti kippen!«

Aria sah nachdenklich auf die geschlossene Tür. »Eure amerikanischen Männer verdienen diese Frauen nicht!«

»Oh«, schrie Dolly auf einmal und rannte zur Tür, als die ersten Menschen hereinstürmen wollten. Sie lehnte sich mit aller Kraft dagegen und rief Aria zu: »Schnappen Sie sich Ihren Regenmantel und klettern Sie durchs Fenster! Ich werde versuchen, die Leute aufzuhalten. Und Sie hatten mit der Bemerkung über die amerikanischen Frauen recht!« Aria kletterte aus dem Fenster.

J. T. erwartete sie bereits. »Natürlich. Wo könnte ich meine königliche Frau sonst finden?« Er umfaßte ihre Taille und half ihr heraus. »Du gehst einkaufen und wirst wegen Ladendiebstahls verhaftet. Dieses Problem hast du gelöst und viel dazugelernt. Jetzt verbeugen sich alle Geschäftsleute, wenn du dich ihrem Laden näherst! Du gehst auf einen Ball und blamierst mich bis auf die Knochen! Du bringst sogar meine Mutter dazu, halbnackt in der Gegend herumzuspringen!«

Er führte sie zu seinem Wagen und öffnete ihr die Tür. Als sie einstieg, spürte sie in ihrer Manteltasche J. T's Taschenmesser. Mrs. Montgomery mußte es da hineingesteckt haben.

»So benimmt sich keine amerikanische Frau und auch keine Prinzessin! Niemand benimmt sich so wie du heute abend!«

»Du hast recht«, sagte sie zerknirscht. »Dieses Kleid ist wirklich zu scheußlich!« Sie nahm das Messer und schnitt das Oberteil in der Mitte durch, so daß ihre Brüste entblößt wurden. »Und der Rock muß auch weg«, sagte sie entschlossen und hielt das Messer an den Schlitz.

J. T. wollte etwas sagen, doch dann spähte er durch das Rückfenster. Sofort warf er sich auf sie und bedeckte ihre Blöße mit seinem Körper.

»Ich möchte Sie Montag früh sehen, Lieutenant Montgomery!« erklang eine Männerstimme.

»Jawohl, Sir«, erwiderte J. T., ohne sich von der Stelle zu rühren.

Der Admiral blickte etwas schockiert auf die intime Szene und ging fort.

J. T. und Aria sahen sich an und brachen in schallendes Gelächter aus.

Er küßte sie leidenschaftlich, seine Hand wanderte unter ihren Mantel und tastete nach ihren Brüsten. »Du warst großartig, Kleines. Wirklich toll!«

Sie erwiderte seinen Kuß und begann seine Galauniform aufzuknöpfen. »Wirklich? War ich besser als die Rothaarige?«

»Sie ist doch nur meine Sekretärin.«

Aria boxte ihn in die Rippen. »Du küßt die Hand deiner Sekretärin?« fragte sie atemlos, als er an ihrem Rock zerrte.

»Wenn sie die halbe Nacht aufbleibt, um meinen Bericht zu tippen, dann tue ich das. Sag mal, womit hast du das vernäht? Angelschnur?«

Seine Ellbogen berührte die Hupe, und der schrille Ton brachte sie wieder zur Besinnung. Er sah sie mit verlangendem Blick an, dann setzte er sich auf den Fahrersitz und startete den Wagen.

Aria streifte den Rock ab, so daß sie unter ihrem Regenmantel nackt war.

J. T. fuhr sehr schnell, aber er schien sich auf der Fahrt abgekühlt zu haben, denn er maßregelte sie, sobald sie im Haus waren. »Du möchtest also möglichst unauffällig bleiben, und dann inszenierst du so eine Show! Das, was du gezeigt hast, ist nicht amerikanisch! Und meine Frau darf sich auch nicht so aufführen!«

Sie ließ den Regenmantel fallen und stand nackt vor ihm. »Ist das denn amerikanisch? Darf sich deine Frau so aufführen?« fragte sie unschuldig.

Er blinzelte sie an. »Nicht ganz. Aber für den Augenblick reicht es.« Einen Sekundenbruchteil später lag er mit ihr auf dem Boden. »Ich habe die ewigen Kämpfe satt«, flüsterte er. »Ich möchte den Rest unserer gemeinsamen Zeit genießen.«

Sie liebten sich hingebungsvoll auf dem Fußboden des Wohnzimmers, dann trug J. T. sie zur Treppe und liebte sie erneut, während sie auf den Stufen lag. Sie rutschte auf Fersen und Ellbogen immer höher die Treppe hinauf, und J. T. folgte ihr. Schließlich lagen sie erschöpft im ersten Stock auf dem Flur.

»Was machst du mit mir, wenn ich mich anziehe wie Jean Harlow?« fragte Aria leise.

»Dasselbe wie eben.«

»Oh«, lachte Aria und wand sich sacht unter ihm, doch es war keine ganz ernstgemeinte Aufforderung.

»Du lernst wirklich schnell. Laß uns ins Bad gehen.«

»Wäschst du mir den Rücken?«

»Vielleicht, aber bestimmt nicht überall – das bringt mich nur in Schwierigkeiten!«

Aria lachte wieder.

Er saß im Badezimmer, während sie badete und ihm Fragen über seine Mutter stellte. Er war immer noch schockiert über die Vorstellung seiner Mutter. Er erzählte Aria, daß sich die Frau, die er kannte, erheblich von diesem Showtalent des heutigen Abends unterschied. Er erinnerte sich mehr an ein sanftes Wesen, das Milch und Plätzchen vor ihn hinstellte.

»Und dein Vater erinnert sich daran, wie er dich gezeugt hat«, meinte Aria und lachte, als sie bemerkte, wie er rot wurde.

»Soll ich dir jetzt den Rücken einseifen, oder nicht?«

»Aber ja, Tyrann«, sagte sie mit Carmen-Miranda-Akzent.

J. T. stöhnte, aber er küßte zärtlich ihren Nacken.

Er badete nach ihr, und sie seifte ihm den Rücken ein. Dann zog Aria ein lilafarbenes Nachthemd mit Spaghettiträgern an und blieb schweigend an der Badezimmertür stehen.

»Worauf wartest du?« fragte J. T.

»Ich frage mich, in welchem Bett ich heute nacht schlafen soll«, sagte sie scheu.

Er zog sie zu seinem Bett. »In meinem natürlich.« Er drückte sie an sich und schlief sofort ein.

»Ich habe ihn auf mich aufmerksam gemacht«, flüsterte sie glücklich.

»Was, Honigmäulchen?« murmelte J. T. schlaftrunken.

»Ein neuer Kosename«, lachte Aria, kuschelte sich an ihn und schlief ein.

Am nächsten Morgen tauchte Aria langsam aus den Wellen des Schlafes empor. Sie fühlte sich wundervoll. In der letzten Nacht war ein Traum wahrgeworden. Es hatte keine Peinlichkeiten, keine Schmerzen mehr gegeben – nur reine, unverfälschte Sinnlichkeit. Sie stützte sich auf den Ellbogen, um ihn sich genau zu betrachten. Er sah sehr gut aus, viel besser als Graf Julian oder jeder andere Mann auf der Welt! Wie würde es wohl sein, wenn er jetzt aufwachen und sagen würde: »Ich liebe dich?«

Natürlich – Graf Julian hatte ihr das schon gesagt, aber er hatte ihr Königreich gemeint, nicht sie. Dieser Mann wollte nicht ihr Königreich. Er wollte sie – ihren Körper.

Sie lächelte über ihre Gedanken. Auf der Insel war sie eine Prinzessin gewesen, und er hatte ihr nicht gehorcht, hatte keinen ihrer Befehle beachtet – aber als sie handelte wie eine Frau, tat er alles, was sie wollte.

Sie wollte ihm gefallen. In Lankonien hatte man ihr beigebracht, daß sie nur Leuten, die im Rang höher standen als sie, gefallen mußte. Aber in Amerika war alles so anders! Sie hatte sich bemüht, den Frauen von J. T's Freunden zu gefallen, sie wollte ihrer Schwiegermutter gefallen, und sie fragte sich jetzt ernstlich, wie sie ihren Mann verwöhnen könnte . . .

Sie wußte, daß er sie zu einer perfekten Amerikanerin machen wollte, und sie schwor sich, ihre Anstrengungen zu verdoppeln. Vielleicht sollte sie ihm ja Hamburger grillen . . . Amerikanische Männer schienen für Fleisch zu schwärmen.

J. T. reckte sich, öffnete die Augen und sah sie an. »Guten Morgen«, flüsterte er und zog sie an seine breite, behaarte Brust.

»Wie heißt dieser Bär noch einmal, mit dem die amerikanischen Kinder spielen?« fragte sie.

»Meinst du einen Teddybären?«

»Ja. Genauso heißt er. Bei dir fühle ich mich wie ein Teddybär.«

»Du fühlst dich überhaupt nicht an wie ein Bär«, meinte J. T. leise und umschlang sie mit den Beinen. »Dazu bist du viel zu dünn, und du hast nicht genug Haare.«

»Zu dünn?« fragte sie erschrocken.

»Zu dünn für einen Teddybären.«

»Oh.« Sie kuschelte sich an ihn. »Aber sonst bin ich dir nicht zu dünn?«

»Nein«, entgegnete er und küßte sie.

»Gehört es sich denn, bei Tageslicht miteinander zu schlafen?«

»Ich weiß nicht. Versuchen wir's doch mal. Wenn uns der Teufel holt, dann sterben wir wenigstens glücklich.«

Aria kicherte, verstummte aber, als J. T. sie zu liebkosen begann. Er nahm sich viel Zeit, um ihre Sinne zu wecken, und zum ersten Mal streichelte sie seinen sehnigen, muskulösen Körper.

»Glücklich?« fragte er und sah sie lächelnd an.

»Ja«, flüsterte sie.

»Vielleicht gelingt es mir ja, dich doch glücklicher zu machen.«

Es gelang ihm.

Danach preßte sie ihre erhitzten Körper eng aneinander.

»Jetzt muß ich aber aufstehen«, sagte Aria nach einer Weile. »Ich muß mein Haar waschen. Die Friseuse hat mir gezeigt, wie man es auf Lockenwickler dreht. Heute abend sind sie dann trocken und frisch frisiert.«

»Lockenwickler? Du meinst doch nicht diese scheußlichen Dinger, die einem die Augen ausstechen können?«

Sie drehte sich weg von ihm. »Was weißt du denn über Lockenwickler?«

»Ich weiß weniger darüber, als du über Graf Julians Schnurrbart!«

»Woher weißt du denn, daß er einen Schnurrbart hat?«

»Das habe ich geraten«, erwiderte J. T., aber Aria lachte, weil sie wußte, daß er log.

Sie summte eine Melodie, während sie ihr Haar wusch. Mit den Lockenwicklern kam sie überhaupt nicht zurecht. J. T. döste noch, als sie rief: »Leutenant Montgomery, du mußt mir helfen.« ›Stures Frauenzimmer‹, dachte er. Weil er ihr verboten hatte, ihn Jarl zu nennen, rief sie ihn weiter Lieutenant Montgomery. Ein paar Minuten später half er ihr, die Haare aufzudrehen. »Ich kann einfach nicht glauben, daß ich dich bei so was unterstütze«, knurrte er, aber Aria lachte.

Als er sich anzog, gab sie ihm einen flüchtigen Kuß und sagte, daß sie jetzt das Mittagessen kochen müßte. J. T. lächelte. Die Ehe hatte entschieden ihre Vorzüge: Liebe zum Frühstück und ein gutes, selbstgekochtes Mittagessen.

Er wollte gerade die Treppe hinuntergehen, als ein energisches Klopfen an der Haustür ihn aufschreckte. Gleich danach flog die Tür mit einem gewaltigen Krach auf, und General Brooks stürmte herein. J. T. blieb auf der dritten Stufe stehen, stand stramm und salutierte.

»Was ist das?« brüllte General Brooks und knallte seinem Adjutanten die Tür vor der Nase zu. Er wedelte erbost mit der neuesten Ausgabe des *Key West Citizen* herum und deutete empört auf das Foto, das auf der ersten Seite zu sehen war. Es zeigte Aria in ihrem Carmen-Miranda-Kleid, Arm in Arm mit Eleanor, und beide Frauen warfen die Beine in die Luft. »Ist das Ihre Königliche Hoheit?« bellte der General. »Ist das Prinzessin Aria?«

»Jawohl, Sir!« erwiderte J. T. zackig und sah starr geradeaus.

General Brooks stampfte durch den Raum und schlug die Zeitung gegen seine Schenkel. »Wissen Sie, was Sie da angerichtet haben? Sie haben unseren

Plan der Welt enthüllt, zumindest dann, wenn diese Zeitung einem Lankonier in die Finger gerät!«

»Ich glaube, niemand wird sie erkennen, Sir.«

»Kommen Sie mir nicht so, junger Mann! Die Army hat Ihnen volles Vertrauen geschenkt, und was tun Sie? Haben Sie der armen jungen Frau Daumenschrauben angelegt, damit sie sich so aufführt? Sie sollten ihr beibringen, sich wie ein Amerikanerin zu benehmen; hier führt sie sich auf wie eine Tingeltangeltänzerin!«

»Sir! Ich muß etwas richtigstellen: Meine Frau hatte die Idee. Ich war genauso überrascht wie Sie, das können Sie mir glauben«, sagte J. T., der noch immer in Habtachtstellung auf der Treppe stand.

»Wer dreht hier eigentlich dieses verwünschte Radio so laut auf?«

»Es ist –«, begann J. T.

»Ihre Idee? Sie können doch nicht im Ernst annehmen, daß ich Ihnen so einen Unsinn glaube. Du lieber Himmel, diese Frau ist eine Kronprinzessin! Wurde zur Eleganz erzogen und hier« – er hielt die Zeitung hoch – »Plateausohlen!!«

»Ich kann es nur wiederholen, Sir: Es war nicht meine Idee.«

Der General ließ sich auf einen Stuhl fallen, der unter seinem enormen Gewicht protestierend knarrte. »Sie hätten ihr ein bißchen mehr Freiheit lassen sollen! Manchmal sind Frauen wie Wildpferde: Sperrt man sie ein, brechen sie immer wieder aus.« Er strich sich übers Gesicht. »Ich bin jetzt seit zweiunddreißig Jahren verheiratet, aber glauben Sie, ich würde die Frau kennen? Nicht die Spur! Was ist das für ein Tag heute! Haben Sie Bourbon im Haus?«

»Ja Sir«, antwortete J. T., rührte sich aber nicht von der Stelle.

»Holen Sie ihn!« brüllte der General.

J. T. ging in die Küche, während Brooks weiterredete: »Um unseren Plan durchzuziehen, muß sich die Prinzessin verhalten wie eine Amerikanerin. Aber amerikanische Frauen kleiden sich nicht wie Bardamen, und sie produzieren sich auch nicht auf Kommandeursbällen. Sie hätten ihr das erklären müssen. Hat sie vielleicht gedacht, es wäre ein Maskenball? Wer ist eigentlich dieses Flittchen neben ihr?«

»Meine Mutter, Sir«, gab J. T. niedergeschlagen zu und reichte Brooks den Whisky.

»Guter Gott!« ächzte der General und kippte den Drink hinunter. »Ich dachte, ihre Familie wäre makellos! Lieutenant, ich gebe Ihnen jetzt einen Befehl – entweder Sie halten die Prinzessin unter Kontrolle, oder Sie werden dem dümmsten Offizier der Navy als Sekretär zugeteilt! Haben Sie mich verstanden? Das, was die Prinzessin getan hat, war offensichtlich ein Aufbegehren gegen zu starke Unterdrückung. Als wir jungverheiratet waren, hat meine Frau ähnlich reagiert. Also gönnen Sie ihr ab und zu ein bißchen Spaß. Vielleicht wird sie dann zur Amerikanerin. Sie haben nicht mehr viel Zeit. Die Entführer werden sich nicht täuschen, wenn sie sich so herrichtet, wie auf diesem Foto. Kann denn niemand dieses Radio abstellen? Ist ja viel zu laut!«

»Sir«, sagte J. T. »Kommen Sie bitte mit. Ich möchte Ihnen etwas zeigen.«

Der General hievte sich mühsam aus dem Sessel hoch und ging mit J. T. zum Küchenfenster.

Im Hof rauchte ein Grill, und aus dem Radio kam der neueste Schlager. Aria trug weite Jeans, die sie bis zum Knie hochgerollt hatte, Söckchen, Halbschuhe und ein Karohemd von J. T. Ihr Haar war voller Lockenwickler, und sie hatte einen gepunkteten

Schal um den Kopf geschlungen. Während sie die Hamburger klatschend zwischen den Händen formte, kaute sie im Takt der Musik Kaugummi …

»Das ist Ihre Königliche Hoheit?« japste Brooks.

»Sie sieht aus wie eine amerikanische Hausfrau, Sir.«

Der General starrte J. T. an: »Das ist mir fast ein bißchen zuviel!« Sein Gesichtsausdruck änderte sich, und er legte J. T. väterlich die Hand auf die Schulter. »Möchten Sie drüber reden, mein Junge? Ich meine, das war kein gewöhnlicher Kriegsdienst, den Sie da geleistet haben. War es sehr schwierig?«

J. T. schien zu vergessen, daß der General sein Vorgesetzter war, er füllte zwei Gläser mit Bourbon und stärkte sich mit einem tiefen Schluck. »Ich kann sie immer noch nicht einschätzen. Einmal behandelt sie mich wie einen ihrer Dienstboten, dann wieder bringt sie mich vor Hunderten von Leuten in Verlegenheit, und dann …« Er brach ab. »Nun, ich will nur sagen, daß sie nicht gerade schüchtern ist, wenn wir allein sind.« Seine Augen verengten sich. »Außerdem weigert sie sich stets, das zu tun, was ich ihr auftrage. So hab' ich ihr zum Beispiel erklärt, wie man bügelt – sie hat mir ins Gesicht gelacht!«

»Meine Frau bügelt auch nicht selbst«, meinte General Brooks kummervoll. »Sie hat's noch nie getan.«

»Ich kenne mich mit Ehefrauen nicht besonders aus, Sir. Nur mit Frauen, aber ich kann Ihnen eins sagen: diese Frau läßt sich nicht einordnen!«

»Sie haben sie gern, nicht wahr?«

J. T. grinste. »Ein wenig, Sir. Aber ich wehre mich dagegen. Ich muß sie schließlich ihrem Grafen übergeben.«

Schuldbewußt wandte General Brooks sein Gesicht ab, aber er verriet nichts, sondern sagte nur harmlos: »Es sieht ganz so aus, als hätte die Prinzessin das Mittagessen fertig. Dann gehe ich wohl besser. Sagen Sie ihr nicht, daß ich hier war. Morgen kommt jemand vorbei und erzählt Ihnen, wie die Reise nach Lankonien vonstatten gehen soll. Aber tun Sie mir einen Gefallen: Halten Sie sie, um Himmels willen, davon ab, dieses scheußliche Kleid einzupacken! Sie stellte sonst noch wer weiß was damit an!«

»Ja, Sir. Ich werde achtgeben«, sagte J. T., während er den General zur Tür brachte. Er schmunzelte, als er daran dachte, daß dieses Kleid im Moment in Fetzen auf dem Boden seines Autos lag. Dann ging er zu Aria.

Das Radio spielte einen Schlager, und Aria nahm J. T's Hand: »Komm, laß uns tanzen!«

»Warte doch, bis etwas Langsameres kommt. Diese Tänze beherrsche ich nicht.«

»Okay«, erwiderte sie und wandte sich wieder den Hamburgern zu. »Dann werde ich eben Mitch auffordern, wenn ich ihn das nächste Mal sehe. Er soll ein großartiger Jitterbugger sein!«

J. T. packte ihre Hand und wirbelte sie herum. Sie war vollkommen außer Atem, als das Lied zu Ende war.

»Ich habe dir doch gesagt, daß ich's nicht besonders gut kann«, sagte er grinsend, und Aria brach in lautes Lachen aus.

Sie setzten sich zu Tisch. J. T. beobachtete seine Frau. Wie anders sie doch geworden war – jetzt aß sie einen Hamburger mit der Hand und trank Bier aus der Flasche.

Der Besuch des Generals hatte ihn aufgeregt, denn jetzt war es ihm wieder bewußt geworden, daß er seine geborgte Prinzessin bald zurückgeben mußte.

»Wo hast du das Hemd her?« fragte er und zeigte auf das viel zu große, karierte Hemd, das sie trug.

Sie sah ihn schräg über die Bierflasche an. »Aus einer Schachtel in deinem Schrank.«

»Der Karton, der ganz hinten stand? Der, der zugeklebt ist – oder besser zugeklebt war –, und auf dem ›privat‹ stand?«

»Ja«, nickte sie freundlich und beobachtete ihn prüfend.

J. T. schnaubte, und sie verzog das Gesicht. J. T. hatte schon oft gehört, daß die Männer über ihre Frauen klagten, weil ihnen nichts heilig war. Er hatte immer gedacht, daß er seiner Frau beibringen würde, daß sie ihm seine Intimsphäre lassen sollte. Aber jetzt störte es ihn nicht einmal. Es freute ihn sogar, daß sie neugierig genug gewesen war, seine Privatsachen zu durchsuchen. Irgendwie machte sie das zu einem wirklichen Ehepaar.

Doch er mußte sie einem anderen Mann übergeben. Er schwor sich, daß er sofort eine andere Frau heiraten würde, sobald er Aria ihrem kleinen, alten, geschniegelten Grafen übergeben hatte. Es gefiel ihm nämlich, daß jemand auf ihn wartete, wenn er nach Hause kam. Er mochte es, am Samstagmittag im Hof zu sitzen und Hamburger zu essen.

Ob es wohl möglich war, eine Frau wie Aria zu finden? J. T. lächelte bei dem Gedanken an die letzte Nacht.

J. T. schob den Stuhl zurück und drehte das Radio leiser. »Gestern hast du mir gesagt, daß du unter morgendlicher Übelkeit leidest. Stimmt das, oder wolltest du mich nur loswerden?«

»Es war gelogen«, erwiderte sie.

»Was würde denn passieren, wenn du wirklich von mir schwanger würdest? Würde dich dein blaublütiger Graf dann noch nehmen?«

»Ich wäre immer noch Königin, und da er eine Königin heiraten will, würde es ihm wahrscheinlich nichts ausmachen.«

»Und was geschähe mit dem Kind?«

»Wenn es ein Junge wäre, würde er – als der Älteste – mein Nachfolger und König. Wenn es aber ein Mädchen wäre, würde sie nur dann Königin, wenn ich keine männlichen Erben habe.«

J. T. trank einen Schluck Bier. »Ich verstehe. Und dein Winzling von Ehemann hätte keine Bedenken?«

Aria hustete, um das Lachen zu unterdrücken. »Ich werde Königin, und somit ist mein Wille maßgebend.«

»Also, der alte Julian würde ohne Widerrede das Kind von einem anderen Mann aufziehen?«

»Er hätte mit der Erziehung sowieso nicht viel zu tun – selbst wenn es sein eigenes Kind wäre. Königskinder werden von Gouvernanten und Privatlehrern erzogen. Ich zum Beispiel habe meine Mutter bis zu meinem vierzehnten Lebensjahr jeden Tag nur eine halbe Stunde gesehen – jeden Abend von sechs bis halb sieben.«

»So wachsen eure Kinder auf?«

»Ich kenne es nicht anders.«

»In Amerika läuft die Sache etwas anders ab. Wenn wir jetzt ein Kind hätten, dann würde es hier bei uns leben. Du würdest es füttern, und ich würde mit ihm Ball spielen.«

»Wieder ein Beispiel für die amerikanische Gleichberechtigung«, meinte sie. »Die Frau hat die Arbeit, der Mann das Vergnügen.«

J. T. runzelte zuerst ärgerlich die Stirn, doch dann lachte er. »Ich finde es ziemlich hart, das Kind Fremden anzuvertrauen. Wer hat dich getröstet, wenn du hingefallen bist und dir weh getan hast?«

Aria sah ihn verwirrt an. »Dann wurde ein Arzt gerufen. Aber gewöhnlich wird eine Prinzessin zu gut bewacht, um sich weh zu tun. Ich bin ein paarmal vom Pferd gefallen. Das ist alles.«

»Bewacht? Als ich zwölf war, habe ich zwei Nächte allein auf einer Insel gezeltet!«

»Königskinder sind nie allein. Selbst wenn sie schlafen, ist jemand bei ihnen.«

»Ich verstehe.« Gedankenvoll biß J. T. von seinem Hamburger ab. »Und unser Kind – ich meine, wenn du jetzt schwanger wirst – würde das auch so erzogen?«

»Es ist Tradition. Aber du könntest es besuchen, wann immer du wolltest.«

»Nein. Ich glaube, das könnte ich nicht«, sagte J. T. langsam.

13

Am Montagmorgen bekam J. T. ein Telegramm von General Brooks, in dem stand, daß alles bereit wäre und die Maschine nach Lankonien am Dienstag abfliegen würde.

»Das ist also der Anfang vom Ende«, murmelte er vor sich hin, als Bill gerade sein Büro betrat.

»Beunruhigt dich etwas?« fragte Bill.

»Die Prinzessin und ich werden morgen nach Lankonien abreisen.«

»Sie wird mir fehlen, und Dolly kann kaum noch ohne sie leben! Die beiden sind richtig dicke Freundinnen geworden. Und die Kaufleute in der Stadt werden ihr auch manche Träne nachweinen.«

J. T. zerknüllte das Telegramm in seiner Hand.

»Ich rufe sie jetzt an, damit sie packen kann«, sagte er ernst.

»Ich sage Dolly Bescheid, sie kann ihr helfen.«

Ein paar Stunden später rief Dolly J. T. an, um ihm zu sagen: »Ich habe alle zu einer Abschiedsparty am Strand eingeladen.« Dollys Stimme klang traurig. J. T. dachte: ›Du kannst sie nicht mehr vermissen, als ich es tun werde.‹

Aria war sehr niedergeschlagen, als sie J. T. am Strand traf. »Kopf hoch, Kleines – du bist doch bald wieder in Lankonien!«

»Ich werde Amerika sehr vermissen«, gestand sie leise.»Dieses Gefühl der Freiheit, die Musik und den Optimismus der Amerikaner.«

›Sie erwähnt gar nicht, daß ich ihr fehlen werde‹, dachte J. T. ärgerlich. »Ich glaube, ich sollte jetzt die Hummer fangen.«

»Ja«, erwiderte sie geistesabwesend. »Wahrscheinlich.«

Aria hatte keinen rechten Spaß an der Party, obwohl sie sich große Mühe gab, fröhlich zu wirken, und Dolly ging es ebenso. Als J. T. die Hummer brachte, die sofort auf den Grill gelegt wurden, stöhnte Dolly auf. »Jetzt seht doch mal, welche Schlange sich da in unser Paradies geschlichen hat!«

Aria sah auf und erblickte die grinsende, mollige Heather Addison an Mitchs Arm. »Guten Abend, euch allen«, rief Mitch, dann sandte er einen prüfenden Blick zu Aria. »Sie sehen wie gewöhnlich entzückend aus! Kümmert sich J. T. jetzt mehr um Sie?«

»Ich kümmere mich ausschließlich um sie«, entgegnete J. T. und hielt seine Grillgabel wie einen Degen.

Heather warf einen geringschätzigen Blick auf Aria, dann tänzelte sie zu J. T., nahm seinen Arm und streifte mit ihren Brüsten seinen Oberkörper. »J. T., Schätzchen, ich hab' dich seit unserer Begegnung in Washington nicht mehr gesehen! Erinnerst du dich noch an die Nacht, als wir die Stadt unsicher gemacht haben?« Und sie fügte mit erhobener Stimme hinzu: »Das war einen Tag nach deiner Hochzeit.«

»Genau das, was wir jetzt brauchen – Zündpulver«, knurrte Gail erbost. »J. T., wir haben uns auf einen ruhigen, friedlichen Abend gefreut – also sorg dafür, daß es so bleibt, ja?«

Mitch setzte sich neben Aria. »Ich habe gehört, daß Sie morgen abreisen. Sie werden uns sehr fehlen. Begleitet J. T. Sie?«

J. T. drehte sich sofort um. »Sie begleitet mich! Lankonien braucht einen Berater für den Schiffsbau, und ich habe diese Aufgabe übernommen. Meine Frau reist natürlich mit mir!«

Mitch rückte näher an Aria heran. »Ich habe gehört, daß es in Lankonien wunderbar kühle Nächte gibt, in denen man nur das Geräusch von Kuhglokken vernimmt.«

»Das stimmt«, entgegnete Aria traurig. »Es gibt keine vorbeidonnernden Lastwagen um drei Uhr morgens, keine laute Radiomusik und keine Strandparties ...«

»Waren Sie schon einmal in Lankonien?«

»Nein«, riefen Aria und J. T. wie aus einem Mund. »Wir haben nur gelesen, daß es dort so ist«, fügte J. T. hinzu.

»J. T., Schätzchen, ich hab' meinen Mantel im Auto vergessen. Würdest du ihn mir bitte holen?« schnurrte Heather.

Er sprang auf und verschwand im Dunkel der Nacht. Heather folgte ihm. »J. T.! Warte auf mich«, rief sie ihm nach.

Er blieb stehen. »Du hättest nicht herkommen dürfen.«

»Komm mir bloß nicht so«, schmollte sie. »Ich weiß, was los ist. Ich mußte zwar drei Lippenstifte und vier Paar Nylons dafür hergeben, aber dafür weiß ich jetzt genau Bescheid über dich und diese ... diese Prinzessin! Also wenn die königlicher Abstammung ist, dann fresse ich einen Besen!«

»Da fängst du besser jetzt schon an zu kauen«, riet J. T. und ging weiter.

Heather eilte ihm nach. »Ich habe auch erfahren, daß die Dauer eurer Ehe sehr begrenzt ist. Sobald ihr in Lankonien betreten habt, wird sie dich fallenlassen und gegen einen kleinen, blaublütigen Herzog eintauschen!«

»Heather, ich finde, du hast einen verdammt großen Mund.« Er blieb an Mitchs Wagen stehen, öffnete die Tür, nahm den leichten Mantel heraus und warf ihn ihr zu.

»Du hast meinen Mund mal sehr gemocht«, sagte sie und schmiegte sich an seine Brust. »Schätzchen, ich mache mir doch nur Sorgen um dich. Was wirst du tun, wenn sie dich einfach fallenläßt? Du bist doch nicht so dumm, an gebrochenem Herzen zu sterben, oder?«

Die Worte trafen ihn mitten ins Herz. »Wir sollten jetzt besser zurückgehen«, meinte er nicht sehr überzeugend.

»Ich werde auf dich warten, Süßer. Wenn du allein aus Lankonien zurückkommst, werde ich da sein.«

Er sah sie lange an. »Könnte sein, daß ich auf dieses Angebot zurückkomme.«

Zusammen gingen sie zum Feuer zurück.

»Was werden Sie unternehmen?« fragte Dolly und sah zu Heather und J. T. hinüber, die sich gemeinsam über den Grill beugten.

»Sie trägt ein hübsches Kleid«, meinte Aria gedankenverloren. »Was meinen Sie, ob sie es hier gekauft hat?«

Dolly rollte mit den Augen, stand auf und schob sich zwischen Heather und J. T. »Deine Verabredung sitzt da«, sagte sie scharf zu Heather und deutete auf Mitch.

»Er ist nur für heute abend«, entgegnete Heather dreist.

Es wurde ein fürchterlicher Abend. Dolly und Aria waren niedergeschlagen, Heather war wütend auf J. T., weil er jemand anderen als sie geheiratet hatte, Mitch versuchte, Aria dauernd zu überzeugen, ihm doch eine letzte gemeinsame Nacht zu schenken, und die anderen wünschten sich, daß diese peinlichen Szenen ein Ende nähmen.

Aria beobachtete Heather und J. T. scharf. Sie bemerkte, daß er keine Anstalten machte, Heathers Hände von sich zu schieben. Statt dessen schien er abzuwarten, daß Aria reagierte. Doch je mehr Heather J. T. liebkoste, desto steifer wurde Arias Rükken. Zum ersten Mal seit Wochen fühlte sie wieder den Stolz einer Prinzessin in sich.

Als sich schließlich alle verabschiedeten, benahm sich Aria sehr formell. »Es war so nett von euch, daß ihr mich eingeladen habt«, sagte sie und streckte die Hand aus, damit die anderen sie schütteln konnten. Es war, als ob sich eine königliche Hoheit nach einem Staatsbesuch verabschiedete.

Ich werde mich morgen von Ihnen verabschieden«, sagte Dolly ein wenig erschrocken über Arias Benehmen.

»Ich danke dir sehr«, sagte Aria zu J. T., als er ihr die Wagentür öffnete. »Eine sehr nette Party, nicht wahr?«

»Was – keine Imitation von Heathers albernem Benehmen?«

»Sie ist eine sehr hübsche junge Frau«, meinte Aria. »Sie hat wundervolles Haar.«

»Die Farbe ist nicht echt.«

»Wirklich? Also, das hätte ich nie bemerkt.« Den Rest der Fahrt verbrachten sie schweigend.

»Du mußt mich jetzt entschuldigen«, sagte Aria, als sie zu Hause waren. »Ich bin sehr müde und werde zu Bett gehen. Ich wünsche dir eine gute Nacht.«

»Verdammt noch mal«, rief J. T., als sie im Schlafzimmer verschwand. Hatte die Frau denn keine Gefühle? Wie oft hatte er wegen seiner Eifersucht schon einen Narren aus sich gemacht! Heute abend hatte er Heather erlaubt, abscheuliche Bemerkungen zu äußern, und Aria reagierte überhaupt nicht. Er ging auf den Hof, rauchte eine Zigarette und trank ein großes Glas Gin Tonic. Vielleicht war sie froh, ihn bald loszuwerden. Oder vielleicht war sie ja ein solcher Eisblock, daß sie zu solch heftigen Empfindungen wie Eifersucht gar nicht fähig war.

Der einsetzende Regen trieb ihn ins Haus. Er sah nach oben. Es schien so, als ob sie heute nacht in dem Einzelbett schlafen würde. ›Gut‹, dachte er grimmig. ›Es ist besser, sich schnell daran zu gewöhnen.‹

Im ersten Stock war es dunkel, und er gab sich keine Mühe, leise zu sein, während er sich auszog.

Er ging zu Arias Bett, um die Fenster zu schließen. Sie lag auf dem Bauch und hatte ihr Gesicht im Kissen vergraben.

Er stellte sich vor ihr Bett und flüsterte: »Sieh mal, du hast es doch bald überstanden. Dann lebst du wieder in deinem Schloß, und brauchst nie mehr zu spülen! Und meine häßliche Visage wird dich dann auch nicht mehr ärgern!«

»Und Dolly sehe ich auch nicht mehr«, klang es gedämpft aus dem Kissen.

»Bist du okay?« Er setzte sich auf die Bettkante.

Sie wirbelte herum wie ein Tornado und ging mit geballten Fäusten auf ihn los. »Du hast mich gedemütigt«, schrie sie ihn an. »Du hast mich vor Leuten, die meine Freunde geworden sind, lächerlich gemacht!«

Er packte ihre Fäuste. »Ach nein! Aber du mit deinem ›Chica Chica‹ vor meinen Vorgesetzten!«

»Das hattest du verdient! Schließlich hast du mir zu verstehen gegeben, daß ich nicht vornehm genug für deine Mutter wäre!«

»Das habe ich nie behauptet! In meinem Leben nicht!« rief er entgeistert.

»Was sollten dann Sätze bedeuten wie: ›Weißt du, wie man sich auf einem offiziellen Ball benimmt?‹ oder ›Du mußt dich meiner Mutter gegenüber so benehmen, als wäre sie die Königin.‹ Was wolltest du damit sagen?«

J. T. grinste. »Vielleicht habe ich ja ein bißchen übertrieben.«

»Du hattest ›Chica Chica‹ verdient. Aber ich habe Heather nicht verdient! Ich habe mir in den letzten Tagen solche Mühe gegeben!«

J. T. streichelte ihren Rücken. »Das hast du wirklich«, sagte er weich und beugte sich vor, um sie zu küssen.

Sie wich zurück. »Wie kannst du es wagen, mich zu berühren? Geh weg!«

J. T. zuckte zurück. »Gut. Ich laß dich allein. Dann kannst du daliegen und von der Zeit träumen, in der du mich nie mehr sehen mußt.«

Er ging in sein Bett, aber er war zu zornig , um einschlafen zu können. Seine Gedanken kreisten um die Ungerechtigkeit, die ihm widerfahren war. Hatte er ihr das Leben gerettet, sie geheiratet und ihr beigebracht, sich wie eine Amerikanerin zu benehmen, damit sie ihn wegschickte?

Natürlich hätte er Heather zurechtweisen müssen. Sie war ein richtiges kleines Biest. Er wußte, daß sie gehofft hatte, er würde sie zur Frau nehmen, aber er hatte den starken Verdacht, daß sie mehr in das Geld der Warbrooke-Reederei verliebt war als in ihn.

Er verfluchte die Frauen, die Army und den Tag, an dem er Aria aus dem Wasser gezogen hatte. Dann stand er auf und ging wieder zu ihr.

»Vielleicht hätte ich mich anders benehmen sollen. Ich kenne Heather ja und weiß, wie raffiniert sie sein kann! Es tut mir leid, daß ich dich verletzt habe.« Sie schwieg. »Hast du mich verstanden?« Er streichelte ihre Schläfe.»Du weinst ja«, sagte er ungläubig und zog sie in die Arme. »Ich wollte dich nicht zum Weinen bringen, mein Liebes. Ich wußte noch nicht einmal, daß du weinen kannst!«

»Natürlich kann ich weinen«, sagte sie böse und schniefte. »Eine Prinzessin weint nur nicht in der Öffentlichkeit – das ist alles.«

»Ich bin nicht ›die Öffentlichkeit‹«, protestierte er gekränkt. »Ich bin dein Mann.«

»Du hast dich heute abend aber nicht so verhalten. Du hast getan, als ob Heather deine Frau wäre!«

»Nun, vielleicht wird sie das einmal.«

»Was?« stöhnte Aria.

»Ich muß doch an die Zukunft denken, Kleines. Du bleibst schließlich bei deinem häßlichen Grafen in Lankonien. Aber was wird dann aus mir? Ich hatte mich gerade an die Annehmlichkeiten der Ehe gewöhnt.«

»Oh? Was meinst du damit?« fragte sie zärtlich und kuschelte sich an ihn.

»Ich weiß es auch nicht genau, denn von der Ruhe und dem Frieden einer behaglichen Häuslichkeit kann man bei uns gerade nicht reden.«

»Ich frage mich gerade, Lieutenant Montgomery, ob du nicht als mein Mann in Lankonien bleiben kannst. Mein Land würde von deinen Kenntnissen sicher nur profitieren.«

»Und ich würde dann König? Da kannst du mich ja gleich im Zoo ausstellen! Nein, danke. Keine Frau ist ein solches Opfer wert. Wohin willst du denn jetzt gehen?« fragte er, als sie aufstand. »Was habe ich denn jetzt schon wieder falsch gemacht?« murrte er.

Dolly und Bill kamen zum Flugzeug, um sich zu verabschieden, und Aria fand nichts dabei, als Dolly sie vor aller Augen umarmte.

Dolly hielt ihr ein kleines Päckchen hin. »Hier, es ist nichts Besonderes. Nur damit Sie sich an Amerika und uns erinnern.« Tränen standen in ihren Augen.

J. T. schüttelte Bill die Hand. »Ich werde zurückkommen, wenn ... wenn alles erledigt ist.«

»Auf Wiedersehen!« riefen Bill und Dolly, als Aria und J. T. das Flugzeug bestiegen.

Der Flug dauerte ziemlich lange, denn das Flugzeug mußte über Rußland fliegen – die Gefahr, über Deutschland abgeschossen zu werden, war einfach zu groß.

Aria lehnte sich zurück und sah wehmütig aus dem kleinen Fenster.

»Kopf hoch«, sagte J. T. »Es geht heim. Was hat Dolly dir geschenkt?«

Aria blinzelte die Tränen fort und öffnete das Päckchen. Es enthielt Kaugummi. Sie lachte.

J. T. stöhnte. »Ts, ts! Eine Prinzessin, die Kaugummi mag!«

Der Kopilot brachte J. T. einen Haufen Papiere, die er kurz durchsah. »Das sind unsere Befehle«, erklärte er Aria. »Wenn wir in Lankonien landen, mußt du dir einen neuen Lebenslauf eingeprägt haben und völlig mit der neuen Identität vertraut sein. General Brooks meinte, es wäre am besten, wenn du auch aus Warbrooke in Maine stammen würdest. So kann ich dir alles Nötige über meine Heimatstadt erzählen. Dein Name lautet: Kathleen Farnsworth Montgomery, und wir kennen uns seit dem Sandkasten. Also los Kathy, an die Arbeit!«

Und J. T. erzählte ihr alles über seine Heimatstadt. Er berichtete von seinem Vater, der momentan allein das Familienunternehmen leitete, von seinen drei älteren Brüdern und von den Ruderregatten, die sie bestritten hatten.

»Ich habe immer gewonnen«, sagte er und grinste verschmitzt. »Ich war zwar der Kleinste, aber gemessen an meiner Größe war ich ziemlich kräftig.«

Sie blickte auf seine große, muskulöse Gestalt, die den schmalen Sitz völlig ausfüllte. »Aber jetzt bist du doch nicht der Kleinste, oder?« fragte sie, und der Klang ihrer Stimme verriet deutlich die Furcht, die sie vor einer Familie von Riesen empfand.

»Natürlich nicht«, erwiderte er und zwinkerte ihr zu, dann schob er die Papiere beiseite und küßte sie.

»Nicht jetzt!« zischte sie ihm zu. Er rückte ein wenig ab und grinste, als er bemerkte, daß sie rot wurde.

»Wo waren wir? Ach ja – Warbrooke«, sagte er und fuhr fort, zu erzählen.

Das Flugzeug wurde in London aufgetankt. Nach dem Start fragte J. T. sie über ihren Lebenslauf aus. Irgendwo über Rußland schliefen sie dann beide ein und wachten erst auf, als sie in Escalon, der Hauptstadt von Lankonien, landeten. J. T. sah aus dem Fenster. In der Ferne machte er eine schneebedeckte Bergkette aus.

»Der größte Teil von Lankonien liegt ziemlich hoch. Wir befinden uns hier mehr als zweitausend Meter über dem Meeresspiegel, deshalb ist die Luft ziemlich dünn«, erklärte Aria.

Er küßte sie. »Du kennst diesen Ort nicht, vergiß das nie! Du bist noch nie hier gewesen! Keiner von uns beiden war je hier.«

»Okay, Baby!« erwiderte sie und steckte sich einen Kaugummi in den Mund.

»So ist's schon besser. Sag mal – mußt du das Zeug unentwegt kauen?«

»Es ist doch sehr amerikanisch. Und nebenbei bemerkt: Ich werde es bald genug aufgeben müssen. Eine Krone auf dem Kopf und Kaugummi im Mund – das paßt schlecht zusammen. So, und jetzt steh endlich auf. Ich möchte dafür sorgen, daß niemand die Platten, die ich meiner Schwester mitbringen will, zerbricht.«

Kathy hat keine Schwester – denk dran!«

Er sah sie so streng an, daß sie schielte und eine große Kaugummiblase aufblies.

»Geh jetzt«, rief sie lachend.

Eine kühle, klare Luft empfing sie. Es war nur ein kleiner Flughafen, und hier landeten nur wenige Maschinen. Ein Wagen wartete auf J. T. und Aria.

»Lieutenant«, sagte ein Mann in dunklem Anzug, der einen Aktenkoffer in der Hand hatte. »Alles ist vorbereitet. Guten Morgen, Ihre Kö –«

»Schön, Sie zu sehen!« rief Aria, griff nach der Hand des Mannes und schüttelte sie kräftig. »Ist es hier immer so lausig kalt? Sieht ja so aus, als wär' hier nicht viel los. Was gibt's zu tun?«

Die Augen des Mannes funkelten amüsiert. »Guten Morgen, Mrs. Montgomery.«

»Nennen Sie mich ruhig Kathy, das tut jeder. Außer ihm.« Sie wies mit dem Daumen auf J. T. »Der sagt andere Sachen zu mir.« Sie spuckte ihren Kaugummi aus, ergriff J. T's Arm und sah ihn bewundernd an.

»Nun ja«, sagte der Mann unbehaglich. »Sollen wir jetzt zu Ihrem Hotel fahren?«

»Welche Rolle spielst du eigentlich?« fragte J. T. leise, als er ihr in den Wagen half.

»So stellt sich ein Lankonier eine Amerikanerin vor.«

Der Mann, der sie fuhr, hieß James Sanderson. Er war der Assistent des amerikanischen Botschafters in Lankonien. Nur er und der Botschafter wußten über die Doppelgängerin Bescheid.

»Ihre Geschichte ist gut getarnt«, versicherte Sanderson. »Morgen früh werden Sie zum örtlichen Wasserwerk geführt, Lieutenant. Sie sind ja offensichtlich ein Spezialist für die Umwandlung von Salz- in Süßwasser.«

»Dann versucht also endlich jemand die Trauben zu retten?« fragte Aria interessiert.

»Wir unterstützen den König bei diesem Projekt«, antwortete Sanderson.

»Wie geht es meinem Großvater?«

»Nun, bei seinem Alter sind einige Beschwerden nur allzu verständlich«, entgegnete Sanderson diplomatisch.

Aria sah aus dem Fenster. In Lankonien war seit Jahrhunderten alles gleich geblieben. Der schwere amerikanische Botschaftswagen war fast zu breit für die schmalen, mit Kopfsteinen gepflasterten Straßen. Die Straßen waren für Fußgänger und Ziegenherden gebaut worden, und nicht für große Limousinen. Die Häuser waren weiß gekalkt und mit blaugrauen Schindeln, die in Lankonien üblich waren, gedeckt. Die Menschen in der Stadt gingen zu Fuß. Es gab keine Autos, dafür aber ein paar Pferdekarren. Die Leute trugen die lankonische Tracht, die sich ebenfalls seit Hunderten von Jahren nicht verändert hatte: die Frauen in langen, dunklen Röcken, weißen Blusen und reichverzierten Gürteln. Die Männer in Kniebundhosen, weißen Hemden und bestickten Westen. Die Kinder waren eine Miniaturausgabe ihrer Eltern.

Sanderson und J. T. hatten ihre Unterhaltung mittlerweile beendet, und J. T. sagte leise: »Es sieht so aus, als ob hier die Zeit stehengeblieben wäre.«

»Du kommst der Wahrheit näher, als du denkst«, entgegnete Aria kummervoll.

»Wir sind da«, rief Sanderson und bremste vor einem dreistöckigen, weißgestrichenen Hotel. Er drehte sich um und sah Aria an. »Ich glaube nicht, daß Sie jemand erkennt, aber Sie sollten sich darauf vorbereiten, daß es geschehen könnte. Sie müssen sich so oft wie möglich in der Öffentlichkeit zeigen, damit die Entführer wissen, woher sie sich einen Ersatz beschaffen können. Wenn alles nach Plan abläuft, ist die Doppelgängerin morgen verschwunden.«

»Wissen Sie eigentlich schon, wer die Entführer waren?« fragte J. T. »Wer wollte die Prinzessin umbringen?«

»Wir haben zwar einen Verdacht, aber noch keine konkreten Beweise«, erwiderte Sanderson. »Da kommt der Page. Es geht los!«

»Warten Sie«, sagte Aria und legte die Hand auf J. T's Arm. »Ich kenne den Pagen.« – Der ›Page‹ war ein Mann in den Siebzigern! – »Er war einmal unser dritter

Gärtner. Seine Frau hatte immer Plätzchen für mich gebacken. Es wird nicht leicht sein, ihn zu täuschen.«

»Die Sache ist zu weit gediehen, als daß wir sie jetzt abblasen könnten! Denk dran: Du bist noch nie hier gewesen! Du hast diesen Mann noch nie gesehen!«

»Also gut«, erwiderte sie und holte tief Luft.

Sie wartete in der gepflasterten Einfahrt, während Sanderson ins Hotel ging und J. T. das Gepäck aus dem Wagen lud.

Der alte Mann ließ fast die Koffer fallen, als er Aria erblickte.

Sie kaute gelangweilt an einem Kaugummi. »Was ist mit dir los? Hast wohl 'nen Geist gesehen, was?« Der alte Mann stand nur da und starrte Aria an. Deshalb beugte sie sich vornüber, hob den Rock bis fast zur Hüfte hoch und richtete ihre Nylonstrümpfe. »So, Schätzchen, hast du jetzt alles gesehen?« fragte sie pampig.

J. T. ergriff ihren Arm und zog sie ins Hotel. »Du ziehst Amerikas Ansehen in den Schmutz! Übertreibe nicht so!«

»Aber sicher, Liebling«, entgegnete sie. »Ich tu' doch immer, was du sagst, Schatz.« J. T. funkelte sie nur an.

Die Halle des Hotels sah aus, als wäre dies das Jagdschloß des russischen Zaren: eine Balkendecke, holzverkleidete Wände, schwere Eichenmöbel. Über der Rezeption hing die lankonische Flagge: ein Hirsch, eine Ziege und Weintrauben auf rotem Grund.

»Ziemlich altmodisch«, stellte J. T. leise fest. »Gibt es hier überhaupt Badezimmer?«

»Denke an Amerikas Ansehen«, erinnerte sie ihn spitz.

Während J. T. die Anmeldeformulare ausfüllte, sah der Portier auf und erblickte Aria. Er starrte sie so lange an, bis sie ihm zuzwinkerte. Daraufhin senkte er sofort den Blick.

»Entschuldigen Sie bitte, Lieutenant Montgomery, ich muß rasch etwas holen.« Der Portier verschwand im Hinterzimmer.

J. T. sah fragend auf Sanderson, der ratlos mit den Achseln zuckte.

Doch der Angestellte kehrte rasch mit seiner fetten Frau und zwei molligen Teenagern zurück. Alle standen da und starrten Aria fassungslos an.

Aria kam näher. »Gibt's in dieser Festung auch Postkarten? Sonst glaubt mir zu Hause keiner, daß es so was wie dieses Hotel gibt!«

Keine Reaktion.

Sie lehnte sich über den Tresen. »Was ist mit euch los?« fragte sie streitlustig. »Wieso starren mich alle so an? Ihr mögt wohl keine Amerikaner, was? Wir sind euch nicht gut genug, oder? Ihr denkt . . .«

J. T. zog sie zurück. »Kathy, halt den Mund!«

Der Portier erwachte aus seiner Starre. »Entschuldigen Sie unser schlechtes Benehmen. Wir wollten Sie nicht beleidigen – aber sie gleichen unserer Kronprinzessin aufs Haar!«

Arias Unterkiefer fiel herunter. »Hast du das gehört, Schätzchen?« jubelte sie und stieß J. T. in die Rippen. »Die denken, ich sehe aus wie eine Prinzessin!«

Die Frau des Portiers zog aus der Schublade eine Postkarte hervor und hielt sie Aria unter die Nase.

Sie nahm die Karte und betrachtete mit gerümpfter Nase das offizielle Porträt von Ihrer Königlichen Hoheit, Prinzessin Aria. Enttäuscht meinte sie schließlich: »Sie hat ja ganz hübsche Klunker – aber ich kenne weit schönere Frauen. Also ganz ehrlich – Ellie aus unserer Stammkneipe sieht besser aus, findest du nicht auch, Schätzchen? Wieso kommt ihr eigentlich drauf, daß ich wie diese aufgetakelte adlige Henne aussehe? Ich will euch mal was sagen: Ich war ›Miß Unterseeboot‹! Da staunt ihr, was? Zweihundertsechzehn Matrosen waren der Meinung, daß sie mit mir am liebsten untertauchen würden!« Sie sah zu J. T. »Ich sehe ihr nicht ähnlich. Sie sieht aus, als ob sie in einem Stummfilm mitspielen würde.«

Er legte den Arm um sie, nahm das Foto und warf es ärgerlich auf den Tisch, dann fuhr er den Portier und seine Familie wütend an: »Meine Frau ist viel, viel attraktiver als diese Person! Komm, Schätzchen, wir gehen jetzt auf unser Zimmer, damit du dich von dieser Unverschämtheit erholen kannst.« Dann drehte er sich um, drückte ihren Kopf gegen seine Brust und führte sie zur Treppe.

Als sie allein im Zimmer waren, staunte Sanderson Aria voller Bewunderung an.

»Ich gratuliere Ihnen, Mrs. Montgomery. Sie sind wirklich die abscheulichste Amerikanerin, mit der ich je das Pech hatte, zusammenzutreffen.«

Sie grinste und zwinkerte ihm humorvoll zu. »Danke, alter Junge!«

14

Mr. Sanderson blieb drei Stunden in ihrem Zimmer, um ihnen noch einmal den Ernst der Lage vor Augen zu führen. Er sagte, es sei sehr wichtig, daß Aria auf den Thron zurückkam. Er redete darüber, wie dringend Amerika das Vanadium und die geplanten Militärstützpunkte benötigte.

»Wir haben geplant«, sagte Mr. Sanderson, »daß wir die Doppelgängerin und ihre Tante, Lady Emere, festsetzen, sobald sie aus Amerika zurückkehren, noch ehe ein Mitglied der Familie Gelegenheit hatte, Prinzessin Maude zu sehen. Das wird zur Folge haben, daß die Verbrecher sofort mit Ihnen, Königliche Hoheit, Kontakt aufnehmen werden. Damit sie auf Sie aufmerksam werden und Ihre Ähnlichkeit bemerken, sollten Sie beide sich in der Öffentlichkeit zeigen. Sobald Sie, Königliche Hoheit, wieder Ihren angestammten Platz eingenommen haben, werden Ihre Dienste, Lieutenant, nicht länger benötigt. Prinzessin Aria kann schließlich nicht den Palast mit einem amerikanischen Ehemann an ihrer Seite betreten! Der Botschafter und ich, wir haben Ihre Rückkehr für den Zeitpunkt arrangiert, an dem der Kontakt mit den Verschwörern stattgefunden hat.

»Aber –«, begann Aria und wollte erklären, daß Lieutenant Montgomery ihr Mann war und immer bleiben würde.

J. T. berührte flüchtig ihre Hand. »Dann bleiben uns nur noch wenige Tage«, sagte er leise.

»Ja«, stimmte Mr. Sanderson zu, während er besorgt das zärtliche, liebevolle Verhalten seiner beiden Gesprächspartner registrierte.

»Ich sorge mich um Arias Sicherheit«, erklärte J. T. »Ich möchte sie nicht mit den Verbrechern allein lassen. Schließlich hat man schon einmal versucht, sie zu töten.«

»Ja, aber jetzt denken die Attentäter ja, daß sie Amerikanerin ist. Ich bin fest davon überzeugt, daß die Mörder glauben, die wirkliche Prinzessin sei vor der Küste Floridas ertrunken. Wir wissen nicht, wer dahintersteckt, und es muß nicht dieselbe Person sein, die mit Kathy Montgomery Kontakt aufnimmt.«

J. T. runzelte die Stirn. »Ich glaube nicht, daß der Urheber der Entführung ein solcher Dummkopf ist, wie Sie mich glauben machen wollen. Sehen Sie denn nicht – meine Frau begibt sich in Lebensgefahr! Ich glaube, ich ...«

»Lieutenant«, sagte Mr. Sanderson scharf. »Ihre Dienste werden nicht länger benötigt! Wir sind durchaus in der Lage, Ihre Königliche Hoheit zu schützen!«

Aria versuchte die Gefühle zu verbergen, die sie bewegten. Sie war sehr glücklich darüber, daß J. T. sie beschützen wollte und sich um sie sorgte. Vielleicht wollte er ja doch bei ihr bleiben?

J. T. drehte ihnen den Rücken zu und blickte aus dem Fenster.

»Wir, das heißt der Botschafter und ich«, sagte Mr. Sanderson, »dachten, daß Sie beide am besten den Eindruck eines nicht sehr glücklichen verheirateten Paares erwecken sollten. Wenn Ihre Königliche Hoheit angesprochen wird, wird es dann ganz natürlich erscheinen, daß sie einwilligt, an dieser Farce ohne ihren Ehemann teilzunehmen.«

J. T. starrte weiter aus dem Fenster. »Ja, das scheint mir sinnvoll zu sein«, murmelte er. Dann drehte er sich um. »Sollten wir jetzt nicht besser etwas essen? Wir beide haben einen langen, anstrengenden Flug hinter uns und möchten früh zu Bett gehen.«

Mr. Sanderson räusperte sich. »Wir dachten, daß Sie heute abend einen heftigen, lauten Streit im Speisesaal inszenieren sollten, nach dem sich Ihre Königliche Hoheit dann wutentbrannt in die amerikanische Botschaft flüchtet, um dort zu übernachten. Wir brauchen die Zeit, um Sie umfassend zu informieren, Königliche Hoheit. Außerdem sollten sie mit unserem Botschafter sprechen. Viele Kleinigkeiten sind da noch zu klären.«

»Also werde ich nicht länger gebraucht«, sagte J. T. bitter und vermied dabei Arias Blick. »Ich gehe mich jetzt duschen – das heißt, wenn ich hier ein Badezimmer finde. Danach können wir im Speisesaal mit dem Streit beginnen. Das sollte uns nicht schwerfallen, denke ich.« Mit einer Garnitur sauberer Unterwäsche und einem Handtuch unter dem Arm verließ er den Raum.

»Nein, nein, nein«, rief Aria, gleich nachdem die Tür hinter J. T. zugefallen war. »Sie haben alles falsch gemacht! Wir werden zusammenbleiben. Die amerikanische Regierung hat mir nur unter der Bedingung geholfen, daß ich einen Amerikaner neben mich auf den Thron setze. Wir werden uns nicht scheiden lassen – wir bleiben verheiratet! Es ist also besser, wenn wir uns jetzt nicht trennen.« Panik stieg in ihr auf. Sie wollte diesen Mann nicht verlieren, der ihr soviel bedeutete.

Mr. Sanderson schenkte ihr das verzeihende Lächeln des geübten Diplomaten. »Natürlich sind wir auch über diesen Aspekt Ihrer Vereinbarung informiert worden, Königliche Hoheit. Aber verstehen Sie doch – dies war eine militärische Übereinkunft, keine diplomatische oder gar politische! Sie können doch nicht im Ernst annehmen, daß es einfach hingenommen wird, wenn ein Amerikaner den lankonischen Thron besteigt! Er kennt weder die Pflichten, die ein Prinzgemahl hat, noch Lankonien. Und nach allem, was ich gehört habe, hat er auch nicht den Ehrgeiz, Prinzgemahl zu werden. Er wäre einfach nicht in der Lage, diesen Posten auszufüllen, selbst wenn – was sehr unwahrscheinlich ist – das lankonische Volk zustimmen würde, daß ein Bürgerlicher Gemahl Ihrer Königin ist. Sie dürfen jetzt nur an das Wohl von Lankonien denken und nicht an Ihre, äh, persönlichen Wünsche.«

Aria konnte förmlich fühlen, wie sich die Bürde der Pflicht um ihre Schulter legte. Sie fröstelte.

»Aber die Mitglieder des Königshauses dürfen sich nicht scheiden lassen«, sagte sie leise.

»Die Ehe wird annulliert werden«, erklärte Mr. Sanderson knapp. »Sie wurde unter Zwang geschlossen, und sowohl der lankonische Thronrat als auch die amerikanische Regierung werden sich diesem Argument widerstandslos beugen. Wir vertrauen darauf, daß Sie den König dazu überreden, uns das Vanadium zu geben, und daß wir zum Dank für unsere Hilfe in nicht allzu ferner Zukunft Militärstützpunkte in Ihrem Land errichten dürfen.«

»Sicher«, erwiderte sie. »Amerika hat mir viel geholfen, und ich werde Ihnen meine Dankbarkeit beweisen.«

Sandersons Gesicht hellte sich auf. »Es tut mir leid, daß ich Ihnen Ungelegenheiten bereiten muß, aber ich hatte keine Ahnung, daß Sie und Ihr Gatte sich so nahegekommen sind. Man hat uns zu verstehen gegeben, daß Sie eine Annullierung begrüßen würden.«

»Das war einmal«, murmelte sie. Dann straffte sie sich. »Geben Sie uns noch ein bißchen Zeit, damit wir uns Lebewohl sagen können. Wir können unseren Streit ausfechten, wenn mich die Verschwörer angesprochen haben. Er kann dann behaupten, daß seine Frau sich nicht an einem solch wahnwitzigen Unternehmen beteiligt, und ich werde mich dann seien Befehlen widersetzen. Später werde ich behaupten, daß ich lieber eine Prinzessin als seine Frau sein will. Die Ehe kann für ungültig erklärt werden, wenn ich an den Platz zurückgekehrt bin, der mir rechtmäßig zusteht.«

»Ja, aber –«

»Sie dürfen sich jetzt zurückziehen.« Nach diesen Worten wurde ihr plötzlich bewußt, daß sie zum ersten Mal seit langer Zeit wieder handelte wie eine Prinzessin.

»Jawohl, Hoheit«, sagte Mr. Sanderson und verließ nach einer kleinen Verbeugung das Zimmer.

Aria ging zum Fenster und beobachtete versonnen die Menschen, die unten vorbeigingen. Sie bewegten sich mit schleppenden Schritten vorwärts, als wären alle alt. Sie sah keine Kinder. Jedes Jahr verließen viele junge Leute mit ihren Kindern das Land, weil es hier keine Industrie, keine Arbeit, keine Zukunft gab.

Plötzlich wurde sie sich ihrer Verantwortung für diese Menschen wieder bewußt. Sicher, der Kronrat erließ die Gesetze, kümmerte sich um Gerichtsverfahren, aber es oblag der königlichen Familie, das Ausland für Lankonien zu interessieren. Im letzten Jahrhundert war ihre Familie zur Touristenattraktion geworden.

Sie sah an ihrem einfachen, dunkelbraunen Kleid hinunter und erinnerte sich daran, wie lange es immer gedauert hatte, wenn sie sich als Prinzessin angekleidet hatte. Drei Frauen waren jeden Morgen eine Stunde beschäftigt gewesen, um sie anzukleiden und ihr langes Haar zu frisieren. Tagsüber hatte sie sich immer wieder umziehen müssen. Es gab Morgenkleider, Nachmittagskleider, Empfangskleider, Teekleider und formelle, steife Abendkleider.

Und sie dachte an ihren Terminkalender. Gewöhnlich war jede Minute des Tages mit Verpflichtungen angefüllt. Von zehn Uhr morgens bis sechs Uhr abends wurde sie regelrecht öffentlich zur Schau gestellt. Sie besichtigte Fabriken, hatte ein offenes Ohr für die Sorgen ihrer Landsleute und mußte persönlichen Fragen geschickt ausweichen. Dann gab es noch die offiziellen Reisen in die lankonischen Provinzen, in denen sie ein Krankenhaus nach dem anderen besuchte und Tausende von Händen schütteln mußte. Abends fanden meist lange, ermüdende Bälle statt.

Ehe sie nach Amerika gefahren war, war sie sich der Vielzahl ihrer Pflichten gar nicht richtig bewußt gewesen. Schließlich war ihr ganzes Leben auf die Erfüllung ihrer Aufgabe abgestellt gewesen.

Sicher hatte sie schon in Erwägung gezogen, ihren amerikanischen Mann zu fragen, ob er gewillt wäre, dieses Leben mit ihr zu teilen. Wie würde er sich als König verhalten? Ob er Reporter in den Swimmingpool werfen würde? Würde er weiterhin mit gewöhnlich aussehenden Frauen in Straßencafés gesehen werden? Würde er zum Abendessen in einem T-Shirt erscheinen?

Und wie würden die Einwohner von Lankonien sich ihm gegenüber verhalten? Vielleicht würde er ja die Ziegenhirten verachten! Jeder Amerikaner schien zu denken, daß sein Land das beste der Welt sei. Würde Lieutenant Montgomery jemals seine amerikanische Staatsbürgerschaft aufgeben können? Würde er überhaupt gewillt sein, die lankonische Sprache zu erlernen?

Er war so jähzornig, so unduldsam, so intolerant. Sie erinnerte sich nur zu gut an ihren gemeinsamen Aufenthalt auf der Mangroveninsel. Heute war sie in der Lage, seinen damaligen Zorn auf sie zu verstehen. Aber in Lankonien würde er täglich Menschen begegnen, die von einer langen Reihe von Königen abstammten. Ihr Snobismus machte selbst Aria ungeduldig. Wie würden sie sich einem Bürgerlichen gegenüber verhalten? Wie würde J. T. auf sie reagieren? Und dann blieb noch die Tatsache bestehen, daß er gar nicht Prinzgemahl sein wollte.

Mr. Sanderson hatte recht: Es war vorbei.

Das glückliche, entspannte amerikanische Abenteuer war nun Vergangenheit. Sie war dazu bestimmt, Königin zu werden, und sie mußte zu ihren Pflichten zurückkehren. Schließlich war es eine Ehre, Königin zu sein ...

Sie brachte ein Lächeln zustande, als J. T. das Zimmer betrat. Er runzelte die Stirn. »Ich glaube fast, du bist froh darüber, wieder daheim zu sein.«

»Ja und nein. Ich werde mich immer gern an die Zeit in Amerika erinnern. Dolly hat versprochen, daß sie mich besuchen wird, deshalb werde ich wohl nicht jeden Kontakt verlieren. Vielleicht möchtest du ja auch ...«

»Nein«, entgegnete er scharf. »Bringen wir's jetzt hinter uns? Ich meine diesen Streit in der Öffentlicheit.«

»Der wurde verschoben.« Sie studierte seine Gesichtszüge. Bis heute hatte sie gedacht, daß sie ihr ganzes Leben lang mit ihm verheiratet bleiben würde. Jetzt blieben ihnen nur noch Stunden ... »Wir essen jetzt gemeinsam zu Abend ... und verbringen die Nacht gemeinsam. Morgen oder übermorgen wird man mich dann wahrscheinlich ansprechen, da bin ich mir sicher.«

»Ich wünschte, du hättest es nicht hinausgezögert«, sagte er. »Ich muß so schnell wie möglich auf den Stützpunkt zurück. Je früher ...«

Alles in ihr versteifte sich. »Je eher du mich los wirst, desto besser?«

Er sah sie lange an. »Es wird leichter für mich sein, wenn es schnell vorbei ist.«

Dieses Abendessen blieb für Aria stets eins der verworrensten Ereignisse in ihrem Leben. Sie war niedergeschlagen und traurig, denn der Gedanke, ihn nie mehr sehen zu können, bedrückten sie. Er schien sie anscheinend nicht schnell genug loswerden zu können, denn er benahm sich ihr gegenüber kühl und teilnahmslos. Aria mußte ihre wahren Gefühle verbergen und ihre Rolle spielen.

»Wir werden uns einen Tisch in der Mitte suchen«, bestimmte sie. »J. T., Schätzchen, wenn mich die Leute nur nicht so anstarren würden! Das ist ja grauslig! Müssen wir überhaupt in dieser Stadt bleiben? Ich weiß nicht, ob ich das überstehe.«

Ein Kellner führte sie zu einem Tisch.

»Was wirst du tun, wenn du wieder in Amerika bist?« fragte sie ihn, als sie allein waren.

»Ich werde mich nach Buicks umsehen«, erwiderte er und funkelte sie an. »Arbeiten natürlich. Helfen, den Krieg zu gewinnen. Was dachtest du denn?«

»Ob du wohl unser kleines Haus behalten kannst?«

»Ich will es nicht mehr.«

Aria lächelte bei diesen Worten. Vielleicht wollte er sie ja gar nicht los sein. »Ich werde Amerika und dich vermissen«, flüsterte sie.

Er blickte auf seinen leeren Teller. »Es wird schön sein, wenn ich wieder allein sein werde. Ich habe meine Arbeit vernachlässigt.«

Sie gab ihm keine Antwort, weil das Essen serviert wurde.

»Wirst du Heather wiedersehen?« fragte sie schließlich.

»Ich werde mit jeder Frau, die ich im Südosten der USA finden kann, ausgehen. Und du? Wirst du deinen Grafen heiraten?«

»Also wirklich!« sagte sie und blickte ihn starr an. »Manchmal bist du richtig kindisch! Graf Julian ist ein sehr umgänglicher Mann, und er wird einen perfekten Prinzgemahl abgeben. Einen besseren als du!«

»Einen besseren als ich? Jetzt will ich dir mal was sagen: was dieses rückständige Land braucht, ist frisches Blut! Und zwar dringend! Du müßtest dich verdammt glücklich schätzen, wenn ich bei dir bleiben würde – aber ich tu's nicht! Da draußen tobt nämlich ein Weltkrieg, aber die Leute hier sind so in ihre eigenen Probleme verstrickt, daß sie davon nichts mitkriegen.«

»Wir sind nicht an diesem Krieg beteiligt, ist das denn falsch? Ihr aggressiven, zornigen Amerikaner könntet eine Menge von unserem friedfertigen Volk lernen! Wir zerstören keine anderen Länder durch unsere Kriegsmaschinerie!

»Weil ihr für nichts kämpft! Ihr laßt das Ausland für euch sorgen! Ihr wollt vom Krieg profitieren, indem ihr das Vanadium verkauft. Aber ihr laßt nicht zu, daß eure Männer Soldaten werden!«

»Meinst du vielleicht, wir wären Feiglinge? Unser Land wurde von einem der größten Kämpfer seiner Zeit gegründet! 874 nach Christus haben wir ...«

»Eure Geschichte interessiert mich einen Dreck! Heute seid ihr nicht mehr als ein Haufen Schwachköpfe, die von einem Weiberrock regiert werden wollen!«

Sie stand auf, versetzte ihm eine Ohrfeige und stürmte aus dem Speisesaal. Sie lief aus dem Hotel und rannte völlig aufgelöst durch die Straßen. Sie wußte nicht, wo sie war, denn sie kannte die Hauptstadt nur von den Ausfahrten mit der Kutsche. Wie hatte sie sich nur einbilden können, daß dieser Mann ein Prinzgemahl werden könnte? Er war ein spießiger, rechthaberischer Kleinbürger, nichts anderes! Er war nicht wie sie bereit, andere Denkweisen zu akzeptieren.

Sicher, Amerika war ein junges Land, das mächtig

sein wollte und dafür auch einen Krieg in Kauf nahm. Aber Lankonien war ein altes Land, und es hatte gelernt, daß auch Frieden Stärke verlieh. Einst hatten ihre Ahnen über halb Europa und Rußland geherrscht. Ihre eigene Familie war an die Macht gekommen, weil sie die besten Krieger stellte. Und dieser Mann hatte es gewagt, sie Feiglinge und Schwachköpfe zu nennen! Sie war so vertieft in ihre Gedanken, daß sie in einen Passanten hineinrannte. »Entschuldigen Sie«, sagte sie in ihrem breitesten Amerikanisch. Sie blickte in die kalten, schwarzen Augen ihres Oberhofmeisters. Aria wollte, daß er sich an sie erinnerte, deshalb sagte sie: »Der Gehweg ist wohl nicht breit genug für dich, was, Junge? Rennt ihr hier immer Damen über den Haufen?«

Er wich vor ihr zurück, als ob sie ein Stück Dreck wäre.

Aria beugte sich vor und berührte seine Abzeichen. »Hey! Bist du etwa einer von den Herrschern oder so was? Was für eine Sprache sprecht ihr hier? Latein? Wir lernen Latein in Amerika! Kennst du die Prinzessin? Die Leute hier sagen, daß ich ausseh' wie sie. Ich glaube ja nicht recht daran, aber vielleicht könnte ich mir ja eine Krone von ihr ausborgen und mich damit fotografieren lassen. Die lachen sich schief zu Hause! Was meinst du — wieviel würde es mich kosten, so ein Dings zu leihen? Vielleicht macht sie es ja auch kostenlos, weil wir uns so ähnlich sehen. Was meinst du, Kerlchen?«

Der Oberhofmeister hob indigniert die Augenbrauen und ging weiter.

»So behandelt man keine amerikanische Bürgerin«, kreischte sie ihm hinterher.« Uns gehört nämlich euer Land! Ihr solltet verdammt nett zu uns sein!«

Türen und Fenster öffneten sich, und Neugierige schauten erstaunt heraus.

»Ich werde alles haarklein dem amerikanischen Botschafter erzählen«, rief sie noch laut, dann wandte sie sich an einen gaffenden Mann und fragte nach dem Weg zur amerikanischen Botschaft.

Sie erreichte das Gebäude weit nach Mitternacht, und sie war überrascht, daß es hell erleuchtet war. Irgend jemand mußte den Eingang beobachtet haben, denn die Tür ging auf, noch ehe sie sie erreicht hatte.

Eine große, matronenhafte Frau im engen Korsett wogte theatralisch auf sie zu und führte Aria die Treppe hinauf.

»Ach, meine Liebe«, sagte die Frau. »Ich meine, Ihre Königliche Hoheit! Es war fürchterlich! Wie konnte die amerikanische Regierung Ihnen nur so etwas antun? Sie armes Kind!«

»Was ist denn passiert?« fragte Aria alarmiert, als sie in einem prunkvollen Schlafzimmer anlangten.

»Du meine Güte«, sprudelte die Frau hervor. »Alles ist passiert! Wir wußten ja nicht, daß sie kommen würden, und die Umstände – wegen des Krieges bekommt man ja nicht, was man so braucht! Nun ja, ich habe ein Nachthemd für Sie aufgetrieben, das von französischen Nonnen genäht wurde. Ich hoffe, es gefällt Ihnen, obwohl ich natürlich weiß, daß es nicht das ist, was Sie gewöhnt sind!«

»Was ist passiert?« insistierte Aria.

»Dieser Mann war hier. Dieser schreckliche Mann, mit dem meine eigene Regierung Sie verehelicht hat.«

»Lieutenant Montgomery? Ist er immer noch da?«

»Aber nein – obgleich es nicht so einfach war, ihn loszuwerden! Mein Mann, der Botschafter, hat es schließlich geschafft, aber nur nach einem Auftritt in der Halle, den man getrost als Handgemenge bezeichnen kann. Stellen Sie sich vor – er lieferte sich einen Faustkampf mit vier Wachen!«

Aria ließ sich auf die Bettkante fallen. »Warum war er hier?«

»Er hat gesagt, daß er Sie sehen will, und nicht geglaubt, daß Sie nicht hier sind. Wir haben große Angst um Sie gehabt, Hoheit. Mein Mann forderte ihn auf, zu gehen, aber er weigerte sich handgreiflich.«

»Wurde er verletzt?«

»Nein! Ein paar blaue Flecke, mehr nicht. Mein Mann mußte ihm schließlich sagen, daß er niemals König werden würde. Diese Nachricht schien sein Temperament zu beruhigen, und sie gingen dann in das Arbeitszimmer meines Mannes. Ich hoffe nur, daß die Wachen nicht alles verstanden haben. Es war so schwierig, dies alles geheimzuhalten, wissen Sie – so schwierig! Ich werde so tun, als ob Sie meine Nichte wären. Ich hoffe, Sie vergeben mir, Königliche Hoheit! Wir wollten es Ihnen natürlich so angenehm wie möglich machen – aber die kurze Vorbereitungszeit...«

»Worüber hat der Botschafter mit Lieutenant Montgomery gesprochen?« unterbrach Aria den Redeschwall.

»Er erklärte ihm, daß das Abkommen, das Sie mit der Army getroffen haben, unmöglich eingehalten werden könnte. Und ganz gleich, wie hart er darum kämpfen würde, er würde nie zum König ausgerufen.«

Aria wandte sich ab und murmelte: »Jetzt weiß er also Bescheid.«

»Mein Mann hat es ihm unmißverständlich klargemacht. Ein Amerikaner als König! Und dazu noch ein solch flegelhafter junger Mann! Was für eine Idee! Faustkämpfe in der Botschaft!«

»Sie dürfen sich jetzt zurückziehen«, sagte Aria und unterbrach damit abrupt das Geschwätz dieser Frau.

Als sie allein war, zog sie sich das langärmlige, hochgeschlossene Nachthemd an und dachte mit Wehmut an die verführerischen Nachtgewänder, die sie in Amerika getragen hatte. Mit jeder Minute, die sie hier in Lankonien verbrachte, entfernte sie sich von Amerika. Während sie in das kalte Bett kletterte, dachte sie an ihren Mann. Sicher war er, nach allem, was er heute gehört hatte, sehr wütend und aufgebracht. Doch die Müdigkeit übermannte sie, noch während sie darüber nachdachte, warum er wohl zuerst in die Botschaft gekommen war.

J. T. sah schweigend aus dem Autofenster. Ihm war befohlen worden, das Mittagessen mit seiner Frau einzunehmen. Danach durfte er Escalon besichtigen, ehe er in ein Flugzeug gesetzt würde, um das Land zu verlassen. Nachdem die erste Wut verraucht war, fühlte er sich geradezu erleichtert, daß alles beendet war, und er nach Amerika zurückkehren konnte.

Gestern abend hatte er sich bei Aria für diesen Streit entschuldigen wollen. Doch noch ehe er die Tür der Botschaft ganz geöffnet hatte, war er bereits von den Wachen angegriffen worden. Als der Botschafter dann davon gesprochen hatte, daß er niemals König werden würde, war er ehrlich erstaunt gewesen. Mühsam hatte er den Worten des pompösen, kleinen Botschafters gelauscht und sich schließlich die ganze Geschichte zusammengereimt. Aria hatte der Army versprochen, daß sie einen Amerikaner neben sich auf den Thron setzen würde, wenn sein Land ihr half. Jetzt brach sie ihr Wort.

J. T's Zorn vergiftete ihn. Er war benutzt worden – von seinem Land und von Aria! Jetzt wußte er auch, warum man gerade ihn ausgewählt hatte. Natürlich! Die Warbrooke-Reederei! Und das Stahlimperium, das ebenfalls seiner Familie gehörte. Sie wären in der Lage gewesen, dieses verrottete Land aus dem Mittelalter in das zwanzigste Jahrhundert zu führen!

›Ich frage mich wirklich, was sie wollte‹, dachte er. ›Den reichsten Amerikaner, den man auftreiben konnte?‹ Und er hatte geglaubt, man hätte ihn deshalb gewählt, weil er ihr das Leben gerettet hatte! Aria war auf sein Geld scharf gewesen! Kein Wunder, daß sie sofort zugestimmt hatte, ihn zum König zu machen – das Vermögen der Montgomerys hätte man in diesem Land gut brauchen können.

Nachdem der Botschafter mit ihm gesprochen hatte, war er aufgestanden. »Ich gehe jetzt und gebe Ihnen mein Wort, daß ich sie nie mehr belästigen werde. Ich finde schon allein nach Amerika zurück, keine Sorge. Sagen Sie der Prinzessin, daß ich die Scheidung oder Annullierung unserer Ehe in die Wege leiten werde.«

Der Botschafter hatte gestammelt, daß J. T. seine Rolle noch so lange zu spielen habe, bis die Doppelgängerin gefangen und Aria ihren rechtmäßigen Platz wieder eingenommen hatte.

J. T. hatte erwidert, daß er von all den Ränken, Intrigen und Lügen die Nase voll und nur noch einen Wunsch hätte: er wolle so schnell wie möglich das Land verlassen. Der Botschafter hatte ihn angefleht, so lange zu bleiben, wie Lankonien und Amerika ihn brauchten. »Sie werden heute, beim Mittagessen, zusammen gesehen werden. Während des Mahles werden sie wieder eine kleine Auseinandersetzung haben und sich zornig voneinander trennen. Ihre Königliche Hoheit wird einen Spaziergang in die Berge unternehmen. Wir glauben, daß man dort Kontakt zu ihr aufnehmen wird. Beim Abendessen wird ein Ober sie mit Suppe bekleckern. Sie werden darüber wütend, streiten sich heftig mit Ihrer Frau, packen Ihre Koffer und fliegen zurück nach Amerika.«

»Sie scheinen verdammt sicher zu sein, daß man Aria ansprechen wird.«

»Die amerikanische Regierung hat verlautbart, daß die Verträge über das Vanadium innerhalb von acht Tagen unterzeichnet sein müssen. Sonst betrachten die USA Lankonien als ihren Feind. Diese Erklärung wird bekanntgegeben, wenn die Prinzessin – die falsche natürlich – gefangengenommen wurde. Ich bin sicher, daß die Ratgeber des Königs alles unternehmen werden, um die Nachricht vom Kidnapping seiner Enkeltochter vor ihm geheimzuhalten. Sonst wäre er zu aufgeregt und nicht fähig, die Verträge zu unterzeichnen.«

»Dann könnte doch auch die lankonische Regierung die Verträge unterzeichnen.«

»Die Vanadiumvorkommen gehören der Familie des Königs.«

In J. T. tobte ein Kampf, der ihn fast zerriß. Zum einen wollte er natürlich, daß Amerika das Vanadium bekam – andererseits hatte er genug von den Intrigen, und er wollte fort von Aria, der Frau, die ihn zum Narren gehalten hatte! Alles, was sie in Amerika getan hatte, war berechnet gewesen. Sie wollte sein Geld, um es in ihr Land zu stecken!

»Ich werde mich noch vierundzwanzig Stunden in diesem Land aufhalten. Keine Sekunde länger.«

Der Botschafter lächelte schwach und streckte seine Hand aus, aber J. T. ignorierte sie.

15

Um acht Uhr morgens servierte eine Dienerin Aria den Tee in ihrem Zimmer. Der ganze Morgen wurde, so gut es ging, ihrem Leben im Palast angeglichen. Ganz allmählich umfing Aria die Routine des täglichen Einerleis: Sie erlaubte der Frau des Botschafters, ihr beim Ankleiden zu helfen, und kanzelte das Zimmermädchen ab, weil sie die Schuhe nicht geputzt hatte. Ein Teil von ihr beobachtete dieses seltsame Tun mit ausgesprochenem Mißfallen, aber irgendwie schien es ihr unmöglich zu sein, ihrem herrischen Ich Einhalt zu gebieten.

Um Viertel vor eins eilte sie die Treppe hinunter. Als sie J. T. erblickte, fiel alle Arroganz von ihr ab. Seine Gegenwart machte die Erinnerung an Strandparties lebendig.

Doch J. T's Gesichtsausdruck konnte man entnehmen, daß er nur mühsam seinen Zorn beherrschte. Er zog sie in den Empfangssalon. »So«, sagte er, und seine Augen wurden ganz dunkel, »du hast mir also etwas vorgemacht! Du wolltest mit mir verheiratet bleiben, bis ›daß der Tod uns scheidet‹, ja?«

»Versteh doch, deine Regierung wollte mir nur unter der Bedingung helfen, daß du Prinzgemahl wirst.«

»König!« fauchte er.

Sie sah ihn an.

»Also hast du nicht nur mich belogen und betrogen, sondern auch meine Regierung! Ich habe immer geglaubt, daß unsere Ehe zeitlich begrenzt wäre!«

Aria schwieg.

»Wann wolltest du es mir denn erzählen? Hast du vielleicht mal nachts, wenn wir zusammen im Bett lagen, gesagt: ›Du wirst den Rest deines Lebens in meinem gottverlassenen Land verbringen müssen, mein Schatz. Du mußt deine Familie, das Meer und alles andere in Amerika aufgeben, damit du in meinem Land in einer altersschwachen Pferdekutsche herumfahren und Leuten zuwinken kannst, die dich hassen, weil du Amerikaner bist?‹ Das erwartest du doch von mir, oder?«

»Das habe ich niemals in Erwägung gezogen. Ich habe nur an mein Land gedacht.«

»Du hast nur an dich und deine Ziele gedacht! Ich bin Amerikaner, und ich werde es bleiben. Ich will nicht hier leben und auch kein Marionettenkönig sein! Für einen goldenen Käfig gebe ich meine Freiheit nicht auf. Ich fahre noch heute nach Hause. Deine Vereinbarung mit der Army gilt nicht für mich! Unsere Ehe wird annulliert, sobald ich zu Hause bin. Dann bist du frei und kannst einen Halbidioten zu deinem König machen.« Er packte sie grob am Arm. »Komm, bringen wir's hinter uns.«

Aria versteifte sich so sehr, daß sie fast in zwei Teile brach. Wie eine Schlafwandlerin ging sie mit ihm zum Hotel. Im Speisesaal sagte er mit frostiger Stimme: »Ich glaube, wir sollten jetzt damit beginnen, uns zu streiten.«

»Mir ist aber nicht nach Streit zumute«, antwortete sie stolz.

»Die Prinzessin ist zurückgekehrt! Du mußt es doch leid gewesen sein, eine Amerikanerin zu spielen. Du bist jetzt wieder dasselbe verzogene Gör, das ich auf der Insel getroffen habe! Soll ich mich vielleicht vor dir verbeugen? Dir die Hand küssen? Lady, für deine schauspielerischen Leistungen in Amerika hättest du eigentlich einen ›Oscar‹ verdient. Wirst du deinen königlichen Verwandten erzählen, was für Dummköpfe meine Freunde und ich waren, weil wir dir alles abgekauft haben, was du uns so vorgespielt hast? Wirst du Bill, Dolly und die anderen vor deiner blaublütigen Verwandtschaft imitieren und sie lächerlich machen? Wirst du deinem neuen Mann von den erotischen Kunststücken erzählen, die du vollführen mußtest, um wieder in dein Land zu gelangen?«

Arias Gefühle änderten sich innerhalb von Sekunden. Zuerst war sie verblüfft, dann verletzt, und schließlich wollte sie nur noch sich selbst schützen. »Ich liebe mein Land mit der gleichen Inbrunst, mit der du deines liebst. Manchmal muß man eben etwas tun, was einem nicht behagt.«

Er starrte sie finster an. »Nun, dieses Spiel hast du verloren. Ich kehre noch heute nacht nach Amerika zurück und werde die Ehe sofort annullieren lassen. Du kriegst die Warbrooke-Reederei nicht in deine Finger!«

Sie wußte nicht, worüber er sprach, aber sie hätte sich eher die Zunge abgebissen, als ihn dies merken zu lassen. »Ich werde ohne sie auskommen können.«

»Müssen, Baby.«

»Die korrekte Anrede lautet: Ihre Königliche Hoheit«, sagte sie hochnäsig.

Er wollte etwas erwidern, aber da der Ober an den Tisch kam, blieb er stumm.

Aria fing an zu kauen, als ob sie einen Kaugummi im Mund hätte. »So! Du ziehst also dieses fette kleine Stück namens Heather Addison mir vor«, sagte sie laut – sehr zum Vergnügen des lauschenden Kellners.

»Ich würde jede dir vorziehen!« sagte er mit tödlichem Ernst in der Stimme. »Du bist nicht nur eine Lügnerin und eine geldgierige Katze, sondern auch der schlechteste Betthase, den ich jemals hatte!«

Aria stiegen die Tränen in die Augen. »Wirklich?« flüsterte sie.

»Wirklich.«

Langsam stand sie auf und verließ den Speisesaal. Ihre Mutter hatte ja so recht gehabt: Man konnte Menschen seiner Klasse nicht trauen. In diesem Augenblick bedauerte sie zutiefst, daß sie sich in seiner Gegenwart so wohl gefühlt hatte. Er hatte sie erlebt wie niemand sonst, hatte sie sogar weinen sehen.

Der Botschafter hatte ihr auf der Karte gezeigt, welchen Weg sie nehmen mußte, um zu einem Ort zu gelangen, der den meisten Stadtbewohnern bekannt war. Sie bog in eine Seitenstraße ein, die in einen schmutzigen Ziegenpfad mündete, der sich steil den Berg hinaufschlängelte.

Sie trug zwar keine Wanderschuhe, aber die Bewegung tat ihr gut, und sie kam zügig voran.

Sie erschrak, als ein Mann hinter einem Busch hervorsprang und sich ihr in den Weg stellte. In ihrer Verwirrung grüßte sie ihn sogar mit seinem Namen, denn es war der dritte Sekretär des Königs – ein Mann, den man normalerweise kaum bemerkte und den sie nie im Leben für einen Schurken gehalten hatte.

»Mrs. Montgomery, würden Sie bitte mit mir kommen?«

»Das würde dir so passen, was, du Halunke?« sagte sie und drehte sich um, aber ein anderer Mann schnitt ihr den Rückweg ab. Es war der Küchenmeister. »Das ist keine Bitte.« Er nahm ihren Arm und führte sie weg. Aria protestierte laut, aber in dieser einsamen Gegend konnte sie niemand hören.

Sie wurde zu der Hütte eines Ziegenhirten gebracht, wo der Oberhofmeister sie erwartete. Aria verbarg ihre Wut, so gut es ging. Diesem Mann hatte ihr Großvater stets bedingungslos vertraut!

Er verhehlte keineswegs den Grund, warum man sie hergebracht hatte. »Mrs. Montgomery, ich will Ihnen ein Angebot machen.«

Zwanzig Minuten später lehnte sich Aria auf ihrem Stuhl zurück. »Also, Sie wollen, daß ich Ihre Prinzessin spiele. Ist das richtig?«

»Natürlich nur für kurze Zeit. Wir befürchten nämlich, daß die Nachricht von der Entführung seiner Enkeltochter den König umbringen wird. Er ist alt und herzkrank – diese Nachricht könnte zuviel für ihn sein. Sie brauchen nichts anderes zu tun, als in den Gemächern Ihrer Königlichen Hoheit zu wohnen und sich ab und zu am Fenster sehen zu lassen. Wir werden das Gerücht verbreiten, daß Sie krank sind und Ihre Gemächer nicht verlassen können. Ab und an wird jemand nach Ihnen schauen, und dann müssen Sie natürlich eine Kranke mimen. Aber die meiste Zeit werden Sie lesen können, Schallplatten hören, oder was auch immer ihr Amerikaner gerne tut.«

»Aha. Ich werd' also in ein paar Zimmern wie 'ne Gefangene leben. Und was springt für mich dabei raus?«

Der Oberhofmeister wurde merklich reservierter. »Sie würden einem hochbetagten Mann helfen, und unser Land braucht Sie.«

»Ich wiederhol's gerne noch mal. Was springt für mich dabei raus?«

Die Augen des Mannes flackerten. »Wir sind ein armes Land.«

»Es gibt noch andere Zahlungsmittel als Geld. Wie wär's denn mit einem Titel. Ich würde zum Beispiel gern Herzogin sein.«

Der Mann hob abwehrend die Hände. »Die Herzogswürde ist erblich, sie kann nicht verliehen werden. Ein Hofamt – das wäre möglich. Sie würden dann als ›Mistress‹ – Herrin angesprochen.«

»Mistress?« keuchte sie. »Wissen Sie, was in Amerika als ›Mistress‹ bezeichnet wird? Etwas, das mein Mann hat – eine Geliebte! Ich möchte nicht mit ›Mistress‹ angesprochen werden!«

»Bei uns ist es ein Ehrentitel.«

Sie erhob sich. »Ich glaube, ich gehe jetzt besser. War schön, Sie kennengelernt zu haben – aber, es geht nicht. Ich will nicht Wochen in ein paar lausigen Räumen sitzen und krank spielen.«

»Gut. Was würde Ihnen dann zusagen?«

Aria dachte kurz nach, dann nahm sie wieder Platz. »Na ja, im Moment kommen mein Ehemann und ich nicht so gut miteinander aus. Ich würde sehr gern für eine Weile die Prinzessin spielen. Sie bringen mir bei, wie ich sprechen und mich verhalten soll. Vielleicht gelingt es mir, einen von Ihren Herzögen einzuwickeln. Wenn die echte Prinzessin dann zurückkommt, kann ich ja vielleicht hierbleiben und so einen Herzog heiraten. Oder sogar 'nen Prinzen!«

Der Oberhofmeister konnte sein Entsetzen nicht verbergen.

»Akzeptier's oder laß es sein, Kumpel«, meinte Aria und erhob sich. »Wer weiß eigentlich über die Sache, die Sie da vorhaben, Bescheid? Möchten Sie vielleicht, daß dem kranken König ein Vögelchen was vorsingt? Oder dem amerikanischen Botschafter?«

Der Oberhofmeister verließ den Raum und kehrte ein paar Sekunden später mit Lady Werta, Arias erster Hofdame, zurück.

»Ist es machbar? Kann man sie soweit unterrichten, daß sie mit Prinzessin Arias Familie zusammentreffen und ihr lächerliches Vorhaben ausführen kann?« fragte er.

Lady Werta blickte abschätzend an. »Stellen Sie sich hin«, befahl sie. »Und jetzt gehen Sie ein bißchen herum.«

Aria war versucht, die Frau wegen ihres unmöglichen Benehmens zurechtzuweisen, doch sie folgte dem Befehl und schlurfte hüftenschwenkend durch das Zimmer.

»Unmöglich«, meinte Lady Werta. »Absolut unmöglich.«

»Ach ja?« sagte Aria. »Dann schauen Sie sich das mal genau an, Schätzchen!« Sie stürmte durch den Raum, bis sie direkt vor Lady Werta stand. »Sie werden mich gefälligst als Ihre Königliche Hoheit ansprechen, haben Sie verstanden? Und ich werde solche Manieren nicht länger dulden! Und Sie –«, sie wirbelte zum Oberhofmeister herum, »wie können Sie es wagen, in meiner Gegenwart zu sitzen? Bringen Sie mir jetzt den Tee.«

»Jawohl, Königliche Hoheit«, erwiderten die beiden wie aus einem Mund. Dann blickten sie schokkiert auf Aria, die sie fröhlich angrinste und eine Kaugummiblase zerplatzen ließ. »Ich war mal Schauspielerin und finde mich in jeder Rolle zurecht.«

»Phh«, machte Lady Werta. »Vielleicht ist sie doch dazu in der Lage.« Nach diesen Worten rauschte sie aus der Hütte.

»Alte Hexe«, sagte Aria leise. »Nun, hab' ich die Rolle?«

»Wir werden Sie zwei Tage lang einweisen. Dann sehen wir weiter.«

»Sie werden verdammt erstaunt sein, wenn Sie sehen, wie schnell ich lernen kann!«

»Ich beginne zu glauben, Mrs. Montgomery, daß

Sie mich nicht mehr verblüffen können, als Sie es schon getan haben. Könnten wir dann jetzt die weiteren Einzelheiten besprechen?«

Aria saß beängstigend ruhig in ihrem Hotelzimmer und wartete auf J. T. Es war ein schrecklicher Nachmittag gewesen. Ihre Einweisung als Prinzessin Aria hatte sofort begonnen, und sie hatte sich gefühlt wie im Gefängnis. Die kurzen Wochen in Amerika hatten sie völlig vergessen lassen, wie hart, isoliert und einsam das Leben einer Prinzessin war. Regeln, Regeln und noch mehr Regeln hatte Lady Werta heruntergerasselt. Mit jedem Wort, das die ekelhafte alte Frau von sich gegeben hatte, hatte Aria gespürt, daß die Ehefrau von J. T. Montgomery verschwand und die Kronprinzessin hervorkam.

Jetzt wünschte Aria sich nichts sehnlicher, als nach Amerika zurückzukehren, mit Dolly in Ethels Schönheitssalon zu gehen oder J. T. Spaghetti zum Abendessen zu kochen!

Der Gedanke an J. T. brachte die Erinnerung an all die verletzenden Worte zurück, die er gesagt hatte. Sie hatte begonnen ihn zu lieben, während sie für ihn nur eine Plage – eine königliche Bürde gewesen war – von Anfang an.

Als er ins Zimmer kam, saß sie so da, wie man es sie gelehrt hatte – gerader Rücken, sehr aufrecht und auf der Stuhlkante. »Guten Abend«, sagte sie kühl.

»Ihre Königliche Hoheit, wie sie leibt und lebt!« rief er voller Sarkasmus aus, dann zog er seinen Koffer aus dem Schrank und öffnete ihn. »Hast du ihn gepackt?«

»Ja, erwiderte sie leise. »Eine gute Frau packt den Koffer ihres Mannes. Das hast du mir beigebracht.«

Er drehte sich nicht um, aber seine Schultern zuckten, als ob er sich gegen etwas wehren wollte. »Komm, laß uns hinuntergehen und es hinter uns bringen. Ich möchte endlich nach Hause.«

Sie erhob sich steif.

»Bist du heute von den Verschwörern angesprochen worden?« fragte er sie auf dem Flur.

»Ja.«

Er hielt sie fest. »Sieh mal, ich fühle mich dir gegenüber verantwortlich. Ich habe die Angst, sie könnten herausfinden, daß du die echte Prinzessin bist. Vielleicht versuchen sie wieder, dich zu töten.«

»Es gibt hier Leute, die mich beschützen. Menschen, für die ich nicht eine solche Last bin wie für dich.«

Er blickte sie lange an. Aria hielt den Atem an, denn er sah so aus, als ob er sie küssen wollte. »Sicher. Dir wird es hier gutgehen. Du bist wieder in deiner Heimat, und du wirst auf deinem Goldthron sitzen. – Er ist doch aus Gold, oder?«

»Nur aus Blattgold.«

»Das ist mager. Los, Kleines, gehen wir zu unserem letzten gemeinsamen Essen.«

Aria hatte große Schwierigkeiten, ihre Rolle als unausstehliche Amerikanerin weiterzuspielen. Sie mußten auf den ungeschickten Kellner warten, der J. T. Suppe in den Schoß schütten sollte.

»Die Botschaft hatte doch heute eine Rundfahrt durch Escalon für dich arrangiert«, meinte Aria beiläufig. »War es sehenswert?«

»Ich habe ein Land gesehen, das noch immer im neunzehnten Jahrhundert zu leben scheint. Stellenweise glaubte ich sogar, mich im achtzehnten zu befinden. Außer den Autos, die Amerikanern gehören, ist das neueste Modell ein Studebaker von 1929! Es gibt noch nicht einmal Brunnen. Die Menschen holen sich das Wasser selbst aus den Flüssen. Ich kann verstehen, daß in einem armen Entwicklungsland solche Zustände herrschen, aber hier gibt es genug Schulen, und ihr habt Zugang zu allen modernen Medien!«

»Aber wir haben kein Geld. Wir sind ein armes Land – unser einziger Bodenschatz ist das Vanadium. Tourismus ist unsere Haupeinnahmequelle – vorausgesetzt, in der Welt herrscht Frieden.«

»Ihr baut doch Trauben an. Momentan besteht euer einziges Problem im Mangel an Wasser. Ihr hattet doch eine große Dürre, nicht?«

»Ja. Wir haben um Regen gebetet.«

»Habt ihr zwischenzeitlich schon mal an Staudämme, Brunnen oder Berieselungsanlagen gedacht?«

»Ich habe dir doch schon erklärt, daß so etwas für uns unerschwinglich ist!«

»Wenn ich das schon höre! Unerschwinglich! Zwei Drittel eurer Männer sitzen den ganzen Tag in Cafés, trinken schlechten Wein und essen Ziegenkäse! Wenn die arbeiten würden, könnte eurem Land mit ziemlich großer Sicherheit geholfen werden!«

»Du hast uns schon feige genannt, und jetzt sind wir wohl auch noch faul, was?« zischte Aria erbost.

»Wenn dir der Schuh paßt, Baby, zieh ihn dir ruhig an.«

»Ach, und euer Land ist natürlich viel besser. Ihr könnt Bomben bauen!«

»Deine Leute sind so friedlich, daß sie ihre eigene Prinzessin entführten und sie erschießen wollten«, konterte er.

»Ihr habt Abraham Lincoln erschossen!«

»Das ist fast hundert Jahre her! Aber ich glaube, wir sollten diese Diskussion beenden. Ich würde nämlich gern noch eine ruhige Mahlzeit ohne Streit in dieser Stadt genießen.«

Sie begannen schweigend zu essen. Doch schon nach ein paar Bissen schüttete der Kellner J. T. Suppe übers Jackett. J. T's Wutausbruch war sehr glaubwürdig: »Ich habe jetzt endgültig genug von dir und diesem vermaledeiten Land! Heute nacht landet hier ein amerikanischer Truppentransporter zum Auftanken. Mit dem werden wir in die Staaten zurückfliegen!« Er griff nach Arias Arm und zog sie die Treppen hinauf.

»Das war eine sehr ungeschickte Äußerung«, tadelte sie, als sie auf ihrem Zimmer waren. »Lankonien ist nicht in der Lage, Armeeflugzeuge – gleich, aus welchem Land sie kommen – aufzutanken. Wir sind neutral.«

Er erwiderte kein Wort, sondern griff nach ihren zwei Koffern und eilte aus dem Zimmer. Dem Portier knallte er hundert Dollar auf den Tisch, dann pfiff er einem Taxi. »Zum Flughafen«, bellte J. T. und stieß Aria auf den Rücksitz.

»Du hättest dich wenigstens umziehen können«, meinte sie sanft. »Dein Jackett ist voller Suppe.« J. T. antwortete nicht, sondern blickte stur aus dem Fenster. Aria fragte sich, an was er wohl denken mochte.

Für sie war er die letzte Verbindung zu der Freiheit, die sie in Amerika genossen hatte. Vielleicht würde es ihr möglich sein, J. T. und seine Zärtlichkeiten zu vergessen. Sie würde dann nur noch an den ungehobelten Kerl ohne Manieren denken, der ihr auf der Insel Fische in den Schoß geworfen und sie bei jeder Gelegenheit angeschrien hatte ...

»Wir sind da.«

Aria bestieg schweigend das Flugzeug. An Bord erwartete sie Mr. Sanderson mit einem ganzen Stoß Akten. Nachdem das Flugzeug abgehoben hatte, erläuterte er ihnen das weitere Vorgehen. Das Flugzeug sollte kurz hinter Escalon einen Maschinenschaden vortäuschen und landen. Aria und J. T. würden sich dann trennen müssen. Aria würde im Karren eines Ziegenhirten heimlich nach Escalon zurückgebracht, um die Verabredung mit dem Oberhofmeister einhalten zu können.

»Wir glauben nicht, daß er hinter dem Mordanschlag auf Prinzessin Aria steckt«, sagte Mr. Sanderson. »Vielleicht reagiert der Oberhofmeister nur auf das Verschwinden der Prinzessin. Aber Lady Werta muß etwas wissen. Sie lebt schließlich beständig in der engsten Umgebung der Prinzessin.«

Das Flugzeug landete. Mr. Sanderson sah aus dem Fenster. »Der Ziegenhirt wartet schon auf Sie, Königliche Hoheit. Er ist einer unserer Männer, und er wird Ihnen die Rückfahrt so angenehm wie möglich gestalten.«

J. T. blieb sitzen, als Aria sich erhob. Sie streckte ihm die Hand entgegen und sagte: »Ich danke dir für deine Hilfe, J. T., und dafür, daß du mir das Leben gerettet hast. Ich entschuldige mich für all die Ungelegenheiten, die ich dir bereitet habe. Bitte, richte Dolly aus, daß ich ihr schreibe, sobald es mir möglich ist.«

J. T. bewegte sich blitzschnell und zog sie auf seinen Schoß. Dann küßte er sie leidenschaftlich.

Sie klammerte sich an ihn, wünschte sich, daß er sie nie verlassen würde.

»Leb wohl, Prinzessin«, flüsterte er heiser. »Viel Glück.«

»Ja«, erwiderte sie und bemerkte, daß er nicht so fühlte wie sie.

»Ihre Königliche Hoheit – bitte!« drängte Sanderson. »Wir müssen gehen!«

Aria stand auf. »Ich wünsche dir alles Glück der Welt«, sagte sie und verließ das Flugzeug.

Nur wenige Minuten später lag sie in dem stinkenden Gefährt des Hirten. ›Nun ist es vorbei‹, dachte sie. Von jetzt an durfte sie nur noch in die Zukunft sehen. Sie würde ihr Bestes tun, um Amerika und ihren amerikanischen Mann so schnell wie möglich zu vergessen. Das Wohl ihres Landes würde an erster Stelle stehen. Vielleicht wäre es das Beste, Graf Julian bald zu heiraten. Immerhin – einige Punkte sprachen für ihn: Er kannte die Bedeutung des Wortes Pflicht, und er war zum Prinzgemahl erzogen worden. Julian war im Hofprotokoll bewandert wie kein zweiter, daher würde er widerspruchslos zwei Schritte hinter seiner Gemahlin gehen. Aria erinnerte sich an den ersten und einzigen Kuß, den sie mit Julian getauscht hatte. Im Vergleich zu J. T's leidenschaftlicher Attacke war er eher lau gewesen. Ob Julian wohl zu größerer Leidenschaft fähig war? Nun, das müßte die Zeit weisen.

Gegen Morgengrauen wurde sie schläfrig. ›Wie baut man wohl einen Staudamm?‹ fragte sie sich nachdenklich. ›Und wie ist es möglich, Weinberge zu berieseln? Vielleicht weiß Julian ja, was man da machen kann. Oder ich lasse mir einen Fachmann aus Amerika kommen!‹ Sie schlief ein.

»Lieutenant«, sagte der Pilot, »es sieht so aus, als hätten wir wirklich Probleme mit dem Motor. Es dauert noch eine Weile, ehe wir starten können. Vielleicht vertreten Sie sich etwas die Beine?«

»Tu ich gern«, murmelte J. T. und stieg aus.

Er ging die Landebahn hinunter und blickte auf die spärliche Vegetation an den Berghängen, die er im trüben Licht des Vollmonds ausmachte. J. T. zündete sich eine Zigarette an, um sich zu beruhigen. Er wünschte sich nichts sehnlicher, als dieses Land endlich zu verlassen und so viele Meilen wie möglich zwischen sich und seine Prinzessin zu legen... »Nicht meine Prinzessin«, berichtigte er sich selbst.

Auf einmal sagte eine Stimme hinter ihm: »Kommen Sie mit.«

J. T. drehte sich um und sah einen bewaffneten Mann. Er hatte ihn nicht kommen hören. Hinter ihnen heulten die Flugzeugmotoren auf.

»Sie kommen jetzt mit, Lieutenant Montgomery«, wiederholte der Mann.

»Ich muß zum Flugzeug zurück!« J. T. versuchte den Mann beiseite zu stoßen, doch da sprangen drei weitere bewaffnete Männer aus dem Gebüsch.

»Sie werden uns wohl oder übel begleiten müssen.«

J. T. wußte genau, daß Widerstand zwecklos war. Die vier Männer führten ihn zu einer großen, schwarzen Limousine. Als er in den Wagen stieg, sah J. T., daß das Flugzeug von der Landebahn abhob. »Sie soll verdammt sein!« knirschte er, weil er wußte, daß dies wieder mit Aria zu tun hatte. Warum war er ihr nur begegnet?

Nach einer Fahrt von etwa fünfundvierzig Minuten kamen sie zu einer versteckt hinter Bäumen gelegenen großen Villa.

»Hier entlang«, befahl einer der Männer.

Innen wurde das Haus von Hunderten von Kerzen, die in alten Silberleuchtern steckten, hell erleuchtet. Flaggen hingen von der Decke, wertvolle Gobelins bedeckten die Wände.

Eine der Wachen schob J. T. durch eine Flügeltür, die sofort hinter ihm geschlossen wurde. Der Raum war nur am hinteren Ende erleuchtet. Deshalb brauchte J. T. ein paar Sekunden, um sich an das Dämmerlicht zu gewöhnen.

Ein großer, grauhaariger Mann saß am Kopfende eines Tisches, der mit einer Vielzahl gefüllter Silberschüsseln bedeckt war. Hinter dem Stuhl des sitzenden Mannes stand ein kräftig gebauter Diener.

»Kommen Sie herein und nehmen Sie Platz«, lud der Grauhaarige J. T. ein. »Haben Sie schon gegessen?«

»Ich mag es nicht, wenn ich mittels einer Pistole zu etwas gezwungen werde«, erwiderte J. T. und bewegte sich keinen Zentimeter.

»Das mögen die wenigsten Menschen. Aber schließlich befinden wir uns in einem Krieg, einem Weltkrieg – da muß man so etwas in Kauf nehmen. Aber jetzt zum Essen. Ich kann Ihnen Wildbret, Hasen, Pastete und sogar amerikanisches Rindfleisch anbieten.«

J. T. trat näher an den Tisch heran. Der Mann sah aus, als ob er um die Fünfzig wäre, aber sein Körper wirkte wie der eines jungen Mannes. J. T. war versucht, zu fragen, ob er Ringer gewesen war.

»Ned«, sagte der Mann, »gieß unserem Amerikaner etwas Wein ein.«

J. T. zuckte mit den Achseln, nahm an der anderen Seite des Tisches Platz und begann sich den Teller zu füllen. »Was ist so wichtig, daß Sie mich mein Flugzeug versäumen ließen?«

»Ihr Präsident und ich wollen Sie um einen Gefallen bitten.«

J. T. ließ die Gabel sinken. »Roosevelt?« Er sah den Mann mißtrauisch und verblüfft an. »Wer sind Sie eigentlich?«

»Ich bin der König dieses Landes.«

»Ich habe gehört, Sie lägen auf dem Sterbebett, aber Sie scheinen mir nicht sehr krank zu sein.«

»Sprechen Sie gefälligst in einem anderen Ton mit

Seiner Majestät«, fauchte ihn der Riese, der hinter dem König stand, an.

»Ned ist immer sehr um mein Wohlergehen besorgt«, schmunzelte der König. »Aber ich glaube, ein Amerikaner braucht sich mir gegenüber nicht unterwürfig zu verhalten. Ich nehme an, daß sich meine Enkelin mittlerweile auf dem Weg nach Escalon befindet?«

J. T. schwieg. Nach seinen Informationen hatte der König keine Ahnung von den Ereignissen, die das Leben seiner Enkelin in Aufruhr gebracht hatten – aber jetzt schien es so, als ob der König sehr wohl Bescheid wüßte! J. T. wollte nicht alle Trümpfe aus der Hand geben und dem König mehr mitteilen, als er wußte. Also sagte er: »Warum erzählen Sie mir nicht, was Sie wissen?«

»Gut«, erwiderte der König. »Ich glaube, es begann, gleich nachdem meine Enkelin ihre Reise durch Amerika angetreten hatte. Sie wurde entführt – wahrscheinlich von einem Lankonier –, dann sollte sie erschossen werden. Sie haben Ihr Leben aufs Spiel gesetzt, um sie zu retten. Dafür werde ich Ihnen ewig dankbar sein.«

»Gern geschehen.«

»Durch Ihre Hilfe konnte sie mit der amerikanischen Regierung Kontakte aufnehmen. Das Militär bestand darauf, daß sie einen Amerikaner heiraten und ihn neben sich auf den Thron setzen sollte. Ich glaube, die Army spekuliert auf die Einrichtung militärischer Stützpunkte in Lankonien, richtig?«

»Unter anderem, ja.«

»Ach ja«, nickte der König. »Das Vanadium! Zu diesem Zeitpunkt hatte Aria allerdings schon zugestimmt, es Amerika zukommen zu lassen. Stimmt alles bis hierhin?«

»Natürlich.«

Der König lächelte. »Sie wurden als Ehemann ausgewählt, und ich muß sagen – Ihre Ahnenreihe ist für einen Amerikaner sehr beachtlich!«

J. T. aß schweigend weiter.

»Sie beide haben dann in Key West, wo Sie stationiert waren, gelebt. Meine Enkelin lernte dort, sich wie eine Amerikanerin zu benehmen. Sie müssen mir erzählen, wie die Fotografie von Aria und Ihrer Mutter zustande kam. Ich habe sie in der Regionalzeitung gesehen. Ihre Frau Mutter ist eine schöne Frau.«

»Sie ist bereits verheiratet. Könnten Sie nicht etwas schneller erzählen? Ich möchte dieses Land verlassen und heimkehren. Ich habe Kriegsdienst zu leisten und kann es nicht verantworten, noch länger fortzubleiben.«

»Hm, ja, Ihr Kriegsdienst. Noch etwas Wein, Lieutenant?« fragte der König und bedeutete Ned, noch einmal einzuschenken. »Jetzt ist also meine Enkelin zurückgekehrt und hat – mit der Hilfe dieses nervtötenden, geschwätzigen amerikanischen Botschafters – ihren Platz als Prinzessin Aria wieder eingenommen. Außerdem hat sie ihr Leben wiederum in große Gefahr gebracht.«

J. T. hörte auf zu essen. »Man sagte mir, sie würde beschützt.«

»Wem kann ich denn trauen? Ned ist der einzige, von dem ich definitiv weiß, daß er nicht an der Verschwörung beteiligt ist. Aber er muß bei mir bleiben, ich kann ihn nicht entbehren. Ich vertraue weder Arias Ratgebern noch ihren Verwandten, noch ihren Hofdamen.«

»Können Sie nicht herausfinden, wer diese Doppelgängerin an Arias Stelle gesetzt hat? Vielleicht würde dann Licht ins Dunkel kommen.«

»Ich habe sie nach Amerika geschickt«, antwortete der König. »Nachdem Ihr Präsident mir mitteilte, daß meine Enkelin verschwunden sei, dachte ich sofort an die Risiken für unser Land. Lankonien sollte dazu gebracht werden, in den Krieg einzutreten. Ich habe Ned nach Süden geschickt, um Arias Kusine zu holen, die, bis auf etwa fünfzig Pfund Gewichtsunterschied, genauso aussieht wie Aria. Sie sollte meine Enkelin spielen.«

»Aria meinte, es würde Sie umbringen, wenn Sie etwas über die Entführung herausfänden.«

Der König betrachtete sein Weinglas. »Es braucht schon etwas mehr, um mich umzubringen. Zuerst kommen Pflicht und das Wohlergehen meines Landes. Private Gefühle haben da keinen Platz.«

»Sie ist Ihnen sehr ähnlich.«

Der König lächelte verhalten. »Ihre Zwistigkeiten mit ihr sind mir sehr wohl bekannt. Sie ist eine sehr gute Schauspielerin, nicht wahr?«

»Was wollen Sie von mir?« fragte J. T.

»Ich möchte, daß Sie in Lankonien bleiben.«

»Nur über meine Leiche«, rief J. T. und stand auf. »Ich will weg von hier! Mein Land befindet sich im Krieg, und ich werde gebraucht.«

»Sie wurden bereits ersetzt.«

»Es gibt nicht viele Leute, die soviel über Schiffbau wissen wie ich«, stellte J. T. stolz fest. »Ich bin nicht leicht zu ersetzen.«

»Und was ist mit Jason Montgomery? Er hat Ihre Arbeit vor zwei Tagen übernommen. Ist er dazu fähig?«

J. T. schluckte und setzte sich wieder hin. Jason Montgomery war der jüngste Bruder seines Vaters und wußte soviel über Schiffbau, daß er stets das leuchtende Vorbild seines Neffen gewesen war. »Das ist natürlich etwas anderes. Wer hilft meinem Vater in der Reederei?«

»Ihre Mutter und einer Ihrer Brüder. Er wurde verwundet und zieht es vor, seine Genesungszeit hinter dem Schreibtisch der Reederei zu verbringen.«

»Sie scheinen aber verdammt viel zu wissen«, knurrte J. T. böse.

Ned stürmte auf J. T. zu, doch der König gebot ihm Einhalt. »Ich habe mich in den letzten Wochen sehr für Sie und Ihre Familie interessiert. Ich wollte feststellen, ob ich Ihnen vertrauen kann.«

»Wenn ich Sie wäre, würde ich niemandem mein Vertrauen schenken. Ich habe noch nie einen Ort gesehen, an dem so viele Intrigen gesponnen werden.«

»Ich gebe Ihnen recht. Das ist auch der Grund, warum ich jemanden, der absolut integer ist, brauche, um meine Enkelin zu beschützen.«

J. T. trank einen Schluck Wein. »Würde es Ihnen etwas ausmachen, wenn Sie mir erklären, warum alle Welt hinter diesem abgelegenen Land her ist? Ist Vanadium so wertvoll?«

»Nein. Aber Uran ist es«, sagte der König. »Gleich nach Ausbruch des Krieges wurden in Lankonien beachtliche Uranvorkommen entdeckt. Ich habe mein Bestes getan, um diese Nachricht geheimzuhalten. Ich wußte sehr wohl, daß sonst einige europäische Länder versuchen würden, einzumarschieren, um an das Uran zu kommen. Aber irgend jemand weiß um dieses Geheimnis. Dieser Jemand will an die Macht, und er weiß auch, daß Aria absolut nicht zu beeinflussen ist – also versuchte er, sie loszuwerden.«

»Ich glaube aber nicht, daß Sie kampflos aufgeben würden, oder?«

»Ich wäre wahrscheinlich der nächste auf der Attentatsliste. Meine Enkelin Eugenia, Arias Jüngere

Schwester, würde dann Königin. Und sie ist nicht sehr standhaft.«

»Haben Sie denn einen Verdacht?«

»Es könnte jeder sein, vielleicht auch eine Gruppe von Leuten. Ich möchte, daß Sie bleiben, um es herauszufinden, oder wenigstens, um Aria zu beschützen.«

»Sie ist zu dickköpfig, als daß sie auf mich hören würde. Das alles ist nicht mein Problem. Meine Heimat hingegen befindet sich im Krieg! Wenn ich schon nicht mehr in Key West gebraucht werde, dann kann ich genausogut wie jeder andere an der Front kämpfen.«

»Aber dies hier kann nicht jedermann erledigen! Ich habe Ihrem Präsidenten mitgeteilt, daß Amerika das ganze Uran bekommt, wenn er Sie mir überläßt.« Der König übergab J. T. ein Schreiben mit der Aufschrift »Geheimsache«.

J. T. öffnete den Brief widerwillig, weil er zu wissen glaubte, was darin stand. Das Schreiben war von Franklin D. Roosevelt, und er wurde darin gebeten, in Lankonien zu bleiben, weil er dort Amerika mehr nützen könnte als irgendwo sonst.

»Warum konnte er mich nicht zu einer Fronteinheit versetzen?« murrte J. T. und legte den Brief beiseite.

Der König steckte sich eine Traube in den Mund. »Warum betrübt Sie dieser Befehl so? Sie werden in einem Palast leben, der von einzigartiger Schönheit ist. Ihre anstrengendste Tätigkeit wird darin bestehen, meine Enkelin auf ihrem Morgenritt zu begleiten. Sie werden ausgezeichnetes Essen bekommen. Also – warum wollen Sie sich unbedingt an der Front umbringen lassen?«

»Weil ich Ihre Enkelin nicht wiedersehen will,

darum! Sie ist ein verzogenes Gör, das Menschen als Marionetten ansieht! Ich habe genug von ihr!«

»Ich verstehe. Ihr Widerwille ist rein persönlicher Natur. Stellen Amerikaner immer ihre persönlichen Bedürfnisse über das Wohl ihres Landes?«

»Das tun wir gewöhnlich nicht. Es ist nur . . .« J. T. hielt inne und sagte dann kurzentschlossen: »Mein Land bedeutet mir mehr. Ich werde Ihnen in jeder Beziehung helfen.«

»Dann bleiben Sie bitte und achten Sie auf meine Enkelin«, sagte der König. »Ich bin es nicht gewohnt, zu bitten, aber jetzt tue ich es. Aria mag ein Problem für Sie darstellen, aber mir bedeutet sie alles. Sie ist liebevoll, warmherzig und großzügig. Mit ihr steht und fällt Lankoniens Zukunft. Es tut mir leid, daß Sie einen anderen Eindruck von ihr haben.«

»Sie kann sehr nett sein«, gab J. T. zögernd zu. »Was soll ich tun?« fragte er. »Ich meine, wenn ich dem zustimme. Wie bekomme ich Zugang zu ihr?«

»Ich werde sagen, ich hätte Sie kennengelernt, als Ihr Flugzeug hier in der Nähe notlandete, und Sie hätten mir so gut gefallen, daß ich Sie als technischen Berater engagiert hätte. Oder nein – wir sagen besser, daß Ihr Präsident Sie hierher abkommandiert hat, um das Verladen des Vanadiums zu überwachen. Sie würden keine anderen Pflichten haben. Niemand wird es an Ehrerbietung und Respekt Ihnen gegenüber fehlen lassen.«

»Was ist mit den Leuten, die denken, daß Aria in Wirklichkeit Kathy Montgomery heißt?«

»Sie werden ihren König verfluchen, der sich immer und überall einmischen muß.«

J. T. war einen Moment lang still. »Es reicht mir nicht, der Prinzessin überallhin zu folgen. Ich möchte in diesem Land einiges verändern.«

Der König straffte sich, wurde wachsam. »Was haben Sie denn vor?«

»Berieselungsanlagen, Staudämme. Ich möchte dieses Land mit dem zwanzigsten Jahrhundert bekannt machen.«

Der König konnte seine Überraschung nicht verhehlen. »Sie kennen unsere Probleme? Wie seltsam... Natürlich können Sie die Bevölkerung unterstützen. Ich begrüße das.« Der König schwieg einen Moment. Dann sagte er zögernd: »Ich möchte Sie noch etwas fragen, Lieutenant Montgomery. Ein General Brooks hat Ihrem Präsidenten eine Beschreibung von dem Aussehen meiner Enkelin in Key West übermittelt. Entspricht dieser Bericht der Wahrheit?«

J. T. lächelte. »Stand darin etwas von Lockenwicklern, Blue jeans, einem Karohemd und plärrender Radiomusik?« fragte er.

»Ja?« Der König schüttelte ungläubig den Kopf. »Ich habe sie nie gesehen. Ihre Mutter, meine Schwiegertochter, wußte schließlich, daß Aria Königin werden würde, und so erzog sie sie dazu, niemals ihre Gefühle zu zeigen. Sagen Sie – haben Sie sie je weinen sehen?«

»Nur einmal.«

Der König sah J. T. gedankenvoll an. »Sie hat sich Ihnen so gezeigt? Ich wußte nicht, daß sie sich so nahestanden.«

»Es gibt zwei Arias. Zum einen Aria, meine Frau, die sehr...« J. T. lächelte. »Nun, die sehr nett ist. Und zum anderen Prinzessin Aria, die Besserwisserin. Diese Aria kann ich nicht ausstehen, und ich habe den Eindruck, daß sie seit der Ankunft in Lankonien immer mehr zu diesem Scheusal wurde.«

Der König betrachtete sein Weinglas. »Vielleicht

könnten Sie ihr ja beibringen, etwas weniger – wie sagten Sie? – besserwisserisch zu sein.«

»Nein, danke«, erwiderte J. T. ehrlich und stieß seinen Stuhl zurück. »Ich bleibe hier, um auf sie aufzupassen und um Ihrem Land Hilfestellung zu leisten. Meinetwegen kann sie ruhig eine Besserwisserin bleiben. Dann bin ich sicherer, denn ich laufe wenigstens nicht Gefahr, ihr zu nahe zu kommen.«

»Sie haben Angst, Sie könnten sich in sie verlieben?« fragte der König leise.

»Ja. Es war schlimm genug, ihr einmal Lebwohl zu sagen. Beim zweiten Mal wird es eine Katastrophe, glaube ich.«

»Ja, ich verstehe«, nickte der König. »Daß Sie sie wieder verlassen müssen, ist klar. Ihre Regierung hätte sich unsere Gesetze etwas genauer anschauen müssen. Aria kann nicht legal mit einem amerikanischen Bürgerlichen verheiratet sein. Dann müßte sie entweder als Königin abdanken, oder das Volk von Lankonien müßte Sie, Lieutenant Montgomery, bitten, zu bleiben. Aber das ist völlig unwahrscheinlich.«

»Sie wird nicht abdanken müssen. Selbst, wenn sie es wollte, würde ich es nie zulassen. Ich möchte übrigens nie König werden, selbst, wenn es mir angeboten würde! So. Kann mir jetzt jemand mein Schlafzimmer zeigen, oder muß ich die Nacht in einem Verlies verbringen?«

Der König nickte Ned zu, der die Wachen hereinrief. »Bringen Sie Lieutenant Montgomery zum roten Schlafzimmer«, befahl der König.

Nachdem J. T. gegangen war, meinte Ned: »Ein sehr anmaßender Mann. Er ist es nicht wert, auch nur den Saum Ihrer Königlichen Hoheit Prinzessin Aria zu küssen.«

Der König lehnte sich lächelnd zurück. »Er ist genauso, wie ich es gehofft habe. Sei lieber freundlich zu ihm, denn wenn alles so geht, wie ich es vorhabe, dann hast du eben den nächsten König von Lankonien kennengelernt.« Er lachte, als Ned verblüfft zischte.

16

»Nein, nein, nein, nein!« kreischte Lady Werta. »Er ist ihr Vetter siebten Grades und Nummer achtundzwanzig in der Thronfolge!«

Aria biß verzweifelt die Zähne zusammen. Nachdem sie die Nacht in dem Gefährt des Ziegenhirten verbracht hatte, wurde schon um sechs Uhr morgens mit der Unterweisung begonnen. Jetzt war es vier Uhr nachmittags, und sie war vollkommen erschöpft. Den ganzen Morgen hatte sie herumgehen müssen. Zuerst hatte sie ja noch vorgegeben, eine ungeschickte Amerikanerin zu sein, doch dann hatte sie die Müdigkeit übermannt, und sie war geschritten wie eine Kronprinzessin. Doch selbst das war Lady Werta nicht genug gewesen. Sie behauptete steif und fest, daß der Gang der ›echten‹ Prinzessin Aria viel majestätischer wäre und daß diese Amerikanerin nie in der Lage sein würde, die Rolle zu übernehmen.

Aria erfuhr zum ersten Mal, was das Wort Vorurteil bedeutet. Von diesem Zeitpunkt an versuchte sie, nur sie selbst zu sein – das machte sie in Lady Wertas Augen zum vollkommenen Versager. Die Hofdame zeigte ihr laufend Fotografien von Leuten, die sie seit Jahren nicht gesehen hatte, und verlangte von Aria, daß sie sich all diese Namen in Windeseile einprägte.

Der Oberhofmeister trat ein und fragte auf Lankonisch, von dem er glaubte, daß die Amerikanerin es nicht verstand: »Wie geht es voran?«

»Sie macht sich ganz gut. Natürlich besitzt sie nicht Prinzessin Arias Persönlichkeit! Stellen Sie sich vor – ich reichte ihr eine Tasse Tee, und sie sagte: Danke! Niemand wird uns glauben, daß diese Person wirklich Prinzessin Aria ist! Sie ist so – nett!«

Aria machten diese Worte sehr betroffen. War sie denn wirklich immer und überall ein solches Ekel gewesen?

Sie spielte ihre Rolle noch ein paar Stunden weiter, aber dann bat sie um eine Ruhepause. Danach gab sie einen Befehl nach dem anderen, scheuchte Lady Werta durch die Gegend und schickte das Essen in die Küche zurück, weil sie es nicht mochte. Sie ließ Kleider ändern und schickte den Oberhofmeister aus dem Zimmer, weil er in ihrer Gegenwart rauchte.

»Sie macht es jetzt besser, nicht wahr?« fragte der Oberhofmeister auf Lankonisch.

»Wenn Sie es so ansehen wollen – ja«, gab Lady Werta erschöpft zu und strich eine lose Haarsträhne zurück. »Sie ist jetzt fast so arrogant wie eine echte Prinzessin.«

»Können wir sie schon der Familie vorführen?«

»Heute abend. Man beginnt sich bereits zu fragen, wo die Prinzessin steckt. Haben Sie schon etwas über die Höhe des geforderten Lösegeldes gehört?«

»Sie verlangen Millionen«, sagte der Oberhofmeister niedergeschlagen. »Ich weiß nicht, wie wir die Summe aufbringen sollen.«

»Geht es Seiner Majestät gut? Hat er bestimmt nichts von der Entführung erfahren?«

»Er hält sich in seinem Jagdschloß auf. Es ist zwar schwierig, ihm alles zu verheimlichen, aber noch weiß er nichts. Er wünscht seine Enkelin möglichst bald zu sehen. Im Augenblick hält sich Prinzessin Eugenia bei ihm auf.«

Lady Werta seufzte: »Wir müssen sie bald soweit haben. Ich hoffe sehr, daß der König diese Farce nicht durchschauen wird. Wir sollten dankbar sein, daß die echte Prinzessin eine so gefühlskalte Frau ist. Niemand wird sich an ihrem kühlen Benehmen stoßen.«

Aria hörte dem ungläubig zu. In Amerika war sie nicht gefühlskalt gewesen! »Es ist sehr ungezogen von Ihnen, in meiner Gegenwart eine Sprache zu sprechen, die ich nicht verstehe«, sagte sie ärgerlich. »Kommen Sie her und zeigen Sie mir wieder diese Fotografien. Wer lebt im Palast?«

Arias Rückkehr in den Palast vollzog sich in größter Heimlichkeit. Sie saß tief verschleiert im Fond einer schwarzen Limousine, so daß niemand sie erkennen konnte. Der Oberhofmeister, der während der ganzen Fahrt geschwiegen hatte, ließ sich kurz vor der Ankunft dazu herab, ihr einige Maßregeln mitzuteilen: »Sie dürfen niemals vergessen, daß Sie die Kronprinzessin sind! Sie dürfen auch nicht eine Sekunde nachlässig sein! Sie dürfen vor allem nicht in diesen amerikanischen Brauch verfallen, über alles zu lachen!«

Aria wollte etwas erwidern, doch dann ließ sie es lieber. Es war viel besser, darüber zu lachen. Der Oberhofmeister wäre sicher entsetzt, würde sie ihm jetzt erklären, daß sie einen Jitterbug-Wettbewerb im Großen Salon veranstalten wollte. Grillen am Fluß wäre auch nicht übel. Ob Julian wohl mitmachen würde? Natürlich würde sie dabei Blue jeans tragen. Sie lächelte, als sie sich Großtante Sophie in Jeans vorstellte.

»Sie hören mir ja gar nicht zu«, fauchte der Oberhofmeister erbost.

Wieder unterdrückte Aria eine passende Erwiderung. Früher war ihr dieser Mann als Abbild väterlicher Güte erschienen. Sicher hatte sie gehört, daß er außerhalb des Palastes nicht gerade beliebt war. Es gab Klagen über Ungerechtigkeiten und allzu großer Härte. Aria hatte diese Berichte immer als übertrieben verworfen. Er war stets so bescheiden und liebenswürdig gewesen, daß Aria diese Gerüchte böswilligen Neidern zugeschrieben hatte. Doch jetzt kannte sie nicht nur sein prunkvolles Landhaus, sondern hatte auch erlebt, wie ekelhaft er Untergebenen gegenüber war. Sie schwor sich, ihn genau zu überprüfen.

Momentan leierte er noch einmal ihre Pflichten herunter. »Hat diese Prinzessin denn nie Spaß?« fragte Aria in einem lauten, ordinären Ton. Sein entsetztes Zusammenzucken freute sie. »Ich meine, sie hat doch einen Freund, oder? Wann treffen sich die zwei denn mal, um zu knutschen?«

»Graf Julian –«, er schluckte schwer, »– knutscht nicht! Er ist als Ehemann für Ihre Königliche Hoheit eine ausgezeichnete Wahl! Wenn Sie mit ihm zusammentreffen, werden Sie nie mit ihm allein sein – niemals! Ihr Benehmen sollte stets untadelig sein.«

Aria blickte weiter aus dem Fenster. Ein Teil von ihr begann Mitleid mit der armen Prinzessin zu haben, die sich niemals von ihren Pflichten erholen durfte. Aber sie hatte sich in Amerika sehr verändert – bald würde ein frischer Wind durch den Palast wehen!

Lady Werta hatte Aria einen Grundriß des Palastes gezeigt, ihr aber gleichzeitig erklärt, daß der Oberhofmeister sie in so viele Räume wie möglich führen würde. Man hatte das Gerücht verbreitet, daß sie nach ihrer Rückkehr aus Amerika an Grippe erkrankt wäre und sich in einer Privatklinik in Österreich erholen würde. Niemand wußte, wann Aria zurückkehren würde, und es ging die Rede, sie sei gestorben.

der Oberhofmeister wollte mit der Führung beginnen, aber sie räusperte sich vernehmlich. Schuldbewußt blieb er drei Schritte hinter ihr. Der Oberhofmarschall flüsterte pausenlos irgendwelche Erklärungen, doch sie achtete nicht darauf. Auf der Treppe standen in genau festgelegten Abständen die Männer der königlichen Garde. Acht Stunden mußten sie bewegungslos verharren. Aria hatte früher keinen Gedanken an diese Männer verschwendet, doch jetzt wußte sie, was es hieß, zu warten. Sie nahm sich vor, etwas für die die Wachen zu tun.

Das Flüstern des Oberhofmeisters wurde eindringlicher, als sich Aria ihren Gemächern näherte. Mit gestrafften Schultern durchschritt sie die Tür zu ihren Zimmern. Das Murmeln des Obermarschalls wurde leiser und erstarb schließlich ganz, als die Wachen die Tür schlossen.

Vier Hofdamen und zwei Zofen versanken in einen tiefen Knicks. Es waren alles ältere Frauen. Arias Mutter hatte sie ausgewählt.

»Herzlich willkommen, Königliche Hoheit«, riefen sie im Chor.

Sie nickte ihnen zu, antwortete aber nicht auf die Begrüßung. Sie wußte herzlich wenig über diese Frauen, weil ihre Mutter sie gelehrt hatte, nicht vertraulich mit Dienstboten zu reden.

»Lassen Sie mich allein«, befahl Aria.

Die Frauen blickten sich fragend an, bis Lady Werta vortrat und sagte: »Wünschen Hoheit ein Bad zu nehmen?«

Aria bedachte sie mit einem Blick, der die Frau zwang, wieder zurückzutreten. »Haben Sie mich nicht verstanden?«

Die Frauen verließen den Raum, und Aria entfuhr ein erleichterter Seufzer. Sie hob den Schleier und sah sich um. Dies war ihr Zimmer. Sie hatte es – gegen den Wunsch ihrer Mutter – ganz in gelb ausstatten lassen. Die Tapeten und Vorhänge waren aus Seidenmoiré gefertigt. Elf kostbare Tische waren im Raum verteilt. Eine Sitzgruppe, bestehend aus drei zierlichen Stühlen und einer kleinen Couch, stand in einer Ecke. Auf dem Boden lag ein riesiger Aubussonteppich, der in Blau, Weiß und Gold gehalten war. An den Wänden hingen Frauenporträts, die Aria aus dem ganzen Palast zusammengetragen hatte. Hier stand auch ihr Schreibtisch, eine elegante Kreation aus Goldbronze und Mahagoni. Jedes Utensil auf der Platte – Brieföffner, Füllfederhalter, Briefordner – war ein kleines Kunstwerk, und sie hatte die Schönheit der Dinge immer selbstverständlich hingenommen.

Hinter dem gelben Salon lag ihr Schlafzimmer, das ganz in blassestem Seegrün gehalten war. Die Wandbilder waren vor über hundert Jahren für eine andere Königin gemalt worden. Sie stellten Szenen aus einem Märchenwald mit Einhörnern und Waldgeistern dar. Das Bett war für Königin Maria-Augusta gefertigt worden. Man sagte, daß sechs Männer zwei Jahre lang gearbeitet hatten, um die herrlichen Schnitzereien an den Pfosten herzustellen.

An einer Wand des Schlafzimmers war eine Reihe von halbversteckten Türen zu sehen. Sie führten zu ihren Schränken, von denen jeder so groß war wie ihr Schlafzimmer in Key West.

Der erste Schrank enthielt die Kleidung für den Tag: Hunderte teilweise handbestickte Seidenblusen, lange Reihen maßgeschneiderter Röcke und eine schier endlose Kette von Seidenkleidern.

Sie nahm eines von der Stange und sah mit großen Mißfallen auf die steife Verstärkung der Taille. »Keine lockerfallenden Sachen.« Sie seufzte, aber das Gefühl der Seide unter ihren Fingern versöhnte sie schon wieder.

Im zweiten Schrank hingen die Ballkleider und die pompösen Gewänder für die offiziellen Ereignisse. Jedes steckte in einem eigens zu diesem Zweck genähten Baumwollsack mit einem transparenten Voileoberteil, so daß man die Machart der Kleider sehen konnte.

Der dritte Schrank enthielt all die unentbehrlichen Accessoires, wie Hüte, Handschuhe, Taschen, Schuhe, Stiefel, Schals. Eine ganze Wand dieses Schrankes war der Unterwäsche vorbehalten: Slips, lange Unterhosen, Nachthemden und die schweren elastischen Korsetts. Aria zog eine Grimasse und ging weiter.

Im vierten Schrank schließlich fanden sich die Wintersachen – die Pelze und ihre dicken Kleider. Hinter einem Spiegel war ihr Safe für die Juwelen. Aria konnte nicht widerstehen. Sie klappte den Spiegel auf und stellte die Zahlenkombination ein. Eine lange Reihe samtbezogener Schubladen war zu sehen. Roter Samt bedeutete Garnituren: Kolliers, Armbänder, Ohrringe. Schwarzer Samt hieß Ringe, gelbe Ohrringe, blaue Uhren, grüne Broschen, und weißer Samt stand für ihre Diademe aus Perlen, Diamanten, Rubinen und Smaragden.

Aria lächelte, während sie eine Schublade nach der anderen aufzog. Jedes Schmuckstück hatte seine eigene Geschichte, jedes war früher Eigentum einer anderen Person gewesen. Sie hatte alles geerbt, weil sie die zukünftige Königin war.

Stirnrunzelnd schloß sie den Safe wieder und hängte den Spiegel zurecht. Von draußen war der Klang von Schritten zu hören. Als Aria aus dem Schrank kam, stand Lady Werta vor ihr.

»Sehr gut. Sie machen sich also bereits mit der Garderobe der Prinzessin vertraut.«

Aria hatte nicht vor, dieser Frau weitere Freiheiten zu gestatten. »Wie können Sie es wagen, meine Gemächer ohne meine Erlaubnis zu betreten?« rief sie ärgerlich aus.

Lady Werta sah einen Moment lang überrascht drein, aber sie fing sich schnell wieder. »Sie brauchen vor mir nicht zu schauspielern. Ich weiß, wer Sie sind. Wir müssen über den heutigen Abend reden. Graf Julian ist hier.«

»Ich werde über nichts mit Ihnen reden«, sagte Aria und wollte durch die Tür in den Salon gehen.

»Warten Sie eine Minute«, rief Lady Werta und griff nach Arias Arm.

Aria überlief ein Schauder, als die Frau sie berührte. Sie war nicht mehr die neue Aria, die die Prinzessin nur darstellte – sie war die Prinzessin.

Lady Werta trat zurück. »Wir müssen darüber reden«, wiederholte sie, doch aus ihrer Stimme war jede Strenge gewichen.

»Rufen Sie meine Damen herein«, befahl Aria und wandte sich ab. »Ich muß mich für das Abendessen umkleiden.«

Aria wählte ein weißes, hochgeschlossenes Kleid, das bis zum Boden reichte und mit Tausenden von Perlen bestickt war. Die Diamantohrgehänge hatte ihr Lady Werta überreicht, die sehr darauf bedacht war, daß Aria den Safe nicht entdeckte. Sie hatte wohl Angst, daß die Amerikanerin etwas stehlen könnte.

»Wir sind froh darüber, daß Sie wieder wohlauf sind, Königliche Hoheit«, sagten die drei anderen geschäftigen Hofdamen.

Eine der Zofen musterte sie kritisch: »Sie sind dünner geworden. In Amerika waren Sie fülliger, Königliche Hoheit.«

Aria bedachte die Frau mit einem vernichtenden Blick. »Behalten Sie Ihre persönlichen Anmerkungen für sich. Ziehen Sie mich jetzt an.«

Es war recht schwierig, nicht ungeduldig zu werden. Allein hätte es Aria in der Hälfte der Zeit geschafft. Die steife Unterkleidung war ihr vertraut und fremd zugleich. Die letzten Überreste der amerikanischen Aria schienen zu verschwinden, als die Zofe ihre kurzen Haare zu einem straffen Chignon zusammenfaßte. Ihre Sekretärin saß derweil hinter einem Wandschirm und las laut den Terminkalender vor: »Morgen neun Uhr, Reiten; Zehn Uhr dreißig, Besuch des neuen Kinderkrankenhauses; um ein Uhr nehmen Sie zusammen mit drei Mitgliedern des Kronrates das Mittagsessen ein, um den Vanadiumvertrag mit Amerika zu besprechen; um zwei Uhr übergeben Sie Golduhren an verdiente Eisenbahnangestellte; um vier Uhr Tee mit den Ehefrauen der Kronratsmitglieder; um halb sechs findet in der Akademie der Wissenschaften ein Vortrag über die Insekten der Baleanberge statt; um sieben Uhr kehren Sie zurück und ziehen sich für das Abendessen um, das um halb neun beginnt; zehn Uhr abends ...«

»Findet ein Jitterbug-Wettbewerb im Ballsaal statt«, rief Aria dazwischen. Alle im Raum Anwesenden starrten sie fassungslos an

Lady Werta quollen fast die Augen aus dem Kopf. »Ihre Königliche Hoheit hat das in Amerika gesehen. Es ist nur ein Scherz.«

Die Frauen lachten, aber sie sahen sich dabei an, als ob ein Scherz etwas Ehrenrühriges wäre.

»Tun Sie das nicht noch einmal«, zischte Lady Werta Aria warnend zu.

Später, als Aria in das Speisezimmer trat, wurde alles still. Alle blickten auf sie und erwarteten ein Zeichen. Wenn der König abwesend war, gab die Kronprinzessin den Ton an.

Aria holte tief Luft. »Nun, Freddie«, sagte sie zu ihrem Vetter zweiten Grades, Prinz Ferdinand, »du hast dir also noch immer keine Manieren zugelegt. Verdiene ich keine Begrüßung?«

Er kam zu ihr und beugte sich höflich über ihre ausgestreckte Hand. »Wir hatten Angst um dich«, bemerkte er auf lakonisch.

Einen Moment lang zögerte Aria. Dieser Mann war ihr Vetter, sie hatten den Großteil ihrer Kindheit zusammen verbracht, und er begrüßte sie nach kurzer Abwesenheit wie eine flüchtige Bekannte. »Sprechen wir Englisch, ja? Wenn wir mit diesen Amerikanern Geschäfte machen wollen, müssen wir schließlich in der Lage sein, uns mit ihnen zu unterhalten. Sie lernen nämlich keine Fremdsprachen dort.« Sie blickte ihn an, als ob sie ihn noch nie gesehen hätte. Freddie war ein kleiner, dünner Mann. Er hinkte leicht. Aria hatte Freddie nie sonderlich beachtet, niemand tat das, aber jetzt glaubte sie, Wut in seinen wäßrigen Augen aufblitzen zu sehen. Er war Nummer drei in der Thronfolge. War er so erpicht auf den Thron, daß er dafür sogar morden würde?

»Du siehst gut aus, Aria«, schrie Großtante Sophie. Die alte Dame war fast taub, weigerte sich aber, es zuzugeben, Ihr Kleid entsprach dem einer Zwanzigjährigen. ›Nur Tante Sophie bringt es fertig, sich so unumgänglich zu kleiden‹, dachte Aria amüsiert. Babyblaue Chiffonrüschen umwallten ihren Körper, der tiefe Ausschnitte entblößte fast unzüchtig ihre welken Brüste. Arias Großvater behauptete, daß sie es nie aufgegeben hätte, nach einem Mann zu suchen. Aber bis jetzt hatte noch keiner angebissen.

»Gut genug, wenn man bedenkt, daß ich fast gestorben wäre«, schrie Aria zurück. Alle sahen sie überrascht an. Prinzessin Aria hatte noch nie Ihre Stimme erhoben.

»Gut«, donnerte Tante Sophia, dann forderte sie den Diener auf, ihr noch mehr Brandy einzuschenken.

»Ich bin auch froh, daß es dir wieder gutgeht«, erklang eine sanfte Stimme. Aria sah sich Graf Julian gegenüber.

J. T. hatte sich immer über ihn lustig gemacht und behauptet, er wäre weibisch. Aber Aria fand ihn männlich. Natürlich war er nicht so groß und stark gebaut wie J. T., doch könnte ihr weitaus Schlimmeres passieren. Er sah ganz gut aus, hatte ihre Größe und das aufrechte, straffe Gehabe des geborenen Soldaten.

»Willkommen daheim«, sagte Julian, ergriff ihre Hand und küßte sie. »Wünschst du einen Aperitif vor dem Essen? Einen Sherry vielleicht?«

»Ja, bitte«, erwiderte sie und blickte ihm nach, als er sich entfernte. Wie würde er als Ehemann sein? Würde er zum Tiger werden, wenn die Türen des Schlafzimmers sich hinter ihnen geschlossen hatten? Sie lächelte ihm zu, als er mit ihrem Glas zurückkehrte. Er stand schweigend neben ihr, und Aria bemerkte, wie wenig sie bisher miteinander gesprochen hatten.

Sie sah sich unter den anderen Anwesenden um. Da waren die Vettern Nickie und Toby, Tante Bradley und ihre junge Cousine Barbara, Nummer sieben in der Anwartsliste auf den Thron.

»Wo sind Cissy und Gena?« fragte sie Julian nach dem Verbleib ihrer Schwester und der ihres Vetters Freddie, von der sie wußte, daß sie sich in amerikanischen Gewahrsam befand.

»Beide haben Seine Majestät aufs Jagdschloß begleitet«, antwortete er.

Die Mahlzeit verlief tödlich langweilig. Die Männer sprachen nur über die Jagd. Großtante Sophie schrie beständig und versuchte eine Konversation aufrechtzuerhalten, die mehr einseitig war, weil sie keine Antwort richtig verstand. Freddie, Nicky und Toby verhielten sich so affektiert, daß Aria sie am liebsten zurechtgewiesen hätte, und Barbara machte jedem männlichen Wesen schöne Augen, wobei sie ihr großes Dekolleté freigiebig allen Blicken darbot.

»Für Barbara muß dringend ein Mann gefunden werden«, sagte Aria leise.

Julian sah sie überrascht an, entgegnete jedoch nichts.

›Wären sie wohl überrascht‹, dachte Aria, ›wenn ich jetzt anfangen würde, zu flirten?‹ Sie warf einen Blick auf Julian, der gerade in vollendeter Manier seinen Stör in Dillsauce verzehrte. Sie fragte sich, ob er sehr schockiert wäre, wenn sie ihm verführerische Blicke zuwerfen würde.

Mit klopfenden Herzen legte sie ihre Hand auf seine. »Willst du dich nach dem Abendessen mit mir im Königsgarten treffen?«

Er nickte kurz, und sie sah deutlich das leichte Stirnrunzeln, als er die Hand fortzog. Sie hatte gerade etwas getan, was einer Kronprinzessin nicht ziemte.

Sie wandte sich wieder Tante Sophie zu, die ihr gerade eine Frage zugebrüllt hatte.

Nach dem Essen hatte Aria große Mühe, Lady Werta zu entkommen, die so aussah, als ob der Tag des Jüngsten Gerichts gekommen war. Aria schlüpfte durch den grünen Salon, das Marszimmer, über die Galerie der Könige auf den Hof des weißen Pferdes. Danach lief sie durch die griechische Orangerie und erreichte schließlich den Königsgarten.

Julian erwartete sie stirnrunzelnd.

Er war sechzehn Jahre älter als sie, und sie hatte immer schon ein klein wenig Respekt vor ihm gehabt. Doch jetzt war ihr bewußt geworden, daß die Heirat mit ihm durchaus keine gewöhnliche Verbindung war. Aus diplomatischen und politischen Erwägungungen heraus war sie beschlossen worden.

»Du wolltest mit mir sprechen?« fragte Julian höflich, aber seine Stimme drückte Mißbilligung aus.

Sie wünschte, ihr würde jetzt etwas Schlagfertiges oder Intelligentes einfallen. Statt dessen bemerkte sie nur mit einer kleinmädchenhaften Stimme: »Du bist böse auf mich.«

Die winzige Andeutung eines Lächeln kräuselte seine Lippen. Er sah wirklich gut aus – ganz gleich, wie J. T. darüber dachte!

»Ich denke nur an deinen Ruf. Es wäre nicht gut, wenn man uns ohne Anstandsdame zusammen sähe.«

Aria drehte sich weg. In der Hochzeitsnacht würde er herausfinden, daß sie keine Jungfrau mehr war! Sie sah ihn an und holte tief Luft. »Dafür, daß wir verlobt sind, haben wir sehr wenig Zeit miteinander verbracht – allein oder mit anderen. Wir sollten uns besser kennenlernen, miteinander reden – schließlich werden wir unser Leben gemeinsam verbringen.«

Er musterte sie, ehe er antwortete: »Worüber

möchtest du denn reden? Die kommenden Wahlen? Ich bin sicher, daß der gegenwärtige Oberhofmeister im Amt bleiben wird.«

»Nein«, stammelte sie, »ich meine, ja, natürlich möchte ich mit dir über den Kronrat und die Minister reden, aber ich dachte vielleicht...« Sie verstummte.

»Möchtest du etwas von deiner Reise nach Amerika erzählen?«

Er stand sehr aufrecht da. Jeder Orden, jedes Haar waren an seinem Platz. Aria dachte daran, wie Jarl manchmal heimgekommen war – in naßgeschwitzter Uniform, die er sich vom Leib riß, gleich nachdem er hereingekommen war und nach einem Bier verlangt hatte.

»Trinkst du eigentlich Bier?« sprudelte es aus ihr heraus.

Julian schien zuerst verblüfft zu sein, aber dann unterdrückte er ein Lächeln. »Ja, ich trinke Bier.«

»Das wußte ich nicht. Ich kenne dich überhaupt nicht richtig, und manchmal frage ich mich, ob... ob wir überhaupt zusammenpassen. Ich meine, wir sollen ja schließlich miteinander leben, und die Ehe ist – ich meine, ich habe gehört, daß die Ehe etwas sehr Intimes ist, und..« Sie brach ab und fühlte sich ziemlich kindisch, weil Julian immer noch steif und unnahbar neben ihr stand.

»Ich verstehe«, sagte er.

Aria mißfiel sein blasierter Tonfall, auch ihre eigenen Gefühle verunsicherten sie. »Es tut mir leid, daß ich dich mit etwas so Trivialem belästigt habe«, sagte sie würdevoll und wandte sich ab.

»Aria«, rief er mit einer Stimme, die sie innehalten ließ. Er trat vor sie hin. »Deine Fragen sind durchaus berechtigt. Ehe ich vor den König trat und meinen Heiratsantrag machte, habe ich lange über alles nachgedacht. Die Ehe ist eine ernste Angelegenheit, aber ich habe allen Grund, anzunehmen, daß wir sehr gut zusammenpassen. Wir wurden ähnlich erzogen. Ich zum König, du zur Königin. Wir kennen dieselben Menschen, finden uns im Hofprotokoll zurecht. Ich glaube, wir werden eine wunderbare Ehe führen.«

Aria ließ die Schultern hängen. »Ich verstehe. Ja, ich denke auch, daß wir ein bemerkenswertes Königspaar abgeben werden.« Sie sah auf ihre Hände.

»Gibt es sonst noch etwas?«

Er stand dicht vor ihr, versuchte aber nicht, sie zu berühren.

Sie wollte es nicht sagen, doch es brach einfach aus ihr heraus. »Aber was ist mit uns? Was ist mit der Frau Aria? Bringst du mir persönlich überhaupt irgendwelche Gefühle entgegen, oder siehst du stets die Königin in mir?«

Julians Gesichtsausdruck änderte sich nicht. Er streckte die Hand aus, legte sie um ihren Hinterkopf und zog sie an sich. Dann küßte er sie mit einem Verlangen, das seine aufgestaute Leidenschaft zeigte. Als er sich wieder zurückzog, waren Arias Augen immer noch geschlossen und ihr Mund geöffnet.

»Ich warte mit größter Ungeduld auf unsere Hochzeitsnacht«, flüsterte er.

Aria öffnete die Augen und versuchte die Fassung wiederzugewinnen. »Das wollte ich wissen«, sagte sie leise.

Julian lächelte sie voller Wärme an. »Du bist eine wunderschöne, begehrenswerte junge Frau. Wie konntest du nur daran zweifeln, daß ich mich danach sehne, dich zu besitzen?«

»Ich ... ich glaube, darüber habe ich noch nie nachgedacht.«

»Ist etwas geschehen?« fragte er sanft. »Heute beim Abendessen warst du so anders. Es schien so, als ob du dir über irgend etwas Sorgen machtest.«

Sie staunte über seine Sensibilität. Daß er das bemerkt hatte! Sie lächelte versonnen. Einst hatte sie dieser Verlobung zugestimmt, ohne sich besondere Gedanken über die Ehe zu machen. Sie war viel an seiner makellosen Abstammung und seiner Ausbildung interessiert gewesen als an seinen männlichen Eigenschaften! Aber jetzt wußte sie, was zwischen Mann und Frau in der Ehe geschah!

»In Amerika«, begann sie zögernd, »habe ich Liebespaare gesehen, die sich an den Händen hielten und sich auf Parkbänken küßten.«

»Ich habe mir schon immer gedacht, daß in Amerika einiges anders ist«, meinte Julian mißbilligend.

»Amerika ist ein wunderschönes Land!« rief Aria. »Alles strebt dort vorwärts. Nichts bleibt gleich, alles ändert sich. Die Menschen dort werden nicht von dem Gedanken an eine verstaubte Tradition niedergedrückt. Sie akzeptieren das Neue.«

»Küssende Liebespaare in einem Park sind nichts Neues«, sagte Julian und lächelte amüsiert. »Ich vergesse immer, wie jung du noch bist. Du hast nie gewirkt, als würdest du verlangen, daß man dir den Hof macht. Du hast meinen Heiratsantrag akzeptiert, ohne mehr als einen Händedruck und einen Ring zu erwarten. Oder liege ich da falsch?«

»Nein, aber in Amerika ist etwas passiert . . «

»Du fragtest dich beim Anblick der Liebespaare sicher, wie es sein würde, wenn du geliebt würdest, ja?«

»Ja. Irgendwie schon «, murmelte sie und sah ihn dann geradeheraus an. »Julian, ich möchte, daß unsere Ehe funktioniert. Ich möchte nicht unglücklich werden. Ich will mehr als eine reine Vernunftehe aus politischen Gründen! Ich bin eine Frau und will um meiner selber willen geliebt werden – nicht wegen meiner Krone!«

Julian wirkte belustigt. »Nichts fällt mir leichter. Soll ich dir den Hof machen?« Er nahm ihre Hand und strich mit den Lippen sanft über die Handfläche. »Soll ich dir jeden Tag einen Strauß selbstgepflückter Feldblumen bringen? Oder Liebeslieder unter deinem Fenster singen? Oder die heiße Liebesschwüre in dein hübsches Ohr hauchen?«

»Das reicht für den Anfang!« meinte Aria und beobachtete, wie er ihre Hand küßte.

»Wir treffen uns morgen früh bei Morgengrauen und reiten zusammen aus!«

Bei Morgengrauen? Aber ich soll um neun Uhr reiten!«

»Sag es ab«, kommandierte er. »Ich werde dich also erwarten. Aber jetzt muß ich dich zum Hof des weißen Pferdes zurückbringen. Dort können wir unbemerkt in den Palast gelangen.«

Er drehte sich um und wollte sie vorangehen lassen, doch dann lächelte er und hakte sie unter.

Als sie im Hof angekommen waren, sah sie ihn an. »Würdest du mich noch einmal küssen, Julian?« Er blickte kurz auf die Fenster des Palastes und schien zu zögern. »Bitte, Julian. Ich muß wissen, ob unsere Ehe gut wird. Ich muß vergessen . . .«

Er legte zwei Finger auf ihre Lippen. »Wir alle wollen manches vergessen. Ich werde dich jetzt küssen, bis du dein Verlangen kaum noch ertragen kannst, mein Liebling.« Langsam zog er sie in seine Arme und küßte sie so, daß sie sich fühlte wie Rita Hayworth und Betty Grable zusammengenommen.

Er löste sich von ihr. »Geh jetzt«, befahl er lächelnd. »Ich sehe dich morgen früh.«

Sie wandte sich zum Gehen, als er noch nach ihrer Hand griff. »Wenn die Küsse dich all deine Ängste vergessen lassen, wirst du morgen mittag an Amnesie leiden.« Er gab Aria frei, und sie lief in den Palast.

Lady Werta wartete bereits auf sie. »Was hat er gesagt? Hat er Verdacht geschöpft? Er stand nämlich Prinzessin Aria so nahe, daß er bemerkt haben könnte, daß Sie eine Doppelgängerin sind.«

Diese Frau begann Aria zu langweilen. »Gehen Sie jetzt zu Bett. Ich brauche Sie heute abend nicht mehr.«

»Aber ich –«

»Gehen Sie!« zischte Aria.

»Jawohl, Königliche Hoheit«, sagte Lady Werta und entfernte sich.

In ihrem Zimmer ließ Aria sich schweigend von den Zofen das Nachthemd anziehen. Dann zogen sich die Frauen zurück und wünschten eine gute Nacht.

Während sie sich behaglich zum Schlafen zurechtlegte, fühlte sie sich zum ersten Mal seit Tagen wieder wohl. Vielleicht war ihr Leben doch nicht so schlimm, wenn sie nicht mehr mit Jarl Montgomery zusammen war. Vielleicht konnte sie ihn vergessen. Graf Julian war der Mann, den Lankonien brauchte, und er würde ein perfekter Ehemann sein. Sie mußte sich eben nur in ihn verlieben, und wenn sie an seine Küsse dachte, dann konnte das nicht allzu schwer sein.

Doch als sie einschlief, schlichen sich ungebetene Bilder in ihre Träume: Jarl in der Badewanne; Jarl, der ihr selbstgemachtes Hühnchen lobte; Jarl, der sanft und zärtlich ihre Brüste berührte.

17

Sie war gerade eingeschlafen, als die Tür aufflog und das Licht angedreht wurde. In einem Wirbel aus Seide, blondem Haar und glitzernden Diamanten hüpfte Prinzessin Eugenia in Arias Bett.

»Du hast mir so gefehlt!« rief Gena und drückte die Schwester an sich. »Jetzt sag nur nicht, ich soll mich benehmen und wieder gehen. Ich bin die ganze Nacht durchgefahren, um rechtzeitig bei dir sein zu können. Als Begleitung hatte ich den tollsten Mann, den du dir vorstellen kannst! Ich war so froh, als ich hörte, es ginge dir wieder so gut, daß du Besucher empfangen könntest!« Sie umarmte Aria innig. »Aria – man hat mir erzählt, du wärst fast gestorben! Ich bin aber nicht zur Königin geboren!«

Aria lächelte und hielt ihre kleine Schwester auf Armlänge von sich ab. »Ich würde es dir auch nicht wünschen, Königin zu sein.«

»Schick mich jetzt bitte nicht fort!«

»Aber nein«, beruhigte sie Aria. »Erzähl mir lieber, was während meiner Abwesendheit alles passiert ist.«

Gena streckte sich auf dem Bett aus. ›Wie hübsch sie ist!‹ dachte Aria eifersüchtig. ›So frisch und modern. Sie könnte jeden Schönheitswettbewerb in Amerika gewinnen. Zu schade, daß sie nur Stroh im Kopf hat.‹

»Ach, es war alles wie immer«, seufzte Gena. »Hier passiert doch nie etwas. Aber du bist doch in Amerika gewesen! Hast du viele Soldaten gesehen? Waren sie alle so ungewöhnlich gutaussehend wie mein amerikanischer Soldat?«

»Worüber sprichst du eigentlich?« fragte Aria scharf. »Hast du dich etwa wieder verliebt?«

»Schimpf nicht mit mir, Aria! Großvater hat ihn engagiert. Stell dir vor, mein Soldat hat mir erlaubt, zusammen mit ihm durchs Land zu fahren! Ich durfte sogar neben ihm auf dem Vordersitz sitzen! Zuerst war er mir gegenüber ja sehr zurückhaltend, aber ich habe ihn bald rumgekriegt! Er ist ein sehr gutaussehender, intelligenter Mann, behauptet Großpapa. Ach, Aria, du wirst von ihm entzückt sein! Zumindest hoffe ich das, weil Großpapa ihn schließlich hergeschickt hat, damit er mit dir zusammenarbeitet.«

»Mit mir? Und bei was bitte?«

»Ich weiß nicht. Aber ich glaube, er wurde hergeschickt, um uns alle tüchtig durcheinanderzuwirbeln und Ordnung zu schaffen. Ich habe noch nie erlebt, daß Großpapa jemanden so gern hatte. Stell dir vor, sie haben jeden Abend bis spät in die Nacht zusammengessen, getrunken und sich vulgäre Geschichten erzählt! Ned ist fast gestorben, aber Großpapa sieht so gut aus wie seit Jahren nicht mehr!«

Aria setzte sich kerzengerade im Bett auf. »Ich wäre dir dankbar, wenn du endlich zum Kern der Geschichte kommen würdest. Was hat dieser Amerikaner hier zu tun? Ist er wegen des Vanadiums hier?«

Genas Augen fielen fast zu. »Aria, darf ich bei dir schlafen? Es ist so weit bis zu meinem Zimmer. Ruf doch eine Zofe, damit sie mich auszieht und mein Nachthemd holt.«

»Hier«, sagte Aria ungeduldig. »Ich helfe dir beim Ausziehen, und dann kannst du dir eins von meinen Nachthemden ausborgen.«

Gena sah sie entsetzt an. »Ich soll das Nachthemd von jemand anderem tragen?«

»Stell dich nicht so an! Ich habe in Amerika auf Laken geschlafen, die vorher von völlig Fremden benutzt worden sind!«

»Nein«, stöhnte Gena sprachlos.

Aria zog ihre Schwester energisch aus dem Bett und begann sie auszukleiden.

»Bist du sicher, daß du das kannst?« fragte Gena zweifelnd.

»Es wäre hilfreich, wenn du nicht so unbeweglich dastündest! Heb deine Arme hoch. Jetzt erzähl mir mal, warum Großpapa diesen Amerikaner engagiert hat.«

»Es hat was mit Staudämmen zu tun, glaube ich. Er sieht so gut aus! Au! Ich rufe doch lieber meine Zofe!«

»Gena«, sagte Aria sanft, »wie heißt dieser Amerikaner?«

»Lieutenant Jarl Montgomery. Es ist so nett und – Aria! Wo gehst du hin? Du kannst mich doch nicht hier in der Unterwäsche stehen lassen.«

»Gena, geh zum Schrank, such dir ein Nachthemd aus und zieh es allein an. Es ist ganz einfach. Wo hält sich Lieutenant Montgomery auf?«

»In Rowans Zimmer. Da siehst du, wieviel Großpapa von ihm hält. Aber ich glaube, er schläft schon. Aria!! Laß mich nicht allein«, rief Gena, aber Aria war schon weg.

Aria rannte durch die vielen langen Fluren und die Empfangssalons, in denen nachts keine Wachen standen. Schließlich lief sie eine Wendeltreppe hinunter. Als zwei lachende Wachen vorübergingen, drückte sie sich atemlos in eine Nische.

Sie öffnete die Tür zu ›Rowans Zimmer‹. Das große, handgeschnitzte Himmelbett war mit kostbarem rotem Brokat verkleidet. Die Wände bedeckte schimmernde rote Seide.

J. T. hatte ein Handtuch um seine Hüften geschlungen, sein Haar war naß. »Was tust du hier?« fragte sie und lehnte sich gegen die Tür.

»Die Königliche Hoheit persönlich! Na, das ist vielleicht eine Begrüßung! Ich habe mich gerade gefragt, ob ich nicht an einer Klingelschnur ziehen und mir eins von diesen adretten Zimmermädchen kommen lassen soll, damit sie mir mein Bett wärmt. Aber zu mir kommt die Prinzessin! Los, Schätzchen, zieh dich aus und laß uns zur Sache kommen. Ich bin bereit.«

»Lieutenant Montgomery«, zischte sie durch die Zähne. »Was tust du in Lankonien?«

J. T. rubbelte seelenruhig seine Haare trocken. »Ich bin nicht hier, weil ich es selbst so wünschte. Mein Präsident und dein König haben um meine Dienste gebeten. Sie sind anscheinend immer noch der festen Überzeugung, daß dein Leben in Gefahr ist. Ich soll dich beschützen und gleichzeitig etwas für ... ähm ... deine Untertanen tun.«

»Aber mein Großvater weiß doch von nichts!«

»Er weiß anscheinend genug, um sich einige Dinge zusammenzureimen«, entgegnete J. T. schnell.

»Du kannst nicht bleiben. Es ist unmöglich. Ich werde gleich morgen früh deinen Rückweg nach Amerika arrangieren. Gute Nacht, Lieutenant.«

J. T. erwischte sie, als sie gerade aus dem Zimmer gehen wollte, und zog sie zurück. Sein Handtuch verrutschte, und er hielt es mit einer Hand fest, während er die andere hinter ihren Kopf an die Wand stützte. »Ich habe es dir doch erklärt! Es war nicht meine Idee, verdammt, sondern ein Befehl von Präsident Roosevelt. Es ist meine Pflicht, dein Leben zu beschützen. Man scheint der Meinung zu sein, ich wäre von größerem Nutzen für mein Land, wenn ich dir hier in Lankonien die runtergefallenden Taschentücher hinterhertrage! Also bleibe ich.«

Sie duckte sich unter seinem Arm weg und flüchtete an die gegenüberliegende Wand. »Wie lange mußt du bleiben?«

»So lange, bis ich weiß, daß du in Sicherheit bist, oder bis dein Großvater mir erlaubt, abzureisen.«

»Du wirst gewisse Regeln einhalten müssen. Du kannst dich nicht so überheblich wie sonst benehmen, und du wirst mich korrekt ansprechen.« Sie drehte sich herum und bemerkte, daß seine Augen schmal wurden. »Die Zeit in Amerika ist unwiederbringlich vorbei! Hier bin ich die Kronprinzessin – nicht deine Frau.«

J. T. sagte nach einem Augenblick der Stille: »Ich habe dich damals geheiratet, um meinem Land zu helfen. Jetzt unterstütze ich meine Heimat, indem ich bleibe. Mehr nicht. Soweit es mich betrifft, ist unsere Ehe beendet.«

»Schließt das auch deine Eifersucht mit ein?« fragte sie und hob eine Augenbraue. »Graf Julian und ich bereiten nämlich unsere Hochzeit vor. Er stammt aus einer sehr edlen, alten Familie, und ich werde es nicht zulassen, daß du ihn in den Swimmingpool wirfst.«

»Du brauchst dir keine Sorgen zu machen«, sagte er. Seine Augen funkelten zornig. »Ich mag zwar eifersüchtig auf die Verehrer meiner Frau sein, aber ihre Königliche Hoheit erregt keine Gefühle dieser Art!« Er sah sie abschätzig an, und sein Gesichtsausdruck machte deutlich, was er von dem züchtigen, hochgeschlossenen Nachthemd und dem prächtigen Brokatmorgenrock hielt.

Sie wandte sich ab, weil sein Anblick sie an die Nächte erinnerte, die sie miteinander verbracht hatten. »Mit welcher Geschichte führst du dich im Palast ein?« fragte sie.

»Meine Regierung hat mich hergeschickt, um das

Vanadium zu kaufen. Ich soll mich aber auch nach Orten umsehen, die für einen Militärstützpunkt geeignet sind. Der König hat dich gebeten, mir Escalon und das Umland zu zeigen, weil Amerika beabsichtigt, Lankonien zu kaufen.«

»Was?« Sie wirbelte zu ihm herum. «Amerika will mein Land kaufen?«

»So heißt es. Aber ich kann dich beruhigen – nachdem, was ich hier gesehen habe, wird nichts draus. Wir haben nämlich gerade eine Wirtschaftskrise hinter uns und möchten nicht in eine neue geraten. Aber wir haben so genug Gründe, um viel Zeit miteinander zu verbringen. Du wirst mir die Abrechnungsbücher des königlichen Haushalts zeigen und alles über das Land erzählen. Außerdem sollst du sehr nett zu mir sein.«

»Ich ... ich glaube nicht, daß das machbar ist. Mein Großvater hat doch keine Ahnung von dem, was zwischen uns vorgefallen ist! Sonst würde er das nicht von mir verlangen!«

»Er hat genug Ahnung, um zu wissen, daß dein Leben in Gefahr ist. Glaubst du, es ist gut für dich, wenn du mit mir allein im Zimmer bleibst? Es hat dich doch bestimmt jemand hereingehen sehen?«

Aria blinzelte ein paarmal verwirrt. Sie wußte, daß niemand sie gesehen hatte, und der Anblick von Jarl und dem Himmelbett war sehr verführerisch. Sie stand kurz davor, Julian und eine standesgemäße Heirat zu vergessen ... »Ich muß gehen!« Sie lief in Richtung Tür.

»Nein, nimm den anderen Weg«, sagte er und hielt sie fest. Er ging zu seiner Tasche und zog ein paar vergilbte Papiere heraus. »Dein Großvater hat mir die Karten von den unterirdischen Geheimgängen im Palast mitgegeben.«

»Er hat was getan?«

»Er hat mir erklärt, daß jeder Monarch die Karten bei der Testamentseröffnung erhält – aber er dachte wohl, daß jetzt die Zeit für extreme Maßnahmen gekommen ist. Hier sind wir.« Er deutete mit dem Finger auf einen markierten Punkt in der Karte. »Ich wußte, daß er einen bestimmten Grund hatte, mir gerade dieses Prunkgemach zu geben. Er schien es für etwas ganz Besonderes zu halten. Und bei Gott, das ist es!« Während er sprach, hatten seine Hände unermüdlich die Eichentäfelung abgetastet. »Hier ist es.« Er drückte auf einen Knopf, aber nichts bewegte sich. »Ich glaube, diese Tür sollte mal geölt werden.« J. T. nahm einen Brieföffner vom Schreibtisch und stemmte die Tür langsam auf. Ein dumpfer Modergeruch erfüllte den Raum, und sie konnten das Flattern von Fledermäusen hören.

»Wenn du denkst, daß ich da runtergehe, dann irrst du dich aber gewaltig«, meinte Aria.

J. T. zog eine Taschenlampe aus dem Koffer. »Wenn du in diesem Aufzug aus meinem Zimmer kommst, werden die Klatschmäuler in der nächsten Zeit einiges zu tun haben. Dein Graf wird dich nicht mehr heiraten können, weil dein Ruf ruiniert ist, und mich werden sie wahrscheinlich aufhängen, weil ich es gewagt habe, unter das königliche Nachthemd zu schauen. Also?«

Es war furchtbar. Der Geheimgang war anscheinend seit Jahrhunderten nicht mehr betreten worden. Überall hingen dicke Spinnweben, und der Kot der Fledermäuse machte die Stufen so glitschig, daß Aria einige Male fast ausgeglitten wäre.

»Warum wußte ich nichts von diesem Gang?« flüsterte sie.

»Einer der Könige hat offensichtlich jeden umgebracht, der davon wußte. Nur der jeweilige Herrscher kennt das Geheimnis.«

Aria riß eine Spinnwebe herunter. Ihre Pantoffeln würden nie wieder sauber werden, so staubig waren sie. »Der Übeltäter war bestimmt König Hager der Gehaßte. Er lebte im vierzehnten Jahrhundert und brachte mit Leidenschaft andere Menschen um.«

»Du hast ja eine saubere Verwandtschaft! Wer hat das Schloß eigentlich gebaut?«

»Rowan«, erwiderte Aria. Etwas in ihrer Stimme ließ J. T. aufhorchen. »Ich glaube, der war ganz in Ordnung, oder?«

»Er war der beste König, den wir je gehabt haben! Wohin führt dieser Gang eigentlich?«

»Genau hierhin.« entgegnete J. T. lakonisch und blieb vor einer massiven, verrosteten Eisentür stehen. »Ich hoffe nur, daß wir dieses Monstrum auch aufkriegen.« Er reichte ihr die Taschenlampe.

»Da ist noch ein Gang. Können wir nicht den nehmen?« fragte sie und wies auf einen Tunnel, der nach links abbog.

»Der führt an den Verliesen vorbei in die Stadt. Dein Großvater meinte, der Ausgang sei blockiert, weil ein Haus darüber errichtet wurde. Da! Die Tür ist offen! Mach die Lampe aus!«

»Und wie geht das?« J. T. nahm ihr die Taschenlampe aus der Hand und knipste sie aus.

»Wenn die Karte deines Großvaters stimmt, dann befinden wir uns hier am nördlichen Ende des Königsgartens. Kennst du dich hier gut genug aus, um zu deinem Zimmer zurückzufinden?«

»Natürlich!« Sie wandte sich zum Gehen.

»Warte noch, Prinzessin. Du hast mir noch nicht erzählt, wo du dich morgen früh aufhältst. Ich möchte dich nicht aus den Augen verlieren!«

Aria dachte gar nicht daran, ihm von ihrer Verabredung mit Graf Julian zu erzählen. »In meinem Terminkalender steht, daß ich um neun Uhr reiten gehe«, erklärte sie wahrheitsgemäß.

»Ich werde dich in deinem Zimmer abholen.«

»Aber ich darf dich doch nicht kennen! Erst müssen wir einander offiziell vorgestellt werden!«

»Du kannst ja sagen, daß dein Großvater dich angerufen hat – das heißt, wenn es in dieser halbverfallenen Ruine überhaupt so etwas wie ein Telefon gibt!«

»Wir sind moderner, als du glaubst«, erwiderte sie und reckte ihr Kinn. »Gute Nacht, Lieutenant Montgomery!« Sie wollte gehen.

»Warte«, rief er und legte die Hand auf ihren Arm. Er betrachtete sie lange. Dann sagte er rauh: »Los jetzt.«

Wie von Furien gehetzt, rannte sie los. Nur weg von ihm! ›Ich werde Julian schon lieben lernen‹, flüsterte sie vor sich hin. Julian würde sie diesen unhöflichen Amerikaner vergessen lassen, der für kurze Zeit ihr Gatte gewesen war. J. T. hatte doch behauptet, sie wäre kalt! Gut, sie würde ihm schon zeigen, wie stolz eine Kronprinzessin sein konnte! Ganz gleich, was sie zusammen erlebt hatten, von jetzt an würde sie ihn behandeln, als wäre er ihr niedrigster Untertan!

Vor ihren Gemächern war niemand zu sehen – nur der Gardeoffizier vom Dienst. Sie mußte ungesehen an dem Mann vorbeikommen! Da benutzte Aria einen Trick, den sie in einem amerikanischen Film gesehen hatte: Sie nahm ein wertvolles, ovales Stück Malachit von einem Tisch und rollte es der Wache vor die Füße. Er bückte sich danach, und diesen Augenblick der Unaufmerksamkeit nutzte Aria, um in ihr Zimmer zu schlüpfen. Mit klopfendem Herzen lehnte sie sich in ihrem Zimmer an die geschlossene Tür.

Natürlich mußte sie sich jetzt zuerst umziehen. Wie gut, daß sie in Amerika gelernt hatte, sich allein anzuziehen und ihre Kleider in Ordnung zu halten. Zuerst bürstete sie den Morgenrock aus, dann wechselte sie das Nachthemd. Die Pantoffeln steckte sie in die Ärmel eines Parademantels.

Es war schon spät, als sie endlich in das warme Bett neben die schlafende Gena schlüpfte. Sie mußte wieder an die Nächte denken, die sie mit J. T. verbracht hatte. Doch dann rief sie sich zur Ordnung. Die Rolle dieses Mannes in ihrem Leben war ausgespielt. Es gab wichtigere Dinge im Leben, als zusammen ins Bett zu gehen!

Morgen früh würde sie sich mit Julian treffen. Er würde ihr helfen, diesen Amerikaner zu vergessen.

»Ihre Hoheit!«

Aria schlug schläfrig die Augen auf. Ihre Zofe stand vor dem Bett. »Graf Julian wartet bereits ungeduldig auf Sie!«

Verschlafen stieg Aria aus dem Bett und wankte benommen ins Bad. Langsam kamen ihr wieder die Ereignisse der vergangenen Nacht zu Bewußtsein. Heute morgen fing ihr neues Leben an – mit Julian würde sie einen romantischen Ritt durch den dämmrigen Bergwald machen!

Sie zappelte ungeduldig, als die Zofen sie ankleideten.

Im Reitdreß eilte sie zu den Ställen.

»Guten Morgen, Hoheit«, begrüßte Julian sie. Als der Stallbursche kurz in einer Box verschwand, beugte er sich jedoch zu ihr und raunte: »Oder sollte ich besser sagen ›mein Liebling?‹ Du siehst bezaubernd aus!«

Aria errötete. »Wenn wir allein sind, darfst du mich nennen, wie du willst.«

»Dann würde ich dich am liebsten jetzt schon ›meine Frau‹ nennen«, rief er forsch aus. »Reiten wir jetzt? In einer Stunde können wir schon im Wald sein – allein. Und dann haben wir viel Zeit für uns.«

Aria wurde immer verlegener.

»Nun, Graf, mit ›allein‹ meinen Sie doch sicher uns drei, nicht? Ich reite nämlich mit!« J. T. trat aus dem Schatten der Stalltür.

»Sie??« ächzte Aria.

»Du kennst diesen Mann?« fragte Julian und sah prüfend von einem zum anderen.

Arias Augen wurden schmal. »Ich hatte das Pech, ihn in Amerika kennzulernen. Wir hatten – ähm – geschäftlich miteinander zu tun.«

J. T. lächelte. »Es geht um den Verkauf des lankonischen Vanadiums.«

Julian trat entschlossen vor und ergriff Arias Arm. »Ihre Königliche Hoheit wird sich um Sie kümmern, wenn Sie Ihren Morgenritt beendet hat.«

»Nein«, sagte J. T. und baute sich vor den Pferden auf. »So nicht. Wissen Sie, es gab da ein paar Schwierigkeiten in Amerika, und wir . . .

»Schwierigkeiten?« fragte Julian betroffen. »Was meint er damit?«

»Nichts Besonderes«, wiegelte J. T. ab, noch ehe Aria sich einschalten konnte. »Ein paar Leute haben der Prinzessin Ungelegenheiten bereitet. Damit unsere Interessen gewahrt werden, entsandte Amerika zwei Soldaten, um zu beweisen, daß wir es ernst meinen. Mein Kollege bleibt beim König, und ich soll die Prinzessin bewachen.«

Julian verstärkte seinen Griff an Arias Arm. »Ich bin sicher, daß Ihre Regierung es gut gemeint hat, aber in meiner Begleitung ist Ihre Königliche Hoheit vollkommen sicher und bedarf keines weiteren Schutzes.«

Julian wollte zu den Pferden gehen, doch J. T. stellte sich ihm in den Weg.

Man konnte sich keinen größeren Gegensatz vorstellen als diese beiden Männer: J. T., groß, dunkel, die Haut vom ständigen Aufenthalt im Freien wettergegerbt, und Graf Julian, klein, gepflegt, mit manikürten Händen.

»Tut mir leid, Graf«, sagte J. T. eisig. »Entweder ich reite mit, oder sie bleibt hier.«

Ungeduldig malträtierte der Graf seine blankgeputzten Stiefel mit der Reitpeitsche. »Ihr Benehmen ist einfach . . .«

»Was ist los, Graf?« sagte J. T. jovial. »Haben Sie vielleicht Angst, ich würde Ihre Zweisamkeit stören? Selbstverständlich bleibe ich ein Stück zurück.«

Er zwinkerte Graf Julian zu, dessen Gesicht vor Wut dunkelrot wurde. J. T. lächelte. »Sie müssen nämlich eins wissen: wenn ich die Prinzessin nicht begleiten kann, platzt der Vanadiumvertrag. Denn mein Land würde das Metall nie von einem Staat kaufen, der sich so feindselig verhält. Und in diesem Fall werden wir auch zu verhindern wissen, daß irgendein anderes Land mit Ihnen verhandelt. Wir werden nämlich Lankonien den Krieg erklären. Das wiederum würde bedeuten, Sie würden der König eines zerbombten Landes, das außerdem bankrott ist. Haben Sie verstanden?« Nach diesen Worten wandte sich J. T. ab und ging weg.

Aria verdrehte die Augen. »Er meint kein Wort ernst«, versicherte sie Julian.

»Du riskierst Krieg und Armut«, fauchte Julian zurück.

»Ich bin sehr überrascht. Bedeutet dir das Wohl deines Landes denn gar nichts?«

Aria knirschte mit den Zähnen und fragte sich, was Julian wohl mehr schreckte: Krieg oder Armut? Sie schalt sich für diesen Gedanken und gestattete Julian, ihr aufs Pferd zu helfen. »Er wird immer hinter uns bleiben, so daß wir eigentlich fast allein sind«, sagte Julian, als ob er sich entschuldigen wollte, und küßte ihre Hand.

Sie zuckte zurück, doch dann zwang sie sich dazu, ihn anzulächeln. Lieutenant Montgomery würde ihr diesen Ausflug nicht verderben! Sie würde es dem Amerikaner schon zeigen! Wahrscheinlich konnte er gar nicht reiten!

»Wir nehmen den nördlichen Pfad. Den, der zu Rowans Peak führt.«

»Aria!« protestierte Julian. »Bist du sicher? Bedenke – du bist lange nicht mehr geritten!«

Sie beugte sich zu ihm. »Vielleicht können wir so unsere Begleitung abhängen und endlich allein sein«, flüsterte sie mit verführerischem Augenaufschlag.

»Ich würde dir bis ans Ende der Welt folgen, mein Liebling«, raunte Julian.

J. T.s Pferd sprang zwischen sie und trieb sie auseinander.

»Tut mir leid«, sagte J. T. »Ich wünschte wahrhaftig, ich hätte ein Lenkrad in der Hand. Könnten wir in leichtem Gelände bleiben? Ich kenne mich nämlich mit Pferden nicht so aus.« Sein Pferd brach aus und wich zur Seite, dadurch wurde die Distanz zwischen Aria und Julian größer. »Wo kann man das Vieh bremsen?«

»Ziehen Sie an den Zügeln«, rief Julian. »Verdammte Amerikaner«, brummte er. »Warum haben die Engländer nur um dieses Land gekämpft? Aria, wie heißt dieser Mensch eigentlich?«

»Lieutenant Montgomery«, rief Aria über die Schulter zurück und sprengte in leichtem Galopp aus dem Hof. Julian folgte ihr, während sich J. T. noch immer mit seinem bockenden Pferd abmühte.

Aria wußte, daß ihre einzige Chance, J. T. abzuhängen, darin bestand, ihn auf dem gewundenen, steilen Pfad auszumanövrieren. Ihr Pferd war ausgeruht und brauchte Bewegung, deshalb ließ sie es laufen. Höher und höher kamen sie in die Berge, und die kühle Luft wurde immer dünner. Große Pinien standen neben dem Weg, Felsbrocken hingen zuweilen drohend über ihr. Manchmal stolperte ihr Pferd, doch sie zwang es weiter.

An einer Abzweigung zügelte sie das Pferd und sah sich um. Julian war dicht hinter ihr, und sie lächelte, als sie keine Spur von J. T. entdeckte. Sie wies nach rechts, um Julian zu zeigen, welche Richtung sie einschlagen wollte. Ein paar Meilen weiter lag eine hübsche Lichtung an einem Bergbach. Dort könnten sie rasten.

Sie beugte sich über die Mähne des Pferdes, um ihr Gesicht vor den tiefhängenden Ästen zu schützen. Als sie den Bach erreichte, war sie erschöpft. Sie stieg ab und sog in tiefen Zügen die klare Bergluft in sich hinein. Wie sehr hatte ihr das alles gefehlt!

Als Julian etwa eine Viertelstunde später die Lichtung erreichte, war sein Gesicht schweißnaß, und er sah sehr böse aus. »Aria, ich muß dich ernsthaft tadeln. Eine Dame sollte diesen Pfad nicht reiten. Es ist einfach zu schwieriges Gelände!«

»Möchtest du weiter da oben sitzen und mich ausschimpfen, oder willst du absteigen und mich küssen?«

Zuerst wirkte er sehr schockiert, doch dann stieg er sehr schnell ab und riß sie in seine Arme. »Du hast dich sehr verändert«, murmelte er, ehe er sie küßte. »Laß uns das Hochzeitsdatum festsetzen, mein Liebling«, flüsterte er ihr ins Ohr und preßte sie an sich. »Ich weiß nicht, wie lange ich mein Verlangen, dich ganz zu besitzen, noch zügeln kann!«

Aria legte den Kopf zurück, so daß er ihren Hals mit kleinen Küssen bedecken konnte. Wie gut das tat!

»Hier kommt ein wilder Reiter!« J. T. fegte wie eine Rakete auf die Lichtung, und er machte fast ebensoviel Lärm. Aria hatte ihr Pferd angebunden, doch Julian seines nicht. Es erschrak so sehr, daß es den Pfad zurückgaloppierte.

»Holen Sie mir mein Pferd zurück!«, befahl Julian J. T. mit zornrotem Gesicht.

J. T. sah ihn zerknirscht an. »Es tut mir leid, Graf, aber ich darf die Prinzessin nicht allein lassen. Ich fürchte, Sie müssen es selbst wieder einfangen! Ich leihe Ihnen mein Pferd. Himmel! War das ein Ritt! Wohl an die zwanzig Mal habe ich gedacht, daß ich runterfalle! Und jetzt bin ich total erledigt!«

Aria starrte ihn an. Er log offensichtlich, denn er sah überhaupt nicht erschöpft aus. Tatsächlich wirkte er, als würde er zu neuen Schandtaten bereit sein.

»Sind Sie okay, Prinzessin?« fragte er sie.

»Für Sie immer noch: Ihre Königliche Hoheit«, herrschte sie ihn an, dann wandte sie sich an Julian: »Ich werde mit dir gehen, um dein Pferd einzufangen. Sie«, sagte sie zu J. T., »bleiben hier.«

J. T. senkte die Augen. »Ich wünschte, das wäre möglich, Ihre Königliche Mächtigkeit, aber . . .«

»Ihre Königliche HOHEIT«, schrie Julian aufgebracht.

»Aria, ich weigere mich entschieden, auch nur eine Minute länger mit diesem ordinären Schwachkopf zusammenzubleiben! Sobald wir wieder im Palast sind, werde ich der amerikanischen Regierung telegrafisch meinen Protest übermitteln! Komm jetzt, Aria. Sie bleiben hier!«

Julian wollte Aria mit sich ziehen.

»Liebling, es tut mir leid«, sagte Aria. »Sobald das Vanadium verkauft ist und wir wieder Geld in der Staatskasse haben, schicke ich ihn heim.«

»Ich glaube nicht, daß ich fähig bin, ihn noch so lange zu ertragen. Er ist ein ungebildeter, plumper Trottel! Er ist noch dümmer als der Großteil unserer Landbevölkerung!«

»Oh, nicht alle sind dumm«, berichtigte Aria. »Und in Amerika habe ich Menschen von hoher Intelligenz kennengelernt.«

»Menschen kennengelernt? Waren das etwa die ›Schwierigkeiten‹, die dieser Idiot so beredt beschrieben hat?« Er sah sie mißtrauisch an.

»Nun, nein ... ich ... ich meine ...

»Sehen Sie sich das an!« rief J. T. »Graf, ich habe Ihr Pferd gefunden!« Er trabte neben dem Hengst, wie der Page eines Ritters. »Ein gefährlicher Gaul«, bemerkte J. T. ängstlich, »bin verdammt froh, daß ich ihn nicht reiten muß. Hier, Graf.« Er übergab dem kleineren Mann die Zügel. »Ich habe eine Flasche Whisky dabei. Wollen Sie mithalten?«

»Mithalten? Whisky?« fragte Julian spöttisch. Aria, wir müssen jetzt umkehren. Ich will sofort das Telegramm abschicken. Oder nein – besser ich funke diesen amerikanischen Präsidenten – wie war noch sein Name? Roosevelt. Ich werde ihn anfunken und dagegen protestieren, daß er uns in eine solche Lage gebracht hat.«

»Sie können mit Präsident Roosevelt Funkkontakt aufnehmen?« fragte J. T. staunend. »Sie müssen ein mächtiger Mann sein! Das gleicht ihre geringe Körpergröße wieder aus, nicht?«

Aria trat zwischen die beiden Männer, als Julian seine Reitpeitsche hob. »Julian, bitte. Damit würdest du nur die amerikanische Regierung brüskieren. Laß mich mit ihm sprechen. Bitte!«

Julian drehte sich auf dem Absatz um und ging zum Bach.

»Du benimmst dich wie ein Trottel«, zischte sie ihn an, als sie allein waren. »Und wo hast du so gut reiten gelernt?«

Er grinste ihr fröhlich zu. »In Colorado auf dem Rücken der gemeinsten Wildpferde, die meine Taggert-Vettern auftreiben konnten.«

»Daß du hier den einfältigen Idioten spielst, ist schon schlimm genug – aber deine Eifersucht ist unerträglich!«

Sein Lächeln verschwand augenblicklich. »Eifersucht! Woher, zum Teufel, weißt du eigentlich so genau, daß nicht gerade dein kleiner Graf dich umbringen will? Vielleicht hat er ja die Entführung in Key West arrangiert?! Vielleicht will er dich aus dem Weg räumen, damit er deine strohköpfige kleine Schwester heiraten kann!«

»Bitte, laß meine Schwester aus dem Spiel.« Sie hielt inne. »Und nebenbei – was habt ihr beiden eigentlich getrieben, als ihr zusammen bei meinem Großvater wart? Als sie gestern abend zurückkam, hat sie nur von dir erzählt!«

»Ja?« J. T. grinste. »Sie ist ein süßes kleines Ding.«

»Wie kannst du es wagen!« rief sie und ballte die Hände zu Fäusten.

»Halt dich ein wenig zurück, Prinzessin. Da

kommt nämlich dein kleiner Hengst. Warne ihn lieber vor mir. Wenn er es wagen sollte, mich mit seiner Reiterpeitsche zu schlagen, wickle ich sie um seinen dünnen Hals!« Er fügte grinsend hinzu: »Dürfte für vier Umdrehungen reichen!«

»Laß uns allein«, zischte sie, als Julian sich näherte. »Laß uns endlich in Ruhe.«

»Erst muß ich wissen, ob man ihm trauen kann«, sagte J. T. leise, und dann laut: »Graf! Die Prinzessin hat mich gerade heruntergeputzt, daß mir die Ohren klingen. Tut mir ehrlich leid, aber ich wußte wirklich nicht, wie man die königliche Verwandtschaft behandelt. Wir Amerikaner sind ja auch nicht an Herzöge, Grafen und so was gewöhnt. Sie können jetzt weiterreiten, ich werde mich still verhalten wie ein Mäuschen!«

Graf Julian war sein Leben lang von dienstbaren Geistern umgeben gewesen – Dienern, die sich respektvoll verhielten und sich bewußt waren, wie gering ihre Stellung war. Jetzt nahm Julian an, daß der Amerikaner auch zu der Erkenntnis gekommen war, daß der Graf hoch über ihm stand. Er wandte sich an Aria: »Gehen wir doch etwas spazieren, Liebling. Wir könnten dann die Hochzeitsvorbereitungen besprechen. In spätestens drei Monaten sollten wir heiraten. Dann ist es Herbst, und wir könnten die Flitterwochen in diesem entzückenden Bergschlößchen verbringen.«

»Ich weiß nicht recht. Schließlich tobt in der ganzen Welt ein grausamer Krieg.«

»Und trotzdem finden Hochzeiten statt! Die Menschen brauchen etwas Ablenkung.«

»Ich stimme dem vollkommen zu, Prinzessin«, erklang J. T.s Stimme hinter ihnen. »Sie sind so ein gutaussehendes, glückliches Paar. Sie müssen einfach

Ihre Freude mit der Welt teilen. Die Prinzessin trägt ein langes weißes Kleid, um ihre Unschuld hervorzuheben, und der Kopf wird von einer dieser Diamantkronen bedeckt ... Die darf aber nicht zu hoch sein, damit Sie nicht größer sind als seine Königliche Grafschaft hier. Ach, ich sehe es schon vor mir!«

Graf Julian hob wieder seine Reiterpeitsche.

»Natürlich«, fuhr J. T. fort, »wird Amerika die Kosten der Hochzeit tragen – gewissermaßen als kleines Dankeschön für das Vanadium.«

Die Peitsche senkte sich wieder.

»Ich glaube, wir reiten jetzt besser zum Palast zurück«, sagte Julian und führte Aria weg.

Aria war wütend, und sie schwor sich, J. T. auszutricksen.

Julians Gesicht glich einer starren Maske, als er Aria auf das Pferd half.

»Hab ich etwas Falsches gesagt?« fragte J. T. und sah Aria mit Unschuldsaugen an.

Sie antwortete nicht, sondern trieb ihr Pferd neben Julians. »Heute abend treffen wir uns um neun Uhr dreißig im Garten der Königin unter dem Gingko«, flüsterte sie ihm zu. Julian nickte kurz, sah aber weiter starr geradeaus.

Sie ritten schweigend den Berg hinunter. J. T.s Pferd blieb immer dicht hinter Arias. Sie warf einige Male einen Blick über die Schulter zurück, aber er betrachtete aufmerksam die Umgebung. Aria nahm sich vor, ein ernstes Wort mit ihm zu reden, wenn sie wieder im Palast waren. Sie würde es nicht zulassen, daß er ihr Verhältnis zu Graf Julian trübte. Außerdem würde sie ihm verbieten, weiter die Freundschaft zu ihrer kleinen Schwester Gena zu pflegen. Gena war zu jung und unerfahren für einen so gerissenen Schürzenjäger wie J. T.

J. T. gab keinen Laut von sich – von einer Sekunde auf die andere flog er durch die Luft auf sie zu.

Die Kugel verfehlte sie nur um Zentimeter. J. T. riß sie zu Boden, bevor das Geschoß über ihre Köpfe pfiff.

Julians Pferd wieherte, bockte, und der Graf verlor die Zügel. Er konnte sich kaum noch halten, sein Pferd galoppierte kopflos den Berg hinunter. Die beiden reiterlosen Pferde folgten ihrem Stallgefährten.

J. T. hatte sich in der Luft gedreht, so daß er Arias Sturz mit seinem Körper abfing. Dann deckte er sie mit seinem Körper und musterte prüfend die Umgebung.

»War das ein Schuß?« flüsterte Aria und sah in sein Gesicht.

»Ich schätze, es war ein ziemlich großes Kaliber. Vielleicht ein Sportgewehr. Ich habe den Lauf im Sonnenlicht aufblitzen sehen. Zum Glück!«

»Vielleicht ein Jäger?«

Er sah sie nachsichtig an. »Ach, er hat wahrscheinlich unsere Pferde für Bergschafe gehalten, was? Man sollte dich treffen, Prinzessin!«

»Oh!« sagte sie, und ihre Arme umschlangen seinen Hals. »Du hast mir das Leben gerettet!«

»Ja, wieder einmal«, sagte er trocken. »Aber dieses Mal gefällt es mir besser!«

Er sah sie an, als wollte er sie küssen, aber dann zog er sich zurück. »Wir müssen dich irgendwie nach Hause schaffen. Den Pfad können wir nicht benutzen, den kann man zu gut einsehen. Wir müssen durch den Wald, aber leise! Wo ist das nächste Haus? Ein Auto finden wir da sicher nicht, aber vielleicht ein Telefon? Wir müssen unbedingt jemanden zu deinem Schutz anfordern. Das wäre dann die Aufgabe der Garde, oder?«

»Dort oben, in der Nähe des Gipfels liegt eine Jagdhütte«, erwiderte sie. »Ein Hausmeisterehepaar hält das Anwesen in Ordnung. Einer von ihnen könnte eine Nachricht ins Tal bringen. Telefon gibt es da oben nämlich nicht. Der nächste Fernsprecher ist am Fuß des Berges. Aber Julian wird sicher Hilfe schicken.«

»Verlaß dich nicht zu sehr darauf, Kleines. Der sah so aus, als würde er noch meilenweit rennen, und wenn er im Palast ist, wird er sich wahrscheinlich unter der Bettdecke verkriechen!«

»Ich verbiete dir, in diesem Ton von ihm zu reden! Julian ist kein Feigling!«

»Nein? Ein Schuß fiel, und alles, was er getan hat, war, so schnell wie möglich davonzurennen. Er könnte jetzt schon mit den Pferden zurück sein. Wie weit ist es bis zur Jagdhütte?«

»Nicht weit, aber es geht ziemlich steil hinauf.«

J. T. stöhnte.

»Es ist ein schwieriger Aufstieg, aber ...«

»Ist ja gut. Bleib nur immer hübsch in Deckung, halte dich gebückt und versuche, immer etwas hinter dir zu haben, damit dich der Schütze nicht ausmachen kann.«

»Vielleicht ist er ja wieder weg!«

»Und verpaßt die Gelegenheit, dich doch noch ins Visier zu kriegen? Los jetzt, steh auf.«

Aria hatte diesen Weg noch nie benutzt. Der Pfad war steil und schwierig. Noch anstrengender wurde es durch J. T.s Forderung, nur durch das dichteste Unterholz zu gehen. Manchmal kamen sie nur kriechend vorwärts.

Es war schon fast Mittag, als sie das Jagdhaus erreichten. J. T. schubste Aria hinter einen großen Busch und hämmerte gegen die Tür. Eine ängstlich aussehende ältere Frau öffnete.

»Sir, sie dürfen hier nicht ...

J. T. stieß sie resolut beiseite und zog Aria herein.

»Königliche Hoheit«, hauchte die ältere Frau und versank in einen ungeschickten Hofknicks.

»Es ist gut, Brownie«, sagte Aria. »Das ist Lieutenant Montgomery, ein Amerikaner.« Das letztere sagte sie, als ob das seine Manieren erklären würde. »Können Sie uns wohl etwas zu essen bringen?«

»Aber – ich bin nicht auf Ihr Kommen vorbereitet worden, Hoheit.« Die Frau sah aus, als würde sie gleich in Tränen ausbrechen, und fingerte nervös an ihrer Schürze.

J. T. trat näher. »Was essen Sie denn heute zu Mittag?«

Brownie musterte ihn kurz, um festzustellen, ob er überhaupt einer Antwort würdig war, dann sagte sie: »Ich hätte einen Auflauf aus Hammelfleisch und Kartoffeln. Aber das ist doch keine Mahlzeit für eine Prinzessin!«

»Hört sich großartig an«, meinte J. T. »Und was ist mit dir, Schätzchen?«

Brownie fiel fast in Ohnmacht.

»Er ist Amerikaner«, wiederholte Aria beschwörend. »Auflauf wäre wunderbar. Könnten wir etwas davon bekommen?«

»Natürlich, Hoheit!« Brownie knickste wieder und verschwand in einem anderen Zimmer.

»Hör auf, mich ›Schätzchen‹ zu nennen!«

»Sagen Adelige ›Liebling‹?« Er spähte aus dem Fenster.

»Kannst du vielleicht Julian entdecken?«

»Nichts zu sehen.« Er drehte sich zu ihr um. »Du scheinst das alles ausnehmend gut zu verkraften. Aber du erholst dich von Attentatsversuchen ja immer ziemlich schnell. Sie scheinen dich nur hungrig zu machen.«

»Das ist ein Teil meiner Ausbildung gewesen. Seit man denken kann, gab es immer wieder Menschen, die die Mitglieder regierender Häuser töten wollten. Entweder um Aufmerksamkeit zu erregen oder um persönliche Rache zu üben, oder aus politischen Motiven heraus.«

»Wer hat dir eigentlich beigebracht, das so herunterzurasseln?«

»Meine Mutter«, erwiderte Aria, ohne lange zu überlegen.

Er sah sie eine ganze Weile an. »Weißt du was? Ich glaube, so langsam lerne ich dich kennen. Wie wäre es mit einem doppelten Whisky?«

»Bitte«, sagte sie dankbar, und er lächelte.

Sie tat ihr Bestes, um nach außen die kühle, selbstbeherrschte Prinzessin zu mimen. Aber innerlich zitterte sie. Irgend jemand wollte sie umbringen. Einer ihrer eigenen Leute!

»Setz dich«, befahl er kurz, ging zu einem Schrank und füllte ein Glas mit Whisky.

Sie kippte ein Drittel davon in einem Zug hinunter. Die Augen tränten ihr zwar, aber die Wärme des Alkohols tat ihr gut.

»Ich weiß von der Entführung und dem Mordversuch auf der Insel. Und jetzt das. Gab es noch andere Attentate oder vielleicht irgendwelche ›Unfälle‹?«

»Vor ein paar Wochen lag etwas Glitschiges auf der Treppe. Hätte Lady Werta mich nicht am Kleid gepackt und festgehalten, so wäre ich bestimmt gestürzt.«

»Was sonst noch?«

Aria wandte sich ab. »Einer meiner Hunde wurde bestialisch umgebracht«, sagte sie leise. »Ich habe das damals als Warnung empfunden.«

»Wem hast du von diesen Zwischenfällen erzählt?«

»Niemandem. Es gab doch keinen, dem ich es sagen konnte! Mein Großvater ist viel zu krank . . .«

»Ich glaube, ihr schont ihn zu sehr, das macht ihn kränker als alles andere«, meinte J. T. und goß sich ebenfalls einen Whisky ein. »Von jetzt an werde ich dich keinen Augenblick mehr aus den Augen lassen. Du wirst keinen Schritt mehr ohne mich tun!«

»Aber das ist unmöglich! Ich habe schließlich Verpflichtungen meinem Volk und meinem Verlobten gegenüber zu erfüllen«, sagte sie und leerte ihr Glas. »Julian hat schon recht: eine Fürstenhochzeit würde unserem Land sehr zugute kommen.«

»Das Mittagessen ist serviert, königliche Hoheit«, meldete Brownie.

J. T. trank seinen Whisky aus. »Na ja. Schick mir trotzdem eine Einladung. Ich werde alles tun, um dir zu helfen – sobald ich davon überzeugt bin, daß dein Verlobter nicht an dem ganzen Schlamassel hier mitbeteiligt ist. So, und jetzt laß uns essen.«

18

Zwanzig Minuten später rückte Graf Julian mit einer kleinen Armee an. Sie hatten geplant, das Jagdhaus zum Hauptquartier für ihre Suche nach Aria und dem ruchlosen Attentäter zu machen. Als Julian in den Speiseraum stürmte, fand er dort Ihre Königliche Hoheit vor, die zusammen mit einem Bürgerlichen am Tisch saß und ein einfaches Mahl einnahm.

»Schön, Sie zu sehen, Graf«, rief der Amerikaner. »Wir haben schon gedacht, das letzte, was wir von Ihnen sehen würden, wäre Ihr Rücken!«

»Ergreift ihn!« befahl Julian den Gardesoldaten, die hinter ihm standen.

Aria erhob sich. »Nein«, sagte sie. »Er hat mein Leben gerettet. Laßt uns jetzt allein.«

Mit einer Verbeugung zogen sich die Gardisten zurück.

»Julian«, sagte Aria fest, »du und die Wachen, ihr begleitet mich jetzt heim. Ich muß heute nachmittag noch einige Termine wahrnehmen.«

J. T. stand auf und stellte sich vor die Tür. »Sie dürfen jetzt nicht unter Leute.«

»Was erwarten Sie von mir? Soll ich mich in einen Turm einschließen? Einen Vorkoster engagieren, der Gift im Essen aufspürt?« Sie wandte sich an Julian. »Wir werden sagen, daß ich vom Pferd gefallen bin und den Rückweg zu Fuß machen mußte. So kann man die abgesagten Verabredungen von heute vormittag leicht erklären. Besser, ich werde ausgelacht, als daß sich jeder um mich ängstigt.« Hocherhobenen Hauptes schritt sie durch die Tür.

J. T. hielt Julian fest. »Wir dürfen das nicht zulassen! Es ist zu gefährlich für sie.«

Julian brachte es irgendwie fertig, den ihn überragenden J. T. hochnäsig zu betrachten. »Das kann jemand wie Sie natürlich nicht verstehen! Aria ist die Kronprinzessin. Sie wird Königin sein!«

»Ich habe gehört, Sie würden sie lieben«, sagte J. T.

»Was hat das mit dieser Angelegenheit zu tun?«

»Sie schwebt in Lebensgefahr, Sie kleiner ...« J. T. brach mitten im Satz ab, dann fuhr er mit gefährlicher leiser Stimme fort: »Oder möchten Sie sie aus dem Weg räumen?«

»Wenn wir in einem anderen Zeitalter leben würden und Sie ein Gentleman wären, würde ich Sie jetzt fordern!« Julian ging an J. T. vorbei aus dem Raum.

»Nur zu! Ich nehme die Forderung gern an!« schrie J. T. hinter ihm her.

Für J. T. war der Rest des Tages ein Alptraum. Er versuchte immer in Arias Nähe zu bleiben, aber die Menge stieß ihn immer wieder beiseite. Die Menschen wollten sie genau ansehen und streckten die Hände nach ihr aus. Vielen standen Tränen in den Augen. Die Prinzessin war zu lange fort gewesen, und jetzt wollten sich alle davon überzeugen, daß sie wieder wohlauf war.

Einem Amerikaner wie J. T. fiel es schwer, zu verstehen, was sie diesen Menschen bedeutete. So brach ein alter Mann, der in einem Rollstuhl saß, in Tränen aus, als Aria seine Hände umfaßte. »Ich habe nicht vergebens gelebt«, stammelte er, »Mein Leben war nicht umsonst.«

J. T. versuchte sich zu vergegenwärtigen, welche Reaktionen der Anblick des Präsidenten bei den Amerikanern hervorrief. Etwa die Hälfte von ihnen würde die Gelegenheit wahrnehmen und dem Präsidenten mitteilen, was er ihrer Meinung nach falsch machte. Außerdem kam noch hinzu, daß der Präsident nun vier Jahre Amtszeit hatte. Aber Aria würde ihr ganzes Leben an der Macht sein – wie lange diese Zeitspanne auch immer dauern mochte.

Viele Menschen säumten die Straßen, und Aria suchte ihre Nähe, wann immer sie konnte. Schließlich gingen sie in die Akademie der Wissenschaften, um einem langweiligen Vortrag über Insekten zu lauschen. J. T. stand an der Wand und gähnte so laut, daß Lady Werta herumfuhr und ihn mißbilligend anstarrte.

Um Viertel vor sieben bestieg Aria einen alten, auf Hochglanz polierten Rolls-Royce, um zum Palast zurückzufahren. J. T. boxte sich durch die Menschenmenge, öffnete den Wagenschlag und setzte sich neben Aria und Lady Werta.

»Hinaus!« kreischte Lady Werta. »Halten Sie sofort an«, befahl sie dem Chauffeur.

»Es ist schon gut«, sagte Aria ruhig.

»Nichts ist gut«, schniefte Lady Werta. »Sie dürfen nicht mit ihm zusammen gesehen werden! Die Leute werden Verdacht schöpfen, und dann bekommen wir die echte Prinzessin nie zurück. Wir werden sie nie wiedersehen!«

Aria wollte gerade begütigend Lady Wertas Hand tätscheln, als J. T. warnend den Kopf schüttelte. »Was willst du eigentlich?« fragte sie böse und spielte Kathy Montgomery – was ihr nicht leicht fiel. »Ich habe dir doch deutlich gesagt, daß ich dich nie wiedersehen will, oder?«

»Ja schon, aber der alte König hat mich angeheuert, die Prinzessin zu beschützen, und das kann ich nicht, wenn du dich immer mitten unter den Leuten aufhältst!«

»Sie muß schließlich ihre Pflichten erfüllen«, rief Lady Werta aufgebracht.

J. T. wollte eigentlich noch mehr sagen, aber er schwieg. Besaß denn keiner von diesen Leuten auch nur einen Funken Verstand? Konnten sie nicht sehen, daß ihre angebetete Prinzessin sterben würde, wenn man sie nicht ausreichend bewachen konnte?

Später ließ er sie nur ungern im Palast allein, um sich in seinem Zimmer umzuziehen.

Ein kleiner Mann in graugoldener Livree stand mitten im Raum, als er hereinkam.

»Was tun sie hier?« fragte J. T. mißtrauisch.

»Seine Majestät hat mich gebeten, während Ihres Aufenthaltes in Lankonien für Sie zu sorgen. Ich heiße Walters, und ich werde Ihnen beim Ankleiden helfen, Botschaften übermitteln und Ihre Befehle ausführen. Seine Majestät hat mir aufgetragen, höchst diskret zu sein. Ich habe mir in der Zwischenzeit erlaubt, Ihnen ein Bad einzulassen und Ihre Ausgehuniform zu bügeln.«

»Ich brauche niemanden«, begann J. T., doch dann runzelte er nachdenklich die Stirn. Vielleicht konnte ihm ja Walters doch von Nutzen sein.

»Ich darf Ihnen einen Brief von Seiner Majestät übergeben.«

In dem versiegelten Brief stand, daß J. T. Walters unbedingt trauen konnte, weil der König ihm von der ganzen Sache berichtet hatte. Außerdem sei er sehr geschickt darin, Informationen aufzuschnappen.

J. T. fing an sich anzuziehen und stieß unwirsch Walters Hände fort, als der ältere Mann begann, sein Hemd aufzuknöpfen.

»Haben Sie schon gehört, was heute passiert ist?« fragte er Walters.

»Es wurde darüber geredet, daß ihre Königliche Hoheit einen Unfall hatte.«

J. T. sah Walters prüfend an. »Was haben Sie noch gehört?«

»Graf Julian erzählte, sie hätten sich verirrt, aber ich habe gehört, daß er Lady Bradley anvertraute, man hätte auf die Prinzessin geschossen. Der Graf schien der festen Überzeugung zu sein, es sei ein Jagdunfall gewesen.« Walters wandte sich ab, als J. T. sich fertig auszog und in die Badewanne stieg.

»Und was glauben Sie?« fragte J. T.

»Ich war es, der ihren Hund begrub, Sir. Irgend jemand hatte ihn der Länge nach aufgeschlitzt und unter das Bett Ihrer Königlichen Hoheit gelegt, während sie schlief. Sie rief mich und bat mich, den Kadaver fortzubringen, ehe jemand ihn sehen könnte.«

J. T. ließ sich nachdenklich in das warme Wasser gleiten. Er erinnerte sich daran, daß Aria ihm gesagt hatte, niemand wüßte von ihren ›Unfällen‹. Aber Walters hatte ihren Hund begraben. Wie viel ›Niemande‹ im Palast wußten wohl noch ›nichts‹ über diese Ereignisse?

»Walters«, sagte J. T. schließlich, »wer wohnt eigentlich noch in diesem Palast?«

Walters rasselte eine lange Liste von Namen herunter, die sich anhörten, als wären sie einem Märchenbuch entnommen. Da waren zuerst einmal drei jungen Prinzen – Nachkommen eines früheren Monarchen. Dann Arias Tante Bradley, die Herzogin von Daren, eine Frau, die mit nahezu allen Königshäusern der Welt verwandt war. »Natürlich nicht mit den asiatischen«, fügte Walters erklärend hinzu. »Ihre Königliche Hoheit Prinzessin Sophie ist die Schwester des Königs, und Barbara – ein halbes Kind! – ist eine Tochter von Arias Onkel.«

»Wie sind eigentlich Arias Eltern gestorben?« fragte J. T.

»Ihr Vater zog sich eine Erkältung zu, doch er wollte die schon seit langem geplante Reise in die südlichen Provinzen nicht absagen. Zu allem Unglück regnete es auch noch, und er stand stundenlang in der Nässe, um die örtlichen Würdenträger zu empfangen. Zwei Wochen später starb er an Lungenentzündung.«

»Und ihre Mutter?«

»Krebs. Sie wäre zu retten gewesen, aber ihre Königliche Hoheit teilte niemanden ihre Beschwerden mit – bis sie zusammenbrach.«

J. T. dachte nach. Kein Wunder, daß Aria so kühl und beherrscht war – es lag ihr im Blut!

Nachdem er rasiert und angezogen war, führte Walters J. T. zum grünen Speisezimmer. Der Raum war für intime Familiendiners vorgesehen, aber er war größer als ein Basketballfeld.

Walters schaute auf seine Taschenuhr. »Wir sind ein wenig zu früh, Sir. Mitglieder des Königshauses sind immer auf die Minute pünktlich.«

»Ich werde daran denken«, erwiderte J. T. und hob eine Augenbraue.

Es verlangte ihn nach einer Zigarette, aber er beherrschte sich. Statt dessen dachte er an die Tischmanieren, die seine Mutter ihm beigebracht hatte. Auf keinen Fall wollte er Aria blamieren oder Julian Anlaß geben, ihn auszulachen. Außerdem versuchte er sich verzweifelt an den Namen des englischen Grafen zu erinnern, der sein Ahnherr gewesen war. Vielleicht würde das diese Lords und Ladies beeindrucken.

»Es ist soweit«, mahnte Walters und führte ihn zu dem Salon, in dem man sich vor dem Abendessen traf. »Viel Glück, Sir«, wünschte er J. T., als dieser den Raum betrat.

Aria gab ihr Glas einem livrierten Diener, ging J. T. entgegen und sagte laut: »Kommen Sie, ich werde Sie allen vorstellen. Warten Sie.« Sie blieb stehen und flüsterte ihm zu: »Ich kann dich nicht als ... als ...«

Er brauchte einen Augenblick, um ihr Zögern richtig zu interpretieren. »Als J. T. vorstellen? Ja, warum denn nicht? Was hast du auf einmal gegen meinem Namen?«

»Initialen werden gewöhnlich auf die Unterwäsche gestickt«, erwiderte sie erbost. »Diese amerikanische Sitte, Vornamen abzukürzen, ist völlig absurd. Ich werde dich als Lieutenant Jarl Montgomery vorstellen – das heißt, wenn du diese Anleihe auf das Recht deiner Mutter erträgst.«

J. T. brach in lautes Gelächter aus. Alle Anwesenden starrten ihn an. »Schätzchen, du darfst mich nennen wie du willst«, flüsterte er und wollte ihren bloßen Oberarm berühren, doch ihr eisiger Blick ließ ihn innehalten. »Okay, Prinzessin. Fang mit dem Vorstellen an.«

Die erste in der Reihe war eine wunderschöne Frau. Sie war zwar schon über vierzig, aber J. T. bemerkte sehr wohl ihre herrliche cremefarbene Haut und ihren wundervollen Busen. Sie hielt J. T's Hand ein paar Sekunden zu lange fest, und als sie ging, folgte er ihr mit seinen Blicken.

»Willst du vielleicht ein Verhältnis mit meiner Tante anfangen?« fragte Aria leise. »Laß dir sagen, daß sie viel älter ist als du.«

»Ein Wein muß auch erst reifen, ehe er trinkbar ist.«

Dann kam die Reihe an eine wohlgerundete kleine Nymphe namens Barbara. »Aber Aria, er ist ungeheuer gutaussehend! Wie nett von seiner Majestät, uns jemanden wie ihn zu schicken!« Sie hakte sich bei J. T. unter und wollte ihn wegführen.

Da flog die Tür auf, und Gena stürmte herein. »Entschuldige, Aria«, sagte sie hastig, dann griff sie nach J. T's Arm. »Er gehört mir, Barbara! Wenn du es wagst, ihn noch einmal anzufassen, bekommst du eine blutige Nase!«

J. T. lächelte die beiden jungen Damen an. »Ich bin bereit, meine Gunst zwischen Ihnen beiden zu teilen«, meinte er zuvorkommend.

Aria wollte das Trio trennen, als Julian ihr zuflüsterte: »Das Abendessen ist serviert. Wir sollten jetzt

Die beiden jungen Damen führten J. T. ins Speisezimmer. Aus den Tischkarten war ersichtlich, daß J. T. zwischen Lady Bradley und Prinzessin Gena sitzen sollte. Lady Barbara saß ihm gegenüber.

Die Mahlzeit verlief ganz anders, als er es erwartet hatte. Wenn man ihn vorher gefragt hätte, dann würde er ohne Bedenken geantwortet haben, daß in einem Königshaus sicher die besten Tischmanieren der Welt gepflegt würden. Aber das war hier nicht der Fall. Die Leute erinnerten J. T. an eine Gruppe verzogener Kinder, denen man immer den Willen gelassen hatte. Die zehn Personen am Tisch hatten ihre eigenen Diener, und J. T. dachte sich, daß zwei für jeden auch noch nicht genug wären. Die Diener rannten dauernd hin und her. Einer wollte kalten Wein, der andere verlangte warmen; einer mochte keine Karotten, ein anderer bestellte sich überhaupt ein anderes Menü; einer von Arias Vettern – er hieß Nicky – kaute mit offenem Mund, während er mit den Händen herumfuchtelte, um sein neuestes Jagderlebnis zu beschreiben. Und alle aßen nur mit Messer und Gabel. Sie hörten auf zu essen, als sich J. T. ein Stück Brot mit den Fingern nahm und zerteilte. Kein Laut war zu hören, und J. T. mußte mißbilligende Blicke ertragen, ehe sich alles wieder dem Mahl zuwandte.

Großtante Sophie erschien J. T. als laute, grobschlächtige Person, die alles versuchte, um das Gespräch an sich zu reißen, während sie jedermann ignorierte, so gut es ging. Barbara und Gena waren nur am Flirten interessiert, und heute abend war J. T. das Objekt ihrer Begierde. Lady Bradley sagte kaum etwas. Sie warf ihm nur vielsagende Blicke zu.

Während J. T. seine Beobachtungen machte, stellte

er fest, daß die einzige, die ihn wirklich interessierte, Aria war. Sie saß am Kopfende, aß mit untadeligen Manieren und jagte die Diener nicht herum.

»Sie beobachten unser Verhalten sehr genau«, stellte Lady Bradley fest. »Sie scheinen uns für eine Art weiße Elefanten zu halten.«

Er lächelte ihr zu. »Ich bin Amerikaner und daher nicht an formelle Diners gewöhnt. Normalerweise esse ich meine Hot Dogs aus der Hand.«

Sie nickte weise. »Aber Sie kommen aus einem guten Stall, das habe ich sofort gespürt. Sind Sie einer von diesen furchtbar reichen Amerikanern?«

»Ich habe hier etwas zu erledigen, mehr nicht«, wich er aus. Seine Augen hingen an Aria.

»Mmm«, machte Lady Bradley nur. »Das ist keine Antwort.« Sie spähte zu Aria. »Sind Sie in sie verliebt?«

J. T. nahm sich vor, mit seinen Äußerungen etwas achtsamer zu sein. »Sie ist nur anders als die anderen.«

Lady Bradley lachte hell auf. »Aria muß sich immer benehmen, wissen Sie. Sie trägt die Verantwortung, während der Rest von uns Luxus genießt. Sie arbeitet, während wir uns ihren Lohn teilen.« Sie lachte über seinen Gesichtsausdruck. »Jeder hier wird Ihnen aufzählen können, was für ungeheuer wichtige Aufgaben er zu erfüllen hat, aber in Wahrheit unterhält Aria uns alle. Sie wird eine ausgezeichnete Königin abgeben«

Barbara forderte seine Aufmerksamkeit, und J. T. wandte sich ihr zu. Doch Lady Bradleys Äußerungen gingen ihm nicht aus dem Kopf. Aria sollte Königin werden, deshalb wollte sie jemand umbringen. Vielleicht saß er sogar hier am Tisch? Was hatte Lady Bradley noch gesagt? »Aria unterhält uns alle.« Vielleicht gab es hier jemanden, der nicht mehr damit zufrieden war, nur freie Kost und Logis zu erhalten? J. T. nahm sich vor, gleich morgen früh die Geschäftsbücher des königlichen Haushalts zu überprüfen. Vielleicht brauchte ja einer der Anwesenden Geld.

Er blickte verstohlen zu Gena, die gerade herzlich über eine Bemerkung lachte, die ihr der weibische Freddie zugeflüstert hatte. Wenn Gena Königin werden würde, hätte sie das Vermögen, welches ihr durch den Verkauf des Urans zufallen würde, binnen fünf Jahren verschleudert. Zwischen ihr und dem Thron standen Aria und der alte König.

Während ihn diese Gedanken beschäftigen, wurde ein Gang nach dem anderen serviert. Die königliche Familie aß nur wenig, trank aber um so mehr.

»Warum lebt der König nicht hier im Palast?« fragte J. T. Lady Bradley.

»Er behauptet, das Klima in der Umgebung des Jagdschlosses bekäme ihm besser. In Wahrheit kann er uns alle nicht ausstehen. Oh, er liebt Aria und Gena – das ist aber auch schon alles. Jeden Herbst übersiedeln wir in einen weiter südlich gelegenen Palast, und seine Majestät wohnt dann hier im Stadtschloß. Wenn wir im Frühling zurückkehren, verläßt er es wieder. Es ist die beste Lösung für alle, vor allem für Aria, denn sie regiert während der Abwesenheit ihres Großvaters.«

J. T. konnte dem König seine Handlungsweise nicht verdenken.

Immer wieder mußte er Aria ansehen. Sie und Julian hatten öfter die Köpfe zusammengesteckt, und gerade wurde sie rot, weil er ihr etwas ins Ohr geflüstert hatte.

J. T. erinnerte sich an Key West. Wie sie gelacht

hatte, wie sie auf dem Ball zusammen mit seiner Mutter getanzt hatte, wie er sie in den Armen gehalten, sie geliebt hatte.

Mit einem leichten Knacken zerbrach der Stiel des Weinglases zwischen seinen Fingern.

Nur Lady Bradley hatte es bemerkt, denn ein Diener tupfte blitzschnell den Wein auf und ersetzte das zerbrochene Glas.

Für einen kurzen Moment kreuzten sich Arias und J. T's Blicke. Sie runzelte leicht die Stirn und wandte sich wieder Julian zu.

›Du kannst sie nicht behalten‹, nahm J. T. sich selbst ins Gebet. ›Sie lebt hier, und du gehörst nach Amerika. Halte dich von ihr fern, Junge! Beschütze, bewache sie – aber wahre den Abstand. Überlasse sie Julian. Er möchte König werden, und er wird seine Sache gut machen!‹

Nach dem Abendessen gingen die Männer in den Rauchsalon. Freddie, Nicky und Toby unterhielten sich weiter über ihre neuesten Jagderfolge. Julian genoß schweigend Zigarre und Brandy, so daß J. T. ganz allein dastand.

Er gähnte, kippte seinen Brandy hinunter und kündigte an, daß er zu Bett gehen wolle.

Diese Äußerung brachte jedes Gespräch zum Verstummen, und er wußte, daß er einen großen Fehler begangen hatte.

»Sie dürfen sich nicht zurückziehen, bevor Ihre Königliche Hoheit uns allen gute Nacht gewünscht hat«, erklärte Julian in einem Ton, der deutlich machte, wie schwer J. T's Formfehler zu werten war.

»Richten Sie ihr meine besten Wünsche aus. Ich hoffe, daß sie gut schläft«, erwiderte J. T. mit einem fröhlichen Augenzwinkern. Er nickte den drei Prinzen zu.

»Ich will verdammt sein«, hörte J. T. einen der drei flüstern, als er den Raum verließ.

Walters wartete bereits auf ihn. Er hatte J. T. einen Seidenpyjama und einen Kaschmirschlafrock zurechtgelegt.

»Ich muß eine Möglichkeit finden, die Prinzessin auch nachts zu bewachen«, sagte J. T., wobei er Pyjama und Morgenrock voller Abscheu betrachtete.

»Sie trifft sich sofort nach dem Abendessen mit dem Grafen im Garten der Königin«, teilte Walters ihm mit.

Eine Stimme in seinem Inneren mahnte J. T., sich nicht darum zu kümmern. Doch sein Pflichtbewußtsein siegte. »Wo finde ich den Garten der Königin?« fragte er knapp.

»Hinter der Brücke biegen Sie rechts auf den kleinen Weg ab. Gleich hinter den großen Hecken liegt der Garten der Königin. Es ist – mit Verlaub gesagt – ein sehr lauschiges Plätzchen.«

Von seinem Fenster aus hatte J. T. gesehen, wie hübsch die Gartenanlagen des Palastes angelegt waren. Es war leicht, den richtigen Weg zu finden. Der Garten der Königin war von Trauerweiden umgeben, die jeden Lichtstrahl aussperrten. Es war so finster, daß man die Hand vor Augen nicht sehen konnte.

»Julian?« hörte J. T. Aria flüstern.

Er blieb stehen und lauschte. Kein Laut war zu hören. Dann sprang er mit einmal aus dem Gebüsch und packte sie um die Taille.

Sie öffnete ihren Mund, um zu schreien. Da tat er, was ihm am natürlichsten erschien: Er küßte sie.

Er hatte sie so vermißt! Am liebsten hätte er sie jetzt in zwei Teile gebrochen – einen für Lankonien und einen für ihn, J. T. Er küßte sie wie ein Verdurstender und spürte, wie sie ihre Arme um seinen Nacken schlang und ihn näher an sich heranzog.

»Kleines«, flüsterte er, küßte ihren Nacken und vergrub die Finger in ihrem Haar.

Es dauerte eine Weile, bis er bemerkte, daß sie sich gegen ihn wehrte. Leicht benommen ließ er sie los.

»Warum tust du mir das an?« keuchte sie atemlos. »Warum folgst du mir? Kannst du nicht verstehen, daß ich dich nicht wiedersehen will? Ich wollte dich nicht auf dem Berg dabeihaben, und ich will dich auch jetzt nicht!«

Langsam verschwand der rote Schleier, der sich über seine Augen gelegt hatte, als er sie berührt hatte. »Ich bin hier, weil ich auf dich aufpassen soll«, sagte er heiser. Er räusperte sich. »Ich wollte dir nur zeigen, wie gefährlich es für dich ist, wenn du allein irgendwo hingehst. Ich hätte dich ganz leicht überfallen können!«

»Du hast mich überfallen«, rief sie. »Würdest du mich jetzt bitte allein lassen? Ich bin nämlich hier, um meinen zukünftigen Gatten zu treffen.«

»Und er soll dich beschützen?? Dieser kleine ...«

»Jetzt habe ich aber genug!« rief sie mit erstickter Stimme. »Er ist nicht so groß wie du – mag sein. Er sieht nicht – wie Gena zu sagen pflegt – ungeheuer gut aus. Aber ich finde ihn angenehm. Kannst du denn nicht verstehen, daß ich bei einer Heirat an mehr denken muß als an das Vergnügen im Bett? Du kannst nicht mein Mann bleiben, also, bitte rühr mich nicht mehr an. Ich bin nämlich gerade dabei, mich in Graf Julian zu verlieben. Ich möchte nicht, daß du mich beschützt und dauernd in meiner Nähe bist. Würdest du dich jetzt bitte entfernen, damit ich meinen Verlobten empfangen kann?«

J. T. war froh, daß die Dunkelheit sein Gesicht verbarg. »Du hast recht«, sagte er schließlich. »Aber ich habe hier eine Aufgabe zu erfüllen. Mein Präsident hat mir befohlen, dein Leben zu beschützen, und das werde ich tun. Ich bin mir noch nicht sicher, ob dein kleiner Graf nicht doch an der Verschwörung beteiligt ist, also werde ich in deiner Nähe bleiben, solange er bei dir ist.«

»Was würde Julian denn durch meinen Tod gewinnen?« fragte sie aggressiv. »Dann kann er mich doch nicht mehr heiraten.«

»Ach«, sagte J. T. leise. »Er heiratet eine sture, eigenwillige Königin, die ihn dazu zwingen wird, stets zwei Schritte hinter ihr zu gehen. Du würdest ihm niemals erlauben, sich an Regierungsgeschäften zu beteiligen – dazu kenne ich dich zu gut! Erinnere dich doch daran, was heute erst geschehen ist: Er gab einem Soldaten einen Befehl, und du hast diesen Befehl widerrufen. Der Soldat gehorchte dir. Noch nicht einmal ein Feigling wie dein Graf hält das ein Leben lang aus!«

Aria schwieg einen Moment. »Und wenn ich sterbe?« flüsterte sie.

»Deine kleine Schwester wird dich beerben. Der Mann, den sie heiratet, wird das Land regieren.«

»Aber Lankonien ist ein armes Land. Warum möchte jemand gerade hier an die Macht kommen?« fragte sie.

»Das Land ist nicht so arm, wie du denkst. Ich höre Schritte.« Er beugte sich näher zu ihr. »Ich lasse dich nicht allein. Ich verstecke mich in der Nähe.« Er verschwand im Gebüsch.

Jarls Worte hatten Aria tief beeindruckt, denn bislang hatte sie immer versucht, normale Erklärungen für die Attentate zu finden. Sie hatte sich eingeredet, daß ja niemand einen Vorteil aus ihrem Tod ziehen konnte. Was hatte er nur damit gemeint, als er sagte, daß Lankonien nicht so arm währe, wie sie glaubte?

»Aria, mein Liebling«, sagte Julian und zog sie in seine Arme. »Endlich sind wir allein! Ich hatte schon jede Hoffnung aufgeben.« Er bedeckte ihr Gesicht mit Küssen.

Aria wußte, daß J. T. im Gebüsch saß und lauschte. Sie entzog sich Julian, hielt ihn aber noch an den Händen. »Ich finde es schön, daß wir uns einmal ungestört treffen konnten. Komm, setzen wir uns hin und unterhalten uns ein wenig.«

»Ein trautes Gespräch im Mondschein? Nein, mein Liebling, nein! Laß uns zärtlich sein!«

»Julian, bitte«, sagte sie fest und zog ihn zu einer Marmorbank. »Wir müssen miteinander sprechen. Über unsere Zukunft zum Beispiel. Das haben wir noch nie getan.«

Julian küßte ihre Hände. »Ich dachte, ich würde ein Land heiraten, und jetzt finde ich heraus, daß ich eine bezaubernde Frau bekomme.«

»Was hast du nach unserer Heirat eigentlich vor? Ich meine, was willst du tun? Dich um Wohltätigkeit kümmern? Oder Sport treiben? Ich weiß im Grunde sehr wenig über dich.«

»Wie wundervoll, daß du dir Gedanken darum machst«, sagte er und wollte sie auf den Mund küssen, doch Aria wich zurück. Er seufzte. »Ich war noch nie sehr an Sport interessiert. Ein bißchen Reiten, das ist alles. Ich habe gelernt, ein Vermögen zu verwalten. Ich glaube, mein Vater hegte die Hoffnung, er könnte ein wenig von dem Reichtum, den mein Großvater verschleuderte, zurückerwerben. Aber es klappte nicht. Wir haben alles verloren.« In seiner Stimme schwang Bitterkeit mit. »Ich besitze nur noch meine Kenntnisse und meine gute Herkunft. Ich kam nach Lankonien, weil ich hörte, hier sei eine heiratsfähige Kronprinzessin zu haben – aber man hat mir nicht gesagt, wie schön sie ist...«, seine Stimme wurde zärtlicher. »Aria, unsere Ehe wird vom Glück gesegnet sein.«

»Ja, vielleicht«, erwiderte sie. »Aber was willst du nach unserer Eheschließung tun?!«

»Ein König sein selbstverständlich«, sagte er und schaute sie an, als wäre sie ein wenig dumm.

»Ich verstehe.«

Er überschüttete ihre Hände mit Küssen. »Mein Liebling, du wirst eine wunderbare Gastgeberin sein! Sobald dieser Krieg zu Ende ist, werde ich dir all deine Kleider in Paris kaufen, und wir werden den gesamten Hochadel bei uns begrüßen! Dann werden wir eine ganze Schar bildhübscher Kinderchen haben, und ich werde meinem Sohn beibringen, wie sich ein König verhält.«

»Wie soll Lankonien diese Kleider und Bälle bezahlen? Wie stellst du dir das vor? Sollen wir die Steuern erhöhen?« Ihre Stimme wurde brüchig. »Sollen wir meinen Untertanen etwa ein Drittel der Ernte fortnehmen und sie hungern lassen?«

Er ließ ihre Hände los und setzte sich aufrecht hin. »Du kannst alle finanziellen Angelegenheiten mir überlassen. Damit brauchst du dich nicht zu belasten! Die Königin meines Herzens soll sich nur um die Menüs für die Galaempfänge sorgen – um nichts sonst!«

Aria zitterte vor Zorn und Furcht. Das könnte der Grund dafür sein, daß dieser Mann sie vielleicht umbringen wollte. Und wenn sie diesen Verdacht schon bei einem Mann hegte, von dem sie annahm, daß er sie liebte – wie war das erst bei Fremden?

Sie legte die Hände vors Gesicht und sagte: »O Julian, du weißt gar nicht, wie himmlisch das klingt! Ich muß nie mehr am Morgen mit Sorgen aufwachen. Und wie gerne werde ich nach Paris fliegen, um mir die neuesten Modelle anzusehen! Und Kinder! Ich werde natürlich einen Großteil meiner Zeit mit ihnen verbringen. Nie mehr politische Probleme wälzen!«

J. T. barst fast vor Lachen. Sie bot eine nahezu perfekte Imitation von Dolly – nur der Südstaatenakzent fehlte. Fast tat ihm Julian leid.

Julian zog die Hände vom Gesicht. »Mein Liebling, ich war mir deiner Gefühle nie sicher. Du machst mich zum glücklichsten Mann der Welt! Gleich morgen früh werde ich mich über Lankoniens Einkünfte informieren, und dann können wir mit der Planung unserer Hochzeit beginnen.«

»Aber der König –«, begann Aria.

»Pah! Er ist ein alter Mann! Er weiß doch sowieso nicht, was los ist! Ich muß mich jetzt auf meine Regentschaft vorbereiten. Komm, laß uns in den Palast zurückkehren!«

»Bekomme ich heute abend keine Küsse mehr?«

»Aber natürlich, Liebling!« Flüchtig berührte er ihre Lippen. »Die Nachtluft ist frisch. Sie schadet dir nur, laß uns gehen.«

»Nein«, erwiderte sie. »Ich möchte noch etwas hierbleiben. Ein Mädchen braucht Zeit, um allein seinen romantischen Träumereien nachzuhängen«, schloß sie neckisch.

»Ich finde es zwar nicht richtig, aber wenn du meinst.« Nach einem formellen Handkuß drehte er sich um und eilte geschäftig den Parkweg hinunter.

Aria blieb auf der Bank sitzen, bis sie J. T. hörte. »Bist du jetzt zufrieden?« schrie sie ihn an und schluckte die aufsteigenden Tränen hinunter. »Freut es dich, daß du wieder einmal recht hattest? Julian will Lankonien, nicht mich. Er will König werden, und ich soll im Kinderzimmer versauern! Jede amerikanische Hausfrau hätte dann mehr Macht als ich! Warum lachst du mich nicht aus?«

Er zog sie sacht in seine Arme. »Es tut mir so leid, Kleines.«

Zu ihrem Entsetzen brach sie in Tränen aus. »Ich wußte doch, daß er mich wegen Lankonien wollte – aber ich hab's vergessen! Ich dachte, daß er mich vielleicht doch liebt. Was bin ich doch für ein Dummkopf gewesen! Gibt es denn niemanden, der mich nur um meiner selbst willen liebt? Nur mich – nicht Lankonien?«

J. T. zwang sie, ihn anzusehen. »Ich schwöre dir, Kleines, wenn du nicht dieses verdammte Land am Hals hättest, dann würde ich dich packen und mit dir durchbrennen!«

»Wirklich? Du willst nur die Frau Aria?«

»Ja. Ich möchte mit dir zusammen leben, auch wenn du meine roten Hemden mit den weißen zusammen wäschst, mir mitteilst, daß du nicht bügeln willst, oder mich dadurch blamierst, daß du in aller Öffentlichkeit in einem skandalösen Kleid tanzt.« Er streichelte ihr Gesicht. »Ich möchte jeden Morgen neben dir aufwachen, Liebes.«

Er beugte sich vor und küßte sie hungrig, besitzergreifend. »Bleib bei mir heut nacht. Laß mich nicht wieder allein aufwachen.«

»Ja«, flüsterte sie. Seine Umarmung ließ sie alles vergessen. Sie war wieder Mrs. Montgomery. Sie klammerte sich an ihn, genoß seine Nähe und seine Berührungen, die ihre Haut zum Glühen brachte.

Ein Vogelruf brachte sie in die Gegenwart zurück. Diese Vogelart gab es nur in Lankoniens Bergen.

Sie stieß J. T. heftig weg. »Nein, nein, nein«, rief sie. »Versuch das nicht noch einmal! Ich bin keine amerikanische Hausfrau! Ich bin Prinzessin – eine Kronprinzessin – und mein Leben gehört meinem Land! Ich *habe* Lankonien am Hals – es ist ein Teil von mir! Rühr mich nie wieder an, hörst du?! Versuch es nie wieder, mich von meinem Land zu trennen! Ich verlasse es nie! Ich wünschte, ich hätte dich nie kennengelernt! Ich war zufrieden mit meinem Leben – dann kamst du, und alles wurde anders! Du hast mich so unglücklich gemacht. Ich hasse dich!«

Weinend lief sie den Weg zum Palast hinunter.

J. T. folgte ihr in sicherer Entfernung. Seine Stimmung war zwiespältig. Zum einen fühlte er sich miserabel, zum anderen schwebte er wie auf Wolken. Sie hatte ihn vermißt . . .

Sie hatte recht gehabt mit dem, was sie gesagt hatte. War es nicht wirklich selbstsüchtig von ihm, daß er sie zwang, zu erkennen, daß sie ihn mehr liebte als den kleinen, blaublütigen Grafen? Er hatte hier nur einen Job zu erledigen, und der beinhaltete schließlich nicht, Ihre Königliche Hoheit zum Weinen zu bringen.

Liebe? Leidenschaft? Das war alles unwichtig. Sie hatten eine wunderschöne Zeit gehabt – aber es war vorbei! Sie wußte das, nur er vergaß es laufend. Von jetzt an würde er seine Hände bei sich behalten und sie nie wieder berühren. Und er würde ihr dabei helfen, den richtigen Mann zu finden, jemanden, der ihr nicht im Wege stand. Einer, der nicht besonders machthungrig war. Einer, der sie ebensosehr liebte, wie er es tat. Und einer, der impotent war, damit er nicht bekam, was J. T. Montgomery gehörte.

J. T. folgte Aria, bis sie in ihren Gemächern verschwand. Dann machte er sich seufzend auf den Weg in sein eigenes, leeres Schlafzimmer.

19

J. T. erwartete Aria am nächsten Morgen vor ihrer Schlafzimmertür und begleitete sie zum Frühstück nach unten.

»Das darfst du nicht!« zischte sie ihm zu.

Er achtete wie gewöhnlich nicht auf ihren Protest. »Ich möchte einen Blick auf die Bücher des Palastes werfen.«

Sie lächelte. »Unsere Bilbliothek ist exzellent. Wir besitzen sogar noch ein paar Manuskripte aus Rowans Regierungszeit.«

»Ich meine nicht diese Bücher. Ich will die Rechnungsbücher sehen!«

J. T. trat zurück, damit sie als erste das Frühstückszimmer betreten konnte. Sie war froh, daß er sie nicht vor ihren Verwandten blamierte, die bereits mit dem Essen begonnen hatten. Sie nahm sich einen Teller und begann ihn zu füllen.

»Das ist aber verdammt viel Essen für so ein paar Leute, nicht wahr?« knurrte J. T., während er sich einen Teller zurechtmachte.

Während des Frühstücks sprach er nicht viel, und Aria bemerkte, wie er die Leute beobachtete. Seine verächtlichen Blicke sagten nur allzu deutlich, was er dachte: Was tun diese Leute den ganzen Tag? Aria wurde klar, daß sie es auch nicht wußte. Freddie zum Beispiel: Er sah geringschätzig auf J. T's schlichte Uniform, die weder von Sternen auf den Schulterklappen noch durch irgendwelche Orden aufgewertet wurde. Sicher – Freddies Uniform war übersät mit Goldschnüren und Abzeichen, aber er hatte nichts davon verdient.

»Fertig?« J. T's Stimme riß sie aus ihren Gedanken. Er stand wartend hinter ihrem Stuhl. »Wir haben noch zu arbeiten.«

Die entsetzten Ausrufe und Grimassen der Anwesenden schien ihm vollkommen gleichgültig zu sein. Aria gehorchte ihm wohl oder übel, denn sonst würde er sie furchtbar blamieren – das wußte sie. Nachdem sie den Speiseraum verlassen hatten, machte sie ihm eine furchtbare Szene. »Wie kannst du es wagen, mich so zu behandeln? Wann wirst du endlich lernen, daß ich eine Prinzessin bin? Du bist Gast in meinem Haus, also benimm dich dementsprechend! Die Leute werden sonst sagen ...«

»Ich hoffe, daß die Leute sagen werden: ›Halte dich von der Prinzessin fern, sonst schlägt dich dieser verrückte Ami nieder!‹ Ich möchte den Leuten klarmachen, daß ich immer in deiner Nähe bin und sie mit mir rechnen müssen. So, nachdem das geklärt ist, wenden wir uns jetzt besser den Haushaltsbüchern zu.«

»Ich bringe dich am besten zu meinem Schatzmeister, und ihr könnt euch darum kümmern. Ich habe noch ein paar Verpflichtungen heute.«

Sie standen vor ihrer Schlafzimmertür. »Ich möchte deinen Terminkalender sehen«, forderte J. T.

»Ich brauche deine Zustimmung nicht!«

»Du bringst mir jetzt das Ding, oder ich gehe selbst rein und hole es mir! Was, glaubst du wohl, würde dein vertrockneter, kleiner Graf sagen, wenn er mich in deinem Schlafzimmer erwischen würde, na?«

Wortlos ging sie hinein und kehrte nur Sekunden später mit ihrer Sekretärin und dem Terminkalender zurück. »Die Königliche Gesellschaft für Insektenkunde möchte –«, begann die Sekretärin vorzulesen. J. T. nahm ihr das Buch aus der Hand.

Er überflog die Seite. »Nur langweilige Vorträge über Insekten und ein paar Verabredungen mit Ladies.« Er übergab den Terminkalender wieder der dürren Sekretärin. »Sagen Sie alle Termine ab. Ihre Königliche Hoheit hat sich noch nicht genug von ihrer Krankheit erholt. Legen Sie ihr in Zukunft jede Einladung vor, ehe Sie zusagen. Ihre Königliche Hoheit braucht einfach mehr Zeit.« Er sah Aria schelmisch an. « ... um in Ruhe jitterbuggen zu können. Wir wollen jetzt den Schatzmeister suchen.« Er nahm Arias Arm und zog sie weg.

Aria schämte sich vor der Sekretärin. »Hände weg.«

J. T. ließ sie sofort los. »Das habe ich mal wieder vergessen. Kannst mich ja an die Wand stellen lassen.«

»Du darfst ohne meine Erlaubnis keinen einzigen Termin absagen! Darf ich dich daran erinnern, daß ich in Lankonien das Sagen habe?«

Er ging so schnell, daß sie kaum Schritt halten konnte. »Deine Befehlsgewalt ist anscheinend so gewaltig, daß dich jemand umbringen will.«

»Hier ist das Schatzamt«, sagte sie und blieb vor einer großen Flügeltür aus Walnußholz stehen. Zwei Angehörige der königlichen Garde standen neben der Tür. Sie ließen die Tür aufschwingen, und Aria huschte hindurch, ohne auch nur einmal stehenzubleiben. J. T. sah die Wachen einen Augenblick lang an. »Danke«, sagte er und ging in das Büro.

Vier Männer sprangen sofort auf. Es war nicht zu

übersehen, daß der Besuch Ihrer Königlichen Hoheit ungewöhnlich war. Die Männer stammelten Begrüßungsworte und versuchten verlegen, schmutzige Kaffeetassen zu verbergen.

J. T. trat vor und machte entschlossen allem Höflingsgehabe ein Ende. »Der König hat mich beauftragt, die wirtschaftlichen Verhältnisse in Lankonien zu überprüfen, und ich möchte mit den Haushaltsabrechnungen des Palastes anfangen.«

Die vier Männer des Schatzamtes starrten ihn staunend an.

Aria schaltete sich ein und sagte verbindlich: »Er ist Amerikaner, und der König persönlich hat ihn zu uns geschickt. Es wäre wohl am besten, wenn Sie uns jetzt die Bücher gäben und uns dann allein lassen würden.«

»Amerikas Image wird durch dein grobes Verhalten auch nicht gerade verbessert«, schleuderte sie ihm ins Gesicht, als sie allein waren.

»Ich möchte in den Ruf kommen, ein Grobian und Halunke zu sein. Vielleicht bekommt es dann ein gewisser Jemand mit der Angst zu tun.«

»Wenn du meinst. Also, du hast ja jetzt deine Bücher, dann kann ich ja gehen. Julian und ich ...«

»Du bleibst hier.«

»Aber Julian und ich ...«

»Du wärst jetzt tot, wenn du gestern mit ihm allein gewesen wärst. Also setz dich hin und sei still.«

Langsam ließ sie sich auf eine Stuhlkante nieder. Dieser Lieutenant Montgomery ruinierte ihr ganzes Leben. Sie könnte es Julian nicht verdenken, wenn er sie verlassen würde. Doch nach dem, was er gestern gesagt hatte, war das vielleicht gar nicht so schlimm. Natürlich würde sie keinen besseren Ehemann finden. Die Auswahl einer Prinzessin war sehr begrenzt.

»Was ist das?« bellte J. T. so laut, daß sie aufsprang. »Eine Rechnung über Schnee?«

»Ach ja, die ist wahrscheinlich für Freddies Schneepudding.«

»Schneepudding?«

Sie schwieg, weil sie immer noch überlegte, wie sie einen geeigneten Mann finden konnte.

»Aria!« fauchte J. T. »Antworte mir! Was hat es mit dieser Rechnung auf sich?«

Sie seufzte. Er war manchmal wirklich gewöhnlich. »Freddie schwärmt für Schneepudding, deshalb wird Gletscherschnee für ihn geliefert.«

»Ißt er dieses Zeug etwa jeden Tag?«

»Natürlich nicht. Nur vier- oder fünfmal im Jahr. Aber der Schnee muß immer verfügbar sein.«

»Wie dumm von mir, nicht daran zu denken«, bemerkte J. T. zynisch. »Und hier. Sind das auch Rechnungen für Grundnahrungsmittel? Zum Beispiel die importierten Heidelbeeren?«

»Die sind für Großtante Sophie.« Langsam fing sie an zu begreifen, worauf er hinauswollte. Etwas lahm erklärte sie ihm: »Den Mitgliedern der königlichen Familie steht ein gewisser Luxus zu.«

»Frischer Lachs aus Schottland?« bohrte J. T. unnachgiebig weiter.

»Für Tante Bradley.«

»Wie kommt ihr nur während des Krieges an das Zeug ran?«

»Tante Bradley hat ein Abkommen mit einigen Piloten getroffen. Ich bin selbst noch nicht ganz dahintergekommen, wie sie gewisse Nahrungsmittel organisiert.«

»Das kann ich mir vorstellen«, meinte J. T. und griff sich an den Kopf. »›Organisieren‹ ist das richtige Wort. Die lankonische Regierung bezahlt ja alles, und deine teure Tante Bradley...

»Halt dich zurück«, warnte ihn Aria.

J. T. sah von dem Rechnungsbuch auf. Mit jeder Minute wurde sie wieder mehr zu dem kleinen Scheusal, das er auf der Insel kennengelernt hatte. »Du hast wieder deine scheußliche Unterwäsche an, nicht wahr?« bemerkte er hämisch und freute sich über die Röte, die ihr ins Gesicht stieg. »Hier willst du einen?« fragte er und hielt ihr einen Streifen Kaugummi hin.

»Ja gern!« rief sie hocherfreut aus.

»Ich habe dir zweimal das Leben gerettet. Aber nie hast du mich so dankbar angesehen wie diesen Kaugummi.«

Sie kaute und erwiderte: »Das habe ich wohl getan. Aber du warst zu beschäftigt mit dir selbst, um es zu bemerken.«

Er sah sie aus schmalen Augen an. »Benimm dich besser, oder du wirst es bereuen. Warum machst du dich nicht auch ein bißchen nützlich? Dauernd hockst du auf der Stuhlkante. Das macht mich nervös.«

»Aber sicher, Baby«, meinte sie und stand auf.

Er konnte sich nur schwer auf die Rechnungsbücher konzentrieren. Der Kaugummi schien Aria nämlich verwandelt zu haben. Sie erinnerte ihn jetzt wieder mehr an »seine« Prinzessin.

Soweit er es bis jetzt beurteilen konnte, bestand die königliche Familie aus einem Haufen Schmarotzer. Unbekümmert ließen es sich alle gutgehen. Sie sorgten sich anscheinend keinen Deut darum, daß der lankonische Staat fast pleite war. Wenn er hier etwas zu bestimmen hätte, würde er Arias Pflichten unter den Mitgliedern der Familie aufteilen. Cousine Barbara würde es wahrscheinlich genießen, im Blickpunkt der Öffentlichkeit zu stehen, und Gena wäre sehr geeignet, Truppenparaden abzunehmen. Er hatte keine Ahnung, welche besonderen Fähigkeiten Freddie, Nicky und Toby hatten, aber er hielt es für eine verdammt gute Lösung, wenn sie Aria diese langweiligen Vorträge über Insekten abnehmen würden. Großtante Sophie könnte man zu jedem Ereignis schicken, bei dem Kanonen Salut schossen, damit sie endlich einmal hörte, was um sie herum vorging.

»Warum lächelst du?« fragte Aria.

J. T. lehnte sich bequem zurück. »Ich habe gerade über die Mitglieder deiner Familie nachgedacht.«

»Sie sind ziemlich chaotisch, nicht?« meinte sie und sah ihn entschuldigend an.

»Spricht hier Prinzessin Aria oder Mrs. Montgomery?«

»Die amerikanische Aria«, erwiderte sie und lümmelte sich auf den Stuhl. »Ich habe mich bisher nie an Freddies Tick mit dem Schneepudding gestört, aber er kostet den Staat eine Menge Geld. Zuviel Geld, wie ich finde.«

»Viel zuviel.«

»Also was können wir da unternehmen?«

J. T. wandte sich ab. ›Wir‹ hatte sie gesagt. Er hätte den König niederschlagen und abhauen sollen! Er hätte sie nie wiedersehen dürfen. J. T. war versucht, zu sagen: »Fragen wir doch den Grafen«, aber er tat es nicht. Statt dessen erklärte er Aria, wie er ihre Aufgaben unter der Verwandtschaft aufteilen wollte.

Aria dachte einen Moment lang nach, dann meinte sie: »Es wird ihnen nicht gefallen. Sicher – Gena wird gerne die Parade der königlichen Garde abnehmen – das sind die einzigen Soldaten in Lankonien –, und Tante Sophie wäre höchst beglückt über die Salutschüsse, aber die anderen werden sich sträuben.«

»Dann werde ich sie überzeugen müssen. Ich meine, dein Mann muß das tun.«

»Mein . . .?«, sagte Aria. »Ach ja, der Mann, den ich wahrscheinlich heirate.«

Die Wache öffnete die Tür und meldete: »Graf Julian, Königliche Hoheit.«

Julian stürmte wütend herein. »Aria, was machst du hier allein mit diesem Mann?«

Aria sprang auf und verschluckte ihren Kaugummi. »Wir sehen die Rechnungen durch.« Und J. T. fügte hinzu: »Wir versuchen herauszufinden, wie hoch Lankoniens Schulden sind. Die Prinzessin ist bei mir, weil ich nur so für ihre Sicherheit garantieren kann.«

Julian sah Aria an, als ob sie ein ungezogenes kleines Mädchen wäre. »Aria, es ist Zeit für unseren Ausritt.«

Ehe Aria antworten konnte, baute sich J. T. vor dem Grafen auf. »Die Prinzessin hat zu tun. Verstanden? Verschwinden Sie!«

Julian funkelte J. T. wütend an, dann machte er auf dem Absatz kehrt und verließ das Zimmer. Die Wache schloß hinter ihm die Tür, und J. T. glaubte, Zustimmung in den Augen des Soldaten zu entdecken.

»O nein«, stöhnte Aria und sank wieder auf ihren Stuhl. »Jetzt hast du es geschafft. Er wird mich nie heiraten.«

»Gut«, erwiderte J. T. »Du verdienst einen besseren Mann.«

»Und wo finde ich einen besseren Mann als ihn?«

»An jeder Straßenecke in Amerika.«

»Du hast es immer noch nicht verstanden. Ich muß einen Adeligen heiraten. Einen, der die Monarchie unterstützt. Einen, der . . .«

»Erzähl mir doch mal was über deine Garde«, schnitt ihr J. T. gelassen den Satz ab. »Bilde ich mir das nur ein, oder sehen sie wirklich alle gleich aus?«

»Sie sehen einer wie der andere aus, ja.«

»Wie Teller in einem Porzellanservice?«

»Genau so. Ihre Figur muß die gleichen Maße haben, die Rowan vorzuweisen hatte. Das heißt: Größe ein Meter achtzig; Brustumfang ein Meter dreißig; Taille siebzig Zentimeter. Es ist die größte Ehre für einen lankonischen Jungen, in die Garde aufgenommen zu werden – ihm muß nur die Uniform passen.«

J. T. wurde sehr nachdenklich. »Einen Brustumfang von ein Meter dreißig hat man nicht von Natur aus, der muß antrainiert werden. Besitzen diese Kerle so etwas wie eine Ausbildungsstätte, wo sie trainieren können?«

»Ja. Er heißt ›Rowans Übungsplatz‹.«

»Schon wieder dieser Rowan«, stöhnte J. T. »Ich glaube, ich habe für heute genug von diesen trockenen Rechnungsbüchern. Wir fahren jetzt ein bißchen aufs Land. Ich möchte mir die Weinberge anschauen, und du könntest mir etwas über die Garde erzählen. Können die Jungs noch mehr, als Türen auf- und zumachen?« Er schob sie aus dem Zimmer.

Arias Zofen waren entsetzt, als sie darauf bestand, einfach nur Rock und Bluse zu tragen. Dazu wählte sie ein Paar flache Schuhe mit dicken Kreppsohlen.

»Aber Hoheit, was werden die Leute von Ihnen denken! Sie wollen doch eine Prinzessin sehen!«

»Sie werden ein menschliches Wesen erblicken«, sagte Aria energisch. Lady Werta sah so aus, als ob sie gleich in Ohnmacht fallen würde. »Nein, ich will auch keine Handschuhe! Frisur ist auch nicht nötig.« Aria fegte aus dem Zimmer, ehe sie doch noch Mitleid mit den entsetzten Hofdamen bekam.

J. T. wartete schon vor der Tür auf sie. Er sprach mit einer Wache. Er blickte sie an, als sie herauskam. »Du siehst großartig aus!« grinste er, und Aria fühlte sich plötzlich ungeheuer beschwingt.

Er hakte sie wie selbstverständlich unter, und sie gingen die Treppe hinunter. Sie entzog sich ihm, nicht, sondern schmiegte sich an ihn, selbst als ihnen Tante Bradley begegnete und indigniert die Augenbrauen hob. Vor den Garagen hatte J. T. einen kleinen Streit mit dem Chauffeur, weil er unbedingt selbst fahren wollte. Wie Aria es nicht anders erwartet hatte, blieb J. T. Sieger.

Er fuhr einen hocheleganten, schnittigen Roadster aus der Garage. »Aber das ist Tante Bradleys Wagen!« entsetzte sich Aria und kam sich sehr wagemutig vor, als sie in das Gefährt einstieg.

Als der Fahrtwind ungehindert durch ihr Haar blies, fühlte sie sich außerordentlich frei und unbeschwert. Ein Tag ohne Verpflichtungen lag vor ihr, neben ihr saß ein gutaussehender Mann, und sie hatte das einengende Korsett zu Hause gelassen.

J. T. sah sie verlangend an, bis er es nicht mehr aushielt. Mit einer oft geübten Geste griff er hinter ihren Kopf, zog sie herüber und küßte sie stürmisch, während er den Wagen lenkte. »Schön, dich mal wieder so zu sehen, Kleines«, sagte er, als er sich von ihr löste.

Sie ließ sich in ihren Sitz zurückgleiten und lächelte glücklich. »Wohin fahren wir eigentlich?«

»Zuerst zum Trainingsplatz der königlichen Garde. Warst du schon einmal dort?«

Sie lachte laut auf, als sie sich erinnerte: »Als ich fünfzehn war, habe ich mich davongeschlichen und die Männer beobachtet. Sie sehen wunderbar aus!«

J. T. lachte. »Die entziehen dir glatt den Rang einer Prinzessin, wenn sie erfahren, was du für ein Kobold bist!«

Der Trainingsplatz der Garde lag etwa eine Meile vom Palast entfernt. Dieser Ort war schon seit Menschengedenken für Turniere und andere Veranstaltungen genutzt worden. An einer Seite stand ein langes, vorne offenes Gebäude.

Als sie in Sichtweite der Männer waren, hielt J. T. an und schaute sich um. Er erblickte etwa hundertfünfzig Männer, alle gleich groß und nur mit einem weißen Lendenschurz bekleidet. Ihre schweißbedeckten, muskelbepackten, bronzefarbenen Körper glänzten im Sonnenschein. Die Sportarten, die sie trainierten, waren sehr vielfältig: Ringen, Bogenschießen, Stockfechten, Schwertkampf und Boxen. Ein grauhaariger Mann ging herum und rief den Kämpfenden Ermahnungen zu. J. T. fühlte sich in andere Zeiten zurückversetzt. »So haben sie wahrscheinlich schon im dreizehnten Jahrhundert bei eurem Rowan geübt, nicht wahr?« bemerkte J. T. leise, voller Bewunderung. Er spürte den starken Drang, mit diesen Männern zu trainieren. So, genauso sollte ein Kampf verlaufen – Mann gegen Mann. Bomben auf wehrlose Zivilisten zu werfen – das war kein ehrlicher Krieg mehr.

»Oh, jetzt haben sie uns gesehen«, sagte Aria.

Einen Augenblick später ertönte ein Pfiff, die Gardesoldaten verschwanden und tauchten Sekunden später mit langen Roben bekleidet wieder auf. Im Nu formierten sie sich. Es war ein beeindruckender Anblick.

J. T. ließ den Wagen vorwärtsrollen.

»Ich glaube, es wird ihnen nicht gefallen, daß ich hier bin«, meinte Aria ängstlich.

»Vergiß nicht, daß du ihre Prinzessin bist.«

»Aber sie legen sehr viel Wert auf ungestörte Übungstunden! Großpapa sagt immer . . .«

»Bleib nur bei mir, Schätzchen. Ich werde dich schon beschützen.«

»Ha! Das ist schließlich *meine* Garde, *meine* Männer, *mei–*« Sie unterbrach sich und lächelte, als der

Grauhaarige, jetzt in schwarzer Robe, ihre Autotür öffnete.

»Willkommen, Hoheit«, sagte er formell.

J. T. und der Captain der Garde maßen einander mit Blicken, und J. T. sagte, ohne sich vorzustellen: »Ich brauche Ihre Hilfe.«

»Die bekommen Sie«, erwiderte der Captain sofort.

Mittelalterlich aussehende Holzstühle wurden aufgestellt. J. T. und der Captain saßen einige Meter von Aria entfernt. Entgegen Arias Befürchtungen, daß die Männer über ihren Besuch nicht gerade erfreut wären, behandelten sie sie fast zu freundlich, wie J. T. fand. Ein Soldat spielte auf einer Laute, ein anderer bot ihr Kuchen an, und zwei weitere servierten ihr Getränke. Und alles, was sie sagten, ließ Aria erstrahlen. Sie sah aus wie eine Prinzessin aus alter Zeit, die von ihren gutaussehenden, kampferprobten Lehnsmännern umgeben war.

Der Captain sah schmunzelnd zu Aria hinüber und dann auf J, T's gerunzelte Stirn. »Wir haben hier nicht oft Besuch. Unsere Prinzessin hat uns noch nie die Ehre gegeben.« Er kicherte. »Ausgenommen einmal, aber da haben wir so getan, als hätten wir sie nicht entdeckt.«

J. T. lächelte. »Was wissen Sie über die jüngsten Ereignisse?«

»Es wurde auf Ihre Königliche Hoheit geschossen«, entgegnete der Captain grimmig.

»Das ist noch längst nicht alles«, sagte J. T. bitter und erzählte dem Mann, was Aria in Amerika zugestoßen war, und welchen Anschlägen sie sonst noch entkommen war. J. T's Bericht verschleierte nichts, denn er wußte, daß er diesem Mann trauen konnte. »Davon hat man uns nichts gesagt«, schäumte der ältere Mann. »In den letzten hundert Jahren wurden wir zu Türöffnern degradiert, und wahrscheinlich hat unser König vergessen, daß wir auch andere Dinge sehr gut beherrschen. Wir jedoch waren uns unseres wahren Auftrags immer bewußt und sind jederzeit bereit, für unseren König und seine beiden Enkelinnen zu sterben.«

»Den Rest der Familie können Sie sowieso vergessen«, meinte J. T. »Aber jetzt zum Kern der Sache. Aria soll rund um die Uhr bewacht werden. Schwierig wird es, wenn sie sich in ihren Zimmern aufhält. Ich wünschte, hier gäbe es Polizistinnen oder so etwas. Ich traue keiner ihrer Hofdamen über den Weg.«

»Vielleicht kann ich Ihnen da helfen. Kommen Sie mit.« J. T. hatte zwar Bedenken, Aria mit den vielen Gardisten allein zu lassen, aber er folgte dem Captain.

»Früher einmal«, erzählte der Captain, »gehörten die lankonischen Kämpfer zu den besten in der Welt. Im Lauf der Jahrhunderte haben sich die meisten Männer hier der Landwirtschaft zugewandt. Aber einige von uns haben die alten Traditionen hochgehalten, obwohl unser Ansehen gesunken ist, seit Lankonien neutral ist.«

Der Weg beschrieb eine leichte Kurve, und sie gelangten auf eine kleine Lichtung. Zehn Frauen in kurzen, weißen Tuniken übten sich hier in den gleichen Kampfsportarten wie die Männer.

»Du meine Güte«, rief J. T. fassungslos aus.

Der Captain lächelte verhalten. »Schon vor Jahrhunderten trainierten die Frauen genauso hart wie die Männer. Es sieht herrlich aus, nicht?«

J. T. blieb vor Staunen der Mund offenstehen, als er sich die phantastisch gebauten, großgewachsenen Göttinnen näher anschaute. Sie übten sich im Ringen und Fechten wie die Männer. Ein Pfiff ertönte, und die Frauen nahmen in einer Reihe Aufstellung. Eine Frau in einem langen, roten Gewand begutachtete sie kritisch.

Der Captain erklärte J. T.: »Jarnel, meine Frau, trainiert die Frauen.«

J. T's Augen hingen bewundernd an der Frau. »Kein Wunder, daß Sie noch immer so gut in Form sind!«

J. T. und der Captain sprachen kurz mit Jarnel. Es wurde vereinbart, daß eine Gardistin die Stelle einer Hofdame einnehmen sollte.

Später, als J. T. und der Captain zu den Männern zurückgingen, fragte J. T.: »Sagen Sie mal, heißen die Gardistinnen männliche Besucher ähnlich enthusiastisch willkommen wie die Männer weibliche Gäste?«

»Nein«, erwiderte der Captain, »lankonische Frauen haben ihren eigenen Kopf. Sie unternehmen nichts, um einen Mann zu fesseln. Wenn er etwas will, muß er es sich holen. Natürlich gab es auch da Ausnahmen. Zu Rowans Zeiten fochten die Frauen zuweilen einen Zweikampf aus, dessen Siegespreis ein Mann war. Rowan selbst ist es so ergangen.«

»Sie meinen, daß dieser Rowan, von dem ich dauernd Wunderdinge höre, so etwas wie der Siegerpokal in einem Turnier gewesen ist? Er mußte sich von einer muskelbepackten Walküre gewinnen lassen?« J. T. lachte.

»Ich glaube, die Kriegerinnen damals sahen unseren Gardistinnen ähnlich«, erklärte der Captain sanft.

J. T. sah wieder die zehn perfekt gebauten, wunderschönen Frauen vor sich, und sein Gelächter verstummte schlagartig.

Es war schon fast Mittag, als J. T. und Aria wieder in den Sportwagen stiegen und abfuhren. Hinter ihnen reihten sich drei Fords ein, die voller Gardistinnen waren. J. T. wollte sich jetzt einen Weinberg ansehen. Der Captain hatte ihm geraten, alles gegen Mittag, wenn die Weinbauern Pause machten, zu inspizieren.

Aria war schon oft mit Stadtbewohnern in Kontakt

gekommen, aber diese Landleute hatten zuviel zu tun, um sich müßig an den Straßenrand zu stellen und einer vorbeifahrenden Hoheit zuzuwinken. Die meisten Bauern staunten sprachlos ihre Kronprinzessin an, die zudem noch genauso aussah wie ihre Töchter und Enkelinnen.

»Ihre ... Ihre Hoheit ...«, stotterte eine Frau, während die anderen ganz still dastanden.

»Dürfen wir Ihnen Gesellschaft leisten?« fragte J. T. freundlich. »Wir haben auch etwas zu essen mitgebracht.«

Die Leute stimmten zögernd zu.

Aria folgte J. T., als er zum Kofferraum des Wagens ging. »Haben wir ein Picknick dabei? Aber davon wußte ich ja gar nichts! Und meinst du, es ist klug, was wir hier machen? Die Leute scheinen nicht sehr erfreut über unseren Besuch zu sein.«

»Ach was! Sie fürchten sich nur fast zu Tode vor Ihrer Königlichen Hoheit. Aber ich wette, daß sie sich mit Kathy Montgomery prima verstehen werden.«

Er hatte recht. Aria brauchte einige Zeit, um ihre höfischen Manieren zu vergessen, und die Leute benötigten noch etwas mehr Zeit, um ihre Scheu zu verlieren – doch dann wurde es sehr gemütlich. Man aß und plauderte munter drauflos. Aria erzählte begeistert von Amerika, und die Bauern berichteten J. T. von der anhaltenden Dürre und dem Zustand der Weinstöcke.

Gegen drei Uhr merkte J. T., daß die Leute ungeduldig wurden, weil sie wieder an die Arbeit mußten. So fragte er, ob man ihm nicht den Weinberg zeigen wollte.

Beim Anblick der gepflegten Rebstöcke begann er sich zu fragen, wie er der Wirtschaft des Landes wohl auf die Füße helfen konnte.

Aria schien glücklich und zufrieden zu sein. Zusammen mit drei anderen Frauen, von denen eine ein Baby auf dem Rücken trug, mit dem Aria schäkerte, stieg sie den Berg hinauf. Vier Gardisten beobachteten wachsam die Umgebung.

Oben angekommen, fingen die Frauen an, Trauben zu pflücken, und Aria griff, ohne lange zu überlegen, mit zu. J. T. lächelte über die staunenden Gesichter der umstehenden Lankonierinnen. Aber die Frauen erholen sich schnell und pflückten bald eifrig neben ihrer Kronprinzessin. Als Aria dann auch noch Kaugummi verteilte, ertönte bald fröhliches Gelächter.

Er ließ sie mit den Frauen und ihren Wachen allein und begab sich zu der Winzerei, die am Fuß des Berges lag. Die diesjährige Traubenernte war die beste seit vier Jahren, aber Profit ließ sich damit noch nicht machen. Der Wein mußte drei Jahre reifen, ehe er verkauft werden konnte, und in drei Jahren hätten wieder Hunderte von Lankoniern aus wirtschaftlicher Not das Land verlassen müssen.

J. T. stand vor der Weinkellerei und beobachtete, wie die Menschen die Trauben in großen Kiepen zu Tal schleppten. Wenn es doch nur eine schnellere Methode gäbe, Trauben zu verarbeiten!

Auf einmal kam ihm eine Idee. Rosinen! Ja, das wäre ideal. Die Soldaten an der Front lebten von Konserven. Sie würden Rosinen sicher gern als Erfrischung zu sich nehmen. Vielleicht könnte er ja die US-Regierung dazu bringen, zusammen mit dem Vanadium auch Rosinen zu kaufen. Der lankonische König könnte ja die Einrichtungen von Militärbasen verweigern, wenn ihm die Amerikaner die Rosinen nicht abkauften... Das wäre die Lösung! Aber wie würden sich die Lankonier selbst zu dieser Idee stellen? Sie waren stolz, und vielleicht wären sie sich zu gut, um sich mit etwas so Gewöhnlichem wie Rosinen abzugeben?

»Haben Sie je daran gedacht, aus den Trauben etwas anderes als Wein herzustellen?« fragte er fast schüchtern die vier älteren Lankonier, die neben ihm standen.

Er hätte sich gar nicht soviel Gedanken machen müssen. Die Lankonier mochten stolz sein, aber sie waren nicht dumm. Sie waren gern dazu bereit, alles zu tun, um ihrem verarmten Land zu helfen. Ihr einziger Einwand bestand darin, daß sie, wenn sie dieses Jahr die Traubenernte zu Rosinen verarbeiteten, in drei Jahren keinen Wein hätten.

»Im nächsten Jahr werden wir die Weinberge bewässern, und dann erzielen wir eine Rekordernte«, versprach J. T., noch ehe ihm einfiel, daß er nächstes Jahr nicht mehr da sein würde.

Es war schon sechs Uhr, als er Aria nach Hause fuhr. Sie saß sonnenverbrannt, windzerzaust und erschöpft neben ihm. Noch nie war das Verlangen in ihm so groß gewesen wie in diesem Moment.

»War es schön?« fragte er heiser.

»O ja, es war ein wundervoller Nachmittag. Dir hat es anscheinend auch sehr gut gefallen!«

»Ja«, bestätigte er, selbst erstaunt über seine Begeisterung.

Im Palast holte sie die Gegenwart wieder ein. Lady Werta fiel gleich wütend über Aria her. Julian war aschfahl und wollte über den Vorfall am Morgen mit ihr reden. J. T. beobachtete grinsend, wie ein paar Diener sich schockiert abwandten, als sich Aria bei den Gardisten für ihre Dienste bedankte.

J. T. ging, Hände in den Taschen, fröhlich pfeifend davon. Ein wundervoller Tag!

Seit die Gardisten sie rund um die Uhr bewachten, fühlte er sich wohler. Es störte ihn noch nicht einmal, daß Walters in seiner betulichen Art um ihn herumschwirrte und ihm den neuesten Klatsch über Arias Verhalten zutrug. Es kursierten Gerüchte, daß Prinzessin Aria zusammen mit Ziegenhirten Wein getrunken und auf dem Feld gearbeitet hatte. Ein paar Leute fingen an Lieutenant Montgomery zu hassen, weil er versuchte, die Monarchie zu unterminieren.

J. T. hörte sich das alles in der Badewanne an. Er lächelte zufrieden. Da er nicht mit Arias Verwandten beim Abendessen zusammentreffen wollte, ließ er sich ein Tablett in die Bibliothek bringen. Er wollte in Ruhe nachdenken.

Aria verließ den Salon, sobald sie konnte. Es war ein so schöner Tag gewesen – voller Lachen und Freude. Aber hier im Palast hatten alle sie behandelt, als ob sie ihr Land an den Feind verraten hätte. Julian war böse, weil sie allein mit »diesem geschmacklosen Amerikaner« ausgefahren war. Der Oberhofmeister hatte sie angekeift, weil er immer noch dachte, sie wäre Kathy Montgomery und hätte sich mit ihrem Ehemann getroffen.

Aber egal, womit die anderen ihr die Ohren vollplärrten – Aria war unbeschreiblich glücklich. Vielleicht hatte sie sich früher deshalb immer so unmöglich benommen, weil sie sich so nutzlos vorgekommen war. Heute hatte sie einen Eindruck davon bekommen, was sie ihrem Land bedeutete.

Und sie wußte jetzt auch, daß Jarl Montgomery in ihrem Leben eine wichtige Rolle spielte.

Es schien so, als ob sie die glücklichsten Momente in ihrem Leben ihm zu verdanken hatte: Strandparties, Liebe auf der Treppe – sogar Weinen hatte in seinen Armen etwas ungemein Tröstliches.

Sie war sehr enttäuscht gewesen, als er nicht zum Abendessen gekommen war. Sie ging ziellos durch die

Halle, als sie einen der Gardisten wie eine Statue neben der Tür stehen sah.

»Entschuldigen Sie«, sagte sie höflich, »wissen Sie vielleicht, wo sich Lieutenant Montgomery im Moment aufhält?«

»In der Bibliothek, Königliche Hoheit«, antwortete er.

»Danke.«

»Gern geschehen!«

Sie bemerkte, wie ein Lächeln über das Gesicht der Wache huschte. ›Bitte und danke‹, dachte sie froh, ›das sind magische Worte.‹

J. T. saß an einem der langen Tische aus Walnußholz. Aufgeschlagene Bücher lagen neben ihm.

»Hallo«, sagte sie, als er bei ihrem Eintritt nicht aufsah. »Hast du schon zu Abend gegessen? Was machst du hier?«

Er rieb sich die Augen und lächelte ihr zu. »Komm her, Schätzchen, und sieh dir das mal an.«

Er zeigte ihr eine Zeichnung mit Zahnrädern und Flaschenzügen, die ihr nichts sagte. Sie rückte näher, und er erklärte ihr, wie man die Trauben mittels eines Systems motorisierter Flaschenzüge schneller ins Tal befördern konnte. Er wollte dazu die Motoren von alten Autos benutzen. »Dadurch setzen wir Arbeitskräfte frei, die die Trauben weiterverarbeiten könnten«, führte er eifrig aus. »Was hältst du von meiner Idee?«

»Trauben verarbeiten?« fragte sie zweifelnd.

Als er ihr dann die Sache mit den Rosinen erklärte, sah sie ihn an – sie wußte, daß sie ihn liebte. Sie wollte immer so bei ihm sitzen und Zukunftspläne schmieden.

J. T. fragte sie etwas. »Was?« Sie schreckte aus ihren Träumen auf.

»Dein kleiner Graf hat von einem Funkgerät gesprochen. Gibt es hier ein Zwei-Kanal-Gerät, mit dem ich die Staaten anfunken kann?«

»Ich glaube schon. Wen willst du sprechen?«

J. T. stand auf, und als sie sitzenblieb, zog er sie einfach hoch. »Komm, wir müssen das Funkgerät ausfindig machen, ob er Frank herschicken kann.« Ehe sie fragen konnte, fügte er hinzu: »Er ist siebzehn und mein Vetter. Frank Taggert. Er weiß besser über Motoren Bescheid als jeder andere.« Er hielt Arias Hand, während sie durch den langen Korridor stürmten. »Vor kurzem habe ich gehört, daß er verdammt wütend ist, weil sein Vater ihm verboten hat, sich freiwillig zu melden. Frank ist, wenn er gutgelaunt ist, schon schwierig genug, aber schlechtgelaunt ist er nur mit Vorsicht zu genießen.«

»Und den willst du hierher einladen?«

»Wir brauchen ihn. Wenn du hier Probleme mit Schiffen hättest, könnte ich dir helfen, aber über Motoren weiß ich leider nicht allzuviel.« Er blieb stehen, um einen Gardisten zu fragen, wo sich das Funkgerät befand. Die Wache führte Aria und J. T. in die Kellergewölbe, die sich unter den nordöstlichen Gemächern befanden.

20

Aria erwachte langsam. Sie reckte sich und gähnte herzhaft. Gestern abend war es spät geworden. J. T. und sie waren beim königlichen Herold gewesen, um einen Funkspruch nach Amerika abzusenden.

Sie hatten zwei Stunden gebraucht, um nach Maine durchzukommen. Dann war noch Wartezeit verstrichen,. weil jemand zu J. T's Elternhaus fahren mußte, um seinem Vater Bescheid zu sagen. Aria hatte kurz mit Mr. Montgomery sprechen können und ihn gebeten, seiner Frau einen herzlichen Gruß auszurichten. Danach hatte J. T. etwas davon gemurmelt, daß seine Eltern ihm nie verzeihen würden, wenn er Aria verließ.

Auf jeden fall hatte J. T's Vater versprochen, Frank so bald als möglich zu ihnen zu schicken.

Mitternacht war schon vorbei gewesen, als J. T. Aria zu ihren Gemächern gebracht hatte. Er hatte einen Blick auf die Gardisten vor der Tür geworfen und sie schnell allein gelassen.

Jetzt lag sie da und fragte sich, was er wohl für heute geplant hatte. Es war nur ein Termin für sie vorgemerkt: Um zehn Uhr früh mußte sie sechzig Meilen südlich von Escalon die Traubenernte segnen. Was wohl J. T. dazu sagte? Ob dieser Tag genauso schön würde wie der gestrige?

Ihr Haar wurde zu einem straffen, ordentlichen Chignon zusammengefaßt. Über den Korsettpanzer zogen ihre Zofen ein langes schwarzes Kleid.

J. T. wartete nicht vor der Tür. Er war auch nicht im Frühstückszimmer. Wieder fragte sie einen Gardisten, der ihr die Auskunft gab, daß J. T. schon um sechs den Palast verlassen hatte. Niemand wußte, wann er zurückkehren würde.

Sie wartete vergebens bis zur letzten Minute. Danach mußte sie zum Auto laufen, um noch pünktlich zu ihrem Termin zu kommen. Sie versuchte ihre Enttäuschung zu verbergen, als sie Graf Julian an der Autotür entdeckte. Sein Gesicht glich einer eisigen Maske.

»Ich hatte schon befürchtet, du würdest deinen Verpflichtungen auch heute nicht nachkommen«, sagte er vorwurfsvoll.

Sie antwortete ihm nicht, weil sie sich schuldig fühlte.

»Aria, man fängt schon an, über dich zu reden«,

meinte Julian streng, als sie in dem schwarzen Rolls-Royce saßen. Er schloß die Trennscheibe, so daß der Chauffeur und der Gardist, die vorne saßen, nicht mithören konnten. »Der König ist zu krank, um dich mit fester Hand zu leiten, also habe ich diese Pflicht übernommen. Du verhältst dich wie eine … eine … Frau aus dem Volk, wenn du mit diesem vulgären Amerikaner zusammen bist. Du hast jede Minute des gestrigen Tages mit ihm verbracht! Wenn du schon nicht auf die Ratschläge deiner Familie hörst, dann denke wenigsten daran, was die Dienstboten sagen. Sie wollen eine Prinzessin, die sich benimmt wie eine von ihnen – sie wollen eine unnahbare Person! Ich habe gehört, daß du es sogar gewagt hast, die königliche Garde auf dem Übungsplatz zu besuchen. Ja hast du denn gar keine Achtung vor der Privatsphäre dieser Männer?«

Aria hielt ihre Hände im Schoß verkrampft. Bei jedem Wort fühlte sie sich ein wenig schlechter. Da drehte sich zu ihrem Erstaunen der Gardist um und zwinkerte ihr zu! Sie hätte fast losgekichert. Julian fuhr fort, ihr Verhalten zu maßregeln, doch jetzt achtete sie nicht mehr darauf. Vielleicht schämte sich ja ihre Familie, aber ihre Untertanen standen zu ihr!

Die Menschen, mit denen sie heute zusammentraf, unterschieden sich sehr von den Weinbauern, die gestern so herzlich zu ihr gewesen waren. Diese Leute steckten in ihren Sonntagskleidern und zeigten nur ihre Schokoladenseiten. Sie lächelten ihr zu, doch sie lachten nicht. Sie waren auf eine unangenehme Art neugierig. Für Aria war die Feier ziemlich anstrengend.

Man schien auch froh darüber zu sein, daß Graf Julian an ihrer Seite in der Menge winkte. Wiederholt wurde sie gefragt, wann denn die Hochzeit stattfinden würde. »Aber ich bin doch schon verheiratet«, hätte sie am liebsten geantwortet …

Sie wollte gerade in den Wagen steigen, als ihr ein köstlicher Duft in die Nase stieg. Die Menge teilte sich, und in einiger Entfernung sah sie, wie eine alte Frau ein Fladenbrot für einen kleinen Jungen zurechtmachte. Aria kannte diesen typisch lankonischen Imbiß, denn sie hatte ihn als Kind schon einmal genießen dürfen: dick eingekochtes, mit Trauben zubereitetes Hühnerfleisch wurde in ein noch ofenwarmes, knuspriges Fladenbrot gefüllt und mit frischem Ziegenkäse bestreut.

Aria lief das Wasser im Mund zusammen. Es war ein Uhr mittags, und sie hatte Hunger. Ohne lange zu überlegen, drehte sie sich um und lief durch die Menge zu dem Haus der alten Frau.

»Könnte ich auch so ein Brot haben?« fragte sie die erstaunte Frau.

Die alte Frau stand wie eine Salzsäule und starrte sie fassungslos an.

»Oma! Die Prinzessin will auch ein Brot!« rief der kleine Junge. Der Ruf brachte die Frau wieder zur Besinnung. Mechanisch löffelte sie Huhn auf das Brot, streute Ziegenkäse darüber und bot es Aria verlegen an.

»Ich danke Ihnen«, sagte Aria und biß hungrig hinein. Ihr fiel plötzlich auf, daß die Menge still geworden war. Sie drehte sich um, leckte ein bißchen Sauce von der Unterlippe und meinte fröhlich: »Es schmeckt herrlich!« Die Menge brach in tobenden Beifall aus.

Vier Gardisten waren ihr gefolgt. Einer reichte ihr ein frisches Taschentuch als Serviette.

»Prinzessin«, rief die helle Stimme neben ihr. Sie sah freundlich auf den kleinen Jungen herunter, der ihr einen Steingutbecher entgegenhielt. »Das ist Buttermilch!«

Aria nahm ihm lächelnd den Becher ab. »Danke sehr.«

Der kleine Junge grinste. »Du benimmst dich gar nicht wie 'ne richtige Prinzessin!«

»Das war ein wunderschönes Kompliment. Das schönste, das ich je bekommen habe«, erwiderte sie lächelnd. Die Menge schrie vor Begeisterung. Die Gardisten hatten alle Mühe, sie wieder sicher zum Wagen zu bringen.

Julian schäumte vor Wut. Während sie zum Palast zurückfuhren, schalt er sie nach allen Regeln der Kunst aus. Sie achtete nicht darauf, sondern verspeiste genußvoll ihr Brot und trank die erfrischende Buttermilch dazu.

Als sie im Palasthof ankamen, öffnete ihr der Gardist, der neben dem Chauffeur gesessen hatte, den Wagenschlag. Aria gab ihm den Becher. »Ich würde der Frau gern für den köstlichen Imbiß danken. Könnten Sie bitte herausfinden, was sie besonders nötig braucht?«

»Ich habe bemerkt, daß ihr Hühnerhof leer war«, erwiderte der Gardist leise.

»Füllen Sie ihn wieder auf«, befahl Aria, bevor Julian dazwischentreten konnte. »Wissen Sie vielleicht auch, wo sich Lieutenant Montgomery aufhält?« flüsterte sie.

»Er befindet sich auf dem Übungsplatz der Garde, Hoheit.«

Aria beugte sich zu dem Gardisten, damit Julian nichts hören konnte. »Würden Sie dafür sorgen, daß mein Pferd in zwanzig Minuten gesattelt bereitsteht?«

Der Gardist nickte kaum merklich. Mit beschwingten Schritten eilte sie in den Palast.

Es machte Aria beträchtliche Schwierigkeiten, Julian loszuwerden, aber es gelang ihr schließlich. Sie rannte über den Hof zu den Ställen. Ihr Pferd und vier berittene Gardisten standen bereit, und in wenigen Minuten waren sie am Übungsplatz. Sie zügelte ihr Pferd, um die Männer in Ruhe zu beobachten. J. T. übte – auch nur mit einem weißen Lendenschurz bekleidet – Stockfechten mit einem der Gardisten. J. T. war ebenso groß, aber blasser und nicht so muskulös wie die übrigen Männer. Er hatte erhebliche Schwierigkeiten beim Stockfechten. Man konnte sehen, daß der Gardist nur mit ihm spielte.

»Er wird es schnell lernen«, stellte einer von Arias Begleitern sachkundig fest. »In etwa einem Jahr ist er der beste Kämpfer in Lankonien.«

Aria lächelte froh, aber dann fiel ihr wieder ein, daß sie in einem Jahr mit Julian verheiratet und J. T. wieder in Amerika sein würde.

Genau in diesem Augenblick entdeckte J. T. Aria. Sie winkte ihm zu. Im nächsten Moment landete J. T. recht unsanft auf dem Boden.

»Konzentrieren Sie sich gefälligst auf das, was Sie gerade tun!« brüllte der Gardist, der über ihm stand.

Aria lief zu J. T. »Bist du verletzt?« fragte sie, als sie bei ihm niederkniete. Böse funkelte sie den Gardisten an: »Ich werde deinen Kopf fordern, wenn ihm etwas zugestoßen ist!«

J. T. lächelte ihr zu, während er stöhnend seine Schulter rieb. » Ich werde vor Scham sterben, aber sonst ist nichts passiert. Sag Rax, daß du es nicht so gemeint hast!«

Aria bemerkte, daß alle Gardisten sie neugierig anstarrten. Sie wünschte, sie hätte sich nicht so töricht verhalten. Doch noch ehe sie etwas sagen konnte, kam Gena herbeigelaufen – nur mit einer winzigen Tunika und einem breiten Goldreif bekleidet. Sie ließ sich vor J. T. auf die Knie fallen und rief: »J. T.! Geht es Ihnen gut? Oder sind Sie etwa verletzt?«

Aria sagte kein Wort, sondern stand würdevoll auf

und ging fort. J. T. holte sie ein, als sie gerade aufsteigen wollte.

Energisch zog er sie in ein Gebüsch, wo sie vor neugierigen Blicken sicher waren. Er umarmte sie, doch Aria sträubte sich heftig. »Komm, Kleines, sei nicht böse«, schmeichelte er ihr, während er zärtlich ihre Arme streichelte.

Seine bloße Haut war naß von Schweiß, und ihr Gesicht war nur ein paar Zentimeter von seiner Brust entfernt.

»Sie ist mir überallhin gefolgt. Ich mußte etwas dagegen unternehmen! Also habe ich sie den Gardistinnen übergeben.«

»Ihr Anblick in dem kurzen Kleid gefällt dir zweifellos.« Sein Kuß unterbrach sie. Atemlos und glücklich schmiegte sie sich an seine breite Brust.

»Wir sollten so etwas nicht tun«, sagte er nach einer Weile. »Das macht uns die Trennung nur noch schwerer. Was hast du eigentlich den ganzen Morgen gemacht?«

»Gena ist so schön«, sagte Aria unglücklich.

Er hielt sie etwas von sich ab. »Sie ist nicht halb so schön wie du. Außerdem bist du sehr klug. Und – sie ist ein Mädchen, aber du bist eine Frau.«

»Meinst du das ehrlich?« fragte sie, und ein kleines Lächeln huschte über ihr Gesicht.

»Ganz ehrlich«, versicherte er und küßte sie sanft auf den Mund. »Aber jetzt erzähl mal! Wie war es heute morgen? Hat die Garde dich gut bewacht? Komm, wir trinken etwas, während du mir alles berichtest.«

Aria verbrachte den ganzen Nachmittag auf dem Übungsplatz. Sie lernte die Gardistinnen kennen und schaute Gena mit Vergnügen beim Ringen zu. Die Männer beobachteten voller Ernst das Geschehen, aber Aria bemerkte, daß ihre Augen beim Anblick der schönen, geschmeidigen Frauen aufblitzten.

Aria lehnte sich gegen J. T. »Dieser Frank – wie ist er eigentlich?«

J. T. sah Gena an und lächelte. »Er ist genau der Richtige für Gena, obwohl ich nicht glaube, daß er hierbleiben wird. Er paßt genausowenig her wie ich.«

Aria mußte sich das Lachen verkneifen, denn wenn einer hierher paßte, dann war es Jarl. So wie er jetzt in seiner langen, weißen Robe dasaß und Bier trank, konnte man ihn nicht von den Gardisten unterscheiden. Der Captain begegnete ihrem Blick. Er zwinkerte ihr spitzbübisch zu, als ob er ihre Gedanken erraten hätte.

Schon fünf Minuten später brach die Hölle los, weil Julian in einer riesigen Limousine eintraf. Arias ungewöhnliches Verhalten entsetzte ihn zutiefst. Fast kreischend forderte er sie auf, ihren Termin bei der Historischen Gesellschaft wahrzunehmen.

Aria zog, ihn zum Wagen, bevor er Gena in ihrem knappen Kleid entdecken konnte. Zusammen mit vier Wachen rauschten sie davon.

In den nächsten vier Tagen gestattete sich Aria keine Nachlässigkeiten mehr. Morgens ritt sie zusammen mit Julian und sechs Gardisten aus, dann beantwortete sie bis zehn Uhr Anfragen von Untertanen. Danach verließ sie den Palast, um eine Verpflichtung nach der anderen zu erfüllen. Jarl ließ sich nicht blicken.

Am fünften Morgen saß sie gerade beim Frühstück, als J. T. hereinstürmte. Er sah müde aus. »Franks Flugzeug landet gleich.«

Aria trank schnell ihren Tee aus, dann lief sie ihm – sehr zum Erstaunen ihrer Verwandten – eilig hinterher. Erst als sie zum Flughafen fuhren, sagte er etwas.

»Ich habe dich sehr vermißt«, flüsterte er heiser. Er nahm ihre Hand, küßte sie und hielt sie innig fest. Ein paar Minuten saßen sie schweigend da, dann fingen sie beide zugleich an zu reden.

J. T. erzählte, wie er achtzehn Stunden am Tag durch das Land gefahren war, um den Weinbauern zu erklären, wie man Rosinen trocknete. Zweimal hatte er mit Präsident Roosevelt gesprochen, und es sah so aus, als ob Amerika ihnen die Rosinen abkaufen würde. »Aber nicht soviel, wie ich es gehofft habe«, seufzte J. T. »In Kalifornien gibt es schließlich genug Rosinen. Es muß noch eine andere Möglichkeit geben, diesem Land zu helfen. Das werden wir schon schaffen.«

»Wir«, flüsterte Aria. »Wir.«

Als sie am Flughafen ankamen, waren die beiden amerikanischen Maschinen gerade gelandet. Aus dem ersten Flugzeug stiegen ein paar ältere Männer und etwa hundert Soldaten. Sie sollten das Vanadium verladen.

Aus der zweiten Maschine stieg ein großer Mann von unbestimmbarem Alter. Er hätte ebenso zwanzig wie fünfundvierzig sein können. Auf einem muskulösen Körper saß ein gutgeformter, kantiger Schädel. Dunkle Haare und finstere Augen vollendeten das Bild.

»Das ist Frank«, sagte J. T., nahm Aria bei der Hand und zog sie hinter sich her auf den Hünen zu.

»Der soll siebzehn Jahre alt sein? Warum sieht er so böse aus?«

»Er wurde schon so geboren. Aber laß dir von ihm keine Angst einjagen. Im Grunde ist er ein guter Junge.«

Aria blieb zurück, als sich J. T. und Frank die Hände schüttelten.

»Darf ich dir ihre Königliche Hoheit Prinzessin Aria vorstellen?« sagte J. T.

»Hallo«, sagte der Junge und streckte ihr die Hand hin. Aria ergriff sie, während sich Frank schon wieder nach J. T. umdrehte und sie total zu vergessen schien.

»Wann können wir anfangen, zu arbeiten? Ich habe alle erforderlichen Werkzeuge dabei. Sobald die Kisten ausgeladen sind, bin ich bereit.«

Aria schaute gerade zum Flugzeug, als drei Kinder die Treppe hinuntergeführt wurden. Sie zupfte J. T. am Ärmel. »Was sind das für Kinder?«

J. T. wandte sich an einen Piloten. »Woher kommen die Kinder?«

»Es sind Waisen aus Frankreich. All ihre Verwandten sind tot. Ein paar Kerle haben sie an Bord geschmuggelt. Jetzt haben wir sie am Hals. Hoffentlich finden wir jemanden, der sie uns abnimmt.«

Blitzartig schoß ein Gedanken durch Arias Kopf. Noch ehe sie recht wußte, was sie eigentlich wollte, hörte sie sich sagen: »Ich nehme die Kinder.«

»Aber, Hoheit«, ertönte entsetzt Lady Wertas Stimme hinter ihr. Sie war ihr zum Flugplatz gefolgt, und jetzt warf sie Aria warnende Blicke zu.

Aria schaute den Piloten an und streckte ihr Kinn nach vorn. Ihre Stimme schallte klar bestimmt über den Platz: »Ich werde diese Kinder zu mir nehmen. In Lankonien wird jedes verwaiste Kind aufgenommen, das Sie finden.«

Der Pilot erwiderte höchst belustigt: »Lady, wir haben Krieg! Europa wimmelt von Waisenkindern! Das Land hier scheint mir nicht wohlhabend genug zu sein, um die ganzen Gören sattzukriegen!«

J. T. trat vor. »Wenn Ihre Königliche Hoheit die Kinder aufnehmen will, dann haben Sie nicht zu widersprechen, Freund! Wir nehmen hier alle Kinder auf, gleich aus welchem Land sie stammen. Wir werden sie schon sattkriegen, da machen Sie sich mal keine Sorgen!«

Offenbar behagte dem Piloten J. T's bestimmte Haltung ganz und gar nicht. Er gab nach. »Okay, Kumpel, ich halte ja schon den Mund. Wenn Sie unbedingt Kinder haben wollen, dann können Sie sie auch kriegen.«

Sehr zufrieden mit ihrem Ehemann und sich selbst ging Aria zu den verängstigten Kindern. Sie sprach sie freundlich auf Französisch an. Als Lady Werta sie daran hindern wollte, die kleine Schar in den Armen zu nehmen, schob Aria sie einfach zur Seite.

Im Wagen saß die Zweijährige auf ihrem Schoß, während sich der Dreijährige und die Vierjährige eng an sie schmiegten. Frank und J. T. hatten sich in ein Gespräch über Flaschenzüge, mit denen sie die Trauben hinunter ins Tal transportieren wollten, vertieft.

Im Palast lief ihnen Gena atemlos entgegen, um sie zu begrüßen. Sie sah reizend aus mit ihrem zerzausten Haar und den vom Laufen geröteten Wangen.

Aria wollte sie gerade begrüßen, als sich Genas Augen verblüfft weiteten. Sie blieb abrupt stehen und starrte Frank Taggert wie eine überirdische Erscheinung an. Franks Gesicht verlor den mürrischen Ausdruck. Er schnappte nach Luft, während er Gena anstaunte, als wäre sie eine Fee.

»Ich glaube, sie wollen einander vorgestellt werden«, schmunzelte J. T. Er legte die Hände der Teenager ineinander. »Gena, Frank. Frank, Gena. Gena nehmen Sie doch Frank mit und zeigen Sie ihm alles.«

Wie Schlafwandler gingen die beiden durch die Halle.

»Ich bin mir nicht sicher, ob ...«, meinte Aria zweifelnd. »Ich meine, Gena ist ... Und Frank ist auch ...«

»Sie sind jung, Aria. Komm, laß uns was zu essen

besorgen. Die Kinder sterben ja vor Hunger«, sagte J. T. gelassen und zog sie mit sich. Mit einem letzten mißtrauischen Blick auf Gena und Frank folgte ihm Aria ins Speisezimmer.

An diesen Abend ließ Aria, nachdem sie die Kinder gebadet hatte, drei Kinderbetten in ihrem Schlafzimmer aufstellen. Am nächsten Morgen erschienen vier Ehepaare bei ihr, die alle von den Kindern gehört hatten und sie adoptieren wollten. Aria hatte nicht vorgehabt, sich schon so bald wieder von den Kindern zu trennen, aber sie sah ein, daß es für sie besser war, in einer richtigen Familie aufzuwachsen. Schweren Herzens überließ sie die drei einem Ehepaar, das fließend Französisch sprach.

Achtundvierzig Stunden später landete eine amerikanische Maschine, die hundertsiebzehn französische und italienische Waisen an Bord hatte. Die Kinder trafen gerade ein, als die königliche Familie der Parade zum Gedenken an den Rückzug der nördlichen Stämme im Jahre 1084 beiwohnte.

Die königliche Garde transportierte die Kinder auf Pferden, in Jeeps, auf Motorrädern und in Karren in die Hauptstadt. Die Parade war mit einem Mal vergessen, als J. T. jedem Familienmitglied ein paar Kinder zuteilte.

Nach anfänglichen Protesten zog die Familie in den Palast, wo bald jede verfügbare Wanne voller Kinder war.

Freddie, Nicky und Toby fanden bald heraus, daß sie in den Kindern dankbare Zuhörer für ihre Jagdgeschichten hatten. Lady Barbara wusch ihre drei niedlichen Italienerinnen selbst, bis sie aussahen wie rosige Engelchen. Großtante Sophie brüllte ihren zwei halbwüchsigen Schützlingen Befehle in die Ohren, bis die Jungen, die sich während des ganzen Fluges geprügelt hatten, zahm wurden wie Lämmer. Tante Bradley hatte sich zwei gutaussehende Vierzehnjährige gewählt, die sie bewunderten.

Aria und J. T. verteilten die anderen Kinder an die Dienerschaft. Ein großes Schrubben und Baden setzte ein.

»So. Das wäre geschafft«, sagte J. T. Aria und er hatten vierzehn Kinder gebadet. Jetzt war auch das letzte sauber, und sie schickten alle zusammen mit den Hofdamen zum Essen.

Zufrieden saßen J. T. und Aria auf dem feuchten Marmorfußboden des Badezimmers.

»Warum siehst du mich so komisch an?« fragte sie.

»Ach, ich habe mich nur gerade an die Prinzessin erinnert, die ich auf der Insel kennengelernt habe. Nichts wolltest du selbst tun, hast noch nicht einmal erlaubt, daß sich ein Bürgerlicher zu dir setzt. Aber jetzt eben hast du höchst persönlich diese schmutzigen Kinder gebadet.«

»Lankonien braucht Kinder. Alles, was ich je getan habe, habe ich für Lankonien getan.«

»Wirklich?« Seine Augen brannten heiß. »Hast du wirklich alles nur für dein Land getan?«

Es bedurfte keiner Worte mehr. Sie umarmten sich wie zwei Wahnsinnige.

»Kleines, ich habe mich so sehr nach dir gesehnt«, stöhnte J. T., als er nach ihren Brüsten tastete.

Sie liebten sich auf dem kalten Fußboden. J. T. drang mit solcher Leidenschaft in sie ein, daß Aria stöhnte, schrie und um mehr bettelte. Als der Feuerball ihres gemeinsamen Höhepunktes vor ihren Augen explodierte, glaubte sie, in tausend Stücke zu zerspringen.

J. T. bewegte sich als erster. Ganz plötzlich sah er Aria an wie ein Schreckgespenst und erhob sich. »Ich muß gehen. Ich muß weg von hier«, murmelte er und zog sich seine Uniform an. Er mußte sie so schnell wie möglich verlassen. J. T. floh, als ob ihn tausend Dämonen hetzten, in den Park. Erst im Garten des Königs blieb er stehen. Seine Hand zitterte, als er sich eine Zigarette anzündete.

›Verführung‹, dachte er. Alles in diesem Land war verlockend.

Wann immer er Hunger hatte, stand Essen für ihn bereit. Wenn er seine Kleidung auf den Fußboden warf, hob sie sofort jemand auf. Immer waren dienstbare Geister um ihn herum, die bereit waren, ihm jeden Wunsch von den Augen abzulesen. Wenn er einen Wagen brauchte, mußte er noch nicht einmal jemanden fragen. Sogar ein Chauffeur stand für ihn bereit. Er konnte spät schlafen gehen oder früh aufstehen. Er konnte faulenzen oder zwanzig Stunden am Tag arbeiten. Er hatte die Wahl zwischen Schwimmen, Reiten, Bergsteigen oder Leichtathletik. Er konnte in den herrlichen Parkanlagen spazierengehen.

Und Aria war die größte Verführung von allen. Er hatte beobachtet, mit welchem Eifer sie die Kinder gebadet hatte. Sie war wirklich eine liebenswerte, warmherzige Frau – ganz wie der König es ihm gesagt hatte. Nur lebte diese Person unter dem Panzer des höfischen Protokolls. Er glaubte, sie jetzt besser zu verstehen, weil er wußte, wie sie aufgewachsen war. Was wäre wohl aus ihm geworden, wenn er hier im Palast erzogen worden wäre? Würde er vielleicht auch – wie Toby – ein großes Theater veranstalten, weil man gewagt hatte, ihm eine Erdbeere, die noch nicht ganz reif war, zu servieren? Oder würde er seine Kaschmirpullover einfach auf den Boden schmeißen wie Gena? Wäre er so an die allgegenwärtige Dienerschaft gewöhnt, daß er sie überhaupt nicht mehr beachtete und in ihrer Gegenwart ungeniert Privatangelegenheiten diskutieren würde?

Seit er wußte, daß die Garde Aria beschützte, hatte er unglaublich viel getan. Zusammen mit zwei Sekretären hatte er eine Liste der Personen erstellt, die am meisten von Arias Tod profitieren würden. Er hatte – zum Entsetzen von Arias Dienern – Stunden in der Küche verbracht, um den neuesten Klatsch aufzuschnappen. Doch er war der Entlarvung des Mörders keinen Schritt nähergekommen.

Er hatte sein Bestes versucht, aber es war ihm nicht gelungen, seinen Aufenthalt in Lankonien nur als Pflicht zu betrachten. Als Aria und er sich zum ersten Mal trennten, war er so böse auf sie gewesen, daß er froh darüber gewesen war, sie endlich loszuwerden. Er erinnerte sich noch gut an seine Wut, als er herausgefunden hatte, daß sie ihn an der Nase herumgeführt hatte und er in Lankonien bleiben sollte. Jetzt war es anders. Er hatte gelernt, was es bedeutete, ein Mitglied der königlichen Familie zu sein. Er hatte gesehen, wie sich die Menschen an Aria klammerten und sie um Hilfe baten.

Er drückte seufzend seine Zigarette aus. Lächelnd erinnerte er sich an den Besuch im Weinberg. Wie stolz war er auf sie gewesen, als er sah, daß die Menschen sie mochten, weil sie Interesse zeigte und ganz natürlich war.

Es war sehr schwer gewesen, sie heute nacht zu verlassen. Wie gern wäre er mit ihr zu Bett gegangen – das war schließlich sein Recht als Ehemann! Aber sie war nur geliehen. Er mußte sie zurückgeben.

Wieder und wieder hatte er versucht, sich von ihr fernzuhalten. Immer, wenn er sie mit diesem Grafen zusammen gesehen hatte, war da dieser seltsame Schmerz in seiner Brust gewesen. Wie eifersüchtig sie auf Gena gewesen war! Wie sie den Kopf des Gardisten gefordert hatte, weil er ihn zu Boden geworfen hatte! Seine Liebe zu ihr wuchs beständig, und er fragte sich bitter, was wohl daraus werden würde.

Es mußte ein Ende haben! Er durfte sie nie mehr berühren, mußte sich auf seine Arbeit konzentrieren. J. T. schloß die Augen, sog in tiefen Zügen die linde Bergluft ein und dachte an die See.

»Verdammt!« fluchte er. Vielleicht sollte er jetzt besser zu Frank gehen und mit ihm die Baupläne für die neuen Maschinen besprechen. Er hatte noch nie Menschen gesehen, die so schlecht mit Maschinen umgehen konnten wie diese Lankonier. Was sie hier wirklich brauchten, war ein gutes Polytechnikum, an dem die jungen Leute Maschinenbau studieren konnten. Und warum gab es keine Schulen für Landwirte oder Winzer? Warum keine Schwestern- oder Handelsschulen?

Er blieb stehen und atmete tief durch. Für die Zukunft Lankoniens war er nicht verantwortlich. In ein paar Wochen würde er es für immer verlassen haben. Dann ging es ihn nichts mehr an, was Graf Julian und Königin Aria in ihrem Land anstellten. Das war deren Sache.

Als er an der Garage vorbeiging, bemerkte er, daß überall Licht brannte. Frank Taggerts dunkle, ärgerliche Stimme sagte: »Der richtige Schraubenschlüssel liegt da. Was du mir gerade geben wolltest, ist ein Zündkerzenschlüssel!«

»Woher soll ich denn wissen, welcher der richtige ist?« hörte J. T. Gena noch wütender antworten. »Ich bin schließlich eine Prinzessin und kein Automechaniker!«

»Wenn du mit mir zusammen bist, wirst du dir schon ein paar Belehrungen gefallen lassen müssen!

Also – das hier ist ein Schraubenschlüssel!« Stille. Dann leises Weinen. Franks Stimme ertönte: »Schätzchen, wein doch nicht!«

J. T. lachte leise, dann schlich er sich auf Zehenspitzen davon. Es war besser, die beiden jetzt nicht zu stören...

Lächelnd ging er zu seinem leeren Schlafzimmer. Zumindest waren zwei Menschen in diesen Palast glücklich.

21

Müde stieg Aria vor dem Jagdschloß ihres Großvaters aus dem Auto. Die Abenddämmerung brach herein. Die langen, zähen Verhandlungen mit den Amerikanern hatten Aria erschöpft, aber sie wollte trotzdem alles mit ihrem Großvater besprechen. Das Treffen mit den Amerikanern war chaotisch verlaufen. Julian hatte darauf bestanden, daß sie sich im Hintergrund hielt, während er die Verhandlungen über den Kaufpreis des Vanadiums führen wollte. Aria hatte schnell bemerkt, daß er noch weniger davon verstand als sie. Also hatte sie den Vorschlag gemacht, man solle doch Lieutenant Montgomery dazubitten. Julian hatte sie so lange mit wütenden Augen angefunkelt, bis sie resigniert verstummt war.

Nach zwei Stunden war Julian zufrieden, aber Aria war weit davon entfernt. Sie schickte nach J. T. Er erschien in einem schmutzigen T-Shirt. Als er den Vertrag sah, den die Amerikaner gerade mit Julian ausgehandelt hatten, war er in Gelächter ausgebrochen. Dreißig Minuten später akzeptierten die Amerikaner den doppelten Preis. »Über das restliche Vanadium unterhalten wir uns später«, hatte J. T. gesagt. Zu Arias Erstaunen schienen die Amerikaner sehr erfreut über den Handel zu sein. Sie beäugten Julian voller Mißtrauen und schlugen J. T. auf den Rücken.

Nachher hatte sie versucht, mit J. T. zu reden, doch er hatte sie unwirsch zur Seite geschoben und unfreundlich gesagt, daß er weiter an den Maschinen arbeiten müßte. Sie hatte die Zurückweisung nicht verstanden, und mehr noch – sie fühlte sich einsam. Sie hatte ihre restlichen Verpflichtungen hinter sich gebracht, aber sie war nicht mit dem Herzen dabei gewesen. Um vier Uhr nachmittags hatte sie ihre Sekretärin angewiesen, ihren Großvater anzurufen, um ihm mitzuteilen, daß sie ihn noch heute besuchen würde.

Lady Werta war fast gestorben, als sie von diesem Vorhaben erfuhr, aber Aria hatte inzwischen gelernt, diese Frau zu ignorieren.

Und jetzt war sie da. Ned öffnete die Tür. »Er ist im Garten, Königliche Hoheit«, sagte er nach einer tiefen Verbeugung. »Ich habe mir erlaubt, dort ein Abendessen für Sie beide servieren zu lassen. Seine Majestät sagte, Sie wollten allein sein.«

»Ja«, erwiderte sie nur und eilte davon. Jetzt, da sie in seiner Nähe war, spürte sie, wie sehr sie sich nach ihm gesehnt hatte. Er stand unter einer großen Weide, breitete bei ihrem Anblick die Arme aus, und sie flog hinein. Für die anderen mochte er der König sein – für sie war er der Großvater, der einzige, bei dem sie Kind sein durfte.

Er drückte sie mit seinen großen, starken Armen fest an sich. Zum ersten Mal seit langer Zeit fühlte sie sich sicher und geborgen. Tränen stiegen in ihre Augen. Seltsam – früher hatte sie jahrelang nicht geweint, jetzt heulte sie laufend.

Ihr Großvater hielt sie auf Armlänge von sich ab

und betrachtete sie prüfend. »Setz dich und iß etwas«, sagte er rauh. »Ned hat uns so viel hingestellt, daß wir Rowans Armee damit versorgen könnten. Es wurde Zeit, daß du mich besuchst!«

Aria nahm am Tisch Platz und lächelte ihn schuldbewußt an. Es war seltsam, aber in Gegenwart ihres Großvaters war sie immer noch ein kleines Mädchen. Das Gefühl verstärkte sich noch, als sie den Schokoladenkuchen sah, den Ned extra für sie gebacken hatte. Schon als Kind hatte sie dafür geschwärmt. Doch jetzt hatte sie keinen Appetit.

»Was ist los?« fragte der König.

Aria zögerte. Wie kam sie eigentlich dazu, ihren Großvater mit ihren Problemen zu belasten. Er war schließlich ein alter Mann. Außerdem ging es ihm nicht besonders gut.

Der König sah sie mit hochgezogenen Brauen an: »Hat dich der Mut verlassen? Hat etwa wieder jemand auf dich geschossen oder versucht, dich zu ertränken? Und wie kommt dein amerikanischer Mann eigentlich mit der Arbeit an den Maschinen voran?«

Aria erstickte fast an dem Schluck Tee, den sie im Mund hatte. Wieder stiegen Tränen in ihre Augen. Ihr Großvater lächelte amüsiert und sagte: »Warum denkt ihr jungen Leute immer, daß man im Alter dumm wird? Wir sind klug genug, Kinder großzuziehen. Fünfzig Jahre lang werden wir als vollwertig akzeptiert – aber sobald wir die sechzig überschritten haben, scheint jeder Jüngere zu denken, wir seien senil! Aria, ich weiß alles! Ich weiß, daß du in Amerika entführt wurdest – mir wurde sogar gesagt, du seist tot. Da ich wußte, welchen Aufruhr es auslösen würde, wenn man erführe, daß du auf amerikanischem Boden getötet worden wärst, schickte ich Cissy hinüber.«

»Aber ich dachte . . .«

»Daß Cissy die Absicht hätte, Königin zu werden? O nein, dafür hat sie zuviel Verstand.«

Aria schwieg für einen Moment, dann sagte sie: »Ich verstehe.«

Der König ergriff ihre Hand. »Gar nichts verstehst du! Du bist nicht so leicht zu ersetzen, wie du jetzt vielleicht glaubst! Ich bin durch die Hölle gegangen, als ich dich für tot hielt.« Er drückte fest ihre Hand. »Du kannst dir meine Freude, meine Erleichterung nicht vorstellen, als der amerikanische Präsident mir mitteilte, du seist in Sicherheit! Da warst du natürlich schon verheiratet. Der Präsident entschuldigte sich dafür und bot mir an, die Heirat zu annullieren und dich zu mir zurückzuschicken.«

Aria hob ruckartig den Kopf. »Aber das wolltest du nicht.«

»Nach allem, was ich erfahren habe, mußt du diesen Mann lieben. Nur zu verständlich, nachdem er dir das Leben gerettet hat. Ich war ihm außerordentlich dankbar.«

Aria legte sich eine Scheibe kaltes Roastbeef auf den Teller. »Also hast du zugelassen, daß ich bei ihm blieb.« In ihrer Stimme schwang Bitterkeit mit.

Der König nahm sich einen Putenschenkel. »Warum erzählst du mir nicht etwas über den Ort, an dem du gelebt hast? Scheußlich heiß dort, nicht wahr? Und was bedeutet dieses Foto in der Zeitung? Ist das wirklich die Mutter deines Lieutenants? Scheint eine sehr gutaussehende Frau zu sein. In meinen Informationen steht, daß du das Abendessen gekocht und die Wäsche gewaschen hast! Also, ich finde das unglaublich!«

Aria grinste ihrem Großvater spitzbübisch zu und fing an zu reden. Der König beobachtete sie sehr genau, während er ihr zuhörte. Er bemerkte, wie sich ihr Körper entspannte, während sie über Amerika und die

Freunde, die sie dort gewonnen hatte, sprach. Er lachte mit ihr, als sie von ihren Schwierigkeiten beim Anziehen berichtete. Wie sie das Geld durcheinandergebracht hatte. Sie lachte herzlich bei der Erinnerung an ihr unmögliches Benehmen auf der Insel und erzählte, wie sie versucht hatte, eine Krabbe roh zu verspeisen. Sie gab eine Schilderung ihrer herrlichen Einkaufsbummel mit Dolly und schloß mit einer zehnminütigen Tirade über die Monotonie der Hausarbeit.

Und jedes zweite Wort war »Jarl«. Ihr Großvater erfuhr, wie Jarl auf jede Eskapade seiner Enkelin reagiert hatte: Wie erstaunt er gewesen war, als sie als Carmen Miranda verkleidet auf dem Kommandeursball erschienen war; wie wütend er geworden war, als er erfuhr, daß die Ehe nicht annulliert werden konnte. Aria erzählte auch, wie stolz er auf sie gewesen war, als sie die Waisenkinder aufgenommen hatte. Und wie großartig er sich bei dem letzten Attentat verhalten hatte.

Über dreißig Minuten lang berichtete sie das, was Jarl in Lankonien erreicht hatte. »Er hat doch tatsächlich die Trauben in Amerika verkauft. Er baut Maschinen, damit die Winzer sich nicht mehr so abschleppen müssen. Heute morgen sprach er beim Frühstück über Schulen und Universitäten, die unsere jungen Leute ausbilden sollten. So würden sie nicht mehr das Land verlassen müssen, sagte er. Wir könnten mit viel Arbeit unser Land modernisieren. Jarl sagte, daß Lankonien ein unerschöpfliches, bisher ungenutztes Potential besitzt. Es bräuchte nur ein bißchen Know-how. Und Jarl hat mit den Amerikanern um den Preis des Vanadiums gefeilscht – das hättest du sehen müssen! Er hat ihnen vorläufig nur erlaubt, eine Hälfte des Vorkommens abzubauen. Die Amerikaner haben behauptet, er wäre ein Dummkopf – aber das glaube ich nicht. Er sagte nämlich, Vanadium würde bestimmt noch im Preis steigen – es wäre also nicht richtig, jetzt schon alles zu verkaufen. Und heute morgen war Freddie furchtbar wütend, weil kein Schnee für seinen Schneepudding da war. Der Schatzmeister meldete mir, daß Jarl das Budget für den Palast um fünfzehn Prozent gekürzt hat. Die Garde verehrt ihn geradezu. Er trainiert mit ihnen, und er behauptet, es sei eine Schande, daß sie im Lauf der Jahrhunderte zu Türöffnern degradiert worden wären.« Plötzlich hielt sie inne, atemlos und etwas beschämt. Sie trank einen Schluck Tee.

»Und wie geht es Graf Julian?« fragte der König, während er sie über seinen Bierkrug hinweg beobachtete.

Zu ihrer eigenen Verblüffung schlug Aria die Hände vors Gesicht und brach in Tränen aus. »Ach, Großpapa, ich liebe ihn so sehr! Warum liebt Jarl mich nicht auch? Er wäre ein so guter Herrscher für Lankonien! Wir brauchen ihn! Was kann ich nur tun, damit er bleibt? Wie werde ich es je ertragen, ihn aufzugeben?«

Der König war groß und kräftig gebaut. Aria war schmal und leicht, deshalb hatte er keine Schwierigkeiten, sie auf seinen Schoß zu ziehen. Er wiegte sie wie ein kleines Kind. »Du verlangst nicht gerade wenig von ihm, mein Kind. Er soll sein Land, seine Freunde, seine Familie aufgeben, während du alles behältst. Er müßte sehr viel opfern, um hierzubleiben.«

»Aber das ist doch nicht dasselbe«, schluchzte sie. »In Amerika ist er nur einer unter vielen. Kein König oder Prinz. Sein Vater hat noch andere Söhne, die die Firma leiten könnten. Wenn ich nicht Kronprinzessin wäre, würde ich mit ihm nach Amerika gehen. Ich würde ihm überallhin folgen. Ich würde sogar ... ich würde sogar Lankonien aufgeben – für ihn.«

Der König schwieg einen Augenblick, dann sagte er

leise: »Du denkst ans Abdanken, nicht wahr? Dann wäre Gena die Herrscherin von Lankonien. Vielleicht wäre sie imstande, unser Land ins zwanzigste Jahrhundert zu führen.«

»Gena wird immer nur das tun, was man ihr einflüstert«, meinte Aria abschätzig. »Wenn ich abdanken müßte, würde Julian zweifellos sofort um ihre Hand anhalten – oder besser: um ihren Thron anhalten«, endete sie bitter.

»Ah«, sagte der König, »erzähl mir von Julian. Ich dachte immer, sein Vater hätte ihn zum König ausgebildet?«

Aria setzte sich auf, nahm ein Taschentuch aus der Brusttasche ihres Großvaters und schneuzte sich laut. »Seine Erziehung basiert auf dem Königtum, wie es einmal war. Er bleibt den ganzen Tag im Palast, tut der Himmel weiß was, während die Lankonier lastwagenweise das Land verlassen, weil sie hier keine Arbeit mehr finden. Er machte mir eine Riesenszene, weil ich es gewagt habe, von einer alten Frau ein Fladenbrot anzunehmen – von einer Lankonierin! Er versuchte mir einzureden, wie sehr er sich danach sehnt, mich zu heiraten. Wie er mich ...«

»Begehrt?« warf der König ein.

»Ja, so ähnlich hat er sich ausgedrückt, aber das war alles gelogen! Er will meinen Thron, das ist alles. Und von Lankonien will er nur die Stellung des Prinzregenten und das luxuriöse Leben im Palast. Er hat teuflische Angst davor, arm zu sein. Aber Armut allein ist nicht so schlimm. Ich weiß das wohl, er nicht.«

Die Stimme des Königs klang sehr sanft, als er vorsichtig fragte: »Aria, glaubst du, er würde dich umbringen, wenn er meinte, du wolltest ihn nicht mehr heiraten?«

»Vielleicht. Aber das erste Attentat fand statt, als wir noch fest verlobt waren.«

»Fest? Und das seid ihr jetzt nicht mehr?«

Tränen rannen ihre Wangen hinunter. »Ich werde so lange, wie es mir möglich ist, die Frau von Jarl Montgomery bleiben. Er mag mich nicht wollen, aber ich will ihn.«

Der König umarmte sie. »Ich bezweifle sehr, daß er dich nicht will. Ich glaube, daß er im Augenblick durch die Hölle geht.«

Sie machte sich von ihm los und lächelte staunend. »Glaubst du wirklich? Ehrlich?«

Der König lächelte ihr zu. »Folter. Schmerzen.«

Arias Lächeln wurde breiter. »Was kann ich tun, um die Qual zu verschärfen? Wie kann ich ihn dazu bringen, mich so zu lieben, daß er mich nie verläßt?«

Der König legte einen Finger unter ihr Kinn. »Ich habe ihn gebeten zu bleiben. Er sollte dich beschützen. Nun, diese Aufgabe hat er der Garde übertragen. Also, warum ist er noch hier? Warum ist er nicht schon letzte Woche abgereist?«

Arias Augen wurden groß und glänzend, während sie über diese Worte nachdachte. »Ich glaube, jetzt bin ich doch hungrig. Ich werde den ganzen Schokoladenkuchen aufessen. Glaubst du, Ned würde uns eine Flasche Champagner aufmachen? Lankonischen Champagner?«

Der König lachte. »Sag Ned, er soll zwei Flaschen öffnen. Und jetzt runter von meinem Bein, ehe es ganz abstirbt. Bring mir auch ein frisches Taschentuch mit, dieses hier hast du ganz durchweicht. Also wirklich, Aria, hat dir niemand Manieren beigebracht?«

Sie kicherte, sprang auf und rief im Laufen: »Schon, aber es scheint nichts genutzt zu haben!«

Der König faltete die Hände über seinem Bauch und lächelte zufrieden.

J. T. wachte beim ersten Geräusch hinter der Geheimtür in seinem Zimmer auf. Leise erhob er sich, zog seinen Revolver aus der Nachttischschublade und ging zu der Tür, hinter der der Geheimgang lag.

Mit schußbereitem Revolver wartete er darauf, daß die Tür sich öffnete. Knarrend schwang die Tür auf.

»Stehenbleiben oder ich schieße!« rief J. T. und senkte die Pistole.

Die Antwort bestand in einem heftigen Schluckauf.

»Gena?« fragte er zweifelnd.

»Gena«, erwiderte Aria mit schwerer Stimme.

J. T. wich vor ihr zurück, als ob sie eine ansteckende Krankheit hätte, und knipste die Lampe an. Aria bot einen seltsamen Anblick. Sie hielt eine Flasche Champagner dicht an sich gepreßt und trug nur einen Bademantel, der mehr enthüllte als verbarg. »Raus hier«, sagte er tonlos.

Sie trat mutig noch einen Schritt vor. »Aber, Jarl, bist du nicht froh, mich zu sehen?«

»Aria, bist du betrunken?«

»Ich glaube schon. Aber weil ich's noch nie war, kann ich es dir nicht genau sagen. Woher weiß man das eigentlich?«

J. T. ging rückwärts, bis er an den Kleiderschrank stieß. »Warum bist du hergekommen? Man hätte dich sehen können!«

Aria kam immer näher. »Ich möchte die Nacht mit dir verbringen«, flüsterte sie.

Er wollte gerade protestieren, als sie den Mantel fallenließ. Der Anblick ihres nackten Körpers ließ ihn alle Einwände vergessen. J. T. selbst trug nur seine Pyjamahose. Er öffnete die Arme und fühlte ihre Brüste an seiner Haut. Hungrig küßte er Nacken, Wangen und Lippen. »Du solltest nicht hier sein«, flüsterte er, während seine Lippen eine Flammenspur auf ihrer Haut hinterließen. »Du mußt schließlich deinen Ruf wahren. Eine Kronprinzessin darf nicht . . .«

Sie küßte ihn leidenschaftlich und flüsterte an seinem Mund: »Heute nacht will ich nur deine Frau sein, nichts sonst.«

Er betrachtete sie zärtlich. »Das gefällt mir. Das gefällt mir sogar sehr.« Er nahm sie auf den Arm, trug sie zum Bett, legte sie auf die Laken und musterte sie eine ganze Zeit, ehe er sie berührte. Aria schien es so, als wollte er sich ihren Anblick für alle Zeiten einprägen.

»Wie sagt der Amerikaner? ›Willst du der Lady keinen Drink anbieten?‹« sagte Aria und hielt die Flasche hoch.

J. T. saß noch immer auf der Bettkante, seine Finger fuhren leicht über ihre Brüste, die Rippen und die Arme.

Aria öffnete die Flasche mit ihrem Daumen, und der Korken flog heraus. Eine Flut von Champagner ergoß sich über ihren Bauch. Lachend versuchte sie die Flüssigkeit abzustreifen, aber J. T. hielt ihre Hände fest und begann, die Flüssigkeit von ihrem Bauch zu lecken. Langsam bewegte er sich auf ihre Brüste zu.

Aria fühlte sich herrlich frei, ungezwungen und losgelöst. Mit einer einzigen schnellen Bewegung zog sie J. T. aufs Bett. Ihre Beine umklammerten seine kräftigen Schenkel. Sie küßte ihn wieder und wieder. Er lag ganz still und bewegte sich nicht. Ihre aufgerichteten Brustspitzen strichen über seine nackte Haut, die zu glühen begann. Sie preßte sich eng an ihn, rieb sich an ihm, genoß das köstliche Gefühl, seine Muskeln zu spüren.

Sie rutschte nach unten. Ihre Lippen glitten über seine Beine, die Knie, die Waden und die Füße. Dann glitt sie wieder hinauf und knabberte an seinem Nakken, ehe sie seine Wangen küßte. Seine Augen brannten vor Verlangen, seine Ruhe war dahin. Rauh packte er sie und setzte sie auf sich.

Sie stöhnte überrascht auf, dann bewegte sie sich lustvoll. Ihre vom Reiten trainierten Beine glitten auf und nieder, bis die Muskeln schmerzten. J. T. drehte sie ruckartig herum. Mit ein paar harten Stößen brachte er sie zu einem gemeinsamen explosiven Höhepunkt. J. T. hielt sie fest in seinen Armen.

»Ich liebe dich«, flüsterte sie. »Ich möchte, daß du bei mir bleibst.«

J. T. erstarrte. Dann rollte er sich von ihr herunter, setzte sich auf die Bettkante und zog seine Pyjamahose an.

»Das hast du dir ja fein ausgedacht! Erst gehst du mit mir ins Bett, dann willst du für dein Entgegenkommen bezahlt werden, was? Für Frauen wie dich gibt es einen Namen!« Er stand auf und hob ihren Bademantel auf. Als er ihn ihr zuwarf, sah er sie nicht an. »Raus hier, aber schnell!«

Aria versuchte ihre Würde zu bewahren, doch sie war zu benommen vom Alkohol und ihrem Liebesakt. Sie stand auf, warf sich lässig den Bademantel um und schritt zu der Geheimtür, die er für sie offenhielt. Er wandte den Kopf ab, als er ihr die Taschenlampe hinhielt. Die Tür knallte hinter ihr zu. Sie glaubte, noch nie ein schrecklicheres Geräusch gehört zu haben.

Aria hatte schon die Hälfte der Treppe hinter sich gebracht, als sich plötzlich eine Hand über ihren Mund legte. Der kalte Lauf eines Revolvers preßte sich in ihre Seite.

»So. Auf diese Art bewegst du dich in diesem alten, modrigen Gemäuer«, sagte eine vertraute Stimme höhnisch. »Halt die Taschenlampe ruhig.«

Sie biß in die Hand. »Freddie!« keuchte sie.

»Richtig. Vetter Freddie. Wenn du noch einen Ton

sagst, breche ich dir jetzt und hier das Genick. Alle Killer, die ich dir auf den Hals geschickt habe, waren Versager. Also muß ich es wohl selbst tun.« Er zog sie in einen Nebengang. »In ein paar Tagen wird man deine Leiche finden. Wenn das geschehen ist, werde ich König. Zuerst muß ich natürlich noch Gena loswerden, aber das wird mir nicht schwerfallen. Der alte König wird an gebrochenem Herzen sterben. Ich bin dann der nächste Anwärter auf den Thron!«

Es gelang ihr, den Kopf so weit zu wenden, daß sie fragen konnte: »Warum willst du unbedingt König werden?«

»Liebe, einfältige Aria! Ich werde das Land an die Deutschen verkaufen – dieses Neutralitätsgerede ist doch sowieso nur Quatsch! Oder besser noch – ich verkaufe es an den Meistbietenden. Ich werde dann in Frankreich mein Leben genießen. So, aber jetzt zu dir. Du bist verdammt schwer umzubringen, liebste Kusine.«

»Und es wird noch schwerer werden«, erklang eine Stimme aus der Dunkelheit.

Aria hatte genug amerikanische Filme gesehen, um zu wissen, was sie tun mußte. Sie ließ sich zu Boden fallen, während Freddie abgelenkt war. Ihre Taschenlampe zerbrach. Schüsse peitschten durch die Dunkelheit und zischten an ihrem Kopf vorbei. Die Steinmauern des Ganges warfen das Echo tausendfach zurück. Schmutz und Steinsplitter regneten auf sie nieder.

Sie blieb für einen Augenblick still liegen. »Jarl!« schrie sie laut.

»Hier bin ich, Kleines.« Durch die Finsternis stolperte sie zu ihm und hielt ihn fest, als wollte sie ihn nie wieder loslassen.

»Es ist vorbei«, flüsterte er. »Du bist jetzt in Sicherheit. Ich kann heimfahren.«

Es war nicht leicht, aber sie schaffte es und löste sich aus seinen Armen. »Ja, es ist besser so. Du gehörst zu deinem Land, wie ich zu meinem. Würdest du so freundlich sein, die Garde zu rufen? Sie soll sich um meinen Vetter kümmern.«

»Ja, Königliche Hoheit«, erwiderte er ernst und verschwand in der Dunkelheit.

22

Aria hielt sich sehr aufrecht, als sie die Limousine vor dem Gebäude der Akademie der Wissenschaften verließ. Das weiße Pflaster reflektierte das helle Sonnenlicht, so daß ihre geschwollenen Augen schmerzten. Obwohl sie ein Schleierhütchen trug, konnte man ihre geröteten Augen deutlich sehen.

Zwei Wochen waren seit den Ereignissen in dem Geheimgang verstrichen. Freddie war bei dem Schußwechsel nur verwundet worden, aber die Garde hatte ihm einen geladenen Revolver in die Hand gedrückt und ihn allein in die Bibliothek gesetzt. Freddie hatte den ehrenvollen Weg gewählt und sich eine Kugel in den Kopf geschossen. In der offiziellen Verlautbarung hatte es geheißen, daß Freddie beim Reinigen seines Gewehrs einem tragischen Unfall zum Opfer gefallen war. Nur Tante Sophie hatte diese Geschichte angezweifelt. »Freddie, und sein Gewehr selbst reinigen? Papperlapapp! Ich habe noch nie etwas Lächerlicheres gehört! Wie ist er denn wirklich umgekommen?« Niemand, der Bescheid wußte, gab ihr eine Antwort.

Lieutenant Montgomery hatte gleich am nächsten Morgen, ohne Abschiedsgruß, Lankonien verlassen.

Gleich nach seiner Abreise war Julian so besitzergreifend geworden, daß Aria ihn gebeten hatte, Lankonien zu verlassen.

Frank Taggert war in Lankonien geblieben, aber trotz seiner Statur war er doch nur ein Junge. So entwickelte er auch keine nennenswerte Initiative, als – durch plötzlich einsetzenden Regen – die Trauben an den Rebstöcken verfaulten, weil niemand sie durch den Schlamm ins Tal transportieren konnte.

Nur ein paar Stunden, nachdem J. T. abgereist war, erschien Aria bei ihrem Großvater. Wütend verlangte sie zu wissen, warum man ihr nichts von dem Uranvorkommen gesagt hatte. Er erwiderte gelassen, daß sie viel zorniger über das Verhalten ihres feigen Ehemannes sei als über die Dinge, die er ihr nicht mitgeteilt hatte. Sie hatte versucht, J. T. in Schutz zu nehmen, aber nicht für lange. Sie war in den Palast zurückgekehrt. Dort teilte man ihr mit, daß Freddie sich erschossen hatte. Aria hatte Befehl gegeben, ein Staatsbegräbnis auszurichten.

Sie hatte sich auch mit den Leuten getroffen, die Kathy Montgomery engagiert hatten. Noch nicht einmal die pompösen Entschuldigungen des Oberhofmeisters hatten sie aufgemuntert. Lady Werta war so bleich gewesen wie ein Leintuch und hatte flüsternd ihren Rücktritt angeboten. Aria hatte die Lady mit gütigen Worten beruhigt und ihr für ihren Patriotismus den Schildorden verliehen.

Auch mit Cissy war sie zusammengetroffen, um ihr für ihren selbstlosen Dienst zu danken. Als Entschädigung für den Hunger, den sie in amerikanischer Gefangenschaft erdulden mußte, durfte Cissy auf einem dreitägigen Bankett so viel essen, wie sie wollte.

Dann, als wäre das Maß ihres Elends noch nicht voll genug, übergab ihr ein Komitee aus Lankonien eine Petition, in der um die Rückkehr von Lieutenant Montgomery gebeten wurde, damit er die wirtschaftlichen Probleme des Landes löste. Sie versuchte, den Leuten zu erklären, daß dies unmöglich sei, weil er in seinem eigenen Land gebraucht wurde. Zu ihrem Entsetzen gaben sich die Leute damit nicht zufrieden. Sie schrieben an den amerikanischen Präsidenten. Daraufhin erschien ein kurzer Artikel in der amerikanischen Presse, in dem die Lankonier als rückständiges Volk geschildert wurden, die einen anständigen Amerikaner benötigten, um ihr Land in die Neuzeit zu führen. Aria hatte die Zeitung wütend zerfetzt und weggeworfen. Sie würde schon jemanden finden, der ihr half, Staudamm, Brunnen, Schulen und was sonst noch gebraucht wurde zu bauen. Wenn sie nur wüßte, wo sie diese Person finden könnte! Sie war so allein!

Julian war seit drei Tagen fort, Gena hatte nur Augen für ihren Amerikaner. Aria fühlte sich so einsam, wie noch nie in ihrem Leben. Was war nur mit ihr los?

Sie erfüllte weiterhin ihre Pflichten, aber sie tat es ohne Begeisterung. Die Zeiten, in denen sie auf der Straße Buttermilch getrunken hatte, schienen vorbei zu sein. Ihre Untertanen bemerkten ihre traurige Stimmung wohl, aber sie schoben es auf die Trennung von Graf Julian.

Heute sollte Aria eine sechs Meter hohe Statue von Rowan dem Großen enthüllen. Sie fühlte sich müde und zerschlagen, denn weder die letzte Nacht noch die Nächte davor hatten ihr den ersehnten Schlaf gebracht. So waren ihre Augen rot und geschwollen, ihr Kopf schmerzte.

Ein Podium war neben der Statue errichtet worden, auf dem ein Mikrofon stand. Der Bildhauer und seine Gäste saßen auf Stühlen. Etwa dreihundert Zuschauer waren anwesend.

Aria erklomm langsam das Podest, faltete ein Blatt

Papier auseinander und fing an, die vorbereitete Rede abzulesen. Sie war gerade bei dem Teil über die gewaltigen Taten Rowans angelangt, als ein Geräusch zu ihrer Linken sie unterbrach.

J. T. lümmelte sich in einem Sessel, der in dem großen Wohnzimmer seines Elternhauses an der Küste von Maine stand. Von draußen konnte er das Tuten einer Schiffssirene vernehmen, aber er hatte kein Verlangen, nachzusehen, welches Schiff gerade festmachte. Tatsächlich hatte er in den letzten Tagen an gar nichts Interesse gezeigt. Mit dem erstbesten Vanadiumtransport hatte er das Land verlassen. Er wußte, daß es feige war, zu gehen, ohne von Aria Abschied zu nehmen – aber er hatte sich schon einmal von ihr getrennt. Mehr konnte er nicht ertragen.

Er hatte keine Ahnung gehabt, wo er sich in Amerika bei der Navy melden sollte, da er keine genauen Befehle erhalten hatte. Also war er nach der Landung in Virginia per Anhalter nach Key West gefahren. Dort hatte er gesehen, daß sein Onkel Jason weit bessere Arbeit leistete als er. Abends war er dann bei Bill und Dolly gewesen, aber sie hatten ihn ständig an Aria erinnert, so daß er sich noch mieser gefühlt hatte. Dollys Fragen nach Aria hatten alles noch schlimmer gemacht. Der Abend hatte abrupt geendet, als er mitten im Abendessen vom Tisch aufgestanden war. Die ganze Nacht war er allein am Strand herumgelaufen.

Am nächsten Morgen hatte er über Commander Davis die Nachricht erhalten, er solle sich sofort bei General Brooks in Washington einfinden und Bericht erstatten.

Während der ganzen Bahnfahrt hatte J. T. aus dem Fenster gestarrt und an die Reformen gedacht, die Lankonien brauchte. Der Verkauf des Urans würde genug

Geld einbringen, um Schulen einzurichten – vielleicht sogar eine Universität! Mit ein bißchen Werbung könnte auch die reizvolle lankonische Landschaft zum Magneten für Toristen werden.

Je mehr er darüber nachgedacht hatte, desto depressiver war er geworden. Er hatte sich gefragt, ob Aria wohl zusammen mit Graf Julian eine schöne Zeit verbringen würde. Jetzt, da er nicht mehr da war und störte.

In Washington hatte ihm General Brooks gehörig die Leviten gelesen und gebrüllt, J. T. wäre ein Feigling, eine Enttäuschung für Amerika, das ihn in Lankonien nötiger bräuchte als hier.

J. T. hatte versucht, sich zu wehren, und behauptet, daß Aria keinen Amerikaner neben sich auf den Thron setzen konnte, weil sie sonst abdanken müßte. »Es geht nur, wenn das Volk mich bittet, den Thron zu besteigen«, hatte er schließlich niedergeschlagen zugegeben.

»Und warum, zum Teufel, sind Sie nicht dageblieben und haben dafür gekämpft?« hatte der General verächtlich gefragt. J. T. hatte geschwiegen. General Brooks hatte ihn schließlich mit dem Befehl, Urlaub zu Hause in Maine zu machen, bis ein ›angemessener‹ Job für ihn gefunden wäre, entlassen. J. T. vermutete, daß dieser ›Job‹ entweder an der Front oder der schlimmste Schreibtischposten der Navy war. Aber es war ihm egal. Alles war ihm egal.

Er war heimgefahren, doch er war nicht glücklich darüber. Nichts konnte ihn aus seiner trüben Stimmung reißen – weder das Wiedersehen mit seiner Familie noch der Anblick des Meeres, noch eine Bootsfahrt zu einer einsamen Insel. Nichts.

»Geh mir mal aus dem Weg, ja?«

J. T. blickte auf und sah seinen Bruder Adam im Rollstuhl auf sich zukommen. Adams eingegipstes

Bein stand steif ab. Er hatte recht wenig Verständnis für J. T's traurigen Zustand, besonders weil J. T. sich weigerte, mit ihm über die Ursache der ganzen Misere zu sprechen.

»Hier ist ein Eilbrief von General Brooks für dich«, sagte Adam und warf ihn in J. T's Schoß.

»Wahrscheinlich der Marschbefehl«, knurrte J. T. mißmutig und sah den Brief nicht einmal an.

Adam schnappte sich den Umschlag. »Also, wenn du es schon nicht bist – ich bin neugierig, wohin man dich beordert. Vielleicht schicken sie dich ja in die Hölle, damit du mit deiner schlechten Laune die Verdammten noch mehr bestrafst.« Er öffnete den Umschlag. »Hier liegt ja ein Zeitungsartikel drin! Mensch – die schreiben über dich! Hier steht, daß die Lankonier Präsident Roosevelt um deine Rückkehr gebeten haben.«

J. T. brauchte einen Moment, um diese unfaßbare Nachricht zu verdauen. Er riß Adam den Brief aus der Hand. »Sie bitten mich«, flüsterte er fassungslos. »Das lankonische Volk verlangt nach mir!«

Adam wußte in Grundzügen über die Ereignisse in Lankonien Bescheid. »Da drin steht, sie brauchen dich wegen der Rosinen und der Maschinen. Von Königswürde antragen oder so habe ich nichts gelesen . . .«

Zum ersten Mal seit vielen Tagen war wieder Leben in J. T's Augen. »Vielleicht gibt es ja eine Lücke in der Verfassung. Oder sie haben gar keine Verfassung – vielleicht würde es das Volk nicht stören, wenn ihr König Amerikaner ist!« J. T. stand auf.

»Ich habe gedacht, daß du nicht König werden willst. Bill Frazier hat Dad das zumindest erzählt. Also, mir würde das auch nicht gefallen. Keine Freiheit, immer Protokoll, Händeschütteln, und dann noch mit so einer schmallippigen Königin verheiratet – nein danke!«

»Du hast überhaupt keine Ahnung!« schrie J. T. seinen Bruder an. »Du weißt nicht, wie es ist, wenn man gebraucht wird! Auf jeden Fall braucht mich dieses Land dringend«, er schluckte, »und ich brauche Lankonien! ... Und Aria ...« Er rannte aus dem Zimmer.

»Wohin gehst du?«

»Ich fahre heim«, rief J. T. »Heim zu meiner Frau. Man wird es vielleicht nicht zulassen, daß ich König werde, aber ich werde bis zum letzten Blutstropfen um das Recht kämpfen!«

Adam lachte.

Aria drehte sich um und sah J. T. am Rand des Podiums stehen.

Sie konnte kaum weitersprechen. Nur unter Aufbietung ihrer ganzen Selbstbeherrschung schaffte sie es dennoch. Aber ein leises Zittern ihrer Stimme verriet die Erregung, die sie durchflutete.

J. T. kam mit ruhigen Schritten näher, schob sie beiseite und steckte den Kopf zwischen sie und das Mikrofon.

»Volk von Lankonien«, sagte er und beobachtete Aria überhaupt nicht mehr. »Ich möchte eine Erklärung abgeben. Vor einigen Wochen reiste eure Kronprinzessin nach Amerika. Sie blieb lange fort, und euch wurde gesagt, sie sei krank gewesen. Das entspricht nicht der Wahrheit. Was sie so lange von euch fernhielt, war in Wahrheit die Heirat mit mir – Jarl Tynan Montgomery.«

Aria versuchte ihn wegzustoßen, doch er ließ sich dadurch genausowenig stören wie durch das ungläubige Gemurmel der Menge. »Ich bin Amerikaner«, fuhr J. T. fort. »Ich bin kein Aristokrat, aber wenn ihr mich haben wollt, dann werde ich euer König sein.«

Die Menge war so verblüfft, daß sich niemand rührte. Bis ein Mann rief: »Was sagt denn Prinzessin Aria dazu?«

Nein«, rief Aria entschlossen, und J. T. sah sie an. »Du hast mich einfach verlassen, ohne ein Wort. Ich kann dir nie mehr vertrauen. Ich . . .«

Da zog J. T. sie einfach in seine Arme und küßte sie. Die Menge brach in lauten Beifall aus. »Ich kann nicht mehr ohne dich leben«, schrie er, um den Lärm der Menge zu übertönen. »Das Volk will mich zum König, also brauchst du nicht abzudanken! Außerdem – hast du schon mal was von der Warbrooke Reederei gehört?«

Sie war zu benommen, um alles richtig zu verstehen. »Nein. Hat das was mit Segelbooten zu tun? Jarl, wir brauchen keine Segelboote. Wir brauchen Schulen, Brunnen und . . .«

Er küßte sie wieder.

»Lang lebe König Jarl!« rief die Menge.

»Prinz!« kreischte Aria ins Mikrofon. »Er wird nur Prinzgemahl!« Aber niemand hörte auf sie . . .

»Los, Kleines! Gehen wir heim«, rief J. T. »Ich habe ein paar äußerst fähige Mitglieder meiner Familie mitgebracht. Zusammen werden wir unser Land in das zwanzigste Jahrhundert führen!«

Sie legte den Arm um seine Taille, wobei sie völlig vergaß, daß sich eine Prinzessin in der Öffentlichkeit nicht so schamlos benehmen sollte. »Unser Land«, sagte sie leise und lächelte. »Unser Land!«